任性出版

六神磊磊讀金庸

金庸文學：沒明說的戀愛學、成功學與處世智慧

骨灰級金迷，解析金庸第一把交椅

六神磊磊◎著

目錄

第壹章

關於《射鵰英雄傳》及《神鵰俠侶》——21

第貳章

關於《倚天屠龍記》——139

第陸章

關於《天龍八部》——273

第柒章

關於《笑傲江湖》——345

第捌章

關於《鹿鼎記》 507

金庸作品故事朝代順序列表

作品名稱	故事發生朝代	主要角色
天龍八部	北宋	蕭峰、段譽、虛竹
射鵰英雄傳	南宋	郭靖、楊康、黃蓉、穆念慈
神鵰俠侶	南宋	楊過、小龍女、郭靖、黃蓉
倚天屠龍記	元	張無忌、趙敏、周芷若
笑傲江湖	明	令狐冲、任盈盈、岳靈珊、東方不敗
俠客行	明	石破天、石中玉、白阿繡、丁璫
鹿鼎記	清	韋小寶、康熙
連城訣	清	狄雲、戚芳、丁典
書劍恩仇錄	清	陳家洛、霍青桐、乾隆
飛狐外傳	清	胡斐、程靈素、袁紫衣、苗人鳳
雪山飛狐	清	胡一刀、胡斐、苗若蘭、苗人鳳

推薦序

我讀《六神磊磊讀金庸》

臺灣師範大學教授、武俠小說研究者／林保淳

毫無疑問的，金庸是中國武俠小說有史以來最引人矚目的巨星，金庸武俠小說也是有史以來擁有最多讀者的小說。

當暗黑的天空中，無數的星子在各照一隅、閃爍著微光的時候，突然冒出一顆熠耀的巨星，觀星的人們，除了贊嘆、躍呼之外，還會用怎樣的眼光去看它呢？

我突然想到朱光潛所說的，「看古松」的三個不同態度，木商是實用的，植物學家是科學的，畫家是美感的，概括而言，就是求真、求善與求美。其實，在我看來，看古松的態度，遠遠不只這三種。至少，莊子所說的「樹之於無何有之鄉，廣莫之野，彷徨乎無為其側，逍遙乎寢臥其下」，反而是我覺得更貼近一般人性的。世間許許多多的事物，固然可以求真、求善、求美，其實擺脫開一切定義的束縛，自由自在，當下即是，讓浮想可以連翩而起，游魚可以銜鉤而出，隨事生發，不拘一格，非真非善非美，又何嘗不可以獨樂而樂眾？

金庸的武俠小說，漫談、討論、研究的人，已經是多到不可勝數了，連我都曾湊上一腳，寫

了本《解構金庸》。像我這樣的「老學究」，是比較中規中矩，而不免固滯僵化的，「談」金庸，其實是「論」金庸，凡有議題，非得追本溯源，窮其脈絡、枝葉，然後再縱橫鉤稽，非得說出個「大有學問」似的道理不可，長篇大論，知識性強，但趣味性寡，有時連自己看了都不免有點厭煩。當然，這也不能不說是一種「觀星」之道，可是，如果非得用這種高頭講章來討論金庸小說，恐怕也是把金庸小說看窄、看隘、看未透了。

我至今還不知道六神磊磊是何許人，也未曾通過音問，但是早已在互聯網中久聞其大名，也看過幾篇頗能讓我拍案叫絕的金庸小說評論。我當初挺疑惑這「六神磊磊」的名字是從何而來的。我第一個想到的就是金庸修訂版《天龍八部》中第一回「青衫磊落長劍行」，他這麼喜歡談金庸，名字又有個「磊」字，理所當然與此句相關吧？儘管「磊落」、「磊磊」還是有些區別的。從網路資料看，他是八〇後的，「青衫」二字，也算是名副其實；而談武論俠說金庸，又豈不是「長劍」揮指、快意縱橫？

可是，「六神」我就絞盡腦汁也想不個意義來。是心、肝、脾、肺、腎、膽的「六神」？還是青龍、白虎、朱雀、玄武、螣蛇、勾陳的神話「六神」？

我第一個能想到的是「六神無主」這個成語。

「六神無主」本是用來形容心煩慮亂、無所適從的，偏向於負面的意義。我從網路資料上看到，原來他和我一樣，擁有特別讓蚊子青睞的體質，所以每逢夏天，都必須塗抹花露水與強敵蚊子頑抗到底。我是有過慘痛的被叮咬得「六神無主」的經驗的，花露水就像全真教的七星陣，遇上小龍女的「左右手互搏」，還是得敗下陣來，更何況，我施展出「左右手互搏」的招式，劈劈啪啪響不停，最終只換來滿手臂的紅腫，想來他也和我一樣，會「六神無主」起來吧？

我是寧可作如是想的。六神磊磊既然可以用「別解」讀金庸小說，我又何嘗不能用「別解」詮釋他的名字？

說起「別解」，學問可就大了，簡單來說，就是「誤讀」，我管你作者的原意是不是如此，只要我能說得理直氣壯、頭頭是道，讓人不禁莞爾、不禁贊嘆、不禁欷歔，更不禁順著我的思路去浮想連翩，又有什麼不可以？

我就是要用「六神無主」的「別解」，來「誤讀」一下六神磊磊的評說金庸小說。「六神」者，就是人的心氣神意，可以用「六腑」概括，法通六脈，少商、少澤、太沖、關沖、中沖、商陽，心凝氣結，隨指屈伸，揮文舞字，豈不自有華彩？最妙的則是「無主」。「無主」者，如行雲、如流水，隨意生發，不名一格，不拘一套，指東打西、說南道北，得魚可以忘筌，得意可以忘象，何等自在，何等瀟灑，又何等愜己而愜人？

在我看來，六神磊磊的讀金庸，就是這等讀法的，就像「獨孤九劍」施展開來一般，無招無式，無適無莫，劍來破劍，刀來破刀，抉幽探隱，深中肯綮，說金庸所未說，見金庸所未見，可以譏評社會，可以探討人性，可以論企業經營，又可以析人間百態。從小處著眼，由大處發揮，以巧手發妙文，以新解啟靈思，正如金聖嘆批《水滸》，有《水滸》此奇書，正不可不有金聖嘆此奇人。

寫奇書不容易，自當可列入「才子」之流，撰妙文，怕也是戛戛乎其難的，亦不可不謂為「奇人」。在我看來，奇人評說奇書，至少必須有三個條件：一是對奇書透徹了解，表裡周遭無不到，全體大用無不明；二是對當代社會的諸多現象，有細膩而深入的觀察，可以引鬪連類，隨處提點；三是文字洗煉，機趣橫生，令人娓娓愛讀。

這三個條件，六神磊磊基本上都是充分具備的，對金庸的小說，他大概早已是滾瓜爛熟的了，無論是人物、情節、器物，都能如數家珍，就是再不起眼的如飯局、婚禮、字條、鬍子……信手一拈，就可以文思泉湧、妙論連篇。他對當前社會人情的觀察，更無疑是隻眼獨具的，無論從金庸小說的任何大小段落，都可以往社會現狀作聯結，「華山論劍」可以透顯家族政治、全真派可以引帶企業創新、五嶽劍派合併可以鉤串臨時演員、《笑傲江湖》可以窺看職場、甚至連東方不敗這「吃貨」，都可以窺探出世態之炎涼，雖是指桑，卻根本就是在罵槐，當代社會的光怪陸離，一一具現在金庸的小說之中。更難得的是，不引經據典、不長篇大論，文字暢達幽默，觸處成趣，而又啟人神思。具此「三寶」，無怪能每經發文，就有數十萬讀者的贊嘆了。

我常以為，讀我的《解構金庸》，是可以增長武俠、文化「知識」的，但「知識」雖重要，卻嫌其沉重呆板，儒生論道，喋喋不休，厭聽者眾，寶愛者寡；而《六神磊磊讀金庸》則可以啟人靈智，發人新思，娓娓道來，又是別樣一個天地，別樣一個光景，又別具一番機趣。

明太祖曾評說高明的《琵琶記》，認為如「山珍海味，富貴家所不可無」，我則反之，《六神磊磊讀金庸》是一般喜歡武俠、鍾愛金庸的讀者，書案上所不可不擺的書。

壬寅五月林保淳序於木柵說劍齋

作者序

不再心中一蕩，誰來憐我世人

金庸小說，有兩句綱領性的、靈魂的話。第一句叫作：為國為民，俠之大者。

這話很好懂，是郭靖口裡說出來的，講的是家國。武穆書（按：《武穆遺書》，出自《射鵰英雄傳》）中教誨，襄陽城頭烽煙，蝴蝶谷中烈火，屠龍刀裡遺篇，這都是家國。中國人多半有點家國情懷，販夫走卒、引車賣漿者都有。但是只有這兩個字，還不是最一流的文學。

金庸小說的第二句話，叫作：憐我世人，憂患實多。這是《倚天屠龍記》裡明教的歌。這一句話，講的是悲憫。有悲憫的，才是真正第一流的文學。

可以說，「家國」奠定了金庸小說的底色，「悲憫」決定了金庸小說的高度。

金庸的書，常常憐世人。而且越到後期越是這樣，無人不冤，有情皆孽，人人可憫。筆下的一切人物，一切個體，都是憐的對象。

他憐那些底層弱者，亂世中命賤如草，承平時亦被踐踏，像遇上了金兵被害的葉三姐，襄陽城郊被李莫愁殺死的農婦，長台關被阿紫割舌的店小二，被蒙古兵破城的撒馬爾罕（按：中亞地區的歷史名城，現為烏茲別克第二大城市）人民。

他憐的世人包括各族，漢、回、契丹、蒙古、女真、高昌……雁門關下被交替「打草穀」

（按：指到敵方領地搶奪食物、錢財）的漢人和契丹人，他都憐。他讓失去了至親的契丹民眾露出胸口狼頭，仰天悲嘯。

因為「憐我世人」，所以金庸小說骨子裡厭惡征服，反感侵略戰爭。他借丘處機的詩說：天蒼蒼兮臨下土，胡為不救萬靈苦！他還借郭靖之口對鐵木真說：「殺得人多未必是英雄。」甚至他還一廂情願的讓鐵木真糾結至死，去世前還喃喃自語：「英雄，英雄……」

他還借段譽的口，吟誦李白反戰的詩：

烽火然不息，征戰無已時。
野戰格鬥死，敗馬號鳴向天悲。
烏鳶啄人腸，銜飛上掛枯樹枝。
士卒塗草莽，將軍空爾為。
乃知兵者是凶器，聖人不得已而用之。

他還特意把最光輝的臺詞，留給了大俠士喬峰：

你可曾見過邊關之上、宋遼相互仇殺的慘狀？可曾見過宋人遼人妻離子散、家破人亡的情景？宋遼之間好容易罷兵數十年，倘若刀兵再起……你可知將有多少宋人慘遭橫死？多少遼人死於非命？

那麼多人愛講天道、王道、霸道，金庸一個寫武俠的反而好講人道。

他內裡相信所謂「絕對正確的人道主義」，他是法國文豪大仲馬（Alexandre Dumas）的軀殼，法國浪漫主義文學領袖雨果（Victor Marie Hugo）的靈魂。

他憐世人，還包括那些企圖逃遁的中間派，如劉正風、曲洋、梅莊四友……這些人對現實心灰意懶，看不到出路，想選擇逃避，希冀能夠金盆洗手、「笑傲江湖」。金庸也憐他們。他對他們懷抱著好感和同情，為他們精心編織了綠竹巷、桃花島、百花谷，作為夢想中的樂土。他還想像了《碧霄吟》這樣的曲子，形容他們「洋洋然頗有青天一碧、萬里無雲的氣象」。

事實上，諳熟世事如金庸，當然知道武俠江湖裡無樂土，歸隱不是出路，田園終將毀滅。所以像蝴蝶谷、梅莊、琅嬛玉洞，終究毀滅或者荒蕪了。可是他又心存不忍，又要寫蝴蝶谷的新生，寫梅莊也搬進來了新客人，就是新婚的令狐冲和任盈盈。那是他留給自己的一點童真和善意。

他憐的世人，還包括那些扭曲了的靈魂，就算再可痛、可恨，也總是可憫、可嘆。

有被復仇扭曲了的，比如林平之。有被愛情扭曲了的，比如游坦之、阿紫、何紅藥。有被權力扭曲了的，比如任我行、東方不敗、洪教主。金庸拒絕讓他們做天生妖魔，他筆下更多的是一個個有扭曲的原因、有反思的價值、有滑落軌跡的個體。

他當然也懲罰，也審判。但他的懲罰往往是伴著安魂曲的，他的審判往往是帶著慨嘆的。

他當然也寫平面人物，也給人物打簡單的善惡二維標籤，但他更樂意燭照人性，洞察幽微。甚至你看岳不群、左冷禪這種野心家最後的猙獰表演，也會有一絲「奈何做賊」的惋惜，有一絲「我最憐君中宵舞」的味道。

而且，因為憐世人，他不會汙蔑和嘲弄愛情。金庸寫兩性關係，那麼保守，往往只會「心中一蕩」，但他不嘲弄愛情。他嘲弄楊蓮亭，嘲弄東方不敗，卻也不曾嘲弄他們的愛情。哪怕是歐陽克、葉二娘，作惡多端，但金庸對他們的愛情也報以了溫厚。

現在我們寫作的圈子，時興刁鑽和刻薄，我們已經不熟悉因為寬厚而偉大了。

眼下金庸揮手走了，辭別了凡間的光明頂，去了天界的坐忘峰，收走了郭襄的眼淚，揮散了華山的煙雲。真的想問問他：綠竹巷和蝴蝶谷在哪裡？獨孤九劍究竟怎麼練成？風清揚真能生存得下去？笑傲江湖的事，到底有沒有？

不再「心中一蕩」，誰來憐我世人？

第壹章

關於《射鵰英雄傳》及《神鵰俠侶》

回看射鵰處，千里暮雲平

——王維

1 從偉大武功到偉大公公

一

金庸小說，是一部武功的退化史，也是一部武人的縮陽史。這話何意呢？就是隨著歷史一代代演進，江湖高手們不但武功越來越差，陽剛之氣也逐漸褪去，變得越來越內縮和萎靡。

如果不算短篇《越女劍》的話，金庸小說的歷史背景大概橫跨了七百來年，從《天龍八部》的北宋哲宗元祐年間，一直寫到了《飛狐外傳》的清朝乾隆年間。這七百年裡，高手們的武功一代不如一代。早年的俠客神乎其技，甚至可以憑武功返老還童，可是到了後來，神功消失殆盡，連點穴、「鐵板橋」（按：雙腳站定，身體筆直向後仰，通常用來躲避暗器的姿勢）都成了不俗的武功了。

不妨從最早的《天龍八部》北宋說起，看看這七百年來的退化和縮陽史，是如何發生的。

且說《天龍八部》的時代，是一個武學繁榮、百花齊放的時代。當時最偉大的武功，大多被收藏在三個頂尖的圖書館裡。第一個叫琅嬛玉洞，是逍遙派開設的；第二個叫還施水閣，是慕容家開設的；第三個叫藏經閣，是少林派開設的。全江湖的高手們都挖空心思，想到這三個最頂級的圖書館裡去看書。

開辦和經營這三個圖書館的，恰好一個是儒家——慕容氏，一個是道家——逍遙派，一個是佛家——少林派。很長一段時間裡，這三座武學聖殿交相輝映，鼎立武林。

聲明一下，本書裡所談論的「佛家」、「道家」等，僅僅是個稱謂而已，只限於小說裡虛構的武術門派，和現實的佛教、道教完全無涉。

先說開辦了還施水閣的姑蘇慕容家。他們的末代領袖慕容博，以鮮明的儒生形象縱橫江湖——

那男子約莫四十歲上下，相貌俊雅，穿著書生衣巾。

慕容博此人不但外表是個書生，在內心理念上也是個儒家積極用世理念的踐行者，志在修齊治平。他家世代都夢想復興早已滅亡的故燕國，哪怕復國的成功率幾乎是零，也仍然知其不可而為之。

在當時的江湖，作為儒生的他，武學思想也最為桀驁，提倡孔子所謂的「以直報怨」，其核心武學精神是一句話——以彼之道，還施彼身，即是「用你的辦法來弄死你」。這可以說是當時江湖裡最陽剛，甚至是最極端和偏激的武學思想。

可是在江湖上，這個慕容家也是衰敗最快的。他們轟轟烈烈的存在了幾年，充當了幾回武林的風暴眼，然後就無可挽回的沒落了。

整個江湖都嫌棄他們。不管是宋、遼，還是西夏、大理，乃至武林中一切的勢力和存在，都嫌他們太胡鬧、太偏激了。他們是眾矢之的，是威脅、是麻煩、是刺頭（按：刁蠻、挑剔的人），似乎人人都看姑蘇慕容家不順眼。他們的族長慕容博無奈遁入空門，唯一的繼承人慕容復發了瘋，整個家族迅速的式微。金庸的武學史長河中，儒家武士的一角塌陷，正是從慕容氏的衰敗開始的。

這種衰敗勢難挽回。到了南宋，生於西元一一七〇年前後的黃藥師，成為了金庸江湖裡最後一個武功達到絕頂境界的書生。

讓我們記住黃藥師的形象——穿一件青色直裰（按：古代家居服），頭戴方巾，是個文士模樣。這是武俠史上最後一個偉大的文士形象，是傳統文士在江湖最高殿堂上的絕唱。自黃藥師之後的那些文士高手，無論楊逍、張翠山、陳家洛還是余魚同，不管他們再如何風流機巧，終究都不是最頂尖的人物了。

二

在儒家武士的一角塌陷沉淪的同時，大約西元一一六〇年，隨著一個叫黃裳的人以《萬壽道藏》為基礎，撰出了一本叫《九陰真經》的巨著，道家的武士迎來了輝煌的時代。

江湖格局為之一變，進入了道家統治的一個世紀。《九陰真經》逐漸被抬到一個極其崇高的地位，甚至被稱為「天下武學之總綱」。黃裳的繼承者王重陽進一步鞏固了這種輝煌，他的武功被時人稱為「玄門正宗」，他創立的全真教成為武林第一門派，他本人也成為無可置疑的天下第一高手，於華山論劍時獨魁群雄，在「射鵰三部曲」中留下一個高不可攀的背影。

哪怕是一貫驕傲的儒士黃藥師，也不得不用詩歌表達對道士王重陽的仰慕和服膺：

重陽起全真，高視仍闊步。

矯矯英雄姿，乘時或割據。

……

於今終南下，殿閣凌煙霧。

或許是吸取了儒家武士衰敗的教訓，道家的《九陰真經》溫和了太多。它一上來就開宗明義——「天之道，損有餘而補不足，是故虛勝實，不足勝有餘」，充分的認可天道的「不足」，反覆強調自身的「知足」與「無求」，表示自己絕不多吃、多占，沒有野心，不會像慕容家的武術一樣動不動就以直報怨，胡亂雄起。

在這種溫吞水般的武學思想指導下，道家的武人們特別講求柔順，提倡以柔克剛。他們誠惶誠恐的打磨著武功中的稜角，在「知足」和「無求」中，小心翼翼的尋找著偉大的可能。

例如王重陽之後的道家武學宗主周伯通。他創造的武學叫作「空明拳」，號稱「天下至柔」，已經夠萎靡的了。但這還遠非極端，再下一任的道家領袖乃是張三豐，發明了比「空明拳」還要更痿的「太極拳」，把畫圈圈、攪渾水、和稀泥的功夫推向另一高峰。

選一段金庸小說，你可以看看「太極」武功是怎麼畫圈圈、攪渾水、和稀泥：

張無忌……雙手成圓形擊出……隨即左圈右圈，一個圓圈跟著一個圓圈，大圈、小圈、平圈、立圈、正圈、斜圈，一個個太極圓圈發出，登時便套得阿三跌跌撞撞……猶如中酒昏迷。

——《倚天屠龍記》

用無窮無盡的圈圈來套你、攪你、纏你，直到把你弄得暈頭轉向，如「中酒昏迷」。

「柔」、「順」、「痿」的作風，在這一派的高手身上處處可見。有一次，張三豐的徒弟俞蓮舟偶然創出了一門峻烈的武功，叫作「虎爪絕戶手」，專門抓人的腰部。張三豐知曉後大驚失色，叮囑徒弟：這門武功太過偏激，千萬不要公之於世。這真是一代不如一代。當年同為道家的黃裳，還曾研發過專插人頭蓋的「九陰白骨爪」。而百來年過去，如今連遠為溫柔的插人腰窩的「虎爪絕戶手」都覺得太刺激了。

不過，太極固然是極「柔」、極「痿」，卻還遠遠不是武人陽剛之氣退化的終點。新一輪的退化很快來了。隨著江湖變遷，道家的《九陰真經》逐漸散佚，下一個稱雄江湖的是佛家的《九陽真經》，引領一時風騷。

在「痿」的道路上，金庸的佛家武士比道家走得更遠——你道家不是還遮遮掩掩的說什麼

「虛勝實」、「不足勝有餘」嗎？我佛家武學乾脆連遮羞布也不要了，直接挨打不還手、唾面任風乾，看你能痿過我？於是便有了《九陽真經》裡著名的口訣：

> 他強由他強，清風拂山岡。
> 他橫任他橫，明月照大江。

這幾句話因為太有名，甚至頻頻被人誤栽在了歷史名人的頭上，拿來燉心靈雞湯，卻不知這其實是金庸小說裡的武術口訣，就是要人內心平靜的接受一切惡意，任由別人捶打。這幾句話其實還不算是《九陽真經》裡最萎靡的，更萎靡的是後面一句「他自狠來他自惡，我自一口真氣足」，別人打我一拳，我只原地做深呼吸。

每回讀到這句話，總想起在這之前百年的宋代，中原人民曾經自嘲：「金兵有狼牙棒，咱們有天靈蓋。」這曾是一句無比辛酸的笑話，正所謂「遺民淚盡胡塵裡，南望王師又一年」，聽之讓人淚下。沒想到過了百十年，經過一番包裝，一句辛酸的笑話居然搖身一變，成了正統的武學思想。

三

或許你覺得《九陽真經》的「挨打不還手、只做深呼吸」已經是武人退化的極致，已退無可退了。實則不然。即使武學已痿到如此地步，武人們的萎靡之路還沒有走完。冥冥之中仍有一種力量，覺得武人們的陽氣還是重了一些，還應再往後退。

於是，在武學進化的加拉巴哥群島（按：東太平洋上的火山群島，島上豐富的生物群是達爾文物競天擇理論的基礎）上，經過偉大的自然選擇，一種更神奇的武人終於出現了。他們踏過了狂躁的儒家武士、謙退的道家武士、自虐的佛家武士，登上了武學江湖的王座，他們的名字叫作閹人。金庸武俠史上從此出現了儒、釋、道三教之外的第四個教派——閹教。一件本人的生殖工具，是加入這個教的投名狀。

翻開腥臊味撲鼻的《笑傲江湖》，我們驚訝的看到，在《天龍八部》江湖的數百年後，一群沒有男性特徵的人成了武學的最高統治者。

這種事情從無先例。回首過去歷史上的那些武聖，從掃地僧到獨孤求敗，從黃裳到張三豐，不論他們如何修持禁欲，至少身體都是完整的。他們也是有愛欲的，王重陽可以和林朝英「二仙此相遇」，張三豐也可以惦記著明慧瀟灑的郭襄，懷揣一份美好嚮往。

可是在明代的《笑傲江湖》裡，閹人完全呈壓倒性優勢，健全人十分無力。你看那個江湖上儒家武士最高成就的代表岳不群，戰鬥力也就是七十分出頭，備受欺辱和壓制。為了攀登武學新高峰，岳老師一咬牙，背著老婆交了投名狀，變身為超級賽亞閹人，頓時打遍五嶽劍派無敵手。

岳老師最大的敵人名叫左冷禪，金庸說他「名字中雖有一個『禪』字，卻非佛門弟子，其武功近於道家」。但不論左老師是佛是道，都是過時的明日黃花，一遇到加盟了閹教的岳不群，立刻被戳瞎了狗眼——此處用語絕非誇張，在小說中他是真的被戳瞎了眼。

至於釋、道兩家的代表人物方證和尚和沖虛道士，只能龜縮於少室山和武當山，避免遭遇闇教的東方教主，以免毀了一世英名。假如真要遇上東方教主，估計這一僧一道也是被爆打十條街的下場。還有也算正宗道家高手的余滄海，碰上闇教新秀林平之，居然毫無反擊之力，被打得菊花殘滿地傷，笑容都泛黃。

回望千年，真的是恍然一夢。當年的陽剛和雄猛已經隨風散去，那個江湖上已經沒有了偉大的武功，只剩下一些偉大的公公。

2 華山論劍和家族政治

一

說金庸，先要說華山論劍。

華山論劍大概是二十五年到三十年一期，它代表了南宋末年的武學巔峰，也是整個金庸小說歷史上後無來者的盛事。後來江湖上再也沒有組織起，影響力這麼大、品牌這麼響亮的頂級峰會了。

華山論劍前後一共舉辦過三次，每一次都是有主題的，有明的主題，也有暗的主題。

我們從第一次論劍說起。它的大背景是宋金兩國相持，一個北伐未舉，一個南侵無力。那時的江湖正在進行重組和新生，可謂是山頭林立，派系眾多。四方豪雄像野草般恣意生長，跑馬圈地，重新劃分勢力範圍，充滿了一種「莽榛蔓草、天地初辟」的自由氣息。

各路派系之中，有一些大的山頭，比如全真教山頭、桃花島山頭、白駝山山頭、大理段氏山頭。還有小一點的山頭，比如黃河幫沙氏山頭、遼東長白山梁氏山頭、藏邊大手印山頭等，各自都蓬勃發展，稱雄一方。

甚至一些極弱的小股勢力也能在夾縫中生存，比如「江南七怪」之流，沒有什麼重要戰略資源（武功差），也沒有依附什麼大的勢力，卻也都能割據一城一寨，揚名立萬。

第一次華山論劍，就是這樣一種恣意、興旺的江湖格局的最好體現。

從參加論劍的五個高手就能看出，它頗有些五湖四海、不拘一格的味道，東至東海，西達西域，南到大理，北逾黃河，遍布四方。

論劍的過程也基本上是自由公平的競爭，「五人口中談論，手上比武，在大雪之中直比了七天七夜」，沒有以多欺少的情況，而且大家只論武功，不論所謂的道德、是非問題，沒有附會任何價值觀上的東西。最後大家公推全真教教主王重陽為天下第一。

這第一次論劍，明面上的主題是《九陰真經》，似乎是爭奪一部經書，誰的武功高，誰就拿去。而它暗的主題，則是群雄逐鹿，是各大山頭第一次直接的實力比拚。就是透過這一次論劍，各大山頭初步劃定了勢力範圍，江湖就此形成了一個較為穩固的格局，也就是大家耳熟能詳的「東邪西毒、南帝北丐、中神通」。

中神通就是王重陽。在他和他的全真教強大的武力威懾下，各種矛盾暫時被壓制住，紛爭轉為地下。用周伯通的話說，是「武林之中倒也真的安靜了一陣子」。

這時候的江湖形勢，是典型的「一超多強」。它有幾大特點：

五大山頭共同承認王重陽的超級地位，認可由他獨占最重要的戰略資源《九陰真經》。

五大山頭之間形成了一定程度上的妥協和默契，互相沒有不可調和的矛盾。他們偶爾也有小規模、局部性的摩擦，但絕不挑起全域性的生死決戰。

部分山頭之間結成了一定的鬆散聯盟。比如北丐和南帝之間，南帝和中神通之間，都有一定的聯盟性質，互相頻繁示好。

如果不是後來的意外，這個格局還會延續很長一段時間，那麼「射鵰三部曲」就不會是現在的樣子，北方蒙古草原上的小牧民就不會有機會成長為「大俠郭靖」。

二

然而，僅僅數年之後，這個「東邪西毒、南帝北丐、中神通」的格局就崩塌了，其主要誘因就是王重陽的逝世。

王重陽在五大宗主裡最為年長，但年紀並不老邁。他精力旺盛，內功深湛，且對男女之事興趣不大，長期放任有曖昧關係的女性友人獨居。

中國的傳統觀念一般認為，清心寡欲有益於長壽，不知道為什麼偏偏王重陽沒能活得久一點。

金庸告訴我們，王重陽提前感覺到了自己壽數無多，開始著手謀劃後事。過去他一直奉行的是大陸均勢，幾大山頭誰也吃不掉誰，好讓全真教一家獨大。他也早就預料到了風險：一旦自己死去，這一格局將遭到毀滅性衝擊，後繼無人的全真教可能會傾頹，江湖會陷入紛亂。

因此，在油盡燈枯的最後日子裡，王重陽憑著超人的精力和才幹，運籌帷幄，做了大量的部署，試圖把他生前苦心肇建的江湖格局保持下去。

他把握時間，籌劃了幾件大事：

一、他選擇了南帝作為盟友，實施「聯南克西」，也就是聯合南帝克制西毒。為此他不惜親自率隊出訪大理，甚至和南帝大搞赤裸裸的軍火交易——互相教對方先天功和一陽指。

二、他設計了以裝死來誘殲西毒歐陽鋒的「斬首行動」，不惜違反「五絕」之間不作殊死格殺的既定方針，要對西毒實行肉體消滅。

三、鑒於徒弟「全真七子」武功不高，他精心研發了大規模殺傷性武器「天罡北斗陣」，爭分奪秒的在教中推廣。這是一種七個打一個的群毆之法，王重陽希望透過武器和戰法的先進，來彌補徒弟單兵作戰能力的不足，以便在自己死後使全真教繼續保有超級地位。

這些安排都很有遠見，證明了王重陽雄才大略，實乃一代人傑。然而事與願違，他的一切努力均告失敗。而最先破裂的，居然就是他苦心孤詣和南帝建立的聯盟。

因為一起非常、非常偶然的桃色事件，這個聯盟失敗了，就是他的師弟周伯通和南帝的妃子劉瑛姑私通。私通也就罷了，還生了孩子。

儘管王重陽和南帝雙方都努力展示出政治家風範，表面上穩妥的處置了這一事件，但這件事的後果其實是非常嚴重的——南帝身心受創，頹然出家，幾乎完全退出了對歐陽鋒的壓制計畫。

此後，全真教和大理段氏兩大集團越來越疏遠，聯盟事實上宣告破裂。讀者們不難發現，到了後來的《神鵰俠侶》中，這兩大集團之間已經很有隔閡了，幾乎再沒有什麼實質性的往來，更不可能互相賣軍火——

你能想像朱子柳把一陽指教給郝大通嗎？

王重陽的第二項計畫——對西毒的斬首行動——也功敗垂成。誠然，他假死躲在棺材裡，成功的伏擊並重創了歐陽鋒，破了他的蛤蟆功，對歐陽鋒產生了一定的震懾效果，卻未能致命。更可怕的是，這一次斬首行動揭開了潘朵拉盒子——「五絕」之間也可以發動生死決戰了。

雪上加霜的是，他精心研發的「天罡北斗陣」終究被證明是個雞肋，無法和東邪、西毒等大山頭抗衡。「天罡北斗陣」的最大戰鬥力挺強，但僅僅存在於理論上，必須完整湊齊七個徒弟一起發動才可以。它受人員、地域等不確定因素的限制太多，對東邪、西毒等人而言，別說與之並駕齊驅了，連產生一點側面牽制作用都很勉強。

武器和戰法的精良，不能彌補個人素質的巨大差距，這一點已經在歷代江湖搏殺中被證明。

終於，在也許是自嘲、也許是不甘的「一聲長笑」之後，巨人王重陽闔眼長逝。江湖上從此留下了巨大的權力真空，武林亂局重啟，新的格局呼之欲出。

各大山頭之間的衝突開始升級，矛盾逐漸不可調和，巨頭們連續爆發生死惡戰。其中有：東邪重創並囚禁周伯通，西毒畫「割肉飼鷹圖」（按：出自《六度集經》的「割肉餵鷹」，釋迦牟尼為了救援被老鷹捕食的鴿子，割下自己的肉餵食老鷹的故事）害南帝，西毒重創北丐，西毒打傷古墓派林朝英傳人，東邪惡鬥全真七子，西毒打死江南五怪嫁禍東邪……江湖上血雨腥風，惡鬥連連。

也正是因為這一場亂戰，讓江湖上的一支新生力量得以悄悄的萌芽、滋長，左右逢源，不斷壯大。

以兩次「華山論劍」為尺規，這支力量最終一統武林，開啟了對整個江湖的家族壟斷時代。這就是郭靖、黃蓉的江湖大串聯。

三

郭靖和黃蓉的婚姻，不只是一首《一生有意義》（按：一九八三年電視劇《射鵰英雄傳之東邪西毒》主題曲）那麼簡單，而是武林中規模空前的一次江湖大串聯。

看看這兩個人分別代表的勢力：郭靖背後的主要勢力，是全真教山頭，不但周伯通是他的義兄，連「全真七子」中影響力最大的三人馬鈺、丘處機、王處一也都是他的老師；黃蓉的背後則是桃花島山頭，這無須多言。

郭、黃還共同拉攏了一些強大的資源，包括北丐山頭和南帝山頭。

郭靖和黃蓉一起成為北丐洪七公的徒弟，又一起籠絡了南帝一燈大師。

五絕之中，郭、黃已得其四，強大的聯盟隱隱成形。

所以說，後來的江湖是一個並不精采的江湖。後來的華山論劍，又哪裡還有什麼「論劍」？哪裡還有什麼「華山」？不過是郭黃一家的牌桌而已。

我們於是看到華山論劍的性質漸漸變了。「郭黃聯盟」開始給華山論劍設置門檻，用種種理由把敵對的勢力排除在外。二十多年前第一次華山論劍「五湖四海、不問來歷」的宗旨，到這個時候已經被拋棄了。

比如裘千仞想參加第二次華山論劍，就被無厘頭的拒絕，理由是他的道德水準低。洪七公對裘千仞說的一番話最有代表性：「你上得華山來，妄想爭那武功天下第一的榮號……天下英雄能服你這賣國奸徒嗎？」道德批判取代了公平比武。

要知道，在二十多年前的第一次華山論劍時，裘千仞是被主動邀請的對象。可是到了今天，郭靖、黃蓉的聯盟已經高高舉起道德大旗，裘千仞因為「人品壞」，連論劍的資格都被淅瀝糊塗的剝奪了。

而且，二十多年前的第一次華山論劍是公平的一對一比武，根本不可能發生以多打少的群毆。但在郭黃勢力主導的這一場華山論劍上，歐陽鋒遭到車輪戰和圍攻，被黃藥師、洪七公、郭靖、黃蓉群毆，直到被搞發瘋。在原著中說得明白：「這是合東邪、北丐二人之力，合拚西毒一人」，華山上已經不是爭什麼「武功天下第一」，而是一家子人存心搞死另一家子人。

西毒瘋掉之後，再也沒有什麼力量可以阻止郭黃這一家勢力的獨大。

他們成為一統武林的超級家族。全真教和丐幫是其部屬，桃花島是他們的後花園，南帝是他們的戰略同盟，陸家莊等是他們的金庫和財源。

比如，郭靖、黃蓉開大勝關英雄大會，誰出錢的？陸家莊。書上說，「正廳、前廳、後廳、廂廳、花廳各處一共開了二百餘席」，「這日陸家莊上也不知放翻了多少頭豬羊、斟乾了多少罈美酒」。

那些不服管束的小魚小蝦，如李莫愁等，無論平時多麼兇悍，一聽見郭靖、黃蓉的嘯聲，只有望風而逃。

家族政治的典型特徵，就是可以不斷複製自己的權力。比如丐幫幫主的位子，在魯有腳這個傀儡幫主手上過渡了一段時間後，傳給了誰？

是郭靖的大女婿耶律齊。

有些人不識相的跳出來，想憑本事分一杯羹，攪亂郭靖家族的內部權力交接，比如霍都也來爭當丐幫幫主，結果如何？是被各路人馬圍毆，慘死當場。

這個家族還在繼續擴大自己的勢力，不斷的開葉散枝，鞏固老聯盟，圈占新資源。比如郭靖把侄兒楊過千里迢迢送到哪裡去深造？是全真教。

這不但可以鞏固和全真教的關係，而且能保證在周伯通、丘處機之後，全真教的第三代、第四代裡仍然有郭黃家族的代言人。

又比如郭靖收了誰做徒弟？是武修文、武敦儒兄弟。他們兄弟倆人品猥瑣、資質平庸，難道郭靖、黃蓉看不出來？郭靖、黃蓉收下他們，大概也是因為兩兄弟有南帝的背景，是一燈大師一派的後代親眷。收他們為徒，不但讓郭靖、黃蓉和南帝的關係更密切和牢固，也算是郭黃家族向南帝勢力長期支持自己的一種回饋。

家族坐大，雞犬升天——就連內部那些不爭氣的成員，也在家族的庇護下快樂的生活著。

比如柯鎮惡，過去他過的是什麼日子？掙扎在武林的最底層，武功低微，流竄江湖，到處受辱，連自己兄弟的命都保不住。現在搖身一變，成為德高望重的「柯大公公」，鹹魚翻身了，到處優哉游哉、東走西晃，無人敢惹。

就算遇上強敵如李莫愁，都不敢對他下殺手，最多微笑著恫嚇兩句：「柯老爺子，赤練神掌拍到你胸口啦！」可是她敢發功嗎？敢嗎？

還有大小姐郭芙，一個半點生存能力都沒有的庸人，武功低微，又缺乏應變之才，還到處得罪人，如果放在三十年前的江湖上，早就不知道死了多少次，也許早就被擒去放上歐陽克的大床了，或是被參仙老怪給雙修了。

但在第一家族的勢力威懾下，她愣是活得好好的，安安全全、渾渾噩噩的長到三十多歲，沒碰到大的危險，和誰說理去？

四

家族壟斷的最高層次，是意識形態的壟斷。難能可貴的是，經過數十年奮鬥，郭黃家族終於做到了這一點。他們樹立的主流意識形態是八個字——「為國為民，俠之大者」。

可以說，在這一句口號提出之前，郭靖還只是一位「大俠」，充其量就是江湖上的業務榜樣和道德模範。而當這八個字的旗幟高高飄揚在襄陽城上時，郭靖質變了，他開始成為整個江湖的思想領袖和精神導師。

不得不佩服這背後傑出的智囊和文膽——黃蓉。表面上這八個字是從郭靖的口中宣之於眾，但在幕後提煉出它們的，無疑是黃蓉。

這八個字妙不可言。在當時抗蒙的大背景下，它最有號召力，能最廣泛的團結江湖人士。它在思想理論的高度上，也全面超越了上一代大老王重陽。

相比之下，儘管王重陽也抵抗外敵，也「為國為民」，但他在理論上還缺乏概括和提煉，他的口號仍然停留在「行俠仗義，救世濟人」上。

注意這幾個字可不是我強行安上的，而是王重陽親口說的。他批評師弟周伯通時，就說周「少了一副『救世濟人』的胸懷」。相比之下，「為國為民，俠之大者」的格局明顯宏大得多。

對於郭靖、黃蓉，中原武林中難道就沒有異見者嗎？有的。有一些勢力就一直遊離在他們的主流江湖之外，比如古墓派山頭。

這是一支歷史悠久又十分桀驁難纏的力量。在王重陽坐大時，這個山頭的領袖林朝英就選擇不合作。當郭靖、黃蓉壟斷江湖時，這個古墓派山頭的代表人物楊過、小龍女、李莫愁還是選擇不合作。尤其楊過，本來是郭靖的嫡系，卻倒戈去投靠古墓，十幾年來雙方齟齬不斷。

對於這樣一支不合作的力量，決裂嗎？消滅嗎？最後郭黃家族還是展現出第一家族的手腕和氣度：在外交上，以郭襄作為特別管道，全力修補過去破裂的關係；在價值觀上，和古墓派山頭互相承認，求同存異。

什麼叫互相承認？就是郭靖、黃蓉承認楊過和小龍女的逾越禮法、師徒可婚；而作為回饋，楊過、小龍女也承認郭靖、黃蓉的「俠之大者，為國為民」，楊過公開宣布擁郭，大張旗鼓到襄陽參加抗蒙戰鬥，在名義上正式併入郭黃家族的版圖。

楊過不但重新成為郭黃的家族成員，還擔任了家族的重要職務——統戰總管。江湖上的一些中間人士，比如什麼西山一窟鬼、萬獸山莊、人廚子、聖因師太、張一氓等，都透過楊過的管道結成一致的陣線，到襄陽城效力。

最終，兩大派系達成合作，襄陽一戰擊斃蒙哥，取得了輝煌勝利，家族的事業迎來了巔峰。

讓我們回到金庸原著，看看大戰之後歡慶的情景吧，郭靖和楊過之間作為盟友的互動：

郭靖攜著楊過之手，拿起百姓呈上來的一杯美酒，轉敬楊過。

作為大政治家，郭靖的慶功第一杯酒，轉呈給了自己最重要的合作者、旗下最重要的領主楊過。這一杯酒中，包含了多少深意。而楊過的一聲「郭伯伯」中，又包含著多麼複雜的內容。

五

周公吐哺，天下歸心，一統江湖，是時候了。於是我們看到，郭靖、黃蓉趁熱打鐵，率領江湖群雄再上華山。

這一次可以被稱為第三次華山論劍。它名義上的主題是祭奠洪七公，而實質上的主題，是郭黃家族的封禪之舉，是他們一統江湖的加冕禮。

它必須選在武林聖地華山上舉行。

這一次論劍沒有比武，沒有角鬥，大家經過其樂融融的內部商量，很快產生了新版本的五絕——東邪、西狂、南僧、北俠、中頑童。

對比一下歷史上的舊版本五絕——東邪、西毒、南帝、北丐、中神通，你會發現舊版本可謂實至名歸，「東邪」確實在東海，「西毒」也的確在西域，「南帝」的確在南疆大理，「北丐」也是在黃河以北抗金。

再看後一個新版本的五絕，顯得很牽強：楊過為什麼是「西」？他並不住在西邊。郭靖也不完全是「北」，他成名是在華中的湖北襄陽。周伯通也不是「中」，他浪蕩天下，四海為家。

事實上，在這個時候，東南西北已經無所謂了。新版本五絕的真正意義是：東邪是父，西狂是侄，南僧是師，北俠是夫，中頑童是兄。都是一家子人在玩，你說東南西北還重要嗎？

幾十年過去，華山論劍終於從五湖四海的英雄爭霸，變成了一家人其樂融融的內部聚會。那東南西北的名號，也從天下英雄誓死爭奪的地盤和版圖，變成一家人內部商量著瓜分的蛋糕。可嘆其他那些足夠躋身「五絕」的人，那些和這個家族唱反調的人，如歐陽鋒、裘千仞、金輪法王等骸骨朽矣。

如果郭黃家族有紋章，那麼一定是這樣的：它上面飛舞著雙鵰，背景是巍峨的華山，映襯著雄偉的襄陽城。

在《神鵰俠侶》的結尾，有一段很有寓意的故事：有一群底層草根，武功很差，卻還想效仿先賢，跑到華山上來「論劍」，最後在楊過的長笑聲裡屁滾尿流跑下山。

其實不能怪他們武功低微——他們實在是沒地方學。那個時代最好的武功，降龍掌、打狗棒、先天功、一陽指、九陰真經、玉女心經、彈指神通……哪一樣不是在郭黃家族的掌握中呢？

連那些郭黃家族過去沒有的神功，要麼透過種種管道被收入家族的武庫，比如蛤蟆功、鐵掌功、玉女心經，就被楊過、完顏萍們輸送來了；要麼像金輪法王的龍象般若功一樣，早已隨著主人長眠地下。

所以，當這些底層人從華山上被趕下來以後，肯定很疑惑——俺們倒是想從此發奮，好好練武，但除了山上那一家子人，天下哪裡還有剩下的好武功呢？

3 全真派搞創新

一

全真派的衰落，是金庸小說裡一個很重要的事件。

這個門派曾是天下第一大派，武功一度號稱「玄門正宗」，創始人王重陽先生天下無敵。讓人嘆息的是，它也是衰落得最厲害的門派，幾乎是直線自由落體，才傳到第三代就高手凋零，幾乎無足可取了，真可謂興也勃焉，亡也忽焉。

全真派衰落成什麼樣子呢？隨便舉幾個例證。它的第二代弟子，七個人加在一起還可以擋住黃藥師。可是到了第三代弟子，九十八個人加在一起擋不住一個郭靖。甚至金輪法王只派了兩個徒弟，再攜一幫江湖上拼湊來的烏合之眾，就差點把全真派總舵給掀了。

白家武功越練越差，全真派的人知道嗎？其實是知道的。領導階層並非沒有危機意識，也會為此心懷愧疚，「五個老道垂頭喪氣，心下慚愧，自覺一代不如一代，不能承繼先師的功業」。

為圖振作，全真派也很想創新。碩果僅存的全真五子展開了一個「創新一號工程」，打算閉關靜修，「要鑽研一門厲害武功出來」。從這個意義上來說，全真教也不能說是不知死活、坐井觀天，完全躺在歷史功勞簿上抱殘守缺。

可是這一創新，問題就來了。幾個老頭閉關許久，創出什麼武功來了呢？說起來有點好笑，只有一招，叫作「七星聚會」。具體就是必須大家湊在一塊，同時發力，聯手攻擊敵人。

這更像是一個妥協的產物，創新成果必須多部門聯合使用，每一個部門都要有份。如果只有單一部門在場，比如僅有丘處機，或是王處一在場，這個重大創新成果就難以施為。只有大家都在，至少是多人在場，新武功才能施展。

也就是說，一場絕境下的自救式創新，終於還是淪為部門之間的平衡遊戲，某種程度上變成了一場被部門利益綁架了的假創新。

每一個部門壁壘嚴重的大公司、大團體，都可能面臨這樣的尷尬。

真人們都有各自的班底，各有各的部門利益。一旦要創新，就很難平衡利益。假如研究出來一門新武功，你說算是丘處機系統的，還是王處一、孫不二系統的？再者，如果丘處機的創新計畫，需要調動劉處玄、郝大通的資源和人手，劉、郝會全力支持嗎？

這就是為什麼全真派上上下下那麼渴望創新，但一到了具體的武功研究上，卻必須炒大鍋飯，最終弄出來一個不倫不類的「七星聚會」，人人有份，人人能玩，誰也不落空，至於它在江湖上有沒有市場、好不好應用、能不能禦敵，誰管他呢。

二

你倘若再仔細觀察還會發現，全真派表面上渴望創新、高喊創新，管理層也一再呼籲創新，實際上這個門派卻十分抵觸、排斥新的思想、新的技術。

對待郭靖、周伯通等人的種種舉動都是明證。郭靖的武功天下獨步，丘處機等和別人打架，一看見郭靖來了就歡欣鼓舞：「此人一到，我教無憂矣！」然而諸人只滿足於郭靖助拳解圍，從不向郭靖求教半點武學。如果全真幾子開口，郭靖一定有求必應，大家用心研討一段時日，好歹能做出一些成果來。怎奈幾位真人毫無此意。

從郭靖一個小輩身上學習，全真教不好意思，尚算可以理解。但另一個大寶藏就在眼前，全真派卻長期無視，那便是教中長輩周伯通。周伯通是武學創新的大家，研發出了空明拳、左右互搏等無數神奇武術，可是有誰想過要向這位了不起的師叔學習請教嗎？一個都沒有。

教中人人把周師叔當作不正常人類對待，表面上禮數周到，心裡卻把他當麻煩、當空氣、當成多餘的人，從來沒想到去向周師叔虛心求教，而非要另起爐灶去做什麼「創新一號工程」，關起門來研究「七星聚會」。結果是自家的創新成果寥寥，反倒周師叔的一身神奇武功統統教給了「外人」，教了郭靖、教了耶律齊、教了小龍女，始終沒有教過一個自己的徒子徒孫。

在金庸小說裡，周伯通一說起徒子徒孫們，就表現得頗為不屑，讀者平時都覺得他是性格使然。可是這種態度的背後是否也有別的原因？在周伯通的內心深處，對本門的徒子徒孫們是不是也有恨鐵不成鋼，寧教外人、不教不肖子孫的意思呢？

尤其小龍女，被周伯通的徒子徒孫當作頭號對手，長期以來都是全真派的主要假想敵。全真諸子閉關研究「七星聚會」，主要目的就是對付古墓派。周伯通卻反而給小龍女傳授武功，將她培育成一代高手，等於是無意中給敵國送槍炮了。這是何等諷刺。

當全真派的「雜毛」後輩們看著小龍女，用師叔的「左右互搏」之術把自己打得一敗塗地，再想想那位自己從來沒真正當回事、從未認真向之請教過的師叔，不知道是什麼心情。

三

倘若橫向比較，全真派的衰敗恰好和另一個門派少林派形成了鮮明對比。

兩家原本有很多相似之處。它們同樣都被奉為「天下武學正宗」；兩家都有過相似的江湖地位，執掌武林之牛耳；兩家都有一個超級英雄般的天才創始人——重陽真人和達摩祖師。

可是這兩家的發展軌跡卻完全不同。少林派千百年來一直領袖武林，人才興盛，哪怕有些時候實力相對弱些，風頭暫時被一些潮牌門派壓過去了，例如逍遙派、東邪西毒之類，但也始終可以保持很強的競爭力，從不會掉出領先部隊。相比少林，全真派卻像是吃了瀉藥般急速墜落，反差之大，觸目驚心。

我覺得這和兩個門派的體質有關，少林派是創新型的體質，而全真派不是。

且看一個兩家都有的機構——藏經閣，便能窺見兩者的體質不同。

少林派和全真派都有藏經閣。要說起來，全真派的藏經閣修得還真不錯，「一座小樓倚山而建」，頗具規模。其裝修標準、用材用料也很考究，《神鵰俠侶》裡專門講到，閣中放書的箱子都是「樟木所製，箱壁厚達八分（按：南宋時期的八分約為二・四公分），甚是堅固」。連箱子都是樟木的，香樟還是黃樟且不論，總之挺下本錢。

閣中的藏品也很豐富，有「歷代道藏、王重陽和七弟子的著作」。門派裡上上下下都很珍視藏經閣，當作重地、聖地，不敢稍有破壞褻瀆。有一次，叛徒楊過躲到閣中去，全派上下數百人只能在閣前「大聲呼噪」、「無人敢上樓去」，此閣之地位超凡神聖可見。

然而這個高級圖書館的實際利用情況怎麼樣呢？恐怕就要讓人不敢恭維了。你細想，藏經閣竟被管理成「無人敢上樓去」，這樣正常嗎？

有許多跡象表明，這個藏經閣基本上是個擺設，眾多經典統統被束之高閣，借閱流通極為不便。來看一些細節：

一只只木箱……只見箱上有銅鎖鎖著。

一只只書箱都上了大銅鎖，裡面的經典想要取閱流通，怕是很難，大概有一大套繁冗的程序，需要申請、審批，再找管理員拿鑰匙等等，不走上幾個流程辦不來。一個全真弟子假如想來閣中自學，翻閱祖師的語錄心得、箴言法語，是非常不方便的。

從不少例子中都可窺見這點。比如小楊過加入了全真教，能學到什麼武功全要看師父趙志敬的心情，沒有地方自行學習。趙志敬倘若不想教他真功夫，只教他背口訣，楊過就無法可想。

再對比一下少林的藏經閣，則是一番完全不同的景象。《天龍八部》中說，它有一條很好的管理辦法——「向來不禁門人弟子翻閱」。所有少林弟子，不論年齡、輩分、職務，只要是獲得了學武資格的門人（當然這一點很重要），都可以到藏經閣看書，七十二絕技統統在這裡擺著，拈花指法也好，伏魔杖法也好，你想練就可以練，能練成多少門是你的本事。

所以少林的藏經閣管理辦法極度靈活便利，武學經典能被高效利用，本門弟子有最好的自學環境。老師教得不好，你不願聽他的課，完全可以去泡圖書館自學。

一言以蔽之，全真派辦的是中學，而少林派辦的是大學。

長此以往，兩家的差距就拉開了。少林派歷代迭有創新，弟子們屢有著述。所謂的少林七十二絕技，大多是歷代高僧一代代接力創新的成果。著名的般若掌，是少林寺第八代方丈元元大師所創。大金剛拳法是少林第十一代「通」字輩的六位高僧，窮三十六年之功共同鑽研而成。大名鼎鼎的《九陽真經》，甚至是一個不知名的少林和尚，異想天開寫在佛經字縫裡的。

誠然，少林寺也有打壓創新、戕害創新的不良現象，也有過逼走張三豐的惡例，但不管怎樣，這個門派主要的風氣是鼓勵自學、鼓勵創新的，長期如此。而全真派呢？珍貴的武學典籍和筆記被束之高閣，用銅鎖鎖住，生怕弄壞了。弟子們學武功全靠老師灌輸，一代代填鴨下來，當然日漸僵化。至於著述就更別說了，你以為你是誰？馬、王、劉、丘真人都還沒著述呢，你算老幾，你就敢著述？

四

除了藏經閣，少林派還有另一個機構——般若堂。這個機構是做什麼的呢？其實就是武學創新研究中心。

創新研武，已經成為少林的內在本能。《鹿鼎記》裡說，每一個少林弟子行走江湖，回寺之後，第一件事是去戒律院稟告有無犯錯，有沒有喝酒吃肉殺生等等；第二件事就要到般若堂稟告「經歷見聞」。具體是什麼「經歷見聞」？金庸特別說明了，就是去稟告自己一路上看到的，別門別派的武功。只要人家的武功有一招一式可取，般若堂就會筆錄下來，研究揣摩、融會創新，如此積累千年，底蘊之渾厚可想而知。

般若堂還有一個異常翔實的資料庫，記錄了歷代高僧練武的數據資料。比如有一次韋小寶想知道「一指禪」的修煉時間問題，般若堂首座立刻給出回答：

> 五代後晉年間，本寺有一位法慧禪師……入寺不過三十六年，就練成了一指禪……

少林派在清代的時候，居然可以隨時調取五代後晉甚至更早的資料。工作細緻到這個地步，武功研發又怎能不強？

上文提到的這位般若堂首座，用今天的話來說就是研發中心的主任，叫作澄觀大師。這個人七十年沒出過山門一步，在寺裡專門做一件事，就是鑽研武功。這是一個典型的「武痴」，武功就是他的生命、他的一切。少林派裡歷代都有這樣的武痴，高僧們一坐關就是幾十年。再看全真派，有這樣的研發、創新機構嗎？沒有！全真七子裡面，有哪位真人專門主持武術創新工作嗎？沒有！

全真派也有過一位武痴——周伯通。可是派中重視他嗎？前文說了，一點也不。找過他學習交流授課嗎？從來沒有。掌握實權的全真七子沒有一個愛武如痴的，全是一群社交達人，忙於各種應酬活動。

說到創新，還必然涉及一個關鍵問題：重不重視顧問。少林七十二絕技並不全是正規少林弟子創的，許多都是寺外顧問產生的智慧。比如其中一門摩訶指，就是一位在少林寺中寄宿的顧問七指頭陀所創。

一個門派，人才再多也總是有局限。要成大格局，必須海納百川，任天下智力而用之。像李斯勸秦始皇所說，陛下致昆山之玉、有隨和之寶、垂明月之珠、服太阿之劍，沒有一樣是秦國產的，所以秦國用人也要五湖四海。

看少林派吸納了多少人才，蕭遠山、慕容博、謝遜……他們都歸隱少林，一身本事都成了少林的武學。放下屠刀，立地成佛，在這裡的真實含義是，放下屠刀，你的武功就都成了我的。

其實到了後來，少林弟子們練習的武功都是創新的成果，早已不是當年達摩老祖的武功了。有證據：

此三門（般若掌等）全係中土武功，與天竺以意御勁、以勁發力的功夫截然不同。

而看全真教，吸納外人、借鑑顧問一事，基本闕如。很少看到他們研究學習人家的武功。郝大通被霍都一掌打得半死，吃了大虧，後面大家痛定思痛，專心研究霍都的武功了嗎？沒有。丘處機當時揚言，不出十年就要去尋霍都。後來他去了嗎？也沒有，假裝忘記了。

五

終於，數十年後，襄陽城下。

天下豪傑雲集抗蒙，主帥黃藥師布下二十八宿大陣，點將派兵。前幾支隊伍各自都有頂級高手擔綱，執掌一隊。但是當點到最後一隊，主帥說出由「全真教教主李志常主軍……」時，大家都露出古怪的表情，雖然都沒說什麼，但所有人都心照不宣——這一隊太弱了。

片刻的尷尬之後，已是一頭白髮、身上還有傷的全真教老人周伯通走出來，嘻嘻哈哈的從徒孫手裡搶過了令箭，說：「志常，你敢和我爭這主將做嗎？」李志常只得躬身：徒孫不敢。

其實周伯通心裡清楚，這是給李志常一個臺階下。本門後繼無人了，放眼盡是碌碌之輩，我這把老骨頭不上，誰又能上呢？

書讀到這裡，讓人不禁想起當年孔子的慨嘆：太（泰）山壞乎！樑柱摧乎！哲人萎乎！

感慨之餘，讓我們重溫一句老話吧：創新是一個民族進步的靈魂，是一個國家興旺發達的不竭動力。

回首全真，誠哉斯言。

4 丘處機的武功為何練不上去

聊完全真派，順便再聊一聊丘處機。再次聲明，本書中討論的一切人物都是金庸小說人物，和真實歷史人物無涉。

金庸小說裡有一種現象，可以叫作「丘處機現象」：有些人明明自身條件很好，發展的平臺也很不錯，但武功練到一定的程度，就像撞到了天花板，怎麼也上不去了。

丘處機等幾個師兄弟就是這樣的典型，師父的武功天下第一，師叔也是出類拔萃，可是自己的水準卻停滯不前，幾十年沒有什麼進步。

他們的武功，名義上是天下前十、前二十的水準，但實質卻是江湖二流。要震懾什麼小鑽風、奔波兒灞（按：《西遊記》中的小妖精及魚精）之類的妖魔小鬼固然綽綽有餘，可是遇到了真正的高手卻又天差地遠。在牛家村，全真七子遭遇黃藥師，一照面就被劈劈啪啪幾乎每人抽了一耳光，活像大人打孩子。黃蓉曾經講過一句刻薄的話，說他們「年紀都活在狗身上了」。

這到底是為什麼？何以丘處機們資源條件這麼好，武功卻死也練不上去？

首先肯定有資質、天賦的原因。有些人的天賦你無法比。喬峰生來便是戰神，普通的一招一式，到了他手裡就有絕大威力。張三豐十幾歲的時候就氣場不凡，讓大俠楊過看了都暗暗稱奇。這都是天賦，屬於老天賞飯，羡慕不來。

但天賦並不是全部。一個例子明擺著的，郭靖的天賦就並不好。丘處機等的武功老不長進，除了天賦，肯定還有別的原因。

丘處機最可品讀的地方在於心態。在《射鵰英雄傳》一開始，丘處機便說過一句頗為得意揚揚的話：

貧道平生所學，稍足自慰的只有三件。第一是醫道……第二是做幾首歪詩，第三才是這幾手三腳貓的武藝。

他這幾句話是對牛家村的兩位村民講的。對方並非武林中人，只是普通的民間豪客。換句話說，丘道長在炫耀，並且是在對外行炫耀。什麼「做幾首歪詩」、「三腳貓的武藝」云云，貌似謙虛，實際卻是掩不住的沾沾自喜，似乎正等著別人上來追拍一記：哎呀，您這麼厲害的武功都才不過是人生第三強，那您的醫術、詩文可得多厲害。

這個細節頗能說明問題所在。太早自滿，放棄了更高的目標，大概是丘處機們停滯不前的致命原因。

丘處機出名得早，「長春子」很早就蜚聲江湖了。普通人聽到他的名字往往「撲地便拜」，連江南七怪這樣的地頭蛇，聽到他的名字也覺得如雷貫耳，如果不是雙方一開始鬧了場誤會，也多半要追星一把，求合影、求聯繫方式。他紅得太早、太容易了。

相比之下，黃藥師、歐陽鋒等絕頂高手在大眾層面反而遠沒有那麼知名。你看牛家村裡的兩個村漢郭嘯天、楊鐵心都知道丘處機的大名，對「長春子」三字驚為天人，可是他們並不知道黃藥師。

一個人太輕易贏得大眾的崇拜，往往就會自我感覺良好，失去下一個目標。很多人都是在這種心態下淪為庸才的。郭靖不成器的徒弟武修文、武敦儒就是典型，他們跟著郭靖，贏在了起跑線上，所學的武功都很上乘，很容易就能超越一般青年，得到普羅大眾的褒獎和豔羨。「名師出高徒」之類的話，他們肯定從小都聽到耳朵長繭：

（群雄）均想：「郭大俠名震當世……連教出來的徒兒也這般厲害？」

人人都說武修文們「這般厲害」，久而久之，他們也就覺得自己很厲害。如此早早的便自滿了，哪裡還能有什麼進步？

丘處機的武功境界當然遠勝武修文、武敦儒，可是問題卻有點相似。你看他一切行事，表面上豪情萬丈到處約人單挑，曾約過梅超風、霍都王子、江南七怪，還吵著要單挑黃藥師，真是手拿菜刀砍電線，一路火花帶閃電（按：形容霸氣十足）。可是幾十年來，幾乎沒看到他埋首過業務，沒有鑽研創新過什麼武功，黃蓉的「年紀都活在狗身上了」一句評語固然有些刻薄，但也不能說完全冤枉。

就不把他和黃藥師、周伯通等創新專家比了，只對比一下他的後輩楊過。楊過這個年輕人從來都很有危機感，一直覺得自己武功不行，不斷的反思和創新。看到別人將書法化入武功，楊過便根據晉代人的詩，創新了一套劍法出來。

某次，金輪法王提點楊過，指出其武功駁雜不純，楊過如醍醐灌頂，「苦苦思索，甚是煩惱」，甚至在山頂上不吃不喝的鑽研。他立下了如是決心：「天下武功，均是由人所創，別人既然創得，我難道就創不得？」那時候的楊過也不過就二十來歲。從這個意義上說，全真七子之流真的是白活了。

除此之外，丘處機們還有一個共同點，便是都生活在一個平庸的團體之中。

在全真七子裡，丘處機武功第一，始終是公認的七子之冠。這種平庸團體中的榮譽很容易催生虛幻的成就感：我已經夠好了，已經不用再練了，我已經是「七子之冠」了，師兄弟們都沒我強，整個門派、整家公司的人都最崇拜我。

我們通常以為，團體中的激烈競爭能夠讓人更傑出，但這還真是不一定。有時候一個平庸的團體反而會讓人失去進取心。大家都每月賺兩萬塊，我賺兩萬一千塊，我好富有啊，幹麼要和那些賺十萬塊的人比呢？

前文說過的武修文之流就是這樣，身邊朝夕相處的只有一個平庸的兄弟，外加一個平庸的師妹郭芙，誰也不比誰差。只要自己的武功在這三人中還看得下去，不落後太多，也就心安理得。於是他們便互相充當著對方的按摩劑、遮羞布，一起淪陷在平庸的路上，失去了更高的目標。

這麼一想，也幸虧楊過早早離開了這個班級，沒有和他們一起混。

在自家裡厲害慣了，出去遇到挫折、遇到高手，也是八個字——只會發火，不會反思。丘處機遇到梅超風，發現不敵，按理說是當頭棒喝，該立志回家好好練功吧？但他不是，只會發火罵人：「好妖婦……。」自己和師兄弟們被黃藥師劈劈啪啪的打，遭遇生平從所未有的大敗，旁邊歐陽鋒大聲嘲笑：「王重陽收的好一批膿包徒弟！」是否也是當頭棒喝，該深自愧悔？丘處機卻不見有什麼慚愧，只會大罵黃老邪。

重陽宮一仗輸給了霍都王子，丘處機曾揚言不需十年便要尋霍都報仇，可是狠話說過便忘，後面再也沒見他去找過霍都。之後去圍剿李莫愁，鬧得灰頭土臉，可算又一次棒喝，他卻只拍拍身上的土就回來了，未見有什麼觸動，回來還大剌剌的教育師弟「勝敗乃兵家常事」。

與丘處機等人同時代的文藝評論家嚴羽寫過一本《滄浪詩話》，裡面有一句中肯的話：「學其上，僅得其中；學其中，斯為下矣。」丘處機所學都是上乘，志向卻僅為中，最後求中得中，也是順理成章。

當然，任何人都有原地踏步的權利，「天下前十」說來也頗威風，不好再要求他更多。只是要撐起全真教玄門正宗的聲威，便有些勉為其難了，不得不經常說幾句「勝敗乃兵家常事」了。

5 馬鈺的尷尬

馬鈺是全真教的掌教，所謂「掌教」就是第一把交椅，「全真七子」裡他是大師哥。一般慣常認為大師哥總是最厲害的，風頭最勁、說一不二，就比如《西遊記》中那樣。馬鈺卻不然，他這個掌教和大師哥總是當得有一點尷尬。

作為全真門下的首徒，當年師父在世的時候，馬鈺一直都是接班的第一人選，相當於王儲。這對他的性格產生了很大影響。

儲君很不好當，存在感太強了不行，王要忌憚你，疑心你要爭權奪位；存在感太弱了也不行，王又會懷疑你沒有能力，不能挑起重擔。和幾個師弟關係太遠了不行，將來沒有黨羽，沒有威望；關係太近了也不行，王又會覺得你拉幫結派。

所以當儲君的往往小心翼翼、謹小慎微，把真實的自己隱藏起來，不能太顯露張揚個性。你看《倚天屠龍記》裡武當七俠中的宋遠橋，也是小心謹慎多年，最後才接班。飛揚跋扈的「大師兄」早晚要出事，比如令狐冲，就和師父鬧到水火不容，乾脆被革除出門。

說回馬鈺，正是長期以來等待接班的狀態，使他養成了謹慎、溫吞的性格。這未必是他真實的性格，而是身分和形勢使然，使他做了一個「隱形人」，把真實的自己藏起來了。

觀他平時舉動，從不刷存在感，一直甘為小透明。書上說他是「閉觀靜修，極少涉足江湖」，名氣遠遠沒有幾個師弟大。在江南七怪等的眼中就是如此，覺得「丘處機名震南北，他（馬鈺）卻沒沒無聞」。各種武林裡的大事小事，馬鈺也盡量不參與，不輕易拋頭露面。比如華山論劍，這樣頂級的盛事誰不想去呢？可是最終跟著師父王重陽上華山的卻是王處一，不是大師兄馬鈺。

長年累月保持低調謙遜，從無過失，可說是很不容易的。馬鈺也因此贏得了師父的好感。書上說，王重陽經常誇馬鈺謙沖有道，穩重可靠，而嗔怪丘處機太胡鬧、太張牙舞爪。

其實丘處機就一定是天性喜歡張牙舞爪嗎？還真是未必，某種程度上也是身分和形勢使然。作為在接班人順位裡排行靠後、形勢不利的，當然便需要積極主動作為，努力刷存在感，好歹搏上一把，否則可就連機會也沒有了。

這就是為什麼丘處機、王處一兩個師弟，極愛在江湖上搞事以揚名立萬的原因。丘處機不必說了，用今天的話來說就是各種事件行銷，把自己刷成了全真第一網紅。王處一也一樣頗愛搞事。書上便說了他的一番當眾表演，「與人賭勝，曾獨足跂立，憑臨萬丈深谷之上，大袖飄飄，前搖後擺，只嚇得山東河北數十位英雄好漢目迷神眩，因而得了個『鐵腳仙』的名號」。

類似這種秀，王處一做得，馬鈺就做不得。作為儲君，他不能輕易「與人賭勝」，更不能跑到萬丈懸崖上去金雞獨立，這樣太輕浮了。他只能小心翼翼在家裡待著練亞洲蹲（按：蹲下時雨腳腳跟完全貼地的蹲姿）。

終於到了那一年，重陽真人去世，馬鈺接班，成為全真掌教。多年的堅持，使他一直保有師父的好感，並終於承接了大位。可是從上任伊始，老馬這個位子就不好坐，面臨著複雜的局面。

首先是師父固然逝了，卻尚有一個師叔周伯通在。按理說，周師叔不常駐重陽宮，個性淘氣，無甚魄力，對馬鈺沒有太大的影響。然此老不大尊重後輩，沒事就對馬鈺「娃子」、「牛鼻子」之類的亂叫，頗不利於馬鈺積累威望、開展工作。

更為尷尬的是，掌教之位雖然傳給了馬鈺，可是最要緊的《九陰真經》卻未傳。也不知道是出於什麼考慮，王重陽臨終前將真經交給了周伯通保管，未託付馬鈺。這就相當於一棟房子，屋主已經明確登記過戶給了馬鈺，家裡保險櫃的鑰匙卻給了周伯通，馬鈺這個掌教當得是不是有些彆扭？

上有尊叔，祕笈不授，此乃尷尬一也。

馬鈺的另一個更大尷尬，就是他還有幾個難以約束的厲害師弟，特別是丘處機和王處一，給他形成了比較大的箝制和壓力。

丘處機和王處一的武功都比馬鈺為高，這一點全真教上上下下都清楚。周伯通就公開說：馬鈺的武功不及丘和王。這是有損馬鈺權威的。

武林武林，說到底要靠武功說話。作為掌教卻武功不行，怎麼說也是減分。事實上非但武功略遜，他的才智也不突出，書上說他「向無急智」，綜合能力也不如師弟。

還有一點很關鍵的是，馬鈺不但個人實力偏弱，教的徒弟也不行。

一般來說，掌門人的徒弟叫作「長門弟子」，實力必須在門派中占絕對強勢，門派內部才能穩定。可是馬鈺的嫡系弟子和丘、王兩系相比毫無優勢。全真教的第三代弟子裡，第一高手疑是趙志敬，是王處一門下；第二高手是尹志平，是丘處機門下。馬鈺門下沒有傑出人才。

尹志平和趙志敬的成長非常迅速。尹志平出道極早，江湖名氣頗為響亮，少年時就曾經遞補過全真七子之一的譚處端，組過北斗陣大戰黃藥師。趙志敬也很受重用，負責主持教中的核心創新專案——九十八人的「大北斗陣」，鬥過郭靖。在教中年輕一代的競爭和卡位上，丘、王的門人也明顯超過了馬鈺。

如果把馬鈺和金庸小說裡其他幾位著名的「大師兄」如宋遠橋相比，你會發現馬鈺的境況都有所不如。宋遠橋的武功在師兄弟中排第二，馬鈺才排第三。宋遠橋在武當派勢力深厚，他有過代師授藝的經歷，而馬鈺卻沒有這個資歷，師弟裡大概只有一個前妻孫不二是他真正的嫡系。此外，宋遠橋的門人弟子比較給力，兒子是武當第三代第一高手，馬鈺卻沒有這樣的優秀傳人。師弟強雄，勢力不及，此乃馬鈺的尷尬二也。

所以我們經常看到，馬鈺在門派裡說話分量有限，奈何不了師弟，乾著急沒辦法。丘處機要和江南七怪打賭，馬鈺反對。可是他的反對有用嗎？一點也沒有。原著上說馬鈺「數次勸告丘處機認輸，他卻說什麼也不答允」。你看，對於掌門、第一負責人的話，丘處機居然「說什麼也不答允」，老馬這個掌門是不是當得也滿不是滋味？

這也許就是為什麼丘處機和江南七怪打賭，馬鈺要千里迢迢奔赴蒙古，暗中去幫江南七怪，陷害強勢的師弟。當著七怪的面，馬鈺公開數落師弟的不是，說道：「敝師弟是修道練性之人，卻愛與人賭強爭勝，大違清淨無為的道理，不是出家人分所當為……貧道曾重重數說過他幾次。」作為單位的第一負責人，卻在外人面前這樣數落班底。他自稱曾「重重數說」過丘處機幾次，其實有點往自己臉上貼金了，明明是在家說了不算，卻對外人講成「重重數說」。

人在江湖飄，誰都有不得已像馬鈺這樣隱藏自己性情的時候，只有等到合適的時機，才會打開自己，釋放真性情。有的人打開得過早，釋放性情過早，還遠遠沒到那個程度就張揚起來，以致羅禍殺身。《笑傲江湖》裡嵩山派的費彬，沒混到那個程度就開始得意、狂妄，最終招禍身死。有的人則相反，把性情埋得太深、藏得太狠了，一直都沒能打開過，就比如馬鈺。

因為之前的「儲」、後來受的「壓」，馬鈺一直是那個溫吞謹慎的樣子，從來也沒有真正打開過自己。我們無從知道他的真面目到底是什麼樣子，或者說他的真、假性情已經合一，要釋放也無從釋放起了。

只有在極偶爾的時刻，他才會顯露一下內心深處的兇猛和剛烈，發出一聲暗暗的咆哮。當全真諸子激鬥黃藥師之時，戰況緊急，黃藥師突然向馬鈺疾衝而來，滿以為小馬要躲避，哪知道他卻沒有退。大敵當前，生死時刻，這個溫吞的掌教大師兄忽然剛烈了一把，毫不避讓，「左手的劍訣卻直取敵人（黃藥師）眉心，出手沉穩，勁力渾厚」。

黃藥師側身避過，讚了聲：「好，不愧全真首徒。」

這就夠了。日後，當光陰流轉，年華老去，人們也仍然會津津有味的回憶、談論起這一記劍訣。他可以自豪的說：我叫馬鈺，那一戰，我曾經擋在了黃藥師面前，直取他的眉心。

6 細品五絕

「東邪西毒、南帝北丐、中神通」，這個設定很有趣。這「五絕」不是五個人，而是一個人。他們五位一體，代表了一個凡人撕裂的五面，人人身上都有他們五個存在。

東邪是自由。黃藥師的我行我素、傲然不群，正是自由的外在人格化。他代表每個人嚮往自由的一面。哪怕再老實、再不愛動彈的人，也會想要自由，被關起來都不舒服。有的人很喜歡把別人關起來，但自己一定是要活得很自由。

西毒是欲望。凡人都有欲望，就像歐陽鋒對《九陰真經》那樣孜孜以求。欲望驅使人去追求、去占有，乃至不擇手段。

南帝是同情。一燈大師代表了惻隱之心。他溫厚悲憫，打架的時候少，給人看病的時候多。一燈、一燈，同情心正是人類靈魂的明燈。

北丐是責任。人生活於世間，每個人都有天然的責任，無法逃脫，比如贍養父母、哺育孩子、陪伴家人、承擔社會責任。大俠洪七公代表一個人「責任」和「擔當」的一面。

中神通又是什麼呢？是信仰。信仰是一個人的核心，所以是「中」。全真教主王重陽正代表著人的信仰。

東邪和西毒有時候臭味相投，還差點結了親家。因為自由和欲望往往是互相纏繞的。欲望膨脹了，就更想自由；自由過火了，就催生更多的欲望。人性正是如此，每當被關了起來、沒了自由的時候，欲望就小。

令狐冲被關在黑牢裡的時候，所想的就只是一隻肥雞、一壺好酒而已，對他來說，這就是世上最好的東西。可是等他被放出來，有了更多自由，就不滿足於肥雞好酒了，就又想找小師妹了，想撩任盈盈了，還跑到江湖上去亂管閒事。

西毒和北丐都上桃花島來提親，黃藥師第一反應就是給西毒。這也很好理解。「欲望」和「責任」同時來提親，「自由」的第一反應是不是會偏向欲望？同理，西毒和北丐會一輩子作對，因為欲望和責任天生是矛盾的、背離的，非作對不可。

這五個絕頂高手，就這樣各霸一頭，在人的內心裡互相較量、纏鬥、糾結。今天東邪占上風，人就會什麼都不管不顧；明天西毒最強勢，便喪失理智，開始下半身思考；有時候南帝稱尊，於是同情心氾濫如聖母；有時候北丐居上，於是責任感爆棚，進入賢者時間。

中神通平時沒什麼存在感，但是少了他不行。在小說裡，武林的大亂局就是從中神通王重陽死了開始的。信仰崩塌了，就壓制不住欲望，人就混亂成一鍋粥。本來和諧的五位一體就會一秒變成亂哄哄的四國交兵，自由我行我素，欲望肆無忌憚，責任拚命阻擊，同情徒呼奈何。

不妨再多說幾句王重陽。他代表信仰，而信仰的終極奧義就是如何面對死亡。全世界各民族的不同信仰，無一例外都要解決一個如何面對死亡的問題。

所以王重陽的人生對面有古墓。在很長一段時間裡，他不知道如何面對古墓中的林朝英，猶疑難斷，首鼠兩端。他長期無法解決面對死亡的終極難題。

直到最後，他修建了重陽宮，和古墓比鄰而居。這大概是想通了、勘破了，信仰的宏偉殿宇終於建立，可以和死亡坦然比鄰了。

再看看他們留下的後人，也很有意思。「自由」往往生下精靈般的女兒。她在凡間蹦蹦跳跳，猶如天使，惹人憐愛，所以桃花島上誕生了黃蓉。「欲望」則容易產下孽子，所以白駝山有歐陽克，還被安排成是和嫂子私通所生的。而「同情」和「責任」居然絕種無嗣，可想而知江湖會有多麼晦暗，所以他們必須找到郭靖，傳承火炬。

最耐人尋味的是「中神通」。他留下的全真七子是一群平凡駑鈍之輩，沒有什麼突出成績，被嘲笑是「一群雜毛」、「年紀都活在狗身上了」。

這說明一個道理：信仰雖然聽上去神聖高大，卻也容易滋生平庸和愚昧，所謂越傻越信、越信越傻也。如果一個人完全交出了自己的思考，放棄自我，不動腦筋的一味篤信、狂信，最後可能不過是收穫愚昧和平庸，得到一堆雜毛。

在金庸小說裡，隨著時代更迭，老的「五絕」逐漸解體了，江湖上大亂一通，直到過了好多年，新的五絕才誕生，叫作東邪、西狂、南僧、北俠、中頑童。

新五絕裡居然是「中頑童」居首。他代表什麼呢？代表娛樂。信仰沒有了，也無法再找尋了，乾脆就娛樂為王，每天嘻嘻哈哈，也很好。

7 黃藥師的演員型人格

在寫《射鵰英雄傳》之前，金庸一直嘗試塑造一些高蹈出塵的人物，比如《書劍恩仇錄》裡的袁士霄，《碧血劍》裡的穆人清。這兩個人物都不算太成功，他們的面目比較模糊，性格也顯得單調寡淡，比二流武俠作家塑造的那些「怪俠」沒有高明到哪裡去。讀者的印象也都不太深。

到了第三部書《射鵰英雄傳》，金庸抖擻精神，把袁士霄的「怪」和穆人清的「清」加在一起，捏合成一個新的人物——東邪黃藥師。這個角色獲得了極大的成功。黃藥師成了一個讓人印象深刻、王爾德式的人物，才華橫溢又離經叛道，有強烈的唯美主義傾向，還創作了有如《莎樂美》（*Salomé*）華麗而又淫靡的樂曲——《碧海潮生曲》。

這個角色當然很有魅力，但每次讀《射鵰英雄傳》的時候，總覺得他有什麼地方不大對勁，和書上其他的人說話做事不太一樣，但一時又說不上問題出在哪裡。直到某天，我了解到有一種病症，叫作「表演型人格障礙」，才突然想通了黃藥師讓人感到奇怪之處：他所說的話，都很像是戲劇的臺詞。換句話說，他隨時都像是在不自覺的演戲。

《射鵰英雄傳》裡有四大宗師，如果問他們從頭到尾都在忙些什麼，大概北丐為了吃，西毒為了經，南帝為了悔，而東邪為了酷。為了酷，所以隨時處於一種表演的狀態。

從登場開始，黃藥師就一直沉浸在對亡妻深深的懷念之中。這種感情誠然很讓人動容且同情，但他處理妻子後事的方式非常奇特，有一種強烈的表演特徵：墓室從不固封，人們可以輕易進入。妻子馮衡的玉棺旁邊陳列著昂貴的珠寶，懸掛著她的畫像，整個墓室布置得像是一座小型的愛情主題博物館。

在他居住的桃花島上，也充滿了類似的極富視覺功能的「博物館式」布置。從彈指閣、試劍亭，到清音洞、綠竹林，再到那副著名的「桃花影落飛神劍」的對聯，都透露出主人微妙而矛盾的心理：他一方面似乎十分抗拒外人闖入，煞費苦心的布下桃花樹大陣阻擋來訪者；但另一方面，他在內心深處又似乎期待著遊客的到來，好欣賞主人的超凡脫俗。

桃花島的主人總是透露著一種糾結：生怕和凡夫俗子為伍，但又為了沒有凡夫俗子的喝采和崇敬而深感孤獨。

黃藥師嚮往的人格是「魏晉風度」（按：指魏晉時期名士率直灑脫的行為風格），可是在《射鵰英雄傳》小說裡，更具有「魏晉風度」的是洪七公和周伯通，其中前者得其放曠，後者得其率真，和他倆相比，黃藥師倒像是只得了個皮毛。有時候他甚至不如歐陽鋒看得開——歐陽鋒由於目標遠大，一心追求練武稱霸，所以有時對一些小事反而不太介懷。比如黃藥師和歐陽鋒都被周伯通潑了尿，「黃藥師氣極，破口大罵，歐陽鋒……卻只笑了笑」。

黃老邪充滿了矛盾。他聲稱自己反對禮教，實際上對徒弟的管束卻是最嚴苛的，包括禁止自由戀愛。他聲稱反對框架，結果他在四大宗師裡門規最囉嗦，框架最多——明明已經把徒弟陸乘風打斷了腿，趕出了門下，十幾年後他卻還要狐疑的檢查徒弟有沒有違反「門規」，把武功私傳給兒子。換句話說，都已經不是你的徒弟了，卻還要終生受制於你的框架。

表演型人格的另一個特點，就是隨時覺得自己站在無形的舞臺上，下面有許多觀眾，讓自己一刻都不能停止表演，似乎每一幀生活場景截取下來，都必須是一張完美的劇照。

妻子馮衡死了以後，黃藥師給自己設計了一個殉情辦法：他打造了一艘巨大的花船，準備將妻子遺體放入船中，駕船出海，「當波湧舟碎之際，按玉簫吹起《碧海潮生曲》，與妻子一齊葬身萬丈洪濤之中，如此瀟灑倜儻以終此一生」。

這是多麼富於戲劇性和視覺衝擊力的一幅畫面。更有趣的是，金庸還不忘寫上一筆：黃藥師一年又一年的推遲著出海計畫，卻又把這艘花船「每年油漆，歷時常新」，以表明自己不是兒戲。似乎他擔心自己不去油漆，就會有無形的觀眾出來指摘他不誠心。

我們很難猜想：黃藥師會不會有完全放鬆的時候？他完全休閒放鬆時會是什麼樣子？

金庸小說研究家劉國重說黃藥師「活得好累」，大致屬實。他太聰明、太優秀了，所以十分害怕平庸，處處都要顯得與眾不同。他太希望自己「瀟灑倜儻」，說話做事總往這個方向靠，結果在洪七公、周伯通等人面前反而顯得很拘謹，有時候既不瀟灑也不倜儻。

他其實很羨慕洪七公的放鬆。《射鵰英雄傳》最後，洪七公用一種很酷的方式不告而別：

榻上洪七公已不知去向，桌面上抹著三個油膩的大字：「我去也」。也不知是用雞腿還是豬蹄寫的。

黃藥師嘆道：「七兄一生行事，宛似神龍見首不見尾。」看著洪七公用一隻豬蹄，就玩出了自己嚮往的風範，是不是有一點淡淡的自愧不如呢？

8 黃蓉的自卑

看到題目你大概會覺得奇怪。黃蓉自卑，有沒有搞錯？金庸筆下的女孩子裡不少人固然都自卑過，程靈素自卑過，陸無雙自卑過，但是要說黃蓉自卑，多半沒人信。

黃蓉的人設，是「海的女兒」與「王的千金」，還要加上「絕頂美貌」和「最強大腦」。家裡是著名風景區，老爸的高深武功學都學不完，名家字畫裡差一點的在她家只能當壁紙。這樣鮮花著錦的人生，豈有自卑的理由？

少女都有心事，但黃蓉好像從來只有嬌痴嗔憨、憂喜愁樂，沒有妒卑懦喪。闖蕩江湖時，她在任何人面前都有天然的優勢心理，化裝成小乞丐去飯店都有城管（按：中國城市管理執法人員）的氣勢。遇到再了不起的人、再大的排場，她也一點都不懂什麼叫自卑。

看她在趙王府裡的表現，本來明明是做賊，大半夜跑到王府裡竊藥、偷窺，還被發現了。換作一般人，白天去王府都要縮頭縮腦、惴惴不安，何況晚上跑去做賊，還被當場發現了？黃蓉卻渾然不當回事，完全將王府當成自己家院子，不知窘迫為何物。王府高手梁子翁躥出來抓賊，她卻微微一笑：

這裡的梅花開得挺好呀，你折一枝給我好不好？

聽這句話，「這裡的梅花開得挺好」，這是在給王府的花草打分來著，評頭論足。「你折一枝給我好不好」，這是使喚武林高手，把梁子翁當管理員伯伯。梁子翁瞬間被搞糊塗了，一看黃蓉的品貌氣度「秀美絕倫」，而且「衣飾華貴」、「笑語如珠」、「料想必是王府中人，說不定還是王爺的千金小姐」，於是老老實實當了一次老伯伯，幫她爬樹折梅花。

這非只是機智、善於應變可以做到的，骨子裡還是因為氣場足，有一種與生俱來的優越，否則梁子翁也不能一秒就信。不然你去趙王府讓人給折枝梅花試試，當場打骨折。

以上都是在男人面前的自信。在女人面前，她也是不知自卑為何物。

有個好玩的細節，黃蓉和郭靖在趙王府偷藥時，無意間聽說王妃很漂亮，是個大美人，黃蓉立刻興致大起，藥也不偷了，說：「咱們瞧瞧去，到底是怎麼樣的美人。」這固然是好奇，但更多還是出於一份自信：再是什麼王妃、大美人，也不會美過我。

哪怕歲月流逝，一、二十年之後，黃蓉見到了小龍女，眼看小姑娘「容色秀美，清麗絕俗」，自己心裡有半點壓力和惶惑，覺得青春飛逝，感嘆皮膚不如、身材不如嗎？有馬上著急上火要敷面膜、拉提臉皮嗎？半點也沒有。後來她又遇到了江湖當紅的赤練仙子李莫愁，直接動手較量。

在李莫愁面前，黃蓉完全是優勢心理，上位碾壓。她以「蘭花拂穴手」對赤練仙子的那一拂，如果截成劇照，將是《神鵰俠侶》裡最美的畫面之一：

猛見黃蓉一隻雪白的手掌五指分開，拂向自己右手手肘的「小海穴」，五指形如蘭花，姿態曼妙難言。

李莫愁看見黃蓉「掌來時如落英繽紛，指拂處若春蘭葳蕤……丰姿端麗，不由得面若死灰」。能讓李莫愁「面若死灰」，不只是因為「招招淩厲」，也是因為「丰姿端麗」。這是武功上的勝利，也是氣質、美貌上的正面迎擊。什麼赤練仙子，本天后帶小孩不闖江湖幾年，你們就把我忘了？

然而凡事總有例外。像黃蓉這樣從來不知道什麼是自卑的人，有一次也是忽然有過一絲自卑的。就是對華箏。

「我須得和華箏妹子結親。」當著黃蓉、華箏兩人的面，郭靖說出了這句話，還鄭重其事的用漢語、蒙古語各說一遍。

當時的情況，是華箏、拖雷南下尋找郭靖，要他兌現婚約。形勢已經成了二選一，郭靖要麼選黃蓉，要麼選華箏，他義無反顧的倒向了華箏。在那一刻，黃蓉除了痛苦、自憐之外，忽然多了一種人生從未有過的情緒。我相信她真的有一點點自卑了。

看她的舉動和心情：

黃蓉傷心欲絕，隔了半晌，走上幾步，細細打量華箏，見她身子健壯，劍眉大眼，滿臉英氣，不由得嘆了口長氣，道：

「靖哥哥，我懂啦，她和你是一路人。你們倆是大漠上的一對白鵰，我只是江南柳枝底下的一隻燕兒罷啦。」

當愛人決絕離去的時候，她也像一個普通女孩一樣，自以為是的想尋出一個「為什麼」，想找到切實的理由。她覺得是自己不如人家「身子健壯」，不如人家「劍眉大眼」，不如人家「滿臉英氣」。對方是高大英武的公主，自己卻那麼瘦小孱弱。

對方的一切優點，都讓她羨慕、沮喪；自己和對方的一切不同，都成了她強加給自己的缺陷。在那一瞬間，她覺得自己和郭靖哪裡都不般配，覺得低到塵埃，一無是處。我們旁觀者都知道她美、她出色，她是造物的精靈，是天地靈秀之所鍾，是上蒼福澤傾注的寵兒。但都沒用，那一刻她自認只是江南柳枝底下的一隻小燕兒。

愛會讓一個人卑微，生出一種「守著窗兒，獨自怎生得黑」的患得患失。世上最強大的一種無力感，就是心上人倒向別處。它能給最驕傲的人以重擊，讓人沒來由的自覺卑微下去。人甚至會無厘頭的貶損自己的一切，甚至睫毛不如對方彎、鼻孔不如對方圓，都足以自卑。你看段譽是王子，明明很帥，才貌、人品夠好的了。但他既然鍾情王語嫣，看到慕容復就一秒自慚形穢，覺得自己哪兒都不如。

黃蓉記得那麼多詩詞，那一刻，當她忽然卑微起來，覺得自己是只不配草原的小燕兒時，不知道會想起哪一首。

我覺得特別像余秀華的一首詩，叫作《我愛你》：

如果給你寄一本書，我不會寄給你詩歌
我要給你一本關於植物，關於莊稼的
告訴你稻子和稗子的區別
告訴你一棵稗子提心吊膽的
春天

9 楊康的落後

聊一個問題：少年的楊康和郭靖相比，無論天賦、家境、師資，各方面都要勝過不少，用俗話說就是完全贏在起跑線上，為什麼後來兩個人的結局差距那麼大？

一些眾所周知的原因都不談了，比如郭靖更為努力，且有黃蓉襄助之類都不說了。說一點比較少被談到的原因。

楊康和郭靖兩個人出身原本完全一樣，都是杭州遠郊普通農民的後代。但因為一起偶然事件——丘處機路過牛家村，兩個孩子拉開了差距，有了不一樣的人生起點。

楊康的條件優越。他是大金國小王爺，父親是大金趙王，物質豐裕自不用說，連私人武術老師都是丘處機、梅超風。這可是頂級的師資，江湖上在「五絕」級別之下的，就數他的兩個老師最狠了，等於除了牛頓（Sir Isaac Newton）、愛因斯坦（Albert Einstein）、馬克斯威爾（James Clerk Maxwell，英國物理學家）、波耳（Niels Bohr）、普朗克（Max Planck，德國物理學家，量子力學的創始人）之外，物理老師他隨便挑。而郭靖呢？一個草原上的小牧民，老師是江南七怪，不會教學生，只會打罵、體罰。兩個孩子後來一見面，郭靖的武功比楊康差一大截。

成長條件天差地遠的兩個人，後來怎麼形勢完全逆轉？先說一點，楊康很機靈。他從小就學會了怎麼取悅大人，而郭靖不會。

當楊康還在少年時，就特別會投大人所好，哄大人高興。他知道母親富有同情心，喜歡救助小動物，便拿一隻兔子來折斷了腿，騙母親說是自己救的。母親果然甚是開心，連誇他是好孩子。這樣的事楊康大概不知幹了多少。

注意這一句「好孩子」，他楊康得來何等容易。再對比一下郭靖，要得到一句「好孩子」，郭靖不得付出多少努力？在蒙古，郭靖小小年紀勇救落難英雄哲別，哲別給他一隻大金鐲子，郭靖不要，哲別這才誇他：「好孩子！」如此急人之難、仗義疏財，才得到一句「好孩子」。

郭靖想要在師父江南七怪那裡得到一句「好孩子」，也是極不容易，不知道練功要吃多少苦、挨多少打，才會被誇一、兩句。

其實江南七怪也是有好哄的一面。他們很愛聽好話、要面子。郭靖假如聰敏一點、嘴甜一些，每天說幾句諸如「七位師父義薄雲天」、「我輩以行俠仗義為本」之類的話，師父們一定心花怒放，小郭靖被表揚的次數會多得多，日子也會好過得多。可是郭靖不懂這些取悅大人的捷徑，只會咬牙練功，辛辛苦苦當好孩子，不像楊康，在老媽那裡做一場戲就成了好孩子。

孩子倘若太早學會取悅和迎合大人，「優秀」得太容易，習慣性的走捷徑，往往就不肯再踏踏實實用功，自以為了解了成人世界的「成功」訣竅。楊康就從不好好練功，全真教的武功他不好好練，梅超風的武功也沒好好練，一方面當然是他吃不得苦，另外一方面，就是已經習慣於走捷徑。

光陰虛擲，這樣的孩子不斷的哄著大人，收穫著「優秀」。直到某一天，他忽然發現自己成了大人，再也沒有「大人」可哄，沒人誇他好孩子了，世界露出了殘酷的真相，它不再需要你的表演，也再沒有你老媽那樣無私而好騙的觀眾，楊康才發現自己一無是處。

此時對面的郭靖早已經一身本領，楊康卻什麼也不會——你再折斷兔子腿給誰看呢？你媽都沒了。

並且，楊康式的機靈還會帶來一個很嚴重的問題，就是他滿以為大人很好哄，哄得多了，長此以往便給他人留下滑頭的惡劣印象。

楊康的口才確實很好，他的思維早早就成年人化了，很懂成年人式的語言。哄師叔王處一的時候，左一句「前輩」，右一句「恭聆教益」，畢恭畢敬，話說得天衣無縫。對楊鐵心這種江湖漢子，他也能哄，一口一個「江湖英雄」、「草莽豪傑」，巧舌如簧。

而且他極善於找藉口、找說辭，明明是耍賴不肯娶人家閨女，卻編了一大套聽來很合情理的說辭，上到國情下到事理，總之是各種難處，說得老江湖楊鐵心都默默無言，連旁邊郭靖都聽得連連點頭，覺得「很周到」。小楊康大概也很為此自鳴得意，覺得大人都很傻、很好哄，都被自己玩弄於股掌之上。

然而他卻又沒有真的城府，而且很愛炫耀，人前敬人一分，轉頭便損人十分。誰信任他，他回頭就到處宣揚別人是傻瓜，把別人對他的信任當成別人是傻瓜的證據。

對王處一，一轉身，他就口無遮攔的說「那王道士」如何如何、「那王道士」是傻瓜云云。

對楊鐵心，剛剛哄騙完，一轉身便又當眾吹牛：「把他們（楊鐵心和穆念慈）騙回家鄉，叫他們死心塌地的等我一輩子。」說著還哈哈大笑。

一個孩子，誤認為全世界的大人都很好騙，這便很糟糕了。事實上除了一個老實的娘親之外，哪個大人看不透他本性？王處一、楊鐵心、丘處機等又有哪個不知道郭靖厚道本分，而楊康是個無賴滑頭？他早已經懵懵懵懂懂、糊裡糊塗的把很多東西輸出去了。

除了這些個人稟性上的缺陷外，楊康還有要命的一點——資源來得太容易。別人想見一個武林高手都難，他家的客廳裡卻常常一坐就是一串。所以他一方面不知珍惜，另一方面，當真正重要的頂級資源來臨時，他也不知道該怎麼爭取。

比如遇見歐陽鋒，原本是個學習頂尖武功、邁入真正一流的機會，他就錯過了。

楊康很想拜歐陽鋒為師，酒桌上提出之後，歐陽鋒婉言回絕，理由是自己一脈單傳，既已有了傳人歐陽克，就不能再收楊康。

這個理由只能姑且聽之，不可全信。試想，收徒乃是大事，倘若一口就答應下來，讓你在酒桌上推杯換盞之間便把師給拜了，那我歐陽鋒成什麼了？作為一代宗師，不要面子的嗎？不要矜持一下的嗎？洪七公一開始不也堅決不肯收郭靖為徒嗎？

何況歐陽鋒並沒把話說死，而是留了很大的餘地：「拜師是不敢當，但要老朽指點幾樣功夫，卻是不難。」這已經夠好的了，洪七公教郭靖不也是從「指點幾樣功夫」開始？

可是楊康卻頓時很不樂意，「好生失望」、「心中毫不起勁，口頭只得稱謝」，不爽之情溢於言表。歐陽鋒一看會作何感想？你小子既然這麼不識相，那我也別教了吧。一段罕逢的奇緣就此錯過。

對比郭靖，你看洪七公教他武功時，他多麼珍惜，每多學一招都滿懷感激。楊康卻不懂珍惜機會。他索取十分，你若給他七分，他就不滿意，甚至當成是侮辱。長期的優越養成了他這種心態，他已經不懂得珍惜機會了。

後來他居然還想出要殺了歐陽克，斷了歐陽鋒傳承的主意，來實現自己當後者徒弟的目的。這可謂是幾大臭毛病全犯了。那就是：我真聰明，我還要走最後一次捷徑。郭靖，你看我一秒鐘玩死自己，你行嗎？

綜上，楊康的心態是：我是一個天才，別人都是傻蛋，我要什麼就必須有什麼。而郭靖是：我是一個笨孩子，別人都比我聰明，我必須好好把握每一個機會。於是兩人後來就逆轉了，郭靖翻盤了。

當然了，楊康最後混不下去還有一個最根本原因，就是金國不行了，他爸爸也不行了。要是金國還很行，他爸爸也一直很行，楊康再怎麼玩，他也還是楊康。

10 大黃蓉的一天有多難

黃蓉成家生子之後，很多人就討厭她了，覺得她忙碌、世故、心機重，不像以前那樣清透水靈，所謂「黃蓉不可愛了」。

「不可愛」是有原因的。不妨來窺看一下黃蓉生活的一個片段，選取她日常某一天的二十四小時，看看她的生活到底是什麼樣子，是什麼讓人產生了「黃蓉不可愛了」的感覺。

我們選擇的這一天是十月二十四日。當時黃蓉在襄陽，正在主持操辦一個大型活動——英雄大會。會程已經進行到最後，丐幫要比武選幫主。

可以確定，頭一天晚上黃蓉多半不會睡得太好。烏泱泱幾千人開會，事情千頭萬緒，光是吃喝拉撒就夠忙的了。何況與會的又都是些天南地北的赳赳武夫，紀律差、難以管理，很耗精力。因此儘管會程已到最後，黃蓉卻沒有喘氣的機會，始終繃緊著神經。

小說裡，這一天她的第一個角色是大會的主持人，作為產業領袖，黃蓉精神抖擻、光鮮亮麗的出場，「躍上臺去，向臺下群雄行禮」。一大番場面話是免不了的，什麼「承天下各路前輩英雄、少年豪傑與會觀禮」、「至感榮寵」、「先謝過了」，都是必要的程序。

接下來群雄開始比武，主持人黃蓉下臺，挨著郭靖就座。眼下她可以喝口水、補個妝了？可以寬心的和郭靖說說話、聊聊天了？當然不行。

她立刻切換進入第二個角色——維安總指揮。

黃蓉「坐在郭靖身旁，時時放眼四顧，察看是否有面生之人混進場來」，並且要「在大校場四周分布丐幫弟子，吩咐見有異狀立即來報」。

這很好理解，大會的每一分鐘都是敏感特殊時段，萬一敵人混進來搞破壞怎麼辦？

有人大概會說，黃蓉有不少門人徒弟，不能幫她分擔一下嗎？還真不能。看看書上，男弟子們這時在做什麼呢？不是正在臺上比武，就是在臺下準備比武，要爭丐幫幫主。而女眷們又在做什麼呢？比如郭芙、完顏萍、耶律燕幾個，能不能幫幫黃蓉？也不能，她們在打打鬧鬧、互相拌嘴，「腋下呵癢」、「嘻嘻哈哈，興致不減當年」。沒有人能幫她挑擔子。

哪怕是這個維安大隊長，黃蓉也當不安穩，她很快發現新情況了——二女兒郭襄一直沒出現。作為母親，她想想不放心，立刻又切換到了新的身分——家庭大保母，起身告訴郭靖：「你在這裡照料，我去瞧瞧襄兒。」郭靖接下來的回答，每次讀到都覺得非常搞笑，那豈止是傳神，簡直就是傳神：

「襄兒沒來嗎？」

是的，襄兒沒來嗎？你彷彿能看到郭大俠那呆呆的表情，果然是心胸寬博、專管大事，襄兒有沒有來，他老人家是注意不到的，只有黃蓉注意得到。

黃蓉火速奔回家去安撫郭襄，然而才離開一會兒，屁股後面便開始冒煙了，會場上傳來爆炸性消息——蒙古大軍前鋒兩千人被殲滅。這是天大的喜訊，可以想像現場群雄狂歡吶喊、群魔亂舞、大呼小叫的場景。

他們的興奮需要宣洩，現場需要有人掌控。

黃蓉聞訊，判斷了一下輕重緩急，只得又果斷放下女兒，重新當起了大會主持人，「站到臺上宣布這個喜訊」，命令丐幫梁長老「擺設酒筵，咱們須得好好慶祝一番」。

到現在為止，郭靖一直是郭靖，穩坐臺下屁股都不挪的郭大俠。郭襄也一直是郭襄，完全沉湎在春思之中的小女孩。可是黃蓉呢？做總裁、做家長、做主持、做總管，幾個時辰裡已經處理了一大堆任務，扮演了好幾個身分。

接下來，突發情況還是一個連著一個，完全沒有中場休息。比如就在眾人喜氣洋洋、大吃大喝的慶功之時，奇變又生，不速之客霍都王子出現了。他化裝成一個丐幫弟子，登臺傷人，還公開散布反動言論，要攪亂大會。

黃蓉又必須立刻放下一切事情，啟動應變方案，切換成應變小組組長、鋤奸隊隊長，現場集結眾人對抗霍都。事實上她也幹得不錯，是除了楊過之外，現場最先看破霍都身分的。終於，經過一番鬥智鬥力，場面被控制住了，霍都奸計敗露，殞命當場，被黃藥師和楊過飛石擊死。

敵人死了，難關過了，大會成功結束，多年不見的老爸也出現了。這時的黃蓉大概很想切換到女兒的身分，和黃藥師多說幾句話，給老爹看一下郭襄和郭破虜吧。兩個孩子都長到十六歲了，這個當外公的還沒見過呢。她試圖挽留住老爸：「爹，這一次你可也別走啦，咱們得好好聚一聚。」

可是這個奇葩老爹黃藥師只拉著小外孫女看了看，「問了幾句郭襄的武功」，就拍拍屁股頭也不回的走了，好像唯恐走慢一秒就會顯得不夠帥氣。黃蓉這個女兒角色只當了幾分鐘。

最後，當一天的大事都忙完，終於塵埃落定時，已經是月上中天，夜已經深了。這一天裡，黃蓉同時背著無數身分，從領袖到家長、從總裁到管家，放下這件事，又再抓起那件事，毫無停歇的機會。

這時候的她總可以卸妝、補眠了吧？還是不行，因為最後還有一個小小的突發事件——郭襄在傷心流淚。

襄兒在難過，父親、姐姐都沒注意到，只有黃蓉能注意到。她於是要扮演這一天的最後一個角色——母親。於是：

黃蓉已追到她（郭襄）身邊，攜住了她手，柔聲道：「襄兒，怎麼啦？今天不快活嗎？」郭襄道：「不，我快活得很。」……隨即低頭，滿眶淚水。

面對郭襄的滿眼淚水，黃蓉的回答證明她完全了解女兒的心思，是一個非常合格的母親。她答的是：

楊過大哥的事……你若是不累，我便跟你說說。

女兒何以流淚，還不就是因為楊過嗎？於是，坐在女兒床邊，黃蓉給她仔細講了楊過的生平和幼時經歷，講了郭家和楊家的淵源，曲曲折折的三世恩怨，還回答了女兒的無數青春懵懂之問，才終於把女兒聊得睏了。

她幫郭襄「除去鞋襪外衣，叫她睡下，給她蓋上了被」，道：「快合上眼睛，媽看你睡著了再去。」一直到看著郭襄「鼻息細細，沉沉入夢」，這一天才真的結束。

最後黃蓉自己呢？金庸淡淡一筆帶過：當下自行回房安睡。安睡，到底能睡得多安呢？往後看就會發現，次日軍情又來了──「武氏兄弟派了快馬回報」，說南陽的大軍糧草如何如何。黃蓉幾乎就沒有多少安睡的時候。

以上這一天的二十四小時，就是黃蓉的日常。我們覺得她「不水靈了」、「不可愛了」，我們移情別戀，覺得郭襄更可愛。郭襄當然可愛，她專心想著她的大哥哥就好了，就像三十多年前，黃蓉也只要專心想她的靖哥哥就好了。可是黃蓉選擇了更強悍的人生，在無數角色中齊頭並進，不停的切換來去。誰讓她有才呢？誰讓她擔子重大，偏偏還有能力擺平搞定呢？她其實已不希罕我們說她可愛了。

11 江南七怪的一件感人小事

江南七怪是金庸小說裡的幾個小人物，武功不好，又愛管閒事。而且他們形象容貌也不太好看，算是正面人物陣營的顏值窪地。老七韓小瑩的容貌還是可以的，但是自此往上，顏值逐漸遞減，削減幅度還大得驚人。

然而人不可貌相，他們有一些地方很讓人佩服，並且是越看書越佩服，可以說是顏值的窪地、道義的高點。最服的自然是不遠萬里找小郭靖，一諾千金、義薄雲天。誠然，郭靖的個人特點很突出，相對好找，比如他說浙江話，在當時的蒙古，一個滿口浙江話的小鬼應該是很顯眼的，但無論如何七怪還是找得很辛苦。

此處想要說的，是七怪另外一點讓人佩服的地方，一個小細節。

眾所周知，七怪是郭靖的老師，在蒙古教他學武。七怪自身武功不高，教不了郭靖什麼一流功夫，特別是內功。全真教的高手馬鈺看不下去了，偷偷的跑來傳授了郭靖內功。結果小郭靖內功大進，這孩子又老實，不會掩飾，很快被發現了。

問清了孩子的內功來歷之後，七怪是什麼反應呢？先看老七：

韓小瑩喜道：「孩子，是這位道長教你本事的嗎？你幹麼不早說？」

注意這個「喜道」，七師父的第一反應是喜，為郭靖感到歡慰。其他幾怪的反應也差不多，當弄清楚郭靖不是結交了壞人後，都是替孩子高興。連脾氣最怪的大師父也不例外，對郭靖「更增憐愛」——不但不怪郭靖劈腿，反而更加疼他。江南七怪往常總給人一個錯覺，好像是一群小氣鬼，很難相處，但至少在這件事上他們相當大度。

這種事發生了不止一次。後來有一次，郭靖和他們相隔數月不見，忽然又武功大進，耍起降龍十八掌來了。幾怪先是「面面相覷」，隨即「都是又驚又喜：『靖兒從哪裡學來這樣高的武功？』知道是洪七公教的之後，這幾位又都是「十分欣喜」。這個「又驚又喜」真的感人，只有一心為郭靖好的師父，才會這樣又驚又喜。

接下來的一個細節更讓人起敬。他們聽說洪七公還沒正式收郭靖為徒，「都說可惜」，並且「吩咐他日後如見洪七公露出有收徒之意，可即拜師」，讓郭靖趕快拜高人為師，比郭靖本人還著急。

我覺得郭靖當時心裡肯定是暖暖的。在當時的江湖上，門戶之見是很深的，做徒弟的劈腿跟別人學武功，等於直接打師父的臉。想想岳不群，發現徒弟令狐冲學了別的功夫後，那醋勁之大，整個華山都酸了，把令狐冲嫌棄、防範、排擠成什麼樣子。

其實別說是當時社會，就是現在也一樣，你跟別的部門主管走近一點，自己主管搞不好還多心，更何況你還瞞著，還跟著學了功夫？

可以設身處地站在江南七怪的立場上想一下。郭靖這個小子是自己辛辛苦苦從小教育大的，後來卻不停的攀高枝，結交的都是大人物，武功也越學越強，自己教的功夫越來越不在他眼下。而且郭靖從沒先徵求過他們的意見，要麼是瞞著師父，要麼是來不及事先告知。半個江湖都知道郭靖會降龍十八掌了，七怪還不知道。七怪在江湖市井裡混，少不了要被調侃：「你們徒弟要瞧不起你們啦」、「人家飛上高枝啦」。

這和我們今天從小學到中學再到大學的性質完全不一樣。如今這是升學，是正常程序，而那時候這是改換門庭，是腳踏兩條船。倘若七怪有一些想不通，或者是心情複雜，也完全可以理解。換了脾氣差一點的，郭靖回來叫「師父」，一定會被飆罵：你還認得師父？這裡沒有你的師父，我教不了你啦！

但七怪卻沒有。只要孩子長了本事，他們就一心為郭靖高興，打從心眼裡歡喜。他們用心如明燭，我能照亮你多遠，就送你多遠，唯願前方圓月皎潔，照你一路光明。

每當看書讀到這裡，都覺得很溫暖。七怪曾給黃藥師寫信，恭維黃藥師說「豪傑之士，胸襟如海」。其實黃藥師別的不論，起碼在這件事上可沒有這個胸襟，當不了這句話。他才受不了徒弟換門庭、攀高枝。七怪或許都沒有意識到，自己才是真的豪傑之士，胸襟如海。他們完全可以拿著麥克風，對整個江湖來一句：「我想我是海。」（按：中國藝人黃磊的歌名）

12 李萍——笨小孩之母

倘若問《射鵰英雄傳》裡哪一個名字最有力量，大致都會想到鐵木真、洪七公、王重陽、歐陽鋒，那都是響噹噹的名字。但也許另一個答案是李萍。

金庸給她取名李萍，是有意取一個最普通的農婦名字。但一部書寫下來，這也成了最有力量的名字，足以讓人心生仰慕，肅然起敬。李萍堪稱金庸筆下最偉大母親，也是中國文學史上最偉大的母親形象之一。

近代文學裡的母親，苦難者祥林嫂（按：魯迅小說《祝福》改編的越劇主角），變態者曹七巧（按：張愛玲小說《金鎖記》主角），掙扎者蘩漪（按：戲劇《雷雨》角色），自私者汪母（按：巴金小說《寒夜》角色），而偉岸者李萍。

李萍之偉大，是命運逼迫出來的。平凡卑微如她，原本沒有任何「偉大」的機會。如果不是「風雪驚變」，她會在牛家村裡繼續做一個粗手大腳、貌不驚人的農婦，日復一日的勞作，趕雞入籠、燒火做飯，並且在自家的屋裡經受陣痛，生下孩子，撫養長大，同時年華老去。她的人生將會像一株草，默默的生於土地，死於土地。她的生命不是喜劇，卻也不是悲劇，而會是默劇。她沒有什麼機會去展現超人的勇毅和堅強。她的故事不會流傳，更不會催人淚下。

可惜命運殘忍的作弄人，吞噬了李萍的家園、丈夫，把她的生活拋出了常軌。就好像荒原之上，忽然天雷墜地，野火燒來，讓一株普通的野草有了展示自己強大力量的機會，讓她成為了一部莊嚴悲劇的主角。

李萍之偉大，首先還不在於最後求死，而恰恰在於求生。人有些時候活比死要難。求生、努力活著，反而需要更大的勇毅。

當人生遭遇慘變，家破了、人亡了，丈夫被當面斫殺，自己挺著一個大肚子落入歹人之手，救兵又越來越遠。這種時刻，真是生比死難，堅持比放棄難。

金庸筆下，為母一向不易，自殺的母親很多。多少人都在絕大的痛苦裡放棄了。殷素素拋下孩子自盡了，刀白鳳拋下孩子自盡了，胡一刀夫人也拋下孩子自盡了。李萍也想過自盡，要去和泉下的丈夫相會，可是她又很快打消念頭，鼓足勇氣，野草一樣活下來。

因為她根本比不了殷素素、刀白鳳。那些母親都有人可以託付孩子，殷素素的孩子有武當派，胡夫人的孩子有苗人鳳，刀白鳳的孩子更是有整個大理國供養。她們也便放棄活下去，選擇解脫。像胡夫人說的，有苗大俠養孩子，我就偷個懶不受這些年的罪了。

可是李萍不一樣，她連死的條件都沒有，她肚裡的孩子沒人可以託付。託給誰？總不能託給段天德！

她的求生，一小半為了手刃仇人，另一大半原因，是要給肚裡的孩子一個生的機會。

李萍的求生歷程，可謂壯舉。被敵人挾持時，她每到一處就要故意發瘋，客店之中、旅途之上，時時大聲胡言亂語、扯髮撕衣，怪狀百出、引人矚目。這是為何？乃是怕追蹤的救兵失去線索，有意要一路留下痕跡。一個農婦，卻有這樣的智計。

好容易北上到了金國地界，又被金兵抓去挑擔做苦力。她挺著大肚子，在沙漠苦寒之地跋涉數十天，疲累欲死，卻仗著身子壯，「豁出了性命，勉力支撐」。體格和毅力稍差一點的大概都挺不下來，只能選擇躺倒求死，就此放棄。

後來，雪地分娩，生下郭靖。這本來是非死不可的，可是她貼肉抱著嬰兒，「竟不知如何的生出一股力氣」，在戰場上苦挨了十多天，硬生生活了下來。

美國現實主義作家傑克．倫敦（Jack London）寫過一篇《熱愛生命》（*Love of Life*），說一個淘金者在荒原裡九死一生活下來的故事，是我最喜歡的短篇小說之一。李萍北上、生子的這一路，是另一個版本的《熱愛生命》。一個絕境中的農婦，在幾乎失去了一切生的資源、生的依靠、生的可能時，仍然以絕大勇氣，和天地相搏，與命運相爭，給自己和孩子拚出了一條生路。

二十年後，曾如此勇毅求生的李萍卻自盡了。

因為成吉思汗逼迫郭靖帶兵攻宋，郭靖不肯。李萍假裝勸兒子，突然割斷了郭靖的綁縛，自殺身亡。

正因為她二十年前求生的奮勇，所以才更顯得後來她求死的壯烈。

尋死，並不天然感人。這世界上，動不動尋死的愚夫愚婦多得是。所謂「布衣之怒，亦免冠徒跣，以頭搶地爾」（按：出自《戰國策．魏四．秦王使人謂安陵君》，意思是，平民百姓的憤怒，只是脫帽赤腳，以頭撞地而已），求死有什麼偉大的呢。她偉大，是因為明明以無比堅強的勇力求生過，明明知道生的價值，明明無比珍惜生存的機會，明明充滿了生的力量，而最後又毅然放棄。

在成吉思汗的面前，李萍最後勸郭靖的話，是這樣的：

想我當年忍辱蒙垢，在北國苦寒之地將你養大，所為何來？難道為的是要養大一個賣國奸賊，好叫你父在黃泉之下痛心疾首嗎？人生百年，轉眼即過，生死又有什麼大不了？只要一生行事無愧於心，也就不枉了在這人世走一遭……孩子，你好好照顧自己罷！

她說完後，凝目向郭靖望了良久，臉上神色極是溫柔，多半就像二十年前，她在雪地裡望著那個嬰兒的樣子。

後來，在襄陽城頭，烽煙中、號角裡，郭靖一定經常想起母親。每一次浴血鏖戰之時，母親都是源源不絕的力量。

郭靖後來的一切成長蛻變，起因都在李萍，這個長眠在北國的農婦。李萍對孩子的愛，帶有父愛和母愛的雙重性質。她沒能給孩子半點武功，卻奠定了他三觀的本質，給了他忠厚的品性與博大胸襟，讓他有了通向偉大的可能。

中年之後，郭靖懷念幾位師父，尚可以經常宣之於口。但他懷念母親，卻從不向人輕言。

那個雪地裡咬斷臍帶，把我貼肉緊緊抱在懷裡的人，再也沒有了。那個用身體幫我擋住如刀的風沙，只求不刮到我小臉上的人，再也沒有了。那個親手搭建茅屋、紡毛織氈，含辛茹苦撫養我長大的人，再也沒有了。這樣的情感，過了中年的郭靖已無法對人言說。

郭靖最後也壯烈殉國了，金庸沒有寫他臨終前的心事，我猜他多半想到了母親。大概是：母親，我做到了，我盡力了。我來了。

13 郭襄：不愛我，卻又不放生我

有一個老問題：楊過是什麼時候徹底擊倒郭襄的？

有人說，是在風陵渡口，聽到別人吹噓楊過英雄事蹟的時候。

想像一下，在深夜黃河渡口邊的小客棧裡，外面寒風呼嘯，雪花飛舞，客棧裡，天南地北的人們圍著火爐、燙著酒，聊著神鵰大俠的傳說，紛紛講述他武功高強、行俠仗義的故事。郭襄一個十六歲不到的小女孩，在這樣的氛圍裡聽著這些傳說，暢想著楊過的風采，是不是立刻滿心神往、無比崇拜，不知不覺就把心交出去了？

還有人說，郭襄被徹底擊倒，乃是和楊過一起去抓靈狐的時候，楊過牽著她的手，一起展開輕功追逐著小靈狐。風馳電掣之間，姑娘的情感也狂飆突進，那一刻便陷進去了。所以她後來才把一招峨嵋劍法取名叫「黑沼靈狐」。

還有人說，是楊過後來給郭襄獻禮祝壽，慶賀她十六歲生辰的時候，漫天煙花爆開，小姑娘被徹底擊倒了。總之各種說法都有。

但在我看來，上面這些大概都還不是最準確。郭襄真正中彈倒地，被楊過擊垮，是在這樣一幕下面，就是兩個人結伴同闖了幾天江湖，快要分別了，楊過忽然摘下面具給郭襄看臉的時候。

在書上，這一幕是這樣寫的：

楊過……左手一起，揭下了臉上的面具。

郭襄眼前登時現出一張清臞俊秀的臉孔，劍眉入鬢，鳳眼生威，只是臉色蒼白，頗形憔悴。楊過見她怔怔的瞧著自己，神色間頗顯異樣，微笑道：「怎麼？」郭襄俏臉一紅，低聲道：「沒什麼。」

就是這一瞬間，在馬上要離別的時刻，郭襄被真正擊倒了。這是最殘忍的擊倒，讓妳倒在離開的門檻上。

此處的這場分別，看似並不特別重要，實際卻是兩人關係比較具有決定性的時刻。

在這之前，郭襄還是一個自由人。雖然她已經叫楊過「大哥哥」了，已經把楊過當成特殊的一個了，雖然這幾天和楊過一起經歷了很多事，一起遊歷江湖、一起抓靈狐等等，這些經歷她大概再也不能輕易從心中抹掉了，可別忘了，人家小姑娘還是有承受力的，各色人物見得多了，不要小看她。

如果他們就這樣分手告別，讓郭襄雲淡風輕的拎著包一步邁出去，她愛楊過還會愛到後面那個地步嗎？很難說。我覺得很有可能不會。可不要低估女孩子的自癒能力，倘若給了郭襄調整的時間和機會，搞不好以後見到，大家也就是暖暖的笑一笑，我說哈囉、你說你好而已。

楊過明白這一點嗎？非常明白。所以他在潛意識裡不答應。他是什麼人？情聖。在這一刻他本能的知道，自己還沒有得到完全的勝利，這是一種情聖的本能。

他可以察覺到，雖然自己在郭襄面前已經占盡上風、予取予求，雖然面前這個小姑娘已完全處於守勢，敗相已露了，但卻還有一股很柔韌、綿長的抵禦之力。

如果等她走掉，回去冷卻個把月，一個「馬賽迴旋」轉過身來，一切就都不好說了。人家「小東邪」的陣地，你一次進攻沒能占領，以後旗幟就插不上硫磺島了。她到時候完全可以笑嘻嘻的攤開手，說：我們有什麼嗎？沒有啊。那幾天什麼都沒有發生啊。

所以楊過做了那「多餘的一步」——三枚金針。或許並非成心、不是故意，卻是在一個情聖的本能驅使下做了出來：在分別之際忽然加戲，給妳三枚金針，幫妳做三件事，有求必應。這表面上是禮物，是對郭襄的照顧和眷愛，但潛意識裡是什麼？大概是六個字：不肯好好分手。這是告訴妳：妳對我很特殊，妳對我好重要，我隨時等著妳找我，我隨時等著妳提任何要求。

而且「三枚金針」還有一種特別的儀式感，會給郭襄隱隱約約一點定情的暗示，總之男生把貼身暗器給了妳，妳怎麼解讀都行。

郭襄於是立刻拿起第一枚金針，說那讓我看看你的臉，瞧瞧你的真面孔。你看小姑娘就上鉤了。隨即楊過手一起，摘了面具，把臉給她看。

楊過的臉很要命的，清瘦俊秀，劍眉入鬢，鳳眼生威，還恰到好處的帶著一絲風霜之色，一絲憔悴。

所以書上說郭襄「怔怔的」瞧著他，神色變得「異樣」。以前並不異樣的，小姑娘心裡有點什麼原本還可以看不出來的，可是現在異樣了，全寫在臉上了。這一刻郭襄崩了，之前還可以微笑，現在終於變成海嘯。

她全線潰敗，鱗甲紛飛，再沒有了還手之力，就像是長平之戰，趙括的陣地終於被秦兵衝破，又像是世界盃上，穆勒（Thomas Müller，德國足球員）突破了馬塞洛（Marcelo，巴西足球員）和大衛．路易斯（David Luiz，巴西足球員）。

書上說，楊過還溫言笑問：「怎麼？」這一問可說相當歹毒，「怎麼」兩個字的潛臺詞就是「服不服」，這其實是對戰果的確認，是把小姑娘往死裡逼。

郭襄低聲回答「沒什麼」，可是內心的獨白卻是另外三個字：完蛋了。她被擊倒在分別的門檻上了。本來還可以有最後一絲希望逃生的，但是被楊過的三枚金針，被楊過最後的那一次摘下面具給擊倒在門檻上了。她仿佛聽見，身後有沉重的鐵閘落下，自己一生都將被關在裡面。

在感情的世界裡，兩個人的關係大概是最微妙的事了。有時候多了那麼一下，就是殘忍。本來可以海闊天空的，多了那一下，就是颶風。

很難說楊過是不是故意的。一方面，楊過確實很謹慎了，不想再惹風流債，行走江湖都戴著面具。他確實也在避免和郭襄過於親熱，郭襄拉住他的手他都要抽開。你很難說他是故意的。可是另一方面，楊過又有一種情聖的本能，一種超級捕獵者的本能。也許他理智上想放過郭襄，可是本能的，他把郭襄當成了獵物，吞噬了她，就好像匍匐的獅子遇見一隻健美的羚羊，忍不住縱身撲了一下。

後來郭襄過生日，楊過完全可以不用把祝壽搞得這麼誇張，搞得這麼絢麗、浮誇、夢幻，他卻又忍不住搞了這麼一齣，讓郭襄永遠陷溺在裡面。彷彿能看見小姑娘痛苦的說：你不愛我，卻又不放生我，你到底要幹什麼？

14 想像中的婚禮

十月二十四日，郭襄十六歲生日這一天，她沒有刻意化妝打扮。父母從小管得嚴，她應該不大會化妝。平時經常戴的幾件首飾，最近也都紛紛敗掉了。頭上的一支珠釵，幾個月前在風陵渡口請人喝酒吃肉了。還有一對芙蓉金絲鐲子、一支青玉簪，幾天前和敵人尼摩星打架時當暗器用了。

再說，妝化得太過，姐姐肯定要笑話。郭襄選擇了和平時一樣，只簡單化了一下，基本上素顏朝天。

本來，這會是一個普通的生日，和所有女孩子十六歲的生日都差不多，和「婚禮」扯不上半點關係。可能老媽下廚做幾道菜、燙兩壺酒，再叫上幾個朋友沒大沒小的聚一下，半真半假的許幾個願，就這麼過去了。

讓這一切變了的，是楊過要來。幾個月前，他親口答應過她的，只是答應得不鹹不淡，原話是：「我答應了。這又有什麼大不了？」

她反覆回味這句話，語氣裡好像略帶不走心，似乎還有一點覺得她幼稚，小題大作。所以這承諾是認真的嗎？他真的會來嗎？她完全不確定。一場生日會，就此變成了漫長的、提心吊膽的等待。

任何一場聚會，如果其中有一個人太過重要，性質就會變。同學會，如果有一個同學太過重要，那就不是同學會，是抱大腿會了。家長會，如果有一個家長太過重要，那也就不是家長會，是老師的彙報會了。同樣的，女孩子的生日會，如果有一個男賓太過重要，那就不是生日會了。

這一天，還正好和襄陽城「英雄大會」撞期了。到處張燈結彩，賓客們越聚越多，還不停的有五湖四海的豪傑絡繹到來。爹媽在忙著迎接客人，笑到臉僵。郭襄一個人躲著人群，這場大會，她本來只是個邊緣人。客人不是她的客人，主題也根本和她無關。熱鬧是他們的，她甚至都不肯去參加。

可是現場的喧鬧不停傳過來，卻也讓她產生了一種恍惚之感，有一種奇怪的壓力。今天，如果那個男主角來了，自己就將會是全場最開心的人。如果那個男主角不來，所有人都會見證她的失意。

坐在芍藥亭中，臂倚欄杆，眼見紅日漸漸西斜。少女的心，也跟著太陽一起緩緩落下去。

忽然，天將黑時，燈火點亮，場記板打響，轉折的時候到了。藏身在幕後的楊過一揮手，好戲就此上場。

大頭鬼和神鵰首先出現，一個像是小丑版的花童，一個像是威猛版的吉祥物，請郭襄進入校場。小姑娘驚喜交集，雀躍著前去，踏入了這閃著夢幻光芒的甬道。一步步的，她將從大會的邊緣人，變成今晚的主角。

慶典開始了，先是三份壽禮，被楊過的使者無比高調、大張旗鼓的給她送來。殲蒙古先鋒、燒南陽糧草、奪回丐幫至寶打狗棒，這三份壽禮送完，現場歡聲雷動，連做父母的郭靖、黃蓉都看得連連搓手：禮太重，太重。

他的禮物，分量重得讓自己爹娘動容了。在小姑娘開心的眼裡，這多麼像是一場意中人的完美登門。

這時，煙花出現。流星火炮筆直上升，變成十朵煙花，輝煌的炸開，組成一行絢爛繽紛的字：恭祝郭二姑娘多福多壽。字越來越大，每一個筆劃都拖曳著星芒，變成瓔珞，在夜空中彌散。郭襄站在煙花底下，聽著賓客的歡呼喝采，只覺得時光停滯、美麗如夢，一陣陣的恍惚。

接著，音樂飄揚起來，結彩的巧匠、川菜的大師傅、漢口來的吹打樂，三湘、湖廣、河南的名班……他精心找來的一切熱鬧玩意都粉墨登場。西南角上演起傀儡戲《八仙賀壽》，西北角上演起《滿床笏》（按：賀壽戲曲，出自郭子儀的子婿們手持笏板〔大臣朝見君王用的手板〕為其祝壽的典故），滿場上「鬧哄哄的全是喜慶之聲」，典禮到了高潮。

如果非要說這一幕場景像什麼，你會有什麼聯想？我覺得實在太像一場婚禮。

男主角出場，用他精心設計的方式。在那最高處、離地幾丈的旗斗上，兩個人從半空降下。楊過穿著藍衫，身邊還伴著白鬚青袍的黃藥師，攜著他的手。這樣的亮相方式，而且還是由她的外祖父牽著手領出場，感覺是不是也太像長輩拉著新郎？

這已經不是生日，更不是什麼英雄宴，像是給她一個人編織的海市蜃樓。郭襄成了唯一的女主角。西山一窟鬼簇擁著她，像是七個小矮人簇擁著公主。

所有人都知道，郭襄一生沒有嫁。四十歲那一年，她削落青絲，在峨嵋出家為尼。但我卻有一個大膽的猜想——她其實嫁了。在十六歲生日上，在那煙花一樣閃爍，也像煙花一樣短暫的片刻，她在意念裡把自己嫁給了楊過。

那一刻，郭襄理智上明白，這只是自己的生日，可是在潛意識裡，這是她的婚禮，是一場父母在座、長輩祝福、無數人見證的婚禮。這場虛擬的婚禮，沒有人知道，楊過、黃蓉、郭芙都不知道，只有郭襄自己清楚。

後來郭襄一直在找楊過，踏遍了萬水千山，終南山、絕情谷、萬花坳、風陵渡。所有人的解讀都說她是在找心上人。但我覺得，這種解讀仍然低估了她的憂傷和惆悵。

她不是在找心上人，而是在找不見了的新郎。你們說我沒有嫁，但其實我嫁了。煙花，就是那一場典禮的見證。

15 寫壞了的金輪法王

金庸寫人物很厲害。他最後一部《鹿鼎記》，裡面已經有大約兩百個人物，數量雖然還不能達到《戰爭與和平》（*War and Peace*）這樣近千人的級別，但對於武俠小說來講已經很多了。金庸仍然寫得得心應手，哪怕是跑龍套的，都活靈活現。

這個時期的金庸，技巧爐火純青，塑造人物已經有點「韓信將兵、多多益善」的意思了，你真要他駕馭五百人、七百人，可能問題也不會太大。

但是高手寫人也不能次次都成功。他的人物也有寫壞了的，特別是中前期的小說，有些連主要人物都寫壞了。金輪法王就是一個比較典型的、寫壞了的人物。

金輪法王這個人，很難寫，但又不能不寫。為何說不能不寫？因為江湖需要一個大反派。前一任大反派歐陽鋒已經發瘋，剩下一干小反派像沙通天、彭連虎等也都被懲辦了，老虎、蒼蠅都已打光，舞臺的一半空了。

只剩一群正面人物，沒有了矛盾衝突，故事編不下去，總不能讓大家天天開會學習郭靖的講話，互相點讚吧，得有人來當楊過的大對頭。於是便有了金輪法王。作者隨便取了個威風的名字，再配上兩個徒弟，手裡塞一堆奇門兵刃，什麼大輪子、金剛杵之類，快上場吧你。

這樣的人物，一出場就先天不足，顯得沒有根，「我來當反派」的標籤感太強。要把這種人物寫好，加倍的難。好比在一個班級裡，小朋友們本來其樂融融的，氛圍很好，忽然進來一個轉學生，老師還非要指定他做班長不可，那大家就會心裡不舒服，很難接受。

金庸要寫好這個「轉學生」，必須得解決兩大問題：一是人物的行為動機，必須得充分合理；二是人物的性格，必須個性鮮明。可惜這兩點在金輪法王身上都沒有處理好。

先講動機問題。金輪法王的一切行為，必須有一個充分的、合理的動機。身為一代武學宗師而甘願為蒙古人做事，鞍前馬後、衝鋒陷陣，總歸是有所圖的。他圖什麼呢？綜觀《神鵰俠侶》整本書，他唯一的動機似乎就是「我在這裡做事」，其他更個人化、更能窺見人性的動機，一概欠奉。

他顯然不是圖謀更高的武學，不像歐陽鋒一樣，做壞事主要為了《九陰真經》，進窺武學至道。金輪法王的主要心思似乎並不在鑽研武學上。他好像也不是圖權柄。誠然，許多英雄好漢過不了「權」這一關，可是金輪法王明顯不像左冷禪、任我行之輩，其梟雄氣息極弱，從未表現出什麼極強的權力欲望。能指揮兩個徒弟，他似乎就很滿意了。

他也不是為了踐行某種理念和價值觀。法王有沒有什麼個人推崇的理念和價值觀？沒有。他在精神上似乎是個很空洞的人，明明是一位宗師，而且是宗教、精神領域的領袖，卻似乎缺乏更高層次的精神活動，你不知道金輪法王的價值觀是什麼。對於自己正在參加的這場宏大的戰爭，他好像也沒有什麼思考，比如他對時局是怎麼看的，他對於生命是什麼態度，都沒有。

對比一下郭靖，郭靖是一個愛國主義者和人道主義者，他對於自己為什麼參加這場戰爭非常清楚，即所謂「郭某滿腔熱血，是為我神州千萬老百姓而灑」，郭靖是為了仁，為了人道，他是一個有高層次精神活動的人，可是金輪法王沒有。

並且他還不是為了報恩。歷史上有很多英雄人物，對知遇之恩念念不忘，為此嘔心瀝血，一生辛勞，就像李白說的，劇辛樂毅感恩分，輸肝剖膽效英才（按：出自李白〈行路難〉三首）。還有諸葛亮之於劉備、王猛之於苻堅，都是為了報恩。《鹿鼎記》裡，陳近南為臺灣鄭家鞠躬盡瘁，很大程度上也是為了報恩。可是金輪法王也沒有，你看不出他對忽必烈有什麼特殊感情，就是個老闆而已。

似乎法王行為的唯一動機，就是：我在這裡做事。

一部追求卓越的小說，第一號反面人物之所以「反面」，居然完全是因為陣營問題，沒有任何更深層的原因，這不能不說是個巨大的遺憾。

其實金庸也意識到了金輪法王的動機問題，於是安排了一個「蒙古第一勇士」的比賽，讓法王和一群新歸附蒙古的武士去爭，誰先殺了郭靖，誰就能得到「蒙古第一勇士」的稱號。似乎他摸爬滾打、流血流汗，就是為了加上這麼個稱呼。

這沒什麼說服力。法王本身已經是國師，是宗教領袖，地位超然，被人奉若神明，居然自降身分去和一群剛入夥的打手爭一個「第一勇士」的業務頭銜，怎麼想都覺得奇怪。就好像一個報社裡，總編輯跑去和剛入社的部屬競爭什麼「領銜記者」；又好比一個公司裡，大老闆去和剛借調來的員工爭「最佳員工」，這老闆不是有病嗎？

所以說，金輪法王，是一個金庸沒有想清楚就匆忙上馬了的人物。

之前講了動機問題，其實還有性格問題——法王究竟是什麼性格，作者顯得猶豫不決。

他不像歐陽鋒，自有一股宗師氣度；又不像鳩摩智，勃勃野心撲面。欲寫成大奸大惡，橫不下心；要說寫成鹿杖客、鶴筆翁那樣的官迷，汲汲於功名利祿，作者又捨不得。讓你一句話說出金輪法王的性格，說得出來嗎？說不出來，「壞人裡面武功最高的」而已。明明是一代宗匠，卻老去當坦克（按：團隊作戰時敵人的首要攻擊目標），爬城牆、打群架，恍如是司馬黴的設定、許褚的行徑，出場時還仙風道骨，一會兒忽然就裸衣鬥馬超了。

金輪法王被寫壞了，以金庸這般大才，多半也自己心裡清楚。所以你會發現金庸也在努力的豐富這個人，想多多開掘他的角色厚度，比如強行加了一個橋段：眷愛郭襄。大意是法王對郭襄很喜歡，不忍心殺之，有心傳她衣缽。作者希望借此顯出法王人情味的一面。

這一段故事在舊版金庸小說裡就有了，到了新修版裡更又加了不少情節，金庸之苦心可見。有些讀者喜歡這個橋段，覺得很感動，我個人卻不喜歡，尤其是新修版添加的部分，有種「人性補丁」之感。

如果要概括一下金輪法王這個人物，大致應該是：無雄心，亦無野心；氣派卓然，卻所謀可笑；不是政治人物，也不是江湖人物，而是一個職場人物，基本上是一個不願多思考的小職員。他和其他幾個身分差不多的金書大宗師、大高手完全不同。喬峰之於大遼，是回家；歐陽鋒和金國人混在一起，是互相利用；鳩摩智在吐蕃當國師，是滿足野心，施展抱負；玉真子之於滿清，是賣身求榮。只有金輪法王一個是認真上班。

話說小說裡有這麼一段，可以略改一改：在絕情谷裡，東邪、南帝、周伯通團團包圍住金輪法王，喝問：奸賊！你還有什麼話說？

法王長嘆一聲，把五個輪子噹啷啷的一起丟在地上：「老金叫我來當反派，老衲又有什麼辦法！」

16 郭芙究竟哪裡惹人嫌

說到郭芙討厭之處，一般都會想到驕傲、自大，闖了很多禍，還砍斷了楊過的手臂，這種人用重慶方言來說，叫作「戳鍋漏」（按：暗中搞鬼或是經常犯錯的人）。

其實這可能低估了郭芙討人厭的程度。一個人討厭，有時候不看大事，反而是看小事。有人也許捅了大婁子，搞砸了大生意，卻偏偏讓人恨不起來，甚至還覺得他可愛。而另一種人，你也許和他不過是吃頓飯，才三分鐘你便受不了，前菜都還沒上完就想逃命。這才叫作登峰造極的真討厭。

比如說住旅店。郭芙住旅店就極惹人嫌。

在風陵渡口那一次，天降大雪，各路商旅都被阻住。旅館客棧全部爆滿，連大堂上、柴房裡都塞滿了人和行李。郭芙這時跑來要入住。且看她是如何說話做事的。

第一句話倒還正常：「掌櫃的，給備兩間寬敞乾淨的上房。」掌櫃的賠笑道：「對不住您老，小店早已住得滿滿的，委實騰不出地方來啦。」

掌櫃的回答，很客氣，也很職業，沒什麼問題。而郭芙的回答就看出問題來了，她皺了皺眉，說：

好罷，那麼便一間好了。

這一句話非常有意思，雖然還並未顯得多霸道，卻很與眾不同，你一聽就知道是郭芙講的。倘若換作是你我，一般都會說：「那麼一間房呢？一間房能騰出來嗎？」或者是：「既然沒房，有什麼地方可以住一晚？」而郭芙卻說的是：「好罷，那麼便一間好了。」

差別雖然細微，展現出的思路和邏輯卻是迥異。從她這句話裡我們能讀出兩層意思。第一層意思是：你沒房，我就只要一間，我這是大大的退讓，我已經很委屈自己了。第二層意思是：會不會連一間房都沒有呢？這種情況，本姑娘從來沒考慮過，它絕對不可能發生。只要在這個世界、這個宇宙、這個時空範圍裡，這種事情壓根就不會出現。給一間房，這是別人搆不到的上限，在她這裡卻當作自己的底限。這就是她的思考方式。

掌櫃的只好再次解釋，並且加上了奉承：「當真對不住，貴客光臨，小店便要請也請不到，可是今兒實在是客人都住滿了。」郭芙立刻就發火了，揮動馬鞭，「啪」的一聲，在空中虛擊一記，斥道：「廢話！你開客店的，不備店房，又開什麼店？你叫人家讓讓不成嗎？多給你店錢便是了。」

她這樣便開罵了。此前郭芙對楊過態度不好，對江湖人物態度不好，倒還並不是最討人厭的，而此刻她和普通人打交道的方式，才越發暴露出這人是真討厭。尤其那一句「你叫人家讓讓不成嗎」，真是糟糕透頂，別人就不是人，不用住店，只有你是人，別人就活該要讓你。

說完，郭芙「便向堂上闖了進來」。也幸而郭芙年輕、美貌，她「向堂上闖了進來」，這幅畫面不會讓人感覺太難看。如果是換成一臉橫肉、腰闊十圍的大叔大媽呢？你想想看這是什麼場面。是不是覺得很熟悉，時常在飯店、餐廳、登機門上演？

這是住店。再來看郭芙日常說話做事的其他細節。她講話有個習慣用語，叫作：「你敢不敢……」、「你怎麼敢……」，楊過有一次為了澄清誤會，對郭芙說：「郭姑娘，妳妹子安好無恙，我可沒拿她去換救命解藥。」郭芙的反應是怒道：「我媽媽來了，你自然不敢。」

楊過頓時語塞氣結。郭芙這衝口而出的一句「你不敢」，實質上是嚴重高估己方的威懾力，同時又嚴重貶損別人的善意。對方的好意，在她一句話下就統統變成了怯懦，楊過簡直是被逼得非去和黃蓉叫囂一下不可，否則就真的變成「不敢」了。郭芙這是逼著人家去揍她娘。

我們平時也會發現有些人就是有這種毛病，將他人的不願、不肯、不屑，統統當成不敢。例如「某某專家你敢不敢和我公開辯論，哈哈心虛了吧，諒你也不敢」。其實往往不是人家不敢，而是你不配。

同樣的，有一次郭芙帶著跟班大武小武一起和李莫愁打架。要說武功，李莫愁比他們高到不知哪裡去，殺光他們三個也不難，只是由於顧忌郭靖，不願纏鬥，虛晃一招退走。郭芙卻大喊：「她怕了咱們，追啊！」

這是典型的討厭加找死。李莫愁當時要是心情稍差一點，哪怕為了這口氣，也非得回來把郭芙和二武宰了不可。

郭芙之惹人嫌還有一處，叫作無差別攻擊，就是明明只和甲吵架，但火一上來，就把勸架的乙、旁觀的丙、看好戲的丁全都罵進來。似乎一人得罪了她，就是全天下的人都得罪了她，她就有向所有人開火和發洩的權利。

我們生活中也不鮮見這種人，他和人打架，你好心去勸，他會把你一推：「走開，誰要你管！」郭芙就是這種人。

有一次郭芙來尋外出的郭襄回家。姊妹見面，郭襄介紹身邊的大頭鬼等人說：「姊姊，我說這幾位都是朋友。」郭芙是何反應？居然是怒道：「快跟我回去！誰識得妳這些豬朋狗友？」這是什麼古怪邏輯？你和人家無冤無仇，為什麼非要說人是豬朋狗友呢？就算你郭大小姐層次高，看不上大頭鬼等人，又兼是在氣頭上，那麼對人不予理會、不打招呼，甚至哪怕翻個白眼都罷了，何苦非要說人是豬朋狗友呢？

拿黃藥師做個對比。黃藥師算是性格高傲、說話難聽的了吧，況且他自身本領的確高強，遠遠比郭芙更有自認為了不起的資格。有一回他尋外出的黃蓉回家，父女見面，黃蓉給他介紹江南七怪，黃藥師十分看不上，也只是翻了個白眼，說一句「我不見外人」，也不曾說出「豬朋狗友」的話來。

這就看出黃藥師的涵養了，他說話畢竟是有基本底線的。就連「不見外人」這麼一句話，都已把江南七怪氣得要死，要是黃藥師說出「我不見你這些豬朋狗友」，七怪還不當場和他拚命？

再舉郭芙一例。有一次郭芙和陸無雙吵架，陸無雙搶白她說：我表姐程英是黃藥師的徒弟，是你師叔。你該把我當長輩叫。

對這句話，郭芙有一百種回應的方法，哪怕說「你少仗別人的勢」也行，說「你老你有理」也可以。可是她偏偏要無差別攻擊，說了一句相當愚蠢的話：

誰知道是真的還是假的？我外公名滿天下，也不知有多少無恥之徒，想冒充他老人家的徒子徒孫呢。

明明是和陸無雙吵架，卻把毫無關係的程英也罵了，說人家是假貨。假貨便假貨吧，還非要加四個字「無恥之徒」。試問程英招你、惹你了？這簡直是慈禧老佛爺，一不開心就要向全世界宣戰。也不知道金庸為什麼對郭芙有這麼大的意見，處處抹黑她，幾乎每一句臺詞都抹黑她，把這些最蠢的話都加在她頭上。

當然，許多人看小說還是喜歡郭芙的，覺得她潑辣，敢愛敢恨。這都可以。你看小說喜歡誰都可以。我以為，喜歡郭芙的都是暗暗把自己代入楊過了，居高臨下，覺得這丫頭很潑辣、很有意思。我卻不行，我只會把自己代入客棧裡的店小二，或者是其他普通的住店客人。大半夜闖進店來，要我讓房間給她，不讓就動鞭子打人，這等姑娘，實在喜歡不起。

17 郭芙到底喜歡誰

倘若問一句：郭芙到底喜歡誰？答案都說她是喜歡楊過。看電視劇的當然堅信她喜歡楊過，因為電視劇就是這麼演的。即便在小說裡，郭芙最後自己也信了她喜歡楊過。

「雖然她這一生什麼都不缺少了……但真正要得最熱切的，卻無法得到。」這是金庸最後給郭芙的判詞。那麼她最熱切想要的到底是什麼呢？郭芙最後告訴自己，是楊過。

她最後還認為，自己總是「沒來由的生氣著惱」，都是因為喜歡楊過；她以為自己時常「想著他，念著他」。

是真的嗎？還真的不是。

郭芙和楊過，有過兩次久別重逢。第一次是楊過從古墓學藝回來，打扮得十足潦倒窮酸，兩人久別重見；另一次是十六年後，楊過已經揚名立萬，鮮衣怒鵰，成了「神鵰大俠」，兩人再度重逢。

兩次見到楊過，郭芙可並不都是「沒來由的生氣著惱」的。第一次，當她看到潦倒窮酸的楊過時，是並不發怒的。不妨翻書，她當時的心態基本是無感，再加上一點點好奇：這傢伙原來還在啊，他怎麼混得這麼慘回來啦？那個階段，她有經常想著楊過、念著楊過嗎？有覺得錯過這個人很遺憾嗎？半點都沒有。

可是當二人再別十六年，她在風陵渡口重新聽到楊過的消息，又親眼看到這傢伙大紅大紫，人人對他敬若天神，紛紛傳說著他的故事時，她倒是真的「沒來由的生氣著惱」了，在客棧裡大發脾氣，打人罵人。

為什麼？何以這一次她不痛快、發怒了？因為她開始強烈的意識到，自己可能看錯一個人了，當年錯過一塊寶了。

這前後兩個楊過，要說有什麼區別，最大的區別就是後來的楊過成功了。郭芙喜歡什麼人？一言以蔽之，就是喜歡成功的人。

回到當年的大勝關，英雄大會開幕前，郭靖流露出提親之意，要把女兒嫁給潦倒的楊過。郭芙是什麼反應？乃是「她斜眼望著楊過，又是擔心，又是氣憤，心想：『我怎能嫁給這小叫化？』忍不住要哭了出來」。

那是楊過人生最低落的時候，去終南山沒混出名堂，還被全真教所不容，穿得又破破爛爛，還牽著一匹癩皮瘦黃馬，來郭家白吃白喝，就和劉姥姥、板兒上賈府差不多。郭芙此時對他有沒有「要得最熱切」？有沒有後來自己所以為的「想著他，念著他」？半點也沒有。

出人意料的是，一天之後，神奇的轉折發生了。楊過在武林大會上大出風頭，挫敗了金輪法王，才華嶄露。書上說他是「揚眉吐氣，為中原武林立下大功，無人不刮目相看」，群豪紛紛向楊過敬酒。

郭靖又提出來嫁女兒。這時候郭芙什麼反應？簡直是一百八十度大轉彎，差點沒翻車：「郭芙早已羞得滿臉通紅，將臉蛋兒藏在母親懷裡。」就差一句「全憑爹爹做主」了。瞧，姑娘樂意了！這時候的楊過，就瞬間變成她「要得最熱切」的了。

回顧她的感情經歷，很長一段時間裡，她都在兩個師兄弟大武小武之間猶豫不決，比來比去，拿不定主意：「大武哥哥斯文穩重，小武哥哥卻能陪我解悶。兩個人都是年少英俊，武功了得……當真是哥哥有哥哥的好，弟弟有弟弟的強，可是我一個人，又怎能嫁兩個郎？」

表面上看，這兩兄弟一樣優秀，所以姑娘挑不出來。真是這樣嗎？大錯特錯了！事實是：兩個人都不優秀，都不成功，或者說誰也不比誰成功，所以她挑不出來。她這一寶，不知道押哪個好。她對自己的眼光沒有信心，怕押錯了後悔。

書上有一句特別重要的話，很多人看書的時候都沒有注意到。在一次半夜幽會時，小武問郭芙：「我去刺殺忽必烈，解了襄陽之圍，那時妳許不許我？」郭芙嫣然一笑，道：

你立了這等大功，我便想不許你，只怕也不能呢。

這一句話，對我們了解郭芙很有幫助。你看，她之前那麼難以抉擇，但是只要有一個人「立大功」，她就瞬間可以抉擇了；之前她那麼反覆掂量嫁不嫁，只要有一個人「立大功」，她就非嫁不可了！

什麼斯文穩重啊，什麼活潑有趣啊，都是幌子。在她心裡，那些其實都不重要，重要的是「立大功」。她喜歡的是立大功的，是成功的、拉風的、有面子的。

郭芙何以會那麼渴望成功？「成功」不應該是底層的迷幻藥和雞湯嗎？郭芙是小公主，尊榮富貴，見過世面，「成功」對她真有那麼大的吸引力？我想說，還真的有。

因為她生活在一個那麼成功的大家族裡，自己卻最不成功。她貌似時時處處都被人尊重，但其實人們對她最缺乏尊重。她名不副實，德不配位。在江湖上，她表面上享受著尊崇，就像《鹿鼎記》裡的鄭克塽一樣趾高氣昂：

說道馮氏兄弟對他好生相敬，請他坐了首席，不住頌揚鄭氏在臺灣獨豎義旗，抗拒滿清。

郭芙不也一樣嗎？出去參加論壇、沙龍、宴會，人家多半請她坐首席，不住頌揚郭大俠獨豎義旗，抗拒蒙古兵。可是郭芙的內心深處，一定時常不安的迴盪著幾個問題，就像《笑傲江湖》裡任我行質問屬下的一樣：

升得好快哪。……你是武功高強呢，還是辦事能幹？

在郭芙的潛意識裡，大概早就已經感覺到，自己的名望和能力並不匹配；自己的武功並不高強，辦事也並不精幹；自己是這個武林菁英家族裡最差的一個，而且差得那麼刺眼。

她是我們身邊一種典型的女孩子，常常覺得自己很「優秀」，洋洋得意的樣子，但又實在說不出來是哪裡優秀，沒什麼真正擅長的本事。兩百字的表格都填不好，工作時和人一意見不合就吵架，自己是郭靖的女兒，有急事了卻連襄陽的崗哨都過不去，還要老媽出面來疏通衛士。她畢竟不是真的公主，公主可以完全憑身分吃飯，可是郭芙混的是武林，說到底還是要憑本事。

所以郭芙渴望一個成功的男人。她的這種渴望，比出身遠不如她的陸無雙、洪凌波都來得強烈。她從小到大引以為豪的東西——雙鵰、紅馬，都不是專屬於自己的，到後來連爹娘也不是自己獨享的，還有弟弟妹妹。只有男人，是自己的。

這就是為什麼丈夫耶律齊去競選丐幫幫主，郭芙最積極，「這幾日盡在盤算丈夫是否能奪得丐幫幫主之位」。這個媽媽當剩下的幫主，她特別看得上眼，一定要自己男人也當了才算。

小說的最後，郭芙在戰場上忽然發呆，「想著自己奇異的心事」。我可以逐句的回答她這些奇異的心事。

——「為什麼人人都高興的時候，自己卻會沒來由的生氣著惱？」

她以為答案是「沒得到楊過」。那不對。

其實答案是：因為人人都高興的時候，大家就都去自拍、聊天、忙自己的了，就都忘記捧你了，顯得你很不成功。

——「我為什麼老是這般沒來由的恨他（楊過）？」

她以為答案是由愛生恨。那不對。

其實答案是：因為她原先看不上他，後來卻發現他越來越優秀、成功，顯得自己瞎了眼。

——「（楊過）使齊哥得任丐幫幫主，為什麼我反而暗暗生氣？」

她以為答案是：這說明楊過不喜歡自己。那也不對。

其實答案是：她發現，丈夫好不容易當上的這個丐幫幫主，他楊過居然看不上眼。這映襯得她更加不夠成功。

——「他（楊過）在襄妹生日那天送了她這三份大禮，我為什麼要恨之切骨？」

她以為答案是：嫉妒妹妹有楊過。

其實真實原因是：嫉妒妹妹有這樣一個成功的人給面子、撐腰，更加顯得自己瞎了眼。

然後就很好懂了，郭芙為什麼最後要告訴自己：我原來一直喜歡楊過？原因可能很簡單，她不過是需要一個自我暗示：我其實沒瞎眼，真的沒瞎眼。

當然，也許後來郭芙真是開始漸漸看上楊過了。畢竟她也在成熟，也在懂事和學會欣賞。有可能隨著年齡漸長，閱歷漸漸豐富，她慢慢發現這種人才是男人，這種心跳才夠刺激，這種旗鼓相當的感覺才可能產生愛情。但是當她繞了一個圈子回來，他早已經不在那裡了。

她和楊過已經是天壤之別、雲泥之判。她連傷害他、激怒他的資格都沒有了，遑論獲得他的愛。鳥從天空飛過，哪還會在意地上的藩籬？

余光中有首寫給哈雷彗星的詩，其中有一句，叫作「下次你路過，人間已無我」。人心如彗，緣分也如彗，是不會等你成長的，錯過了也許便永不能再交會。

18 一篇精采的主管致詞

金庸小說裡，寫公開致詞極多。這裡來聊金庸筆下一段精采的主管致詞。不少人或許會覺得，主管致詞哪還分什麼精不精采的，不都是一樣的官腔嗎？還真的不是這樣。

先來交代一下致詞背景。說話的人叫作梁長老，是丐幫的勳臣元老之一，先後輔佐兩任幫主多年，乃是資歷很深的老同志。梁長老是在什麼情況下致詞的呢？是在丐幫的大會上，要推選新幫主。

熟悉金庸小說的都知道，丐幫前前後後經歷了幾任幫主：洪七公、黃蓉、魯有腳。不幸的是，魯有腳幫主被敵人殺害，丐幫幾十萬人群龍無首，必須召開全國叫化子大會，緊急推舉一位新幫主。

經過丐幫高層內部研究，定下來的選幫主辦法是：面向江湖，敞開大門，比武奪帥。而梁長老的任務，就是要代表高層發表一番公開致詞，向從各地趕來的、數以千計的幫眾，宣布這個新幫主的推舉辦法、推舉流程。這是一個很難、很棘手的工作，有幾方面的挑戰。

挑戰之一，事情敏感，牽涉重大。有工作經驗的人就知道，人事向來是最敏感的，更何況是推舉第一把交椅。

倘若是關門研究幫主人選，那還好辦一點，決定之後宣布就好了。但今天是在大庭廣眾之下推舉幫主，不確定的因素很多，梁長老可謂是迎濤而立、手把紅旗，需要很強的現場領導和掌控能力。

挑戰之二，人員特殊，矛盾複雜。在現場與會的人之中，還有一些身分非常特殊的人。他們的存在，讓事情的複雜性和變數都增加了許多。

比如黃蓉，人家可是前任幫主，如今好端端的就在臺下。既然現任幫主死了，要不要請前幫主回來「復辟」？如果不請，找什麼理由？如何措辭？當然，你或許會說黃蓉本來就不想幹，可是人家想不想是一回事，你請不請是另外一回事。

此外，在場還有許多丐幫的老同志，各有各的貢獻，各有各的勢力派系。如果黃蓉不做幫主，論資排輩則該輪到他們做。可是現在你要搞比武奪帥，要敞開大門、提拔後進，他們有沒有意見？他們的門人弟子有沒有意見？怎麼才能讓他們心平氣和的接受？這些都是很不好處理的問題，梁長老這個致詞，一旦有什麼表述不當，弄不好就種下了內部不穩定甚至內亂的隱患。

挑戰之三，江湖矚目，不容有差。大會現場不只有丐幫的人，還有許多五湖四海的江湖人士和外幫友人。你丐幫選幫主，大家都眼睜睜看著呢，一個弄不好，內訌起來，會讓外人看笑話。

總而言之，梁長老的這一番致詞，話題敏感，事關重大，很考驗功力。

結果呢？我發現梁長老真乃高手，頭腦之清楚、尺度之準確、論述之周到，都是一流的。他的致詞可以說是教科書一般的精采談話。來逐層分析一下。

初上臺的時候，他就先亮了一手功夫：

梁長老躍上高臺，眾人見他白髮如銀，但腰板挺直，精神矍鑠，這一躍起落輕捷，更見功夫，人人都喝起采來。

這一上臺可謂先聲奪人。注意三個關鍵詞「白髮如銀」、「腰板挺直」、「起落輕捷」，這三個詞不是隨便寫的，它們各自包含著特定資訊。「白髮如銀」表明年齡和資歷，「腰板挺直」代表健康狀況，「起落輕捷」代表業務能力，梁長老這一下不但展現了武功，還一併展現了自己的健康程度和充沛能量，給致詞增添了分量。

隨即的講話大致可以分為四個部分。其中開頭第一部分就是做一番解釋：憑什麼是我這個老朽在這裡講？

這一點就很值得學習。我們很多人平時就不太注意這一點，有了當眾表現的機會就飄飄然，上來就呼呼喝喝、滔滔不絕，完全不顧有沒有威望更重、資歷更深的人在場。梁長老可不是這樣的。他的開頭是：

黃前幫主神機妙算，說什麼便是什麼，決不能錯。但她老人家客氣，定要我們……商量決定。

你看梁長老交代得清楚：不是老朽我厚著臉皮要在這裡講，本該由黃前幫主講的，怎奈她老人家「客氣」，信任我們、給我們面子，非要我們來講、來拿主意，老朽我這才僭越登臺。

如此一來，既給自己今天的致詞加持了合法性，又烘托出黃蓉的氣度和風範，黃蓉聽了固然樂意，她的門人弟子們聽著也順耳。這叫作未登高人門，先鋪腳下磚，鋪得整整齊齊、實實在在，讓接下來致詞的每一步都走得踏實。

接著，梁長老又進行了第二部分的陳說，更是凸顯功力。他集中講了一點：要重新請回黃蓉做幫主。他是這麼講的：

黃前幫主那樣百年難見的人物，那是再也遇不上的了……我們想來想去，只有請黃前幫主勉為其難，再來統率這十數萬弟子。

一上來就高度評價黃蓉，稱為「百年難見」、「再也遇不上」，隨即慷慨陳詞，要請黃蓉「勉為其難」，回來再做幫主。

他這話一說，現場是什麼反應？注意，乃是「采聲雷動，比先前更加響了」。這滿場的采聲和掌聲，恰恰說明黃蓉雖然退下來已久，但在丐幫仍然很有人氣，很有威望，有大批的支持者。由此亦可反證梁長老之高妙，如果你一上來講話就拋開黃蓉，他們怕就要不開心了。

在現場，梁長老不但表示要請回黃蓉，還再加上了一句話：

黃前幫主倘若不答應，我們只有苦求到底……

瞧，我們對黃前幫主的懷念是真心的、是發自肺腑的，我們想請她回來執掌幫主，也是出於至誠的。

話說到這個地步，黃蓉的面子已經給足了，前面是高高捧起，現在該輕輕卸下了。梁長老於是開始闡述第三層意思：黃蓉既然這樣英明，為什麼不能請回來做幫主？這一層就更考驗人了。把人捧起來容易，但要不露痕跡的卸下去，可就難得多。

他是這樣開頭的：「可是眼前卻有一件大大的為難處……」究竟是什麼「為難處」，足以妨礙請黃蓉回來呢？這個理由必須堂堂正正、出於公心，大家心服，全體都能接受。梁長老是這樣說的：

蒙古韃子這一次南北大軍合攻襄陽，情勢實在緊迫。黃前幫主全神貫注，輔佐郭大俠籌思保境退敵的大計，這一件大事非同小可。我們若是不斷拿一群叫化兒夥裡的小事去麻煩她老人家，天下的老百姓不把我們臭叫化罵死才怪？

梁長老擺出來的這件「大事」足夠大——敵軍入侵，國家危亡。他把丐幫的事情，說成「叫化兒夥裡的小事」；把黃蓉手頭的事情，說成非同小可的大事。兩相權衡，自然不能用「小事」影響「大事」了。

其中有一句話講得妙，倘若黃蓉分了心，「天下的老百姓不把我們臭叫化罵死才怪」。不是我們不請回黃幫主，而是「天下的老百姓」不允許我們請回黃幫主，不讓我們打攪她，使她分心。試問是我們丐幫大，還是天下的老百姓大？當然是老百姓大。我們當然要順應天下百姓的呼聲。

這一番話，立論嚴正，站位極高，無可挑剔，而且進一步抬高了黃蓉——俺們叫化子這點小事，太微不足道、太無聊了，實在不配讓黃蓉老人家分心。所以幾乎人人服氣，書上說「這番話只聽得臺下眾人個個點頭」。

那麼黃蓉自己想不想回來做幫主呢？不想。之前她讓位給魯有腳，就是嫌當幫主雜事多，不耐煩管。平時她連乞丐服都不肯穿，到了公開場合，迫不得已，才在身上胡亂打幾個補丁了事。現在她年紀也大了，怎麼可能再回來自找麻煩呢？

可是這些話她無法公開說出口。什麼？你嫌我們丐幫麻煩？拜託，我們現在正需要你好不好？十數萬弟子眼巴巴看著你好不好？就因為嫌麻煩，你便推卸責任嗎？你對得起洪七公當年的託付嗎？你就不怕幫中兄弟們寒心嗎？

梁長老的講話恰恰幫黃蓉解了圍。當他說出「天下老百姓都不讓我們請回黃幫主」的時候，黃蓉大概要想：這個擔子卸的，我給滿分。

梁長老講話的第四部分，乃是最關鍵一環，要當眾拋出一個重大決定——敞開大門，公開選拔，比武奪位：

眼前只有一條明路，那便是請一位幫外英雄參與本幫，統率這十數萬子弟。

這等於是不認資歷、貢獻、派系了，大家憑本事打架選幫主。

宣布完這個重大決定後，梁長老忽然偏離主題，追憶起往事來。他說了些什麼呢？是這樣一大段，大家耐心讀一下：

想當年本幫君山大會推舉幫主，終於舉出了黃前幫主，那時她老人家可也不是丐幫的弟子啊。不瞞各位說，當時兄弟很不服氣，還跟她老人家動手過招，結果怎麼呢？哈哈，那也不用多說，總之給打得五體投地，心悅誠服。她老人家當幫主之後，敝幫好生興旺，說得上風生水起。

為什麼忽然說這樣一大段歷史掌故？難道是梁長老人老話多，喜歡絮叨舊事？自然不是。他是有深意的。因為這「敞開大門、比武公選」的方案，幫內極可能有人不服，引發爭論。憑什麼讓外幫人也來選？幫裡難道就沒有元老耆宿了嗎？你梁長老風格高，不想做幫主，難道別的長老也不想做？難道我們這麼多年的資歷、功勞都成了廢紙？

何況，就算要提拔任用年輕人，丐幫十幾萬弟子裡選不出來嗎？為什麼要搞大比武、要請外援，讓不相干的外人來參與？

梁長老所講的故事，恰恰正是回答這種質疑的：首先，這個辦法有先例。誰是先例？正是黃蓉，她就是典型的外幫年輕人，你莫非還質疑她不成？第二，這個辦法有成效。什麼成效？就是

「敝幫好生興旺，說得上風生水起」。第三，你們都別不服氣，不服氣要挨打。當年老子還曾不服氣呢，結果是被「打得五體投地」，今天你想做下一個嗎？

梁長老這段話，回憶的是當年，卻句句說的是當下；調侃的是自己，但句句提示的是別人。他這是用黃蓉的威信和成功，為今天的幫主選拔方案做了最好的背書。

最後，快言快語，敲釘轉腳，果斷結束講話：

請各位英雄到臺上一顯身手，誰強誰弱，大夥兒有目共睹。

他說完之後，臺下「采聲四起」，講話大獲成功。

每次我讀金庸，讀到這一段，都嘆服梁長老水準高。各方面他都照顧到了。對於老長官黃蓉，他抬了轎子、給了面子、卸了擔子，讓黃蓉充分滿意。對於廣大的幫眾，他既講明了政策，又講明白了做決策的背景和考量，句句以理服人，而且語言淺白俚俗、舉重若輕，不時「臭叫化」的自我調侃幾句，很顯生動親切。

對於在場旁觀的江湖友人，梁長老的講話立論高、站位高，處處以國家興亡為重，展現了丐幫「第一大幫」的格局和風範。

可以斷言，儘管梁長老的武功不是最高的，也沒有機會做幫主，但以他的頭腦和水準，無論哪個新幫主上臺，都離不開他的輔佐，都會對他充分重視和信任。

其實，這說到底不是什麼梁長老的水準，而是金庸的水準。寫小說這種事，功力常常在看不見的地方。要寫一個冷傲的劍客容易，只要白衣飄飄、橫眉冷目就行了。但要寫一個圓融透徹、世情通達的人可就難了，非得沉凝的筆力和豐厚的人生經歷不可。

有趣的是，就在發表了這番精采致詞後不久，梁長老還有另外一處臨場應變，也讓人大為佩服。

當時丐幫的這場幫主選拔賽剛決出了勝負，黃蓉的女婿耶律齊拿下第一名，眾人皆無異議，只剩下鼓掌通過、上臺就位。不料枝節橫生，大俠楊過忽然閃亮登場，擒拿奸細，大破蒙兵，一下搶走了全場風頭。一時間在場的群豪都去恭維楊過，忘了新幫主的事了。

唯獨保持清醒的是梁長老。他一看席上的郭芙「臉色不豫」，面臭得很，「微一沉吟，已知其理」，趕快登臺講話，引導全場注意力，讓大家以熱烈的掌聲迎接新幫主耶律齊登場。

什麼叫功力？這就叫作功力。說白了，不能只是講話出色，還要會看臉色；不能只會服務主人，還要會哄夫人。

如果問梁長老：您在幫中最主要的工作是什麼？公開場合他一定回答：輔佐幫主、殺敵報國。但在他心裡，自己的中心工作就是一句話：處理好黃蓉、郭芙和耶律齊之間的關係。

記得曾讀一本回憶錄，作者沉痛的說：我幹了這麼多年，才悟到此間的最主要工作就是處理好幫主、夫人和副幫主的關係。此言聽了讓人慨嘆：你現在才參透啊？梁長老比你早幾百年就參透了。

19 趙志敬之鍋

在金庸小說裡，最壞的師生關係之一要數楊過和趙志敬。一般人都覺得趙志敬是個王八蛋，打罵未成年徒弟楊過，不教真功夫，只給背口訣，逼得楊過叛逃，「臭師父」實至名歸。但要仔細看原著，整理一下這件事的前因後果，就會發現事情也非完全如此，至少一開始的責任不完全在趙志敬。他固然後來大奸大惡，可是在楊過的問題上，其實也是背了大黑鍋。

楊過和全真教的決裂，第一個埋下禍患的就不是趙志敬，而是丘處機。小楊過剛拜入重陽宮，首先沒頭沒腦罵他一頓的就是丘處機，不是趙志敬。從這個意義上說，丘道長真是搞事王，當年就是他老人家路過牛家村，才引出後來那麼多風浪。現在又是他把楊過罵一頓，成了此後一系列爛帳的導火線。

丘處機訓楊過的初衷，是想嚴格教學，打打殺威棒（按：古代威懾犯人的杖刑），免得孩子任性頑皮，重蹈楊康的覆轍，於是就把才第一天入學的楊過叫來，劈頭蓋臉訓一頓。用他自己的話說，叫作「嚴師出高弟，棒頭出孝子」。

楊過無端被罵，自然很想不通，覺得這所學校簡直有病，老子第一天報到，犯了什麼錯，你罵我幹麼？丘處機一走，他就「放聲大哭」，嚎了起來。這一哭，就被師父趙志敬給聽見了。

趙志敬的第一句話是冷冷的：「怎麼？祖師爺說錯了你嗎？」

平心而論，這話雖然不溫暖，但也不能說有什麼大錯。武學門派裡都特別強調師道尊嚴，老師罵你是活該，更何況是祖師爺罵，這是慣性思維。趙志敬有這麼一問，不過是在這個環境裡浸淫出來的本能。再者，重陽宮是清修的地方，大哭大嚎確實也不大成體統。

楊過反應也很快，垂手回答說：「不是。」趙志敬便又問了第二句：「那你為什麼哭泣？」這句話有大問題嗎？也沒有。可是接下來小楊過的回答就很有意思了，很滑頭。他說的是：「弟子想起郭伯伯，心中難過。」於是趙志敬「甚是不悅」，注意是從這裡才開始明確「不悅」的。為什麼不悅呢？趙的心理活動有清楚交代：

明明聽得丘師伯厲聲教訓，他（楊過）卻推說為了思念郭靖。

楊過這就是要滑頭了，明明是不忿負氣而哭，卻狡猾的推說是思念郭靖，小小年紀就在大人面前耍花槍。這是很多「聰明孩子」的習慣，愛耍小心機，自以為聰明。殊不知站在師長的角度，普遍的心態是更喜歡孩子誠懇老實，不喜歡孩子太「油」。

書上說，趙志敬心裡尋思：「這孩子小小年紀就已如此狡猾，若不重重責打，大了如何能改？」你看他此時並未存著多壞的心思，所想的不過是楊過「大了如何能改」，目的是希望孩子

「改」，而非存心虐待。他於是沉著臉喝道：「你膽敢對師父說謊？」

到此我們已經可以基本判斷趙志敬這位老師的水準了：思想古板，作風粗暴，不會因材施教，細心和耐心都嚴重不足。但是他的教學方式和師伯丘處機等有很大的差別嗎？並沒有，都是那一套下來的。上一輩怎麼教他，他就怎麼教下一輩。沒有任何證據說明趙志敬一開始便是存心要整楊過、迫害楊過。

別忘了，他畢竟是重陽宮同一輩中的佼佼者，針對尹志平搞小動作是沒錯的，尹志平是競爭者。但要說專門針對楊過一個小孩子，那把他也寫得太小了。

可是楊過偏偏受不了這種疾言厲色。滑頭的孩子一般分兩種：一種是「油而不強」的，比如韋小寶，很懂得低頭認輸，一看形勢不對，馬上就打臉認錯；另一種是「又油又強」的，楊過就是這一種。師父一嚴厲，他倔脾氣上來，乾脆就轉頭不理。這是明的不給面子，讓師父下不了臺，兩人這才真的是槓上。

注意，金庸下筆一直極有分寸。趙志敬後來罵了楊過「小雜種」，但那是什麼時候呢？是楊過先說「我不跟你學武功啦」，在此之後才罵的。這話我們今天聽著不覺得有什麼，但放在當時的環境裡可謂石破天驚。炒老師魷魚？那大概是聞所未聞。徒兒才剛剛磕頭拜師，馬上就「不跟你學了」，打師父的臉，趙志敬肯定氣瘋了。全真教創派以來，他成了第一個被徒弟炒魷魚的，以後怎麼做人？

所以我的看法是，這對師徒的恩怨，一開始並不能完全由趙志敬一方背黑鍋。他和楊過撕破臉，追根究柢是雙方性格導致，一個簡單粗暴，另一個卻跳脫桀驁；一個僵化陳腐，另一個卻自由剛烈、無所顧忌。

楊過是有情商的，但更有臭脾氣和反骨，用他自己的話說，是「又不會裝矮人侍候師父的親人，去給買馬鞭子、驢鞭子什麼的」，這種人在全真派裡待不長，甚至在任何類似的體制機構內都待不長。他在全真教的遭遇，總的來說不是「遇到了一個壞人」，而是「來到了一個不適合、不該來的地方」。

金庸這樣寫，避免了把人物寫得太過絕對，把趙志敬寫得太平面、刻板。這恰恰展現了一流文學家的本事，使小說保持性格導向，而不是立場導向、情節導向，落為下乘。

要說趙志敬真正的錯，是後來記恨、報復楊過，這是極其惡劣的，變成真正的「臭師父」，那口一百斤的黑鍋也永遠背在身上拿不下來了。所以結論是：不要和孩子嘔氣。能教就教，不能教趕快送走，別互相擔誤，趁早讓龍姑姑教。龍姑姑專會捉小麻雀，你的功力可沒有人家好。

20 襄陽飯局

在《神鵰俠侶》裡，有一場很有意思的飯局。

眾所周知，《神鵰俠侶》的最後一個高潮是在書的快結尾處，楊過打死了蒙古大汗，保住了襄陽城。很多人覺得此後的故事基本就是垃圾時間了，拉拉雜雜，不看也罷。但本文要說的這場有趣的飯局，就發生在所謂的垃圾時間裡。

話說，打死大汗蒙哥之後，郭靖、楊過等群雄興高采烈回到襄陽城。襄陽主官呂文德開慶功大會，擺酒設宴，招待吃飯。既然是飯局，第一件麻煩事就是座位怎麼定。你也是大俠，我也是大俠，誰坐主位呢？最後江湖好漢們是這麼定的：

眾人推讓良久，終於推一燈大師為首席，其次是周伯通、黃藥師、郭靖、黃蓉，然後才是楊過、小龍女。

主位是一燈，第二主位是周伯通，你我固然覺得理所應當，可是呂文德長官卻很不高興。書上介紹了他的心理活動：「一燈老和尚貌不驚人，周老頭子瘋瘋顛顛，怎能位居上座？」

這番心理活動非常有趣。注意，表面上他輕視一燈和周伯通的原因，是兩人一個「貌不驚人」，一個「瘋瘋顛顛」，所以不配坐主位。實則這並非呂大人瞧不起二人的真正原因。真正的關鍵詞乃是另外兩個，即「老和尚」和「老頭子」。

呂文德輕視二人，因為二人是「老和尚」和「老頭子」也。而這兩個詞的共同意思，就是老戰友。一燈和周伯通究竟是不是「貌不驚人」和「瘋瘋顛顛」，其實並不重要。重要的是，他們在呂文德眼裡都是老戰友，就是沒有實際職務了，是已經退休的戰友。

或許有人要為一燈大師鳴不平：人家是「南帝」，是大理國退位的皇上，比你呂文德一個襄陽主官不知道高到哪裡去。可是「南帝」是過去式了。既然退休，不是皇帝了，沒有實際職務了，在呂長官的眼裡你就是個老戰友，一旦坐到了呂大人的頭上，大人就要不高興。

連退休的「南帝」都被鄙視，遑論周伯通了。「南帝」畢竟當過皇上，而周伯通呢？他在全真教裡輩分倒是很高，卻從來沒有任何實際職務，在全真教裡說話也基本不算數。嚴格的說，周伯通連老戰友都不算。只有重要職位上退下來的才算老戰友，周老頭子什麼都沒當過，本質上就是個群眾，也跑到呂大人頭上去一屁股坐著，呂大人能高興嗎？

有趣的是，黃藥師也坐到了呂大人的上位，呂大人卻沒有太多意見。因為書上說呂文德所想的是：「黃島主是郭大俠的岳父，那也罷了。」

黃藥師能入呂文德的法眼，「郭大俠岳父」這一身分固然是重要原因，但請注意，他對黃藥師的稱呼就不是「黃老頭子」，而是「黃島主」。很簡單，因為「島主」好歹是個實職，對一島的居民、子女、財帛是有生殺予奪大權的。呂長官對他也就留有幾分尊重，以「島主」呼之。

順帶說一下，職場官場，稱呼他人的時候一般最好稱呼實職，不要稱呼虛職。比如當年蔣介石，軍官們約定俗成稱呼他叫「蔣委員長」，就是選擇最重要的實職——國民政府軍事委員會委員長，而不叫蔣主席、蔣院長。要說職務，蔣還是三民主義青年團團長，你叫他蔣團長試試，他一定發火。至於有軍官叫他校長，那是有特殊關係，格外親切才能叫，一般人不可效仿。比如郭靖才可以叫黃藥師岳父，別人只能老老實實叫島主。

你倘若跟著郭靖亂叫，黃藥師一定用玉簫插你。

且說，呂文德對座次的意見很大，心中不以為然，一定直接表現在臉上了。群雄也不是傻子，自然也都看得出來。這土官如此不給面子，對老戰友不尊重，群雄當然要教訓他。然而今日是慶功宴，公然的撕破臉也不好，怎麼辦？群雄立刻形成默契，共同做了一件事——不和呂文德聊天：

群雄縱談日間戰況，無不逸興橫飛，呂文德卻哪裡插得下口去？

在飯局上，適當主動的找人聊聊天是修養，大家同時不和一個人聊天是非常殘忍的。何況呂是東道主，是請客買單的人，又是主要長官，更需要顧及他的面子。群雄本該主動找一些他能聊的話題問問：襄陽發展得怎麼樣？主要產業是什麼？新引進了什麼企業？有什麼計畫？這樣問，呂長官才有得聊，才插得進話。

然而群雄卻故意不談這些，盡說些專業技術問題：金輪法王那一掌，你怎麼接的？對付瀟湘子，內力應如何運使？這種專業話題呂書記一竅不通，如何插話？

就好像主要長官請一幫工程師吃飯，這夥客人把長官晾在一邊，拚命聊些專業話題，什麼橋梁的抗震分析、橋隧檢測和加固技術、涵洞的施工工藝……你讓長官這飯還吃不吃。

甚至就連一燈大師這麼厚道的人都不和呂聊天。按理說一燈當過皇帝，應該是懂經濟、懂行政的，是完全可以和呂聊上幾句的：小呂啊，園區招商情況怎麼樣？土地夠用嗎？……但是一燈大師也不和他聊，把呂活活晾了一晚。

這個局面完全是呂長官自找的。此人看來政治能力和智慧也有限，襄陽圍城十幾年，他始終在這裡熬，吃苦受累，按理上面怎麼也該考慮考慮，把他動一動。但他愣是被釘在這裡，死都走不了，多少與他的能力和人緣有關係。當然了，我們講的是小說裡的呂文德，不是歷史上的。

這是金庸告訴我們的，不管在武俠江湖還是商場角逐裡，都要尊重老前輩。他們不一定能幫你上臺，但一定能在某些時候讓你下不了臺。吃飯了連個座位都不捨得給人家坐，還想人家和你談笑風生嗎？

21 武林大會是怎麼辦難看的

經常看武俠小說的就知道，在江湖上有一種大聚會叫「武林大會」。這種聚會人數多、熱鬧、吸睛，但卻也很不好辦，經常被挑剔一年不如一年。丐幫來辦，就容易被責怪品味糟糕，大跳廣場舞；少林寺來辦，往往就被說是白菜豆腐，寡淡禁欲。於是襄陽城來辦，準備充分，精心籌畫，可是一辦下來卻被圍觀的群豪揶揄：真正最不好看，前面的丐幫和少林寺你們受委屈了，當年怪我們太年輕，不懂你們的美。

事實上這裡面怕也有諸多隱情。一場武林大會是怎麼辦難看的？可以來簡要分析一下。

可以想像，在辦大會之前，郭靖大俠鄭重交代女婿耶律齊：小齊啊，這次就由你來負責籌辦。你能力強，尤其是年輕、創意多，一定能辦好。

圍觀的群豪難免想得過於簡單：既然是文藝大聚會，就要以熱鬧好看為主，應該準備幾個精品節目，提高一點水準。比如讓小龍女表演個輕功，讓一燈大師表演個一陽指，再找一些有絕活的外援，比如會水上漂的、會天罡北斗陣的，都來薈萃一堂。最後請出人見人愛的吉祥物周伯通壓軸，大家開開心心，豈不是好？

這就是想簡單了。對於主持辦大會的耶律齊來說，「武林大會」不能只開給英雄們，群雄們開不開心並不重要，郭大俠、黃幫主開心才重要。郭大俠一旦開心了，能給前途，能傳武功；群雄開心了能給人什麼？一幫閒人吃飽喝足看完節目拍屁股走了，頂多說聲不錯，難道還會發紅包給耶律齊？

耶律齊要考慮的事很多。比如，郭大俠剛提出的「為國為民，俠之大者」，大會上要不要表現出來？黃蓉幫主的指示「和襄陽城共存亡」，是不是也要在節目裡講清楚、講到位？還有襄陽城新制定的禦敵方針，「一次防守、兩翼突擊、三面合圍」，節目裡也不能漏了吧，不然女婿不想當了？

還有很重要的一塊，當前的成績和戰功，要展現。比如襄陽城剛剛取得了一場大勝、兩場中勝、九場小勝，在節目裡都要提到。耶律齊明白，現在抗敵形勢正嚴峻，蒙古兵還沒退，壓力很大。困難時期多講勝利，郭大俠一定高興。

此外，還有那些跟隨郭大俠、黃幫主多年，征戰有功的，也都要在節目裡表揚。勞苦功高的汗血寶馬要不要展示一下？雙鵰要不要展示一下？至於軟蝟甲，那是死的，沒法登臺，那也要想辦法置入，至少也要在主持人臺詞裡提到。

雖然是在襄陽辦大會，但倘若只做襄陽一個會場，怕也不夠，聲勢小了，最好多做幾個分會場，否則不能顯得身在襄陽、心繫天下。東海桃花島必須做一個分場，原因不用多說。蒙古射鵰的草原上也必須做一個分場，原因也不用說了。西域也要選地方辦上一場，那是金刀駙馬當年西征的地方，漏掉這個說不過去。

最後還剩一個分會場，是放在陝西華山呢？還是浙江嘉興？耶律齊想來想去，覺得還是華山比較好。嘉興那裡死過一個楊康，不是什麼愉快的事，還是別讓岳父岳母心裡不舒服了。整天要考慮這些，你說耶律齊累不累呢？

辦大會這種大事，年輕人耶律齊還不能一言堂，知道要多請示。活動初步方案擬出來後，先給魯有腳看，畢竟是丐幫老前輩，追隨郭、黃二位多年，抓得準二位的口味。結果魯老伯看後指示：要接地氣。

於是認真修改完善，再給二小姐郭襄看，郭襄說不好，不要只顧接地氣，要洋氣。於是再討論、再修改，送給大小姐郭芙看，郭芙指示：不能只講洋氣，更要大器。最後精心打磨潤色，送給郭靖看，郭大俠說好是好，但還是要接地氣。

一切都準備妥當，萬事俱備了，最後請總把關人柯鎮惡大公公來看彩排，殷勤詢問：「大公公，您看怎樣？今年我弄得不錯吧？」柯鎮惡端坐看完，面無表情，淡淡的說：「好是好，就是『為國為民，俠之大者』還是表現得不夠啊。」

畢恭畢敬送走柯大公公，耶律齊困惑不已，回家找妹妹商量：怎麼還說表現不夠？問題到底出在哪？還是我趕快改計畫、改節目，打掉重來，圍繞「俠之大者」的主題好好做幾個文藝精品，把這句話表現得更充分？

妹妹：傻啊你，你還真想春風化雨啊？不是說表現不充分嗎？你就讓主持人改改詞兒，把「為國為民，俠之大者」、「與襄陽城共存亡」、「一場大勝、兩場中勝、九場小勝」每個說五十遍，不就充分了嗎？

耶律齊恍然大悟，馬上修改，再請柯鎮惡來看。柯老俠這次面露微笑：「小齊呀，你這麼年輕，就已經這麼成熟了，年紀才三十七，辦事像七十三的，難得，難得。」

於是最難看的武林大會就這麼隆重推出了。外面群雄還在鬧，非要送呼聲最高的楊過上大會：「他們傻啊，楊過怎麼不上！」裡面耶律齊也很無奈：「他們傻啊，楊過怎麼上？」楊過自己快哭了：起什麼鬨啊，我又沒說我要上，你行你上！

第貳章

關於《倚天屠龍記》

倚天持報國，畫地取雄名

——李嶠

1 明教潛流

一

熟悉《倚天屠龍記》結尾的就知道，張無忌退位之後，明教發生了一些不可思議的事。

整個光明頂的領導集團很快倒臺，朱元璋等地方上的大區域老總上了位，掌控了明教。金庸有一句話是這樣說的，楊逍「年老德薄」，萬萬不能再和朱元璋相爭。

一直以來都有不少讀者問，楊逍怎麼會是「年老德薄」？堂堂光明左使，武功、資歷均高，怎麼會不能和朱元璋等一幫人相爭呢？

這話說來就長了，涉及明教長期隱伏著的一個重大危機，或者說是一股暗中的潛流。教主張無忌沒有好好的處理這個危機。或許他也注意到了，但是還來不及開始處理就退位了，給明教埋下致命的隱患。

且說當初，六大門派圍攻光明頂的時候，各派來勢洶洶，倚天長劍飛寒鋩，明教幾乎只有五行旗與之血戰。你僅從六大派之間的談話就可知端倪，能看得出五行旗抵抗之烈、奮戰之勇：

殷梨亭道：「曾和魔教的木、火兩旗交戰三次……七師弟莫聲谷受了一點傷。」

「江西鄱陽幫全軍覆沒，是給魔教巨木旗殲滅的。」

「敵方是銳金、洪水、烈火三旗……我方三派會鬥敵方三旗。」

當時，哪怕說是五行旗一個部門抵擋六大門派也不為過。明教四分五裂，已如一盤散沙，只有五行旗保存了完整的架構，還有較強的戰鬥力，在獨撐大局。這一役五行旗也是犧牲最慘重的，尤其銳金旗，幾遭全殲，傷重殘疾者無法計算，掌旗使莊錚壯烈戰死，被倚天劍斷首。副掌旗使吳勁草被擒，遭敵人斷臂。如果不是張無忌相救，銳金一旗的番號都可以註銷了。

這些弟兄甘願護教犧牲，那也沒什麼好說的。但問題是教中的那些更高層呢？光明二使、四大法王、五散人在幹嗎？光明頂之役明教怎麼輸的？何以一敗塗地，落到要上天降下一個張無忌來拯救的地步？

二

事實上，就在五行旗於前線奮力抗敵之時，堂堂光明左使楊逍、法王韋一笑、五散人等幾個高層，正在後方老營裡內訌。內訌什麼呢？爭教主！

前線每一分鐘都在流血，這幾個渾蛋卻在後方爭教主，還打了起來，你一記寒冰綿掌，我一招乾坤挪移，打得好不熱鬧，乃至被一個少林和尚圓真溜進來摸了炮樓，七大首腦一股遭擒，整個指揮中樞全部被滅。「少林僧獨指滅明教，光明頂七魔歸西天」，諷刺不諷刺？倘若你是前線五行旗將士，會作何感想？

除了內訌被擒的這七人外，高層裡其餘那些人呢？

楊逍之下排名第一的是光明右使范遙。此人在關鍵時刻蹤影全無，究其原因，原來是情海生波，追求女同事而不得，痛苦了，毀容了，投靠朝廷去了。後來他給出的解釋是去「盯成昆」，可是你盯的成昆呢？成昆來獨指滅了你家明教老巢了，范右使你盯的人呢？

再看四法王。排第一的龍王，為了嫁人，叛教了。事發時她雖到了光明頂，卻畏敵避戰，逡巡不前。排第二的殷天正鬧分裂了，自創一個天鷹教，此次雖然也帶隊來援，卻屢屢遊而不擊，一度坐視五行旗被屠。排第三的謝遜失心瘋了，攜屠龍刀遠遁海外，再無音信。排第四的蝠王之前已說，內訌去了。

以上就是光明頂上明教高層的群像，糾纏於男女關係的、別有私心的、發瘋發顛的，盡皆不堪至極。

公允的說，鷹王殷天正父子後來倒是出力作戰了，也拚到透支，但這樣是否就能贏回明教底層的人心？有這樣一幕：五行旗被六大派圍攻，殷天正的天鷹教卻在旁邊觀戰，不肯援手。他們「行列整齊」，糧秣充足，卻「始終按兵不動」。

何以如此呢？書上說了：若敵人把五行旗殺光了，天鷹教反而會暗暗歡喜。事實上這一役銳金旗果然幾乎被全殲，掌旗使戰死，天鷹教該當大樂。試問五行旗弟兄們會作何感想？你若是參加了這一戰的銳金旗人，當倚天劍肆虐橫行之時，你是否會對蒼天、對明尊泣血控訴：我們的法王在哪裡？我們的光明使者在哪裡？我們的高層在哪裡？

有一個標誌性的細節，許多讀者未曾注意：待到後來張無忌出戰六大派，向明教中人借兵刃使用的時候，居然殷天正還拿出一柄「白虹劍」，周顛還摸出一把雕刻精美的寶刀，都是完好無損。這真正好笑了，大夥兒馬上都要引頸就戮，連絕命歌都唱了，上層首腦居然還有完好無損的寶刀寶劍藏品。怎麼不早拿出來和倚天劍拚了呢？

所謂明教的重大隱患，很大程度上就是在這裡埋下的。在戰士們的眼裡，光明頂高層失行敗德，幾乎爛透。

三

幸而天不亡明教，張無忌出手擊退六大派，成為教主。這時正是整肅乾坤、賞功罰過的關鍵時機。

左使、蝠王、周顛怠忽職守，帶頭內訌，當嚴厲懲戒；右使、龍王、獅王不赴教難，應公開免官褫職；鷹王有過有功，可以留職溫慰；五行旗血戰不屈，犧牲巨大，居功至偉，銳金旗吳勁草等都應該大力獎掖，提拔重用，旗下眾弟兄都應論功行賞，厚加撫慰。

可是這件關鍵大事，明教卻沒有做。新教主一立，鞭炮一放，一片歡天喜地的氣氛中，這事就再無人提，被有意回避了。從此高層還是那些高層，使者還是那些使者，法王還是那些法王，一個人事變動都沒有，動舊們照樣呼呼喝喝、耀武揚威。

甚至於，他們擁立張無忌有功，地位反而更穩固了。楊逍自命為岳父，殷天正成了教主外公，殷野王成了教主舅舅，獅王成了教主義父，龍王多了小昭這根通天熱線，就連彭瑩玉、說不得等也成了教主故人，你是皇親、我是國戚，氣焰更加囂張。試問，奮戰的五行旗兄弟們又會怎麼看呢？

其實，多年以來明教的人事制度就是對五行旗不公的。他們出力有份，提拔無望，上面的法王許多都是空降和外來的，不是從五行旗裡出來的。比如龍王就是波斯總部空降的，獅王是什麼莫名其妙「混元門」的，乃是外人。

過去就欺負老實人，眼下立了新教主，還是繼續欺負老實人。位子輪不到五行旗，可是明教一旦要打硬仗、啃硬骨頭時，還是只能依靠五行旗。明教之後為了「救謝遜」，到少林寺去耀武揚威，楊逍是靠哪支隊伍在天下群雄面前展示實力、撐場面的？還是五行旗：

楊逍……左手一揮，一個白衣童子雙手奉上一個小小的木架，架上插滿了十餘面五色小旗。

這是什麼？五行旗。其現場演練的效果如何？是部隊精良，震驚敵膽：

這一來，明教五行旗大顯神威，小加操演，旁觀群雄無不駭然失色。

再後來，元兵圍困少室山，靠誰打仗？仍然是五行旗：

張無忌道：「銳金、洪水兩旗，先擋頭陣。……」

五行旗兄弟又不是沒腦，提拔沒有我們的份，怎麼衝鋒打仗拚命又要靠我們了？楊左使，請問你嫡系的「天地風雷」四門呢？怎麼不派他們來？

順帶說說這個所謂的「天地風雷」四門，養著大量閒人，占著大量編制，可是從頭到尾都沒看見發揮什麼關鍵作用。楊逍的機關平日就靠幾個貼身童子跑來跑去，就這麼幾個小孩，每天值班、打打電話、做做簡報，維持日常運作。也不知道那「天地風雷」四門裡的人平時都在忙些什麼，是不是都用來安插長官們的大老婆、小老婆的，不然怎麼毫無辦事能力，沒有半點作用？

四

再講一個問題。這個問題怕是更加嚴峻。六大門派為何要來圍攻光明頂？何以明教得罪了整個武林？追根究柢還是明教名聲不好，有人為非作歹，招致眾怒。那麼究竟是誰在為非作歹？五散人中的「說不得」曾經說過一番話，說明了根本：

本教教眾之中……濫殺無辜者有之，姦淫擄掠者有之，於是本教聲譽便如江河之日下了。

那麼請問是誰濫殺無辜？誰姦淫擄掠？至少讀者所能知道的，是楊逍姦淫，殷天正擄掠，謝遜濫殺無辜，韋一笑吸血。這樣的回答應該是沒有違背說不得的本意。事實上楊逍聽了說不得的話後立刻問：你是在講我嗎？說不得當場反詰：誰幹的事，自己心裡有數。

明教的惡名，不說全部，至少有相當大一部分恰恰是緣於這些高層胡作非為。你們胡搞瞎搞引來外敵，卻要包括五行旗在內的眾兄弟流血犧牲。換作是你，你服嗎？想得通嗎？

光明頂潛流，一言以蔽之，就是高層不德、人浮於事、行止敗壞，而一線的五行旗等業務部門長期被壓制，犧牲慘重，卻又晉升無路，憤懣而失望。有張無忌在，憑著威望高、武功高、為人寬厚，矛盾暫時被壓制了下來。但這樣大的暗流早晚要爆發的。

張無忌自己是否意識到了這個隱患呢？我想大概也是有所察覺的。他也在著手調整。後期他就頗為重用銳金旗吳勁草，此人正是五行旗山頭的代表。

後來少室山大戰，在天下群雄面前，張無忌調度全軍，特意重用吳勁草，讓他當總軍法官，監督全軍。這個職務本來即便不是法王擔綱，按慣例說也應該是刑堂執法冷謙。但張無忌卻破格點了吳勁草的將。

吳勁草也是非常振奮，尋思：「教主發令，第一個便差遣到我，實是我莫大榮幸。」

而且張無忌授予他的權柄極大，可以臨陣執法，便宜行事，話說得清楚：「哪一位英雄好漢不遵號令，銳金旗長矛短斧齊往他身上招呼。縱然是本教耆宿、武林長輩，俱無例外。」說殺誰就殺誰，連使者、法王也不例外。冷謙這個刑堂執法反而尷尬了。

這本是極大抬升了吳勁草的個人威信，也是大大的給了五行旗面子。在當時的明教高層裡，吳勁草頗有冉冉升起之勢。也恰好，當時上面空出來不少位子，四大法王空出三個，正是火線提拔人的機會。

可惜，張無忌有心用吳勁草，卻沒機會用吳勁草了。最佳的時機已然錯過，弟兄們沒有再給他亡羊補牢的機會。不久，驚天權變發生，張無忌被人算計而倒臺退位，明教從此變天。隨之而來的，必然是總壇上那一幫老舊勳臣失勢，被架空、清算。

新上臺的一幫人是什麼人呢？是朱元璋、徐達、常遇春一夥實力派。他們正好是五行旗中人，朱元璋、徐達是洪水旗中弟子，常遇春則歸巨木旗轄管。明教的變天，固然是地方實力派的勝利，但不也是五行旗壓抑多年後的反撲嗎？

這時候你就能理解為何說楊逍「年老德薄」了。弟兄們只要問一句「光明頂之戰，我們流血犧牲之時，你這個左使在幹嗎」，便足以讓楊逍啞口無言。這算不算「德薄」？

感慨之餘，回首往事，昔日光明頂大戰剛結束時，張無忌曾約法三章，什麼和六大門派和好、什麼迎回謝遜之類，好雞毛蒜皮，好小哉相。

真正該約的三章應該是：全面反思明教二十餘年內亂；全面反思光明頂之戰；全面獎掖功臣，嚴懲失職敗類。說什麼迎回謝遜？一個失心瘋濫殺無辜的法王，迎回他做什麼呢？真正應該迎回的，難道不是兄弟們的心嗎？

2 張三豐的孤獨

「我只道三十年前百損道人一死，這陰毒無比的玄冥神掌已然失傳。」張三豐喃喃說。

眾徒弟沉默著，沒有人答話。只有年紀最大的徒弟宋遠橋接了一句：哦哦，這真的是玄冥神掌啊？

這是一句品質不高的互動，但也只能這樣了，因為百損道人是何方神聖，他們都不了然。張三豐的歲數太大，活了太長的年紀，到這個時候已經一百歲了。他所熟悉的那些人和事，旁人已然都不清楚，哪怕跟了他最久的徒弟也都不清楚。

老張及時打住了，沒有再繼續「百損道人」的話題。這種感覺，真的好孤獨。

翻開《倚天屠龍記》，經常發現張三豐的這種孤獨。在小說裡，他從九十歲到一百歲，又到一百一十歲，成了僅存的史前巨獸，孤獨感也就倍增。同時代的人走了，晚一代的人走了，慢慢的，連晚他兩代的人都已成老朽。其他門派的掌門從他的同輩人，漸漸變成他的下一輩人，又變成下下輩人。

少林派的「四大神僧」，比他晚了足足兩輩。峨嵋派的滅絕師太，慣常老氣橫秋，開口閉口自稱「老尼」的，事實上也比他晚了整兩輩。杜甫感慨說自己「訪舊半為鬼」，杜甫才活多少歲數，寫詩時不過四、五十歲。而老張的故人早就統統是鬼了。

所以，張三豐每每說話、想事的時候，所提到的那些人物，都像是久遠的史前怪物：

這對鐵羅漢是百年前郭襄郭女俠贈送於我。你日後送還少林傳人……

說這話的時候，郭襄已經去世差不多半個世紀了。

（我）生平所遇人物，只有本師覺遠大師、大俠郭靖等寥寥數人，才有這等修為……

說這話的時候，覺遠大師已經去世接近一個世紀了。但是他又怎麼能不說這些人呢？那都是他少年、青年時活生生的記憶。

武林中人和他聊天，往往說不上幾句，很快就會把天聊死。一般都是：「張真人，久仰清名，幸何如之！」他則回答「哪裡哪裡，不敢當」，然後就沒有然後了，無法再聊下去。人生記憶少說差了五十年，聊什麼呢？

就連殷天正這樣的老資格，而且是兒女姻親，見到了老張都覺得很難聊。大家感受一下：

殷楊二人躬身行禮。

殷天正道：「久仰張真人清名，無緣拜見，今日得睹芝顏，三生有幸。」張三豐道：「兩位均是一代宗師，大駕同臨，洵是盛會。」

然後雙方便陷入沉默，天已聊死。我四十歲拿「真武劍」橫掃江湖的時候，你還在玩溜溜球，怎麼聊呀？

但也正因為這樣，便更要說一句：張三豐真是一個識趣、有愛的老人。人上了年紀，就愛滔滔不絕的回憶舊事，尤其是過去有一點成績的，便更喜歡緬懷激情燃燒的歲月，每天講八遍都不嫌煩。張三豐卻沒有。

他是震古鑠今的宗師，是一條真正的大魚。以他的成就，完全有資格講講自己「只做了一點微小的工作」的，但即使是這樣的話他也從來不講。小說裡，他從來不絮絮叨叨給後輩人講陳年舊事，當年郭靖如何如何，楊過又如何如何。偶爾無意中提到「三十年前百損道人」之類，後輩們不問，他也就不多囉嗦。

他很注意照顧別人的感受，但越是這樣也就越孤獨。你看書上，他會半夜起來寫寫字，「武林至尊，寶刀屠龍」，自己向自己傾訴。他經常閉關，號稱不再見客，但一聽到外面有腳步聲就主動開口：呀，哪位少林高僧來看我啦？給人感覺是很缺朋友。

有一個好玩的細節，他做壽時，聽說崆峒五老來看他，就立刻親自迎出去。旁人都覺得張三豐禮重了，「崆峒五老這等人物，派個弟子出去迎接一下也就是了」。大家均以為張三豐這是

「謙沖」。

其實這真的完全是因為謙沖嗎？有沒有一點老頭遇見老頭，像《紅樓夢》裡的老賈母歡迎劉姥姥一樣，終於有個「積古的老人家說說話」的欣喜呢？

看《倚天屠龍記》，總是有些心疼張三豐。他在武學上太孤獨，沒有人可以聊天、可以分享，那也罷了，可是他在歲月上也那麼孤獨，沒有人可以分享了。時間的洪流早已經帶走他所有同伴，他已經失去和人共話當年、緬懷青春的可能。

可是他還是那麼知人情、那麼有趣。他雖然做不到像周伯通那樣徹底變成老小孩，直接和郭靖拜把子，但他也一直在努力成為一個可愛、有趣、不煩人的老人。金庸也很眷愛他，總是寫他弟子環繞、熱熱鬧鬧，大概是金庸也不忍心，已經奪走了郭襄，再不忍心讓他太過孤獨。

3 你的風陵渡，我的鐵羅漢

郭襄和張三豐在少林相遇那一年，一個十八，一個十六，都是青春懵懂的年紀。當時張三豐正在少林寺當臨時工、做學徒。忽然郭襄來了，是來找楊過的。她穿著淡黃的衣衫，騎著青毛驢，皓齒明眸，像是個松樹間的秀麗精靈。

在寺裡，她沒有打聽到楊過的消息，小眼神裡的憂傷不免又多了一層。

郭二小姐的身分何等高貴，離開的時候，還有寺裡的長官在旁陪同。小臨時工張三豐默默的跟在後面，書上說，他不敢和她並肩，卻一直跟著，在寬闊的少室山道上，他們總是隔著五、六步遠。

郭襄笑道：「張兄弟，你也來送客下山嗎？」張君寶臉上一紅，應了一聲：「是！」

郭襄從懷裡摸出一對小小的鐵羅漢。那是一個小玩具，上了發條後就可以打一套最簡單的少林拳。然後，她展顏一笑，把鐵羅漢塞到他手裡：這個給你玩。她上了青驢，飄然去了，只剩小三豐握著羅漢站在那裡。山道上投射著他長長的影子。他明白：對方只當我是小朋友。

幾天後，他的人生遭遇了一場大變。

達摩堂眾弟子一齊上前，把這小廝拿下了。

隨著寺中首腦一聲斷喝，十八羅漢同時搶出，向這個少年撲來。不過是由於從玩具鐵羅漢上學了幾招拳法，一些老前輩就震怒了，無限上綱，冤枉他偷學武功，要把他挑筋斷脈。天旋地轉之中，他衝殺了出去，那對鐵羅漢一直揣在懷裡。

追殺聲漸遠，世界漸漸寧定了下來。荒野之中，他最後一次和郭襄分別。少女打量著走投無路的他，說他可憐，讓他去襄陽找自己父母投托安身。

臨走時，郭襄留下一句話：「咱們便此別過，後會有期。」這很像是數年前，楊過最後一次和她告別時的情景，也是留下了幾乎相同的一句話：「咱們就此別過。」

從頭到尾，她心裡只有楊過，從沒有注意到比自己還小兩歲的張三豐。那時這兩個男人天差地遠，無法比較。楊過正是人生鼎盛時期，名滿江湖，一句話傳下來，五湖四海的豪傑都凜遵號令。而那時的張三豐不過是個小小少年，瘦骨嶙峋，剛被少林寺開除，所會的武功也只有一套最簡單的少林拳。

接下來呢？去襄陽嗎？去她父母手下謀生計嗎？去了，也許就有安穩飯吃，就有上乘武功學，就沒人再敢欺負自己了，而且還能再見到她。可是張三豐莫名的不願去。男子漢大丈夫，豈可一生托庇於人？更重要的是，在那裡會有所成就嗎？如果庸庸碌碌，就算天天見到她那又怎樣呢？

小張三豐都已經走到湖北境內了，可是就在離襄陽只有二百里的武當山腳下停住了腳步。他沒去找郭靖、黃蓉，而是懷揣著鐵羅漢轉身上了山，渴飲山泉，饑餐野果，發奮鑽研武功。在那裡，他開了一個小小的作坊，掛上了塊小小的牌子：「武當」。

就從這一刻起，武學歷史的長河來了個急轉彎。它偏離了舊路，開闢了一條全新的河道，浩蕩奔流。

一百年。武當山上，孤燈長明，一門又一門神功絕學從張三豐手下誕生：梯雲縱、震山掌、綿掌、神門十三劍、繞指柔劍、真武七截陣……每一門功夫創新出來，都把世人對武學的認識刷新了一遍：

長劍一顫，嗆啷一聲，便有一件兵刃落地。……尚未使到一半，三江幫幫眾已有十餘人手腕中劍，撤下了兵刃。

這是「神門十三劍」問世時的情景。

長劍竟似成了一條軟帶，輕柔曲折，飄忽不定，正是武當派的七十二招「繞指柔劍」。

這是繞指柔劍。

雙掌飛舞，有若絮飄雪揚，軟綿綿不著力氣，正是武當派「綿掌」。

這是綿掌。

身軀微一轉折，輕飄飄的落地……使上了這當世輕功最著名的「梯雲縱」。

這是當世第一輕功梯雲縱。

過去那個瘦弱的小三豐已成了一代宗師，他的成就，以及他所創新的武學都已不輸給楊過了，甚至還有過之。郭襄對此知道嗎？也許是知道的。但這個故事的結局仍沒有改變：

郭女俠走遍天下，找不到楊大俠，在四十歲那年忽然大徹大悟，便出家為尼，後來開創了峨嵋一派。

她和張三豐再也沒有重逢。這是金庸借他的弟子俞蓮舟之口告訴我們的，少室山一別，兩人就再未見過面。

金庸故意安排了這樣一段對話，讓殷素素問：「……郭襄郭女俠，怎地又不嫁給張真人？」她的丈夫張翠山笑斥：「你又來胡說八道了。」可出人意料的，一貫嚴肅古板的俞蓮舟，居然認真回答了這個八卦問題：

> 恩師說，郭女俠心中念念不忘於一個人，那便是在襄陽城外，飛石擊死蒙古大汗的神鵰大俠楊過。

十六歲那年遇到楊過之後，她的人生就此定格。她心裡仍然只有風陵渡口，沒有那對鐵羅漢。我現揚名天下，你已青燈古佛，一切都變了，各自心裡的人卻一直沒變。他於是做出了一個安排：武當弟子，永遠不得與峨嵋弟子動手。

後來，在武當派創立一百年之際，張三豐忽然閉關。人們很不理解：難道武當的輝煌還不夠嗎？他還要證明什麼呢？張三豐卻覺得不夠。他要「自開一派武學，與世間所傳的各門武功全然不同」。

他閉關的地方，充滿跨時代的現代簡約風：板桌上一把茶壺、一隻茶杯，地下一個蒲團，壁上掛著一柄木劍，此外一無所有。桌上地下，積滿灰塵。

這一閉關就是經年，直到有一天，「呀的一聲，竹門推開，張三豐緩步而出」。當年那個青澀少年，如今已經鬚眉俱白。此刻，世間多了一套嶄新的武功，叫作「太極拳」。

步入小院之後，張三豐做了一件事：從身邊摸出一對鐵羅漢來，交給了徒弟俞岱巖。漫長歲月裡，他一直把鐵羅漢帶在身邊，哪怕閉關的時候也是一樣。終於，這麼多年來，他第一次放下了它。此刻他的語氣平淡且溫柔：

這對鐵羅漢是百年前郭襄郭女俠贈送於我。你日後送還少林傳人。就盼從這對鐵羅漢身上，留傳少林派的一項絕藝！

語畢，金庸寫了十個字，「說著大袖一揮，走出門去。」

那個小小的少年，如今終於走出門去了。從十六歲到四十歲，郭襄看破風陵渡，用了二十四年；而他放下鐵羅漢，用了一百年。

而那個明慧瀟灑的少女，已是一百年前的事了。

4 武當七俠的派系鬥爭

一

武當七俠之鬥爭，一句話概括，就是一個有兒子的人和一群沒兒子的人之間的鬥爭。

說到七俠之爭，首先必須承認七俠的團結。這七個人總體關係是不錯的，很有「團體即家庭，同志即手足」的意思，這是大前提，所謂的「鬥爭」都是潛流。不能誇大七俠之間的矛盾，那絕不是金庸的本意，人家畢竟是武當派不是星宿派，沒有那麼多你死我活、不共戴天。

但話說回來，有人的地方就有派別，就會較勁。兄弟之間也是分親疏的，是有派系和競爭的。特別是圍繞著「誰當張三豐的接班人」這個最要緊的權力問題，七俠之間是有一股子暗湧的，個別時候還有點兒小微妙。

武當七俠的名字，按小說分別是宋遠橋、俞蓮舟、俞岱巖、張松溪、張翠山、殷梨亭、莫聲谷。每個人的名字都像一幅山水畫。然而現實並不完全那麼美麗。師父張三豐有個毛病不大好，就是拖拖拉拉不肯指定接班人。根據原著，他似乎到九十五歲前都沒提這件事，也不知道是因為戀權，還是對自己的身體太有信心。

歷史無數次證明，接班人選的問題拖得越久、越不明確，大家就會越焦慮、越是心神不寧。七俠之間的暗湧就是這麼來的。

分析一下七個弟兄的接班順位。有兩個人首先就可以被排除，就是老六殷梨亭和老七莫聲谷。一方面是資歷弱，這點不用多說，他倆資歷最淺、年紀最小，不夠格。原著上說，兩人的武功甚至都不是張三豐親自教的，而是大師兄和二師兄代傳的。張三豐壓根就沒帶過他們。這相當於在一個部門裡，別的新人都是大主管親自帶人，你卻是由部門同事帶的，和大主管完全不親，競爭起來就明顯吃虧。

除了資歷外，另一方面原因是兩人的性格和能力都有比較大的缺陷，一個柔弱，一個莽撞，不適合接班掌位。莫聲谷的性子衝動暴躁，不多說。殷梨亭則是「性子隨和，不大有自己的主張」。隨和倒也罷了，沒主張這就真的要命，做老大怎能沒主張？殷梨亭甚至成名之後都可以當眾哭出來的，而且是扔掉兵器掩面狂奔的那種，作為一個小師叔還滿可愛，可是要做堂堂武當的老大就實在太膿包。

去掉這兩位，剩下幾個人裡接班機率最大、卡位最靠前的有三個人：老大、老二、老五，也就是宋遠橋、俞蓮舟、張翠山。他們共同構成了接班的第一梯隊。

三個人各有各的優勢。宋遠橋不必多說，他是大師兄，並且「為人端嚴」、「威權甚大」，武功也高，是最有希望接班的。多年來他也都是理論上的儲君。

老二俞蓮舟緊緊咬住了宋遠橋。對這個人可以多說幾句，他的存在簡直是宋遠橋的不幸。他的武功壓過了大師兄，在七俠之中第一，這一點可是非常加分。江湖門派中以武力為王，追根究柢是拳頭決定地位，由功夫第一的弟子接班是完全說得過去、是有合法性的，大家也都容易服氣。此外，俞蓮舟的資歷也夠深，他是除大師兄之外，僅存有「代師傳功」經歷的，教過幾個小師弟功夫，在小師弟們的面前也等於半個師父。

也幸虧宋、俞兩人表面上關係還可以，從沒撕破臉。這是武當之福。否則以他們的半斤八兩、難分軒輊，如果各自拉幫結派，對立起來，甚至玩出一場「劍宗」、「氣宗」的路線鬥爭，那武當派可就夠嗆了。

二

除了老大、老二，在接班的第一梯隊裡還有一個老五——張翠山。老五憑什麼這麼靠前呢？原因很簡單，師父最喜歡。你老大老二再優秀，架得住師父喜歡五阿哥嗎？

自古以來，立長還是立愛就是一個大問題，多少厲害的君王在這個問題上首鼠兩端，甚至鬧得局面動盪、王朝傾覆。張三豐應該是多次流露出有立愛之意，宋大和俞二對此也是印象深刻。俞蓮舟就曾專門對老五一家提起過這件事，特意問五弟妹：

你可知我恩師在七個弟子之中，最喜歡誰？

一會兒又問：

你說，師父是不是最喜歡五弟？

俞蓮舟反覆提這碼子事時，語氣固然是調侃、輕鬆、雲淡風輕的，但細品起來，其念茲在茲、無時或忘也可見一斑。

有一個細節很有趣，俞蓮舟和張翠山有一次互相恭維，彼此稱讚。張翠山說二師兄武功第一，大家不及。俞蓮舟則反過來說老五：「可是我七兄弟中，文武全才，唯你一人。」

大家可能會覺得俞蓮舟這是一句好話，俞蓮舟自己大概也覺得這是好話。其實這話裡仍然透著一絲言不由衷，甚至有一絲明褒暗貶。在體制內，尤其是在一個尚武成風的團體內，誇一個人有文才未必是好話，往往是明褒暗貶。

比如在部門裡，一個人被說成「拿筆桿的」未必就好，言下之意有可能是你只會寫稿子，格局和魄力不足，前途有限。又比如在部隊裡，誇一個人「是個秀才」，其實暗含意思可能是，這人只會塗塗寫寫和舞文弄墨，不是將才。

俞蓮舟如果是全心全意的欽服抬舉老五，他大概會這麼說：「眼下我武功雖然高一些，但練到了頂，上不去了，成不了絕頂高手。你潛力比我大，以後成就會在我之上。」而不是說什麼「文武全才」，總給人感覺是練功不專心，什麼都會一點，但什麼都不精通。

這些暫不細表。話說眼看師父喜愛五弟，老大和老二該採取什麼措施呢？兩人的路線完全不同。二哥的路線是親熱、拉攏，大哥的路線是疏遠、防備。

老大對老五經常顯得很苛刻，不甚尊重。舉個例子，在武當山上，當著外人的面，宋遠橋公然呵斥張翠山：

五弟，你怎地心胸這般狹窄？

這話說得頗重，有點過頭。何謂「心胸狹窄」？老五當時已是江湖成名人物，在外人面前，大師兄有必要這樣措辭嗎？就如同單位裡，局長就算和副局長意見不統一，總也不至於當著外人的面公然說：「老張，你怎地心胸這般狹窄？」

接下來，宋遠橋居然還對張翠山「喝道」：

五弟，對客人不得無禮，你累了半天，快去歇歇罷！

張翠山聽他這麼一喝，不敢再作聲，只好退下。這完全是當眾不尊重老五，甚至是有意無意讓老五沒面子。此舉實在不妥。除非你是宋江，才可以當眾喝李逵說：黑廝，且給我退下！——這是親熱，是當心腹。但宋江若要這麼當眾喝吳用、公孫勝、武松，那就是極不妥當的了，是完全不給面子。

大哥有意無意的打壓，二哥就反其道而行之，順水推舟的拉攏。相比之下俞蓮舟對老五就親熱得多。老五失蹤十年後從冰火島攜家回歸，都是二哥一路出力保護。二哥還和五弟的老婆孩子一家人主動拉近關係，非常熱絡。一個外冷內熱、愛師弟的好二哥躍然於紙上。

而大哥呢？五弟失蹤的十年間，他「中年發福」，倒是胖了。十年之後忽然聽聞五弟回來，按說是天大的喜事，可是他作為眾人之長，表現卻是最平淡，既不下山迎接，也沒安排一個師弟、徒弟之類來接，連讓人帶句問候的話也沒有。

待張翠山到得山上，眾兄弟重逢之時，看看別的兄弟是什麼態度？老四是一把將老五抱住，表示親熱。老六則是圍著老五轉，不肯分離。都是一派歡天喜地。而老大呢？中規中矩，禮數周到，卻滿滿都是距離感。是老五先拜倒在地，叫道：「大哥，可想煞小弟了。」宋遠橋則是「謙恭有禮」、「恭恭敬敬的拜倒還禮，說道：『五弟，你終於回來了。』」

實在也太客套、太寡淡了，還不如後來張無忌和小道童清風、明月的見面親熱。

再來看另一處細節。武當幾俠團聚之後，老五張翠山說出實情：老婆出身黑道，非良善之輩，手上有不少血債，請求各位師兄弟庇護。

老四當即附和，要求大哥支持。而面對老五這個最急切的訴求，大哥二哥的態度完全不一樣。老大宋遠橋是「一時躊躇難決」，不肯表態。旁邊「俞蓮舟卻點了點頭，道：『不錯！』」老大沒出聲呢，老二搶著說「不錯」，就此拍了板。

武當七俠的基本形勢大致就是：老大是一方，老二、老五是另一方。老四面貌不清，但亦示好老二和老五。而老六、老七太弱，不敢選邊站。

三

接著講一個重大問題：張三豐的態度。他似乎對宋遠橋並不太感冒。古代歷史上，儲君這種東西一旦「儲」久了，就好像魚放久了，自然而然就會發臭，易遭嫌棄。老王對你會左右看不順眼。原著裡有不少細節都值得品味，能看出老王張三豐對老儲君宋遠橋的微妙態度。

有一次張三豐過九十歲生日，到處布置一新，點起了紅燭，氣氛極好。宋遠橋主動上去攀談，書上說他對張三豐「賠笑道」：

師父常教訓我們要積德行善，今日你老人家千秋大喜，兩個師弟幹一件俠義之事，那才是最好不過的壽儀啊。

這可說是很奉承、很親熱了。面對儲君的熱情示好，張三豐是怎麼回的呢？頗有點讓人哭笑不得。張三豐一摸長鬚，笑道：

嗯嗯，我八十歲生日那天，你救了一個投井寡婦的性命，那好得很啊。

你說老張這什麼意思？聽著是褒獎和鼓勵，但又總讓人隱約覺得不對勁。什麼叫救了一個投井寡婦的性命呢？堂堂武當七俠之首，江湖上威名赫赫的宋大俠，做過多少善事義舉，為何就單提他熱情幫扶跳井寡婦？而且說是「一名女子」都不行，還要特意說明是寡婦？然後老張似還不過癮，又加了一句：

只是每隔十年才做一件好事，未免叫天下人等得心焦。

然後，「五個弟子一齊笑了起來」。張真人當著五個師弟的面公然調侃大師兄，師弟們居然也「一齊笑了起來」。

那麼，張三豐這是故意打壓宋遠橋嗎？倒也不是，堂堂老真人何必花這樣的小心思。這只能說是什麼？三個字：不貼心。就像公司裡，別的同事一拍馬屁老闆就笑，你一拍馬屁就總是弄得很尷尬，好像格格不入。就是這種感覺。

宋遠橋還有一件事，乃是辦得最冒失的，就是推出了兒子宋青書。

宋遠橋即便不說大肆炒作、過度包裝兒子，至少也是默許和縱容了兒子的高調和狂誕。作為武當第三代裡的紅人，宋青書在江湖上極其高調，身上光環極多，什麼「玉面孟嘗」、「第三代弟子中出類拔萃」，一副佼佼者、接班人之勢。在江湖中，類似所謂宋青書未來肯定要接班的聲音，一度甚囂塵上。

來看一下當時江湖各大門派人士的普遍觀感：

看來第三代武當掌門將由這位宋少俠接任。——峨嵋派滅絕師太、靜玄

這位宋青書宋少俠……日後武當派的掌門，非他莫屬。——丐幫陳友諒

宋青書是我宋大師伯的獨生愛子，武當派未來的掌門。——明教張無忌

外界人人都覺得宋青書鐵定要接班了。造成這樣一種江湖輿論，對宋遠橋是非常不利的，顯得極為唐突和冒失。自己都還沒當穩皇太子呢，這就決定皇太孫了？

宋遠橋這個多年的「儲君」，原本一直當得很謹慎，賠著小心，平日裡低調謙沖、靜心修道，姿態很正，可是偏偏在兒子的問題上腦子不清楚。大概是兒子的「優秀」讓他昏了頭，忘記了謙虛、低調，給了趨炎附勢之人可乘之機。

你給了別人機會，別人就尋機而入，各種不負責任的阿諛之徒、別有用心的捧殺之輩蜂擁而至，給他寶貝兒子加上種種光環、戴上各種帽子，捧成「武當未來」、「武當偶像」，甚至是「江湖的希望」、「人類的曙光」。連你本人都不敢想的名堂，這幫人都能幫你想出來。

宋遠橋有點忽略師父、師弟們的感受了。對師父來說，我看重你是一回事，你自己翹著尾巴自封接班人是另一回事。難道武當提前姓宋不姓張了？草創新王朝了？你司馬懿啊？師弟們則會想：大師哥你厲害啊，我們完全被你忽略了？接師父的班我們不敢指望，可是接你的班我們也統統沒戲了，你要父傳子家天下？

而且宋遠橋也沒想過，自己大肆吹捧兒子，可是一百歲的師父有兒子嗎？師父最愛的五師弟有兒子嗎？因為當時人人都以為張無忌已歿，「翠山無後」是三豐老人家心中一大痛。宋遠橋何故連續戳老人家痛處？最後還有一點別忘了，二師弟俞蓮舟有兒子嗎？

整個武當派，宋遠橋有兒子，而他所有的潛在競爭者幾乎都沒有兒子。他縱容炒作兒子，結果是把沒兒子的一夥人都得罪了。由於他的輕率，武當被他無形中自動劃分成了一個有兒子的人

和一群沒兒子的人。

武當幾俠對宋青書的態度很是複雜。在宋青書風光得勢的時候，武當幾俠對他客客氣氣，叫他「青書侄兒」。但他一旦有了把柄落在人手上，師叔們下手時卻莫名的狠辣無情。

小宋偷窺峨嵋女生宿舍，被七師叔莫聲谷發現。莫聲谷居然一路追殺。其實偷窺而已，外界又不知道，能是多大的罪呢？比五弟妹屠殺龍門鏢局滿門還嚴重嗎？五弟妹大家尚且能庇護下來，宋青書這點小事完全可以內部處理一下，頂多打一頓、關個禁閉就好了，再嚴格的話，記個大過也行，何至於要殺？

即便像少林派那樣講清規戒律的，虛竹連犯了淫戒、葷戒、酒戒的大套餐，也就是挨打開除而已，武當派的弟子何以偷窺一下就揪住不放，要打要殺？是否有對宋青書平時張揚跋扈的怨念在內呢？

最後，少林屠獅大會上，俞蓮舟一記「雙風貫耳」，使出十成功力，打得宋青書頭骨片片碎裂，重傷倒地，結束了這一場恩怨。下手狠可以理解，這小子有弒叔大罪。可是俞蓮舟對宋青書只見嫌惡和憎恨，沒見說過一句惋惜、痛惜的話，「青書可惜了」這樣的話半句也沒說過。陰暗一點去揣測的話，當年宋太宗面對哥哥的兒子趙德昭，大概也很想來這麼一記「雙風貫耳」吧。

四

當然，不論宋遠橋如何失誤，他還是波瀾不驚的接了班，當了一段時間掌門。有些讀者認為他沒有正式上位，事實上他上位了。張三豐稱他「掌門弟子」，這便是上位了。這個稱謂和「掌門師兄」、「掌門師叔」一樣，非掌門是不能用的。

之前說了宋遠橋這麼多失誤之處，怎麼又順利接班了呢？大概是因為武當派奉行的是平和、平穩的內政風格，不喜歡翻來覆去，搞大起大落。老五早死了，宋遠橋又實在沒什麼公開硬傷，儲君多年，也兢兢業業監國了多年，接班也是情理之中。

可是，等到他的孽子東窗事發，一切就變了，臭掉的魚終究要被端下桌。

終於，一個深夜，已遭人打殘、纏得如同木乃伊般的孽徒宋青書，被悄然抬上武當，送到張三豐面前，接受最終審判。宋遠橋也第二次當眾上演負疚自殺，第一次是割脖子，這第二次是刺肚子，也順理成章被旁人救下。一切流程走完，老人家張三豐親自出手，斃掉宋青書，革宋遠橋掌門，由俞蓮舟接任。對宋遠橋的安排是讓他去「精研太極拳」，專心做研究，「掌門的俗務，不必再管了」。

這一夜，所有人大概都長出了一口氣，可能就連悲傷中的宋遠橋也暗暗鬆了一口氣。多年累積的威信被坑爹兒子給敗掉了，這個不尷不尬的名義總經理早已沒什麼當頭。就這樣吧，一切塵埃落定，也挺好。

下來之後再看兄弟，看俞蓮舟、看張松溪，反而覺得格外親切。原來我們之間一直是很友愛的。一個人離開權力時，才能吐出一口釋然的煙圈，體會到賢者時刻的通透。上去似登遠橋，離開如乘蓮舟，一上一下之間，錯失了多少人生的翠山。下來，其實遠比想像中的輕鬆。

5 俞蓮舟的魔頭潛力

在《紅樓夢》裡，作者曾專門用了一大段話，來說人的正邪之分。書上說，「大仁」的人，應運而生，比如堯、舜、禹、湯、文、武、周、召、孔、孟，修治天下。「大惡」的人則應劫而生，比如蚩尤、共工、桀、紂、始皇、王莽、曹操、桓溫、安祿山、秦檜等，擾亂天下。如果按照這個黑白熊貓理論，我覺得還有一種人，既應運，也應劫，有大仁和大惡的雙重體質，他們有可能修治天下，也有可能擾亂天下。他們到底會變成什麼樣的人，全靠後天發育。武當二俠俞蓮舟就是這樣一個人，是一個有大魔頭潛質的人。

俞蓮舟是正派大俠，為人做事，幾無瑕疵。他在白道的陣營裡顯得特別「壓秤」（按：有分量）。因為有他這樣的人在，你才會覺得和人才輩出的邪派陣營比起來，正派的一邊沒有顯得特別弱。如果正派都是張翠山這樣行事猶豫、好糊弄的，或者都是空聞、空性這樣沒主意的，早被邪派給滅了。正因為有俞蓮舟這樣的狠角色在，你才覺得正邪兩大陣營有得打。

俞蓮舟很有威嚴。崑崙派的同道見他「眼皮一翻，神光炯炯，有如電閃」，都要「不由得心中打了個突」，心想自家掌門人的目光都沒這麼厲害。他的武功為武當七俠第一，更兼心機深沉，江湖經驗極豐富。此人幾乎沒有弱點，智、謀、勇、斷樣樣全能，連水性都很好。除非你用超高的武力碾壓他，例如正面猝然撞上陽頂天，或是至少撞上玄冥二老之類，否則要讓他吃虧可沒那麼容易。

殷素素和他同行，親眼見證了他的本事，沒幾天就深自欽佩，感嘆：「這位二伯名不虛傳，當真了得」。不幾日，這種佩服又迅速升級，變成了「對這位二伯敬服得五體投地」。殷素素是何等人？乃是黑道大幫會天鷹教的公主，父親和大哥都是頂級狠角色，什麼厲害人物沒見過？能讓她敬服得「五體投地」，豈是一般人。

俞蓮舟最終能成長為正派大俠，可說是武林的幸運，那是張三豐從小薰陶教育的結果。他其實是一個很有魔頭潛質的人，一旦發育得不好，也是有可能擾亂天下。

比方說他的性格。這個人的情感非常細膩豐富，但又極度內向和壓抑。這種性格其實滿有風險的，走到極端搞不好就變瘋魔。

五弟張翠山失蹤了，他暗中「傷心欲狂，面子上卻是忽忽行若無事」，這很有隱患。既然已經傷心欲狂了，本該發洩出來才對，換了老六俞梨亭可能便會哭出來，倘若是老七莫聲谷便會衝出去打人，可是俞蓮舟卻硬憋著，做出一副行若無事的樣子，一切創痛都在肚子裡。再兼無妻無子，每天回屋，關上了門，沒有任何人可以傾訴心事。

假如他感情不那麼豐富，只是個粗線條、少根筋的人，那倒也罷了。可是俞蓮舟偏偏又內心細膩、極重情義，一旦痛失摯友，遇到情感上的強烈刺激，就可能走極端、變扭曲，成了另一個人。有很多大魔頭都是這樣瞬間黑化來的。

性格之外，再看他的氣質和行事方法。他辦事果決明快、夠硬夠狠、說一不二，這都是魔頭的素質。明教的光明右使范遙曾經私下議論教主張無忌：武功既高，為人又極仁義，只是有點婆婆媽媽，未免美中不足。那麼放眼江湖，誰是武功既高、為人仁義，又絕不婆婆媽媽呢？就是俞蓮舟。

俞蓮舟是個能同時折服黑白兩道的人。想像一下，如果大師兄宋遠橋扭曲了、黑化了，去混黑幫，可能是沒有太多人歸附的，因為大家實在性格不合。但俞蓮舟如果黑化了，搞不好會應者雲集、群黑畢至。他的冷、傲、酷，都有吸引和折服黑道中人的魅力，殷素素對他的五體投地就是證明。

更何況這個人還孑然一身、無牽無掛，不像大師兄、六師弟那樣，或家有愛子，或心繫愛妻，俞蓮舟一旦扭曲起來可謂無所顧忌。就如同《天龍八部》裡的蕭遠山，老婆死了、孩子失了，他就毫無顧忌的蛻變成魔，大開殺戒了。

俞蓮舟身上這種「邪」的潛質，其實偶爾也有顯現。他自己原創的武功「虎爪絕戶手」，聽著就不像正派武功，而像是邪派武功，招招插人腰肋，中了就斷子絕孫。張三豐看到這一路武功之後，反應特別耐人尋味，只是點了點頭，不加可否。幾個月後，張三豐才正式對他訓誡談話，語重心長：這門武功固然厲害，但也很陰損，「難道我教你的正大光明武功還不夠」？

聽這意思，就是說這武功不光明正大，有邪氣。俞蓮舟是什麼反應呢？是這樣的：

聽了師父這番教訓，雖在嚴冬，也不禁汗流浹背，心中慄然，當即認錯謝罪。

為什麼會直冒冷汗？因為他自感武功有邪氣，再搞下去，搞出九陰白骨爪一類也不無可能。除了邪氣，俞蓮舟骨子裡還藏著暴力的一面。偶爾金剛怒目一下，殺神附體，還是滿嚇人的。侄兒宋青書反叛，害了七叔莫聲谷，武當上上下下都義憤填膺，高喊清理門戶，但出手的卻是俞蓮舟。

「今日替七弟報仇！」兩臂一合，一招「雙風貫耳」，雙拳擊在他的左右兩耳。這一招綿勁中蓄，宋青書立時頭骨碎裂。

一聲大喊，雙拳爆頭，看得人頭皮發麻。金庸沒把這一段安排給張松溪或殷梨亭，而是安排給了俞蓮舟，說到底就是符合他的氣質。

應該慶幸，這樣一個孩子，本來是有無限可能的，但是成長路上有張三豐這樣的燈塔指引航道，他的正直、友善的一面才被源源不絕激發出來，占據了主導，邪氣才不能滋長。他叫張三豐的「恩師」兩個字，實在有不一般的分量。

這樣的人是只能為友、不能為敵的。殷素素多聰明，和他為友，「二伯、二伯」的叫，就一直被他袒護、照拂，甚至是包庇。宋青書就缺心眼了，本來有這樣一個靠山老叔，卻非要和他作對。孩子你惹他幹麼？

6 朱九真和殷素素——生於豪門的兩種活法

朱九真和殷素素，這兩個女生放在一起比較，會很有意思。或許有人會說有點離譜吧，朱九真和殷素素這兩個女人有什麼好比？連輩分都不一樣。我卻認為還真的可以比。

朱九真何許人也？她是張無忌的初戀對象，「雪嶺雙姝」之一，曾經把小張騙得神魂顛倒。她和殷素素的家世出身其實有些相似，都是武林豪強家的小姐，而且都偏近黑道。殷素素的父親白眉鷹王，是黑道大幫會天鷹教的創始人。朱九真的父親也是武林勳舊世家，出身於假白道、真黑道的「朱武連環莊」，雖然在武功上沒落了，可是畢竟也是當年一燈大師的正宗嫡傳。作為崑崙山一霸，她家在方圓百十里內呼風喚雨，想殺哪個就殺哪個。

這兩個女孩子都是小公主般在優越的環境裡長大，早就習慣了財務自由、眾星捧月。而且她們兩個也都長得很好看，也都很機靈，會騙人。一般來說，生長環境優越的孩子，發展的機會也就多，人生的可能性就會比較多。朱九真和殷素素的人生打開方式就很不一樣。她們從很相似的起點出發，卻畫出了完全不一樣的生命軌跡。

先說朱九真。她也學武。作為武林中人和江湖兒女，她倒是也跟著老爸練了一些功夫，日常也總把什麼「掌力」、「一陽指」、「蘭花拂穴手」之類的話掛在嘴邊。但實際上她是一個假的江湖人，關起門來，她過的其實是大小姐的日子。她住在奢靡的豪宅裡，使用著大批的丫鬟僕從，用素馨花來薰衣服，穿著打扮也極其奢華，今天是「純白狐裘」，明天是「猩紅貂裘」，完全是大觀園裡林黛玉、薛寶釵的既視感。

她倒也有那麼一丁點兒江湖豪情，甚至還頗有一點嗜血。比如煞有介事的養了一大群惡狗，取名叫什麼「征東將軍」、「車騎將軍」等等，訓狗的地方叫「靈獒營」，她本人拿著鞭子，今天打這隻狗，明天打那隻狗，威風八面，像是這三十多隻狗的女王。

實際上這不過是一個江湖扮家家酒的遊戲。她的狗也只能出去咬咬山裡的猴子，或者附近的良民，和真實的江湖完全沒關係，不過是女主人要宣洩一些過剩的精力，滿足一下對江湖的意淫和想像而已。

她也沒有什麼野心，就像一些驕縱的富家女一樣，只是愛耍威風，卻不是真的愛權力。如果你真的分一個門派給她管，她大概管不了幾天很快就會厭煩。在這一點上，她有點像是低配版的郭芙。

家裡的七、八十個傭人、連棟的豪華大房子，就是她全部的世界。她對此表面上若有憾焉，其實乃深喜之，十分滿足。對於外面那個真正的風戈霜劍、刀頭舐血的江湖，她沒什麼實際接觸，也沒有任何興趣。她對父親的事業也同樣沒什麼興趣，只要老爹別來管她的狗、她的時裝、她閨閣裡的一切玩意兒就好。

這就是所謂「朱九真型」的人生選擇。她們的人生是屬於向內打開的，世界很小，特別沉迷於小圈子裡的優越感。

百無聊賴之時，她們偶爾對外界也會有一點好奇，也想出去惹一點什麼事。她們會把這種好奇誤認為是自己的潛力，從而高估自己。比如深信自己一旦出手，就可以管好老爸的企業，成為縱橫捭闔的女強人之類。但事實是，大概除了一些星座知識之外，她們真的沒有什麼特長。

和朱九真比，殷素素正好相反。她的人生不是向內打開，而是向外打開的。類似朱九真那樣的小姐生活是不能滿足她的。如果把殷素素關在一座豪宅裡，整天只能和八、九十個僕人打交道，她會瘋掉。只有真正的險惡江湖才能讓她好奇和興奮。

她是真的有野心，真的貪戀權力。她深度介入了父親的事業。父親是天鷹教教主，她則是紫微堂堂主，這個職務在教中排名非常高，是理論上的第三負責人，是真的有權。

殷素素不屑於養幾十條狗來扮家家酒。她手下管的都是真的黑幫悍匪、江洋大盜，一個個殺人如麻。比如常金鵬、白龜壽，大江之上說毀船就毀船，說傷人就傷人，都不是省油的燈。但她管得興致勃勃，不亦樂乎，並且遊刃有餘。

朱九真所看重的那種小圈子裡的優越感，比如當派對上的明星、當好姐妹裡的女王、當親戚眼中的公主、當表哥心裡的甜心等，對殷素素來說毫無意義。她要攻城掠地、縱橫四海。她玩的都是大的，例如搶奪屠龍刀，例如主持「揚刀立威」大會。在那場大會上，她是天鷹教在前方的最高總指揮。

和朱九真相比，殷素素的世界要大很多倍，像是水塘和江海的區別。如果放到今天的體制內，你會感覺到殷素素可以當一個部門的老大，而朱九真你會覺得讓她管印表機都不放心。

在感情問題上，兩個人的不同也很明顯。朱九真的世界小，什麼都是在小圈子裡玩，包括愛情。她在身邊找男人，看上了表哥衛璧。這個表哥很平庸，但她看不出來。反正身邊的小水塘裡就只有這一條錦鯉。

每年正月，她就巴巴等著表哥來拜年，好藉機向他展示魅力，製造一些親密的小接觸。她還和表哥的師妹爭風吃醋，把三人小劇場玩得不亦樂乎，活像是兩隻小狗在爭一碟狗糧。

殷素素的感情則是完全不同的另一種模式。家門口的狗糧滿足不了她。她的世界更大，所以她的愛情也發生在更遙遠、更廣闊的地方，像是開著輪船捕鯨。

她完全由自己掌舵，自己判斷航向，不怕遙遠，不懼大風大浪。無數的衛璧都對她獻過殷勤，她都一路無視，直接輾過，直到相中了張翠山，然後才用盡力氣，孤注一擲，把自己全身心像魚叉一樣投出去。

這兩個女孩，哪一個的選擇是正確的？這個問題其實沒有答案。朱九真選擇這樣活是她的權利。很多人拚命賺錢、累積財富，就是為了讓兒女能像朱九真一樣生活，待在一個簡單快樂的小圈子裡，不事勞動、停止思考，養一堆叫「征東將軍」的狗，享受著周圍人的恭維和奉承，假裝自己很優秀。

而殷素素要那樣活，也是她的選擇。和朱九真比，她生命的品質、層次當然都要高得多，活得更為精采絢爛，彷佛是一場奇幻漂流，見到了更多的風景。可是她付出的也更多。作為代價，她經歷了比朱九真多得多的驚濤駭浪，承受了更多的大起大落、憂懼悲傷。而且她的結局也並沒有更好。

總而言之，人活著就是一個選擇。你選擇什麼樣的生命模式，就體驗什麼樣的人生，也付出相應的代價。最終兩個女孩子的人生都很短暫，殷素素自盡了，朱九真被刺死了。最後，她們一個留下了遺言，一個沒有留下片言隻語。但至少，都沒有提到後悔。姑且認為，她們都沒有後悔。

7 俞蓮舟和殷素素——不動聲色的友誼

男女之間是否有純真的友誼，這已經是初級情感講座裡的必備問題，據說每個人都難免會被問到幾遍。我覺得還是有的，既然同性之間都可以有愛情，那麼異性之間為什麼沒有友誼？

金庸小說裡對男女之間的友誼著墨不多，但偶爾也有閒筆會寫到。比如黃蓉和朱子柳、周伯通和小龍女，他們的友誼都十足純真。你要說他們誰企圖撲倒誰，誰對誰有過非分之想，金庸迷們絕不答應。對於黃蓉來說，和朱子柳互相揶揄幾句「隰有萇楚」、「羊牛下括」，然後郭靖在旁傻笑：「蓉兒，這又是什麼梵語嗎？」這段經歷肯定十足愉悅和溫暖，甚至是她人生中最美好愉快的記憶之一。

然而，金書裡另有一對男女，他們之間的友誼常常被人忽略，就是《倚天屠龍記》裡的俞蓮舟和殷素素。

俞蓮舟和殷素素這兩個人，本來完全不是一類。他們除了是名義上的「俞二伯」和「五弟妹」之外，兩人全身上下找不到半點相近的特質。俞蓮舟乃是名門正派中最端正嚴肅的人物，無妻無女，不怒自威，小一輩的好像都怕他，連武當派的準接班人宋青書，平時都「最怕這位俞二叔」。而殷素素作為惡名昭著的天鷹教第三號人物紫微堂堂主，說她是妖女都太客氣了，簡直該說是魔頭。

這兩人一正一邪、一冷一熱，一個嚴肅自律、一個任性妄為，本該死都不會有交集。事實上兩人從剛見面就互相嚴重看不順眼。所以有讀者可能不服氣：我把《倚天屠龍記》讀了十遍，也沒看出來他們有什麼友誼。但我卻要告訴你，這是有的。

比如，俞蓮舟幾乎是江湖上唯一記住了殷素素、懷念著殷素素的人。

殷素素所在的江湖，是一個健忘的江湖。她活著的時候，年輕劍客們為她爭風吃醋、打架拚命，如崑崙派的高則成、蔣濤。而她一旦死了，就像彗星入海，沒了聲音，也沒了影子。人們好像忽然忘了她這個人。除了兒子張無忌，誰也不記得她，誰也不提起她。她死後的三十多回書裡，我有印象明確提起了她名字的，只有寥寥兩、三人，而且都是小人物，比如峨嵋派靜玄，比如圍攻明教彭和尚的少林僧，提到她時也只有簡單而不容置辯的兩個字：妖女。

唯一主動想起，並默默懷念著她的竟然是俞蓮舟。很奇怪，居然不是父親殷天正，不是哥哥殷野王，不是侄女殷離，而是那個冷冰冰的俞蓮舟。

光明頂上，她父親殷天正被六大門派圍攻，重傷奄奄。崆峒派的宗維俠要趁機將其一拳斃，是俞蓮舟站了出來阻攔。他「攔在宗維俠身前」，一力維護殷天正，不許他乘人之危。最後，俞蓮舟實在是迫於大局，無法再阻止宗維俠，卻也還撂下一句狠話：眼下且由你，回頭再領教你的七傷拳。

俞蓮舟和崆峒派無冤無仇，沒任何過節。他不惜當眾開罪正派同道，去維護一個敵人，其中原因金庸寫得很清楚，因為他「想到張翠山與殷素素」。

「與殷素素」這四個字，作者不是胡亂加的，讀者要品味到它的分量。須知，在張翠山夫妻死後，武當派基本上再也不認殷素素了，完全是把她當害人精看待的，認為她害了老三和老五。她娘家送禮物來，統統都被退回，派來的使者還要被「狠狠打一頓」。

即便是後來，查明了傷害老三俞岱巖另有元兇，殷素素的過錯並沒有那麼大，她和張翠山夫妻倆當初似乎也完全犯不著負疚自殺，但老三俞岱巖感嘆的只是：「可惜了我的好五弟」。注意作者筆下的分寸，老三可惜的只是「五弟」，並沒有五弟妹。五弟是「好五弟」，但五弟妹呢？是好還是壞？老三沒有明說，恐怕在他心裡還是害人精的成分居多。他並沒有原諒殷素素。

唯獨在老二俞蓮舟的心裡，有殷素素的位置。不管同門其他人怎麼看，那個又邪又壞的五弟妹，他是認了的。

不僅如此，在關鍵的時候，俞蓮舟還是殷素素最大的強援。

殷素素本來是有靠山的，她有強橫的老爹和大哥。但你把書讀來讀去，覺得和親大哥殷野王相比，冷冰冰的俞蓮舟反而更像是她的大哥。自她夫婦二人從冰火島返鄉回中原，不曾有一天安穩日子，江湖上各路人馬圍追堵截，重重殺機，一路上都是俞蓮舟「寧可自己性命不在」，也要「保護師弟一家平安周全」。

按理說，殷素素的娘家天鷹教也知道女兒返鄉了，也肯定能預料到她一路上很不安全。但從頭到尾仗劍護持的都是俞蓮舟，沒看見娘家天鷹教派人來保護，連暗地裡保護一下都沒有。

更難得的是，俞蓮舟是少數能夠欣賞殷素素的人。在短暫的互相看不慣之後，他居然很快讀出她性格中閃光的一面。

原著中說，俞蓮舟對殷素素的態度是「不滿之情，已逐日消除，覺得她坦誠率真……反而更具真性情」。金庸想告訴我們，他是懂殷素素的。反過來，眼高於頂的殷素素，對俞蓮舟也是心服口服。認識了幾天之後，殷素素見識了這位武當二俠的能力和手段，立刻發自肺腑的崇拜，「心下好生佩服」，「這位二伯名不虛傳，當真了得」。

兩人居然還很聊得來。在護送師弟一家的途中，注意俞蓮舟和誰聊天說話最多？不是師弟張翠山，也不是侄子張無忌，而是殷素素。翻翻原著一看就知，他一和殷素素聊天，總是一大段、一大段的。

俞蓮舟打心眼裡關心這個弟妹。自己被玄冥神掌打傷時，他的第一反應是什麼？是「低聲道：『快叫弟妹回來……。』」張翠山問他傷勢，俞蓮舟又說了一遍：「不礙事，先……先將弟妹叫回來要緊。」

後來在武當山，遭遇各大門派圍攻時，又是俞蓮舟顧念到殷素素，他說：「五弟妹身子恐怕未曾大好，你叫五弟全力照顧她，應敵禦侮之事，由我們四人多盡些力。」遍觀全書，所有類似的關心殷素素的話，幾乎都是出自俞蓮舟之口。

在戰場上，殷素素和俞蓮舟還能夠迅速形成默契，因為他們都夠狠、夠辣、夠果斷，兩人之間有時根本不用語言交流，只要一個眼神就能配合得很好。這種默契甚至超過她和丈夫張翠山。

曾有一個敵人賀老三挾持了小張無忌，危急之中，殷素素毫無徵兆的突然裝瘋，吸引敵人注意力，與此同時「俞蓮舟只一轉念間便即明白」，抓住機會飛劍制勝。相比之下，旁邊的張翠山居然慢了一拍。

當然，他們的相處時間不長，共同經歷還是太少。要說患難與共，他倆的友誼比不上張無忌和楊不悔；要說趣味相投，他倆比不上黃蓉和朱子柳；要說怡然相得，他倆比不上小龍女和周伯通。但他們的友誼另有一種感人，一種不動聲色的感人。

俞蓮舟和殷素素，就像冰和炭般不同爐，但互知冷熱。她死掉以後，我相信俞蓮舟肯定不時還會想起她，不只是光明頂上那一次，而且會在平時，在忽然之間。因為記住就是最好的紀念。

8 趙敏請客的本事

趙敏有一樣別致的長處，就是很會請客。作為朝廷的紹敏郡主，姑娘閱歷很廣，自然是什麼樣的飯局都吃過。見得多了，加上自身情商又高，和人打交道的水準也就高。她請人吃飯，各方面都很見功夫，很值得深入學習。

趙敏一出場的戲就是請客，並且是一頓重要的宴請，客人是明教全體高層，包括明教教主、光明使者、兩大法王、五散人等等。這頓飯要請得好，趙敏頗有幾個難題要解決。

也許有人覺得最大的問題就是在哪裡吃，以及吃什麼，其實不對。

第一個要解決的問題是：你配不配請客？也就是對等的問題。公務宴請第一個要解決的，一般總是對等的問題。

明教是江湖第一大勢力，教主名望之高自不用說，下面的人物也個個是威震江湖的大豪。比如白眉鷹王殷天正，自創天鷹教，和六大門派分庭抗禮多年，是一個連張三豐都說過想要結交的存在。楊逍、韋一笑等也都是了不起的人物。

這樣的人平時想要請到一個都不容易，何況是整個高層團隊一塊兒請。試想一下，你和人家單位平時沒什麼來往，素不相識，忽然拿著名片去敲門，說：我想請你們老總、副總一起吃飯商量一件事。憑什麼？和你商量什麼鬼？

所以趙敏必須先解決對等的問題，否則這頓飯根本請不成。她總不能上去自報家門說：我是汝陽王的郡主，要請你們這些抗元義士喝茶。須得另想辦法。

在書中，趙敏把這個對等的問題處理得很好、很自然。一共兩步：

一是形成雙方在理念上的認同。趙敏先演了一場戲，當著明教群豪的面殺了一批元兵，救了一批被蹂躪的漢人婦女。這使得她在明教眼中的形象立刻親切和高尚了起來。須知江湖上門派雖多，不服朝廷管束的也有，但在陽關大道上公然殺兵殺吏的怕也少見。明教的群雄一看，多半便生出了「原來是我輩中人」之感，過去只曉得我們厲害，原來這裡也有厲害的，不自覺就生出敬重和親近之心。雙方在理念上便迅速拉近了。

二是形成實力和階層上的認同。雙方要坐到一起吃飯，光是理念接近還不夠，還要在實力和身分、地位上接近。趙敏便適時展示了自身實力。她手下的「神箭八雄」射殺元兵，箭無虛發，顯露了國內領先、世界一流的射術，為趙敏的身分做了背書。連手下小卒都這麼厲害，主人之不凡可想而知。潛臺詞是：這樣的主人有沒有資格請你吃頓飯呢？

有了這兩步做鋪陳，雙方的距離感和隔閡感便大大消除，明教群雄對趙敏好奇起來，甚至起了主動結交之心。郡主一張名片也沒遞，一句牛皮都不用吹，這頓飯就請成了。

解決了請客資格的問題，然後才是在哪裡吃、吃什麼的問題。

有人一提高級宴請，就聯想到高檔餐廳、豪華酒店之類。其實那樣未必好。首先就是嘈雜混亂。像你我普通人等，請客去個豪華酒店、餐館就覺得不錯了。土豪郭靖請黃蓉吃飯，在張家口擺滿兩大張桌子，觀者如堵，那都沒問題。可是張無忌、楊逍等群豪身分超然，做的又是反元的祕密工作，一窩蜂跑到人多眼雜的地方去吃飯，很不合適，保密和維安工作也都不好安排。

比如《潛伏》（按：中國諜報題材電視劇）裡，天津站站長請北京站站長吃飯，男主角余則成推薦新開的大運福酒樓，鮮貨海味，站長第一反應是一皺眉：「會不會太亂？人多眼雜？」這顯然就是不滿意。天津站真應該把自家的小食堂做好一點。

除了嘈雜之外，還有一個不便因素，使得明教高層也不合適去豪華餐廳酒樓，那就是會顯得奢侈靡費，影響高層整體形象。

明教崇尚生活儉樸，「食菜事魔」，教規很嚴，按理說連肉都不能吃，更兼要幹驅逐韃子的大業，理應艱苦卓絕才對。前線將士都還在打仗、滾泥坑，高層怎麼能公然鋪張浪費？再者，明教自己的教歌都唱「憐我世人，憂患實多」，言必稱要拯救蒼生，後天下之樂而樂。現在蒙元治下，世人正在水深火熱之中，你作為拯救者卻在豪華場所大吃大喝，像話嗎？

更微妙的是，如果趙敏只是單請明教一、兩個人，比如單請楊逍，單請韋一笑，那奢侈鋪張一點也罷了。可是這次是全部高層一起請，倘若集體到豪華場所去大吃大喝，實在太顯眼，長官之間相互看著也尷尬。況且高層之中，很多也是彼此有矛盾的，比如楊逍經理和周顛主任之間就有矛盾。你讓他們坐在同一桌違反教規，一起去奢靡腐化，互相還對看著，合適嗎？到時候是誰檢舉誰啊？

趙敏既然要請客，就必須把這一節考慮到，既要保證請客的等級和水準，又不能鋪張得太過刺眼，得讓明教的高層們吃得舒心、寬心、放心。

我們來看趙敏選的地方——綠柳山莊，一聽這名字就讓人拍案叫絕。「綠柳」再加上「山莊」，介於雅俗之間，你說它高級也可以，說樸素也沒錯。要往樸素裡說，你甚至可以理解為，這就是一個超級大農家樂（按：類似臺灣的休閒農場），完全自家經營，不上星不掛牌（按：指沒有入選為米其林餐廳），談不上奢侈。

況且山莊地方也僻靜，由趙敏手下帶路，走了一里又一里，「順著青石板大路來到一所大莊院前……周圍小河圍繞，河邊滿是綠柳」。瞧，地方偏，因此也就不顯眼；但又交通便給，「青石板大路」，堂皇不寒酸，不至於讓貴客顛簸吃苦。

山莊裡面，亭廊水榭，大有丘壑，一應餐食器物都精緻美麗，連喝的茶都是雨過天青的瓷杯，泡著嫩綠的江南龍井，細微處都透著講究。如此一來，享受毫不減分，卻又絕不落把柄，畢竟名義上不過是一個大農莊而已，非要嚴格說起來，群豪不過是吃了一頓農家飯，前線打仗的朱元璋、常遇春們聽了，說總部的長官們在一個叫什麼大柳樹的農莊裡吃飯，也完全可以接受，不至於生氣飆罵。

所以這頓飯眾人吃得十分舒心、安心、放心，從教主到高層，大家都沒心理負擔。書上說是「群豪臨清芬，飲美酒，和風送香，甚是暢快」。高，實在是高，趙敏請客的水準，堪稱金庸小說之冠。

其實在《倚天屠龍記》裡，趙敏請客非只一次。除了此次大規模的高級公務宴請之外，趙敏後來又在大都請了一次客，也很展現水準。這一次的性質就不同了，乃是私人宴客，請的是張無忌。這是他倆第一次私下單獨吃飯。

這可就微妙了，該去哪裡吃？吃什麼？按理說，既然是存心勾搭野男人，又是在大都這樣的一線繁華城市，第一頓還不得請人吃點好的，起碼人均三、五百之類。可是她沒有。這一次請客的地點，是在張無忌住的平價酒店隔壁不遠，一家蒼蠅館子（按：指價格低廉、門面窄小的飯館）裡，點小火鍋吃涮羊肉：

趙敏仍是當先引路，來到離客店五間鋪面的一家小酒家。

看，「當先引路」，全場帶節奏。酒店是什麼樣呢？「內堂疏疏擺著幾張板桌，桌上插著一筒筒木筷，天時已晚，店中一個客人也無」。

找了這樣一個小破地方，看似過於隨便，不合常理。通常情況下，異性初次請客勾搭，以常規的中餐或者西餐比較好，不大適合煙薰火燎的平價火鍋，一來等級略低，二來顯得太過私密。尤其是男生請女生，女孩未必樂意剛認識就吃火鍋，暴露食量，也暴露吃相。別的不說，用過的一大堆紙巾堆在面前，也不大像話。

可是趙敏不一樣，她這一頓，要的就是平價，就是私密。她是要增強自己在對方心中的「可獲得感」。她是朝廷金枝玉葉，張無忌是「山野村夫」，這是橫亙在他們之間的大難題。趙敏需要的就是打消這種距離感，把自己身段放低，大家平價到一起去。

張無忌是不懂這些的。他進了破火鍋店，完全不明就裡：

張無忌滿腹疑團，心想她是郡主之尊，卻和自己到這家汙穢的小酒家來吃涮羊肉，不知安排著什麼詭計。

其實還能有什麼詭計？意思無非就是，今兒別把我當「郡主之尊」，只把我當妹子。老娘能陪你吃蒼蠅館子，也就能陪你做別的，別被老娘的身分給嚇著。選擇吃火鍋、涮羊肉，也是有意要營造親密氛圍，打開局面，免得大家都端著（按：指舉止做作）沒辦法玩。

當羊肉下鍋、滾水咕嘟，趙敏似乎捏著筷子奸笑：一個小鍋裡分享過口水了，以後看你怎麼和我裝不熟？

9 趙敏郡主要條船

《倚天屠龍記》裡，有一個趙敏要船的插曲，很有意思。

趙敏是朝廷的郡主。她和別的郡主不一樣，她爸不是一般的王爺，而是汝陽王，天下兵馬大元帥，手裡有槍的。她這個郡主，某種意義上比一般的公主還厲害，由此也就衍生出不少有趣的事。

話說有一次，趙敏想要一條船。何以要船呢？乃是因為當時她和張無忌在追蹤敵人金花婆婆，事先知道了金花婆婆要雇船出海，便打算設一個圈套，弄一條船，誘使金花婆婆來雇。

趙敏搶先趕到了出海的地點，是北方某個沿海的小縣，「騎馬直入縣城」，掏出汝陽王調動天下兵馬的金牌來，要縣官去弄船。她提的要求很清楚也很簡單，包括以下幾點：一條海船，要堅固；船上要有舵工水手、糧食清水、禦寒衣物；還要再藏一些兵刃。縣官滿臉堅毅，說：懂了！

趙敏便放下心來，她大概以為自己的要求都說清楚了，不會出什麼紕漏。書上說，她放寬了心陪男朋友喝酒，「和張無忌、小昭三人自在縣衙門中飲酒等候」。

但現實還是讓她震驚了。第二天一大早，縣官那張諂媚的臉就出現在她面前，報告船已到位。這速度不可謂不快，趙敏應該也甚滿意。可是等她來到海邊一看，立刻驚呆了，用書上的話說，是「連連頓足，大叫：『糟了！』」因為停在她面前的，是一艘軍艦。

她用力揉了揉眼，終於確認那真的就是艘軍艦，一艘蒙古海軍的軍艦。書上說，這艘巨無霸的戰艦高有二層，船頭甲板、左舷、右舷都裝了鐵炮，是一艘和蒙古當年打日本時一樣規格的大軍艦。趙敏心裡肯定是一萬匹野馬奔騰而過，恨不能把縣官當場痛打一百次。本小姐只是想要一條民船，你卻給我弄了一艘炮船。本小姐是用這船去設計金花婆婆的，不是去開炮的。

話說，縣官為什麼要異想天開去弄一艘大戰船來呢？很簡單，在書上就是四個字——「加倍巴結」，所以去找水師借了一艘軍艦來。一切的錯亂都因為「加倍巴結」四個字。

倘若我們換個位置，站在元代這樣一個縣官的角度，便可以想像，當汝陽王的親女、朝廷的紹敏郡主降臨在這個小小的海濱縣城時，會是多麼大的騷動。縣官一定是又喜悅、又惶恐，他平時根本沒有機會巴結到這麼高的層級。看看小說裡，一眾蒙古官員說起趙敏是什麼語氣吧：

> 紹敏郡主乃我蒙古第一美人，不，乃天下第一美人。……小人怎有福氣一見郡主的金面？

是不是美女倒在其次，關鍵是，那是汝陽王的閨女。對於這個小縣城來說，趙敏所要的這一條船，就是那一段時期，甚至是那一年裡全縣城最重要的事，是頭號工程。更何況趙敏要辦的乃是私事，對於縣官來說，大老闆交辦私事，比辦公事更親密、更榮寵。

毫無疑問的，縣官不但要把趙敏的指示妥善落實、完美落實，而且還要加倍的落實，百分之兩百的落實。他一定會要求：不但要給郡主弄一條船，而且要弄最好、最厲害、最風光的船。郡主吩咐的事情我們要想到，郡主沒有吩咐的事情，我們也要替她想到，甚至連郡主完全想不到的事情，我們也要大開腦洞的想到。

可想而知，就在趙敏和張無忌、小昭雲淡風輕的「飲酒等候」的幾個時辰裡，縣衙裡各個部門一定在高速運轉，每個人都在瘋狂的忙碌，所有人腦袋裡大概只有一個字：船船船船……隨即，一個最石破天驚的方案誕生了——給郡主弄一艘軍艦！因為沒有比軍艦更好、更堅固、更拉風的船了。

這個小縣城也展現了強大的執行力，不到一天時間，軍艦真的弄來了。船是向水師去借的。地方上找部隊借船，多半要欠下不小的人情，還要花不少錢。當然，對於縣官來說，成本對於這件事根本不是問題。

那麼，這艘全身是炮的巨無霸大船，對趙敏有用嗎？一點用都沒有，反而是個大麻煩。這船本來是要誘使金花婆婆來雇的。除非金花婆婆腦子進水了，才會去雇一艘朝廷的軍艦。

無奈之下，趙敏只好把軍艦一番折騰，搞壞搞殘，大炮上掛滿漁網，在船上裝點魚蝦海鮮之類，假裝是老艦退役，改成了漁船。書上說，她的表情是「苦笑」。像這種事情，她在王府大概已見得多了吧。這也是金庸小說好看的原因，不經意的一字一句，一個「苦笑」，都有看頭。

趙敏尋船的故事說明了一個道理，在她所處的元代那種體制下，官員們做事情總有做過頭的衝動。郡主要船，底下就層層加碼，最後變成炮船。郡主如果讓大家學「乾坤大挪移」呢？那底下就會變成加班學、跑著步學、萬人簽名學、私塾孩童集體學、準媽媽胎教學。

好比《鹿鼎記》裡，康熙的大紅人韋小寶想要找一個天津「大鬍子武官」，兵部尚書明珠就立刻寫一道「六百里加急文書」給天津衛總兵，將全天津級別在把總（按：明清時期陸軍基層軍階）以上的大鬍子軍官一一找出來，不論黑鬍子、白鬍子、花白鬍子，都連夜拉到北京來給韋小寶看。給韋大人辦事，不辦過頭，怎麼展現親熱和愛戴呢？

而且，炮船的事，也不能全怪那個縣官。他不敢不給炮船，換句話說，在所有人都辦事辦過頭的環境裡，他不敢賭上仕途前程不辦過頭。萬一趙小姐心裡就喜歡炮船呢？萬一你老老實實給了條民船，隔壁縣卻給了條炮船呢？萬一地方上給了民船，水師卻鬼精靈的送來了炮船呢？到時候你後不後悔？再者，就算趙小姐自己只想要普通民船，旁邊的男朋友張無忌卻陰陽怪氣來一句：還是炮船好。你到時候尷不尷尬？因此，如果當下一個趙小姐又來要船，縣官該怎麼辦？恐怕今天的你我還是得重複昨天的故事，還是要給她一條炮船。

10 如果誓言有用

周芷若有個特點，特別喜歡叫張無忌發誓。她和張無忌的拍拖（按：相戀），到後來看不下去了，兩個人的對話幾乎只剩下一個走向，就是要保證、讓發誓。

武俠小說裡的男女關係，本來是有固定模式的。男女要在一起，怎麼辦？比如可以驅毒：「姑娘，在下冒犯了，要解開衣襟，給妳驅毒。」，「謝謝少俠，你真是正人君子。」然後他們就在一起了。本來是這個模式。

但是周芷若改變了玩法。她慣常的模式變成了這樣的：

「姑娘，在下冒犯了，要解開衣襟，給妳驅毒……」

「你發個誓你一輩子不變心。」

「好，我發了……姑娘我們驅毒吧。」

「你發誓你會殺掉某某某……」

「好，我又發了……咦，妳怎麼哭起來了？」

「沒什麼，我覺得自己命苦。」

周芷若的這種跡象，是從一個小島上開始的。張、周兩人當時被困小島，本來正是培養感情的好時機，可是周芷若卻把它變成了各種發誓和政治表態的地方。

一開始便是嚴厲督促張無忌發誓，要他承諾手刃趙敏。張無忌乖乖從了，說：「我對著表妹的屍身發誓，若不手誅妖女，張無忌無顏立於天地之間。」

周芷若給出了肯定的評價，道：「那才是有志氣的好男兒。」那口氣活像個政委（按：政治委員，負責處理共產黨思想政治工作的特殊職位）。

自這之後，情況越演越烈，周芷若動輒要他發誓。比如驅毒之時，要求張無忌發誓：「你要他……立下一個誓來。」而且以命要脅，「否則我寧可毒發身死」。鬧得旁邊的義父謝遜也無奈附和：「無忌，快立誓！」

張無忌又乖乖立誓，甚至還「雙膝跪地」立誓，算得夠虔誠了。周芷若卻很不滿意，認為誓言表述不清，打回重發。張無忌只好又重新起誓：「妖女趙敏……害我表妹……張無忌有生之日，不敢忘此大仇，如有違者，天厭之，地厭之。」

這些天，張無忌連發了好多誓，驅毒的時候要發誓，訂婚的時候要發誓，等婚訂完了，兩人談情說愛、你儂我儂的時候，周芷若又開始索要保證和誓言了：「你對我絕不變心？絕不會殺我嗎？」

張無忌還試圖讓沉重的氣氛變得輕鬆一點，想以吻、哄過關。周芷若卻不為所動，提出三個條件，勒令張無忌「要親口答應我」、「不許嘻嘻哈哈」、「要正正經經的說」。張無忌只好深呼吸吐納五次，莊嚴道：「芷若，妳是我的愛妻……我今後對妳絕不變心……」。

一座小島，成了張無忌花式發誓的地方，而且動輒一誓不行還要二誓，此誓不行還要彼誓。這就有點折磨人了。

翻翻書上兩人相處的段落，不管人前還是人後，不管是正式談話還是親暱聊天，盡是周芷若各種要保證、要發誓、要政治表態，觸目皆是「你日後會不會……」、「將來若是你……」、「只怕你以後……」、「我要你親口答應我……」、「我要你正正經經的說……」、「我要你說得清楚些……」。然後，便各種像班主任、教導員一樣的督促和誡勉：「你是男子漢大丈夫」、「那才是有志氣的好男兒」、「但願你大丈夫言而有信」。

張無忌後來都被搞得機械化了，變成直覺反應了，在周芷若面前一言不合就自動發誓：「若是我約趙姑娘來此，教我天誅地滅」、「我若是再瞞了妳去見趙姑娘，任妳千刀萬剮，死而無怨」。他本來就口才一般，詞彙量有限，一輪輪的誓發下來，什麼千刀萬剮、刀山油鍋、天厭地厭之類，把肚子裡的詞都快用光了。

單純發誓還不是最要命的，更要緊的是它取代了正常交流，除了賭咒發誓之外，張、周兩個人幾乎沒有其他深入的交流溝通。那些真正該聊的東西，比如兩個人的感情、內心的想法、對於趙敏的態度、對於日後的打算，都是不開放的，很少談。誓言倒是越來越多了，道德上也綁得越來越緊，可是雙方的感情和了解並沒有什麼增長。說白了，如果誓言有用，還要愛情做什麼？

除了發誓，周芷若還有一句習慣性掛在嘴巴邊上的話，就是命苦。

「我是個孤苦伶仃的女孩兒家」、「我是一生一世受定你的欺侮啦」、「以後無窮歲月之中，給你欺侮，受你的氣」、「我是個最不中用的女子」、「我是怨自己命苦，不是怪你」、「只怪我自己命苦」……總之就是我命苦、我慘、我不中用、你以後會欺負我。此外她還上吊過一次，聲稱要去做尼姑一次。每次和她在一起，就是各種負面情緒撲面而來。

周芷若的命苦不苦？當然也苦，從小父母雙亡，孤苦伶仃。但問題是張無忌的父母呢？你總是不停的對張無忌碎碎念自己命苦，沒爹沒娘云云，人家張無忌有爹有娘了？她的爹娘是命喪亂世，而張無忌的爹娘是被逼含恨自刎，有好很多嗎？

生活在那樣一個大亂世，江湖人士，命苦的多了。謝遜不命苦嗎？成崑不命苦嗎？陽頂天、小昭、楊不悔、范遙、楊逍、紀曉芙不命苦嗎？正如張無忌說的「咱們大家命苦」。這些人從不把命苦掛在嘴邊，何以唯獨周芷若天天愛說自己命苦？

她從未想過自己並不只是命苦，還有命硬的一面。她少年就遇到張三豐搭救，不是命硬嗎？亂世中人命如草，幾個孩子能遇到張三豐？後來張三豐又親自致書，推薦她去了峨嵋門下，十多年後又被師父傳了掌門之位，這不是命硬嗎？

就好比一個小女孩，十多歲便碰見馬雲，帶去了阿里巴巴收養，不久又親自推薦她去了格力電器（按：中國上市公司，大型家電製造商），沒幾年董明珠（按：格力電器董事長）又給她鐵指環，讓她接班。這不是命硬嗎？

再要說得深入一點，她十幾歲時認識的一個小男孩玩伴張無忌，居然已經成了谷歌的老大，還屁顛屁顛（按：指態度卑微討好）的念叨小時候的舊情，要和她結婚；更不論宋青書等輩一路猛追，痴情難斷。和大多數人比，這叫命苦嗎？要真像自己說的這麼命苦，丁敏君何以會妒忌呢？總當著別人面念叨命苦，不是矯情嗎？

周芷若為何會時刻惴惴難安，這麼喜歡要發誓、要保證呢？因為這個人缺乏安全感。她找對象不完全是找愛情，也在找一份安全感，愛情反倒不是她最渴望和亟需的，安全感才是。她不厭其煩要張無忌發誓，就是一種安全感驗證，隔幾天不驗她就心慌，似乎自己的東西隨時要失去。可是偏偏張無忌自己就是個沒安全感的人。自己都沒有的東西，他怎麼提供給周芷若？張無忌他也不是在找女朋友，是在找媽來著。他最初念周芷若的好是為什麼呢？很有趣，乃是念念不忘於周芷若給他餵過飯，所謂「漢水舟中餵飯之德，永不敢忘」。你看這不是找媽嗎？

他和周芷若很像，也是親情缺失，父母離開得早。父親沒了倒也罷了，武當六俠都充當了他事實上的父親。再加一個張三豐，老爺子偉力如山，等於父親的平方，在父愛這一點上他得到了彌補。但母愛就補不上了，張無忌後來一直特別想媽媽。

張無忌和周芷若在一起，你就發現兩個人特別的累。都在找爹媽的一對湊在一起，怎能不累？張無忌後來自己說了，對周姑娘是「又敬又怕」。怕什麼？怕她的沉重，怕她的沒有安全感，怕她又要發誓。

再看趙敏，你就發現為什麼說趙敏和張無忌更搭。趙敏最不缺的就是安全感。她娘家給力，她自己的生命力強悍，所以趙敏不知世上有可畏之事、可畏之人。她都敢派人去揍一下張三豐試試。當年幾大武林門派為了搶屠龍刀，也曾經圍堵過武當，可是那麼多高手、掌門、神僧在，也沒人敢真的去打一下張三豐，只有趙敏這個傻瓜說揍就揍了。

這相當於什麼呢？就像是張三豐在演講，其他掌門、高手只是小聲的臺下噓一噓，忽然趙敏這個傻瓜上去就給老頭當頭倒了一瓶水。

仔細看書你就會發現，趙敏跟張無忌要的只是愛情，不要其他。甚至什麼承諾、保證、安全感都可以不要，那些她自己有，她只要愛情。在張無忌面前，趙敏活像一塊補血的大水晶，可以源源不絕的輸出生命能量給張無忌。張無忌不管多麼委靡不振，碰上趙敏就回血。

她從不頻繁找他要各種保證，也不逼他花樣翻新的發各種誓。戲劇化的是，趙敏反倒自己發過一個誓：

從前我確想殺你，但自從綠柳莊上一會之後，我若再起害你之心，我敏敏特莫爾天誅地滅，死後永淪十八層地獄，萬劫不得超生。

所以張無忌樂意和趙敏在一起。和趙敏在一塊兒時，他輕鬆、快樂、愉悅；和周芷若在一起時，沉重、緊繃，一不小心就說錯話。

還有一點非常重要，張無忌和趙敏在一起的時候，有荷爾蒙的感覺，你能感覺到男女間特有的火花在跳。從一開始兩人搭上時就是這樣了，綠柳山莊裡捏腳，荷爾蒙感便爆棚。張無忌和趙敏一聊天，就可以越聊越騷，比如「今日要你以身相代，賠還我的洞房花燭」云云，這些騷話他和周芷若在一起時半句都說不出來，只會說「芷若我敬妳、愛妳」之類，仿佛那不是他女人，而是聖火，是明尊。

男女之間還是要有荷爾蒙的感覺的，不然這種愛情會很麻煩，少了原力。後來，濠州的那一場婚禮上，「新婦素手裂紅裳」，張無忌本能的逃離了周芷若，奔向了趙敏。那是一場荷爾蒙的奔跑。我覺得《神鵰俠侶》裡楊過的臺詞給他才合適——「我好快活！」、「我好快活！」，那是張無忌的靈魂在歡叫。

11 「同舟四女」細論

張無忌身邊有四個女孩子，大家同舟過的。張無忌還做夢要「同娶四美」。事實上，這四個女孩子之間的關係還滿複雜的，真要是同時在一起了，以張無忌的性格根本搞不定。

先說殷離。要弄清楚這四女的關係，先要搞懂殷離。四女裡面殷離最超脫，何以這麼說呢？因為張無忌最不喜歡她。雖然張無忌曾經對殷離說過一些七七八八的要娶妳什麼的，那不過是一時的場面話，其中同情遠多於愛情。當時兩人都很潦倒，只是把殷離當個暖手的爐子，或者說是兩人互相取暖，暖完了就放下了。

張無忌最不喜歡她，但她的位置偏偏又很穩固。她是表妹，血脈相連，這關係打不斷的。何況她殷離杵在那兒，就是張無忌死去娘親的代表，是血親和道統的代表，張無忌不能割捨的。反過來說，殷離也明白自己的情勢，一句話，「爭寵無望，地位無憂」，所以她就超脫。

這也決定了其他幾個女孩子對殷離的態度。一方面是都不會針對她，因為她「爭寵無望」嘛，也因為中毒毀容最不好看嘛，都明白，肯定不會是主要對手。趙敏一開始搞不清楚情況，倒是吃了一次殷離的乾醋，抱怨張無忌情致纏綿的抱著殷姑娘什麼的，後來也就釋然了，曉得真正的對手是周芷若。

另一方面是大家反而會團結殷離、爭取殷離。因為她地位無憂，還代表張無忌的家族和道統，其他三女反而要團結殷離，至少不會冒犯殷離。看書上，四女之間鬥嘴、互相攻擊、玩陰的，有誰公然針對過、貶損過殷離一次嗎？誰公然說殷離的壞話了嗎？基本沒有。

殷離的感覺有點像《金瓶梅》裡西門慶家的吳月娘，「爭寵無望，地位無憂」，她超脫。其他幾個女人互相鬥爭，但誰也不去鬥吳月娘。西門慶出於尊重，或是被幾個女人鬧煩了，反而到月娘房裡來。殷離就是這樣，光榮孤立，讓妳們幾個去鬧。

然後說小昭。小昭是張無忌最親密的人，但自降了半格，以丫鬟自居。她喜歡張無忌一直是打著「忠誠」、「感恩」的旗號的，最不著痕跡。

小昭這樣卡位，可進可退，也有失有得。怎麼個可進可退法呢？比如張無忌和四女同舟，別的女孩都覺得氣氛尷尬，特別是周芷若，始終「默不作聲」，偶爾和張無忌目光一碰都要轉頭，小昭卻是「天真爛漫」、「言笑晏晏」。謝遜調侃她們，說無忌你一船帶四個姑娘是搞什麼？另外幾個女生聽了都不太好意思，特別是周芷若，滿臉通紅。只有小昭「神色自若」，雲淡風輕說自己是小丫頭，不算在內。

然而小昭看似天真爛漫，卻是四女之中最會挑撥，搞小動作最多的。

她的主要路數是穩站殷離、團結周芷若、對付趙敏。三個女生裡，她對趙敏的觀感最不好。比如你看這個情景，是當時船沉了，大家救人的時候：

小昭抱著殷離，謝遜抱著趙敏，先後從下層艙中出來。

金庸下筆特別準確，為什麼不是「小昭抱著趙敏，謝遜抱著殷離」？因為小昭不喜歡趙敏。女生之間的親疏是很分明的，看不慣的就很難相容，誰會抱誰，不會抱誰，一目了然。

小昭不時在張無忌面前諷刺趙敏。比如說：「那趙姑娘心地歹毒，誰也料不得她會對你怎樣。」她明知道張、趙兩個互相有意思，卻一定要這樣說，隨時抹黑趙敏一把，下點眼藥（按：指找碴）。

在同舟的時候，小昭也是「口頭上對趙敏竟絲毫不讓」。小昭平時不嗆人的，但偏偏就嗆趙敏，而且拉攏周芷若來針對趙敏。

她嗆趙敏時說：你想要幹啥？難道要把我也關進萬安寺，斬我的手指頭嗎？這話是典型的拉攏周芷若，「挑起周芷若敵愾同仇之心」，針對趙敏。小昭故意提「萬安寺」，因為萬安寺是周芷若和師父受辱的地方，被趙敏欺負得厲害。

最絕的是，後來小昭和張無忌分別，東西永隔如參商，臨走前小昭來了一個「離任指定」，對張無忌說：

> 殷姑娘……對你一往情深，是你良配。

你看她不說「趙姑娘是你良配」，不說「周姑娘是你良配」，而說「殷姑娘是你良配」。一是殷離和她好，常年跟著她母親生活。自己留下用不著了的東西，當然願意給閨蜜。二是這也是故意給趙敏使壞，殷姑娘是良配，那趙姑娘是什麼配？當然就是不良配，是劣配、惡配了。

再講周芷若。

周芷若是最恨趙敏的一個，不是一般的恨，而是「痛恨已極」。如果她會說髒話、會匿名上網，不知道會把多少個「婊」、「賤人」送給趙敏。她前後兩次用九陰白骨爪殺趙敏，婚禮上一次，少室山下一次，總之是我與賤人不共戴天。這一方面當然是感情競爭，趙敏是最強敵手，另一方面也是因為趙敏間接害死了滅絕師太，有殺師之仇。

要再說得玄乎抽象一點的話，兩女實際上是三觀和人生理念上的衝突。峨嵋表面上是佛門，元人也信佛教，但在此都是假象。實際上周芷若是「儒」，趙敏是「法」，儒、法兩家勢同水火，無法相容。後來我們又發現，周芷若原來是「外儒內法」，而趙敏恰恰反過來，是「外法內儒」，兩個人還是無法相容。

這兩個姑娘一起在船上，日日夜夜風雨同舟，但周芷若對趙敏是「從來跟她不交一語」，打死不和賤人說話。隨之，周芷若和小昭也就成了小同盟，兩人其實沒啥特殊交情，因為都是針對趙敏，慢慢的就有了一種共鬥賤人的默契。

周芷若也成了船上最了解小昭的人。後來小昭拋下大夥，自己先上了敵方波斯人的船。人人都覺得小昭叛變了，連謝遜、趙敏甚至張無忌自己都這麼覺得，痛心疾首。而一直默不作聲的周芷若此刻卻忽然說了句話：

小昭對張公子情意深重，決不致背叛他。

後來證明周芷若是對的。她認準了小昭的「情意深重」，也看準了她「決不背叛」。一船的人裡，居然要數周芷若是小昭的知己。

最後說趙敏。她面臨的問題，是作為一個「壞女人」，卻必須加入一個「好女人」小團體的問題。

女人討厭女人，尤其討厭後來居上的女人，更加討厭後來居上的壞女人，更加、更加討厭不但後來居上，還壞，並且男人還偏偏向著她的女人——趙敏都占齊了，認識張無忌最晚，卻後來居上，並且「壞」，張無忌還向著她。

說起來，趙敏在四女之中形勢本來最有利，因為張無忌最喜歡她。但張無忌又處處顧及輿論，不敢明目張膽喜歡，反而要擺出「我和妖女虛與委蛇做鬥爭」的架勢。對於趙敏，張無忌是靠不住的，這場戰爭，張無忌不會幫她打的，這是她自己的戰爭，她必須自己融入。

所以她就必須做到兩個字——心大。周芷若的敵視、小昭的排擠，她不放在心上，也不能放在心上。這是她性格決定的，也是形勢決定的。否則一旦大家齟齬起來，勢成水火，張無忌就被迫要做二選一的選擇題。張無忌這個人搞不好不會選趙敏的。

之前我們拿《金瓶梅》打過比方，這裡再比較一下。張無忌和西門慶相反，西門慶是沒有道德包袱的，喜歡哪個就死命寵哪個，不喜歡的就打個半死，發配去廚房。所以潘金蓮仗著寵愛，上躥下跳，很出風頭，而孫雪娥只能在廚房裡當灰姑娘。倘若張無忌是西門慶，趙敏只要倚仗寵愛把其他女的整到死就行了。

可是張無忌不是。他這個人道德包袱很重，屬於重仁義而廢親愛的。各位女性讀者不知道有沒有遇過這樣的男人，就是他越喜歡誰，就反而越對誰不好。張無忌就是，搞不好真的為了「大義」就選擇殷離、周芷若了。後來他逃婚，完全是靠著「救義父」的名義，父比天大嘛，有這麼一重道德盔甲加持，他才有勇氣跑掉，否則是斷然不會的。

所以趙敏就心大、就寬宏，當然有時也吃醋，但決不嗆人。她的策略是：我當「賤人」可以，至少不當敵人，土地換和平。周芷若不和她說話，她卻是決不見外，「將倚天劍交給了周芷若，此刻同舟共濟」。

趙敏對小昭也是。她對小昭也醋過、酸過，也讓張無忌不許把珠花送給「俏丫鬟」。但她始終是保持著大小姐的咖位，從不和小昭認真，還誇「好美麗的小姑娘」。小昭和張無忌那麼親密，洗襪子、洗內褲，就差給張無忌搓澡了，趙敏卻決不當真。同舟之時，小昭老是排擠她，她也從不回嘴，仍然是一口一個「小昭妹子」，親熱友善。她這是給自己留空間，也是給張無忌留空間。

從另一個角度來說，這也很好理解。趙敏自己是小姐，給小昭預設的角色是丫鬟。小姐不能和丫鬟認真。就好像薛寶釵可以把林妹妹當對手，卻總不能把紫鵑、晴雯當對手吧。在趙敏眼裡，主要且唯一的假想敵始終是周芷若，她問張無忌也是：你說我美呢，還是周姑娘美？她不會去問「我美還是殷姑娘美」，也不會問「我美還是小昭美」。

更有趣的是，趙敏能包容小昭，不和小昭認真，那沒錯，但她心裡卻也曉得小昭永不是自己人，化敵為友是很難的。張無忌的這一件貼身小馬甲，她趙敏固然不能強行去脫，但萬一張無忌自己想脫時，她也是絕不吝於上去幫個忙的。

你看後來，當張無忌開始懷疑小昭的忠誠時，趙敏就說話了，句句要證實小昭是叛徒：

小昭……被逼得緊了，終於背（背叛）了，還假惺惺的大哭一場呢。……張公子，咱們和你死在一起倒也乾淨。小昭陰險狡獪，反倒不能跟咱們一起死。

又是「假惺惺」，又是「陰險狡獪」，這就叫作幫張無忌脫馬甲，你之前心疼這馬甲的時候我不強脫，反而誇兩句：「好漂亮的繡花馬甲呀！」可是一旦你自己嫌熱、嫌緊，自己要脫時，趙敏就來了：「對的對的，天兒這麼熱，趁早脫了涼快。這馬甲雖好看，卻也不中穿的。來，我幫你。」

以上，就是張無忌同舟四女之間的關係。趙敏和周芷若是主要敵對，而其他兩女則順勢各自卡位，發揮各自的作用。殷離是光榮孤立，不團結也不鬥爭；趙敏是團結為主，偶爾鬥爭；周芷若是團結多數，鬥爭少數；小昭的策略也是團結多數，鬥爭少數，並且扶持代理人進行鬥爭。

波濤洶湧的大海上的那一條小船，其實是四個精明女人的一臺大戲。張無忌在船上居然幻想「同娶四美」，可能以為自己有九陽神功吧，那真是高估了自己，以他的那個性格和魄力，恐怕天天都會暈船。到時候就會喊著要下船：這條五個人的船，老子開不動了！

12 滅絕師太的小卡片

滅絕師太一生，最痛恨的是淫。諸般邪惡，她和「淫」表現得最為勢不兩立，一生和「淫徒」做堅決鬥爭，似乎以捍衛無辜女性的清白和尊嚴為己任。她門派裡的戒律，第三戒就赫然寫著「戒淫邪放蕩」。她為什麼恨魔教？原因之一就是魔教「淫」。為什麼恨張無忌？原因之一也是認為張無忌「淫」。她罵張無忌，一開口就是：「魔教的淫徒！」

在她這類正派人士的眼裡，魔教的最大罪愆就是淫，敗壞江湖風氣。比如他們普遍認為，魔教有一種採花的邪術，專門害人：

「……魔教的邪術，善於迷惑女子，許多青年女子便都墮入了他的彀中。」

「魔教中的淫邪之徒確有這項採花的法門，男女都會。」

言下之意，仿佛張無忌、楊逍等人都揣著一包小卡片（按：指提供色情交易的非法廣告），走到哪裡就發到哪裡。

可是你讀《倚天屠龍記》的時候會驚訝的發現，張無忌並沒有做過什麼真正淫穢不檢之事，一生唯一一次進妓院也是誤闖，手腕上被姑娘捏了一把，便極不爭氣的滿臉通紅跑出來，更沒有色誘過誰。反而是最痛恨淫賊的滅絕師太，倒像是搞色誘的行家。她習慣性的鬥爭手段之一，就是派女弟子去勾引對手，給對手發小卡片。

師太要對付魔教的楊逍，想了一個什麼招數呢？她找來女弟子紀曉芙，竊竊私語：「我差妳去做一件事……」，並且開出的價碼相當不低：「大功告成之後，妳回來峨嵋，我便將衣鉢和倚天劍都傳了於妳，立妳為本派掌門的繼承人。」

到底是何等大事值得她開出這樣大的價碼？說白了，就是讓徒弟去色誘，打著女朋友的旗號接近楊逍，和他虛與委蛇，趁機刺殺。這就是師太想出來的好主意。無奈紀曉芙堅決不幹，這張小卡片師太最終沒能成功的塞出去，終致老羞成怒，把紀曉芙當場打死。

如果只此一例，還可以說是偶然，但滅絕師太不改老鴇本性，每到關鍵時刻就想使色誘這一招。多年之後她又故技重施，要派另外一個女弟子去色誘魔教的教主張無忌。這次小卡片上印著的姑娘是周芷若。

「……我要妳以美色相誘而取得寶刀寶劍。」

「……那姓張的淫徒對妳心存歹意……妳可和他虛與委蛇，乘機奪去倚天劍。」

書上說，周芷若當時「心亂如麻」。當然亂，好端端的大姑娘，頭像要被印上小卡片了，豈能不亂？

這就是滅絕師太分裂的地方：她總指責別人「淫」，自己卻最鍾愛拉皮條塞小卡片；她口口聲聲說魔教玷汙他人清白、擅使情色手段，其實自己最信奉、最熟稔色誘這一套。

更有趣的是，師太自己也知道色誘不光彩，「原非俠義之人分所當為」，但她卻有一套理由：成大事者不顧小節。她派周芷若去，說是「為天下的百姓求你」，送女徒弟入虎口。

犧牲徒弟可以，那犧牲自己行不行呢？假如魔教的魔頭居然看上了滅絕師太，試問她本人願不願為了「天下的百姓」而獻身，充當色誘的祭品呢？那卻是萬萬不能的。一句話：女徒弟可以去為了「天下的百姓」而自汙，師太自己卻必須是高潔的、一塵不染的。別說色誘了，後來魔教的范遙開了個玩笑，說滅絕師太是自己的老情人，師太立刻就什麼「天下的百姓」都不顧了，為這一句話萌了死志，和人拚命，白白葬送了有用之身。

很想問師太：妳怎麼就不和范遙「虛與委蛇」呢？怎麼就不趁機麻痺范遙、接近范遙，伺機殺之呢？范遙是魔教光明右使，也是排位極高的大魔頭，殺了他不是也大大有利於天下蒼生嗎？但師太決不能答應。女弟子可犧牲，自己卻要做不沾鍋。

說到滅絕師太搞色誘這件事，讓我忽然想起一個人來，就是《三國演義》裡的吳國太。吳國太是東吳孫權的老娘。她和滅絕師太一樣，都是各自所屬的小說裡最惹不起的老太太，地位崇高、一言九鼎、越老越辣。

很相似的是，吳國太也遇到了一起色誘事件，她兒子孫權用嫁妹妹當誘餌，想釣劉備上鉤，好謀奪荊州。知道這件事之後，吳國太是什麼反應？是把孫權和周瑜一頓臭罵：「汝做六郡八十一州大都督，直恁無條計策去取荊州，卻將我女兒為名，使美人計！」、「殺了劉備，我女便是望門寡，明日再怎的說親？須誤了我女兒一世！」

看看人家吳國太對閨女是什麼態度，再對比一下滅絕師太。誰才是真疼女兒，誰又是把女孩子當工具，誰是護短的老母雞，誰又是塞小卡片的老鴇？真是一目了然。只可惜，紀曉芙的父親金鞭紀老英雄太老實了，他也應該像吳國太一樣衝到滅絕師太家去，劈頭蓋臉臭罵一頓：「汝做峨嵋派大掌門，直恁無條計策去取魔教，卻將我女兒為名，使美人計！」

13 范遙的面目

范遙其人，是《倚天屠龍記》裡的一個謎，他的面目很模糊不清。他的履歷就顯示著不平凡，先在明教做光明右使，然後在朝廷的汝陽王府裡做汝陽王的親信「苦頭陀」，接著又回到明教繼續當光明右使。連續更換陣營，幾進幾出，毫無滯澀，連楊逍、謝遜都沒有做到過。

難的還不是跳槽，關鍵是他不管跳到哪裡還都被倚重。之前在明教當光明右使，被倚重不說，等跑到朝廷去，在毫無根基的情況下成了趙敏身邊的親隨高手，很受信任。之後回歸明教，又迅速取得新任教主張無忌的信任，成了股肱之臣，到後來似乎張無忌對他比對楊逍還親熱些。總之，此人無論身居何處，都適應得飛快，是政壇的微波爐型人物（按：形容可以立刻發揮作用）。

此公看上去行事乖張、離經叛道，還有點瘋瘋顛顛、愛開玩笑，比如在萬安寺裡說滅絕師太是自己的「老情人」就是一例。但事實上，這人城府頗深，極其有心機。

看他處理人際關係，明明離開了明教，投靠了死對頭朝廷，事實上已等於叛教，可是他和教中的任何人都沒有翻臉結怨，後來也居然無人追究此事。楊逍見面仍然叫他兄弟，和韋一笑見面也仍然說得上客氣話。後來他叛離趙敏團隊，走人之前還反手狠狠出賣了趙敏一把，在萬安寺放走了趙敏辛辛苦苦擄來的六大派高手，之後卻又能依舊和趙敏保持良好關係。

對比一下法王殷天正，離教時和眾兄弟鬧得不可開交，楊逍則與五散人、韋一笑等打得激烈，只有范遙，來來去去都不結怨。

范遙最耐人尋味的，還不是他的遊刃有餘，而是他面貌之模糊，關於他的真面目，有許多事情自始至終都沒徹底揭開。

例如，他是整個明教高層之中，把自己的資訊藏匿得最好的人，偌大一個江湖上，居然沒人知道他是明教的光明右使。就連少林空聞、武當宋遠橋這樣見識淵博的高手名宿，也不知道光明右使是誰。能把個人身分保密成這樣，可不是一件簡單的事，非長期的苦心孤詣、細緻入微不能辦到。

他離開明教去投靠王府，這事也耐人尋味。他後來對張無忌信誓旦旦聲稱，自己加入王府是為了監視本教的大敵成崑。然而事實呢？六大派圍攻明教時，人家成崑都跑到光明頂上大殺四方去了，差一點就把明教總壇給滅了，所謂「少林僧獨指滅明教，光明頂七魔歸西天」，然而范右使呢？你監視的成崑呢？

范遙後來還對教中兄弟們述說，他如何如何的追蹤成崑，如何奮不顧身的刺殺成崑，又如何武功不敵，身負重傷。可是這從頭到尾都是他的一面之詞。倘若他真的認定了成崑是本教大敵，就算自己武功不及，不能擊殺，卻又怎麼不邀兄弟們一起幹？怎麼不邀楊逍一起幹？楊逍又焉能不幹？

他自毀容貌，繞了一個巨大的圈子去投靠汝陽王府——先是故意跑到花剌子模（按：位於中亞西部阿姆河三角洲地區的大型綠洲），去拿了個當地的武術冠軍，然後被花剌子模國當成優秀人才進獻到汝陽王府，看，造假履歷還是他在行，把檔案洗得乾乾淨淨，不能讓人不服。然而，如此大費周章的繞圈子，就是為了瞞住成崑？成崑又不住在王府。這難免讓人猜想，到底是為了瞞住成崑呢，還是瞞住明教老兄弟？

有意思的是，在六大派一役中，不見范遙任何作為，仿佛在坐視觀望。而當張無忌挫敗了六大派，揚威江湖，明教中興有望之後，范遙便及時現身了，他偷偷推轉了趙敏嫁禍給明教的羅漢像，開始暗中為本教出力。

這一個推羅漢像的伏筆埋得好，這事幹得既不大也不小，卻給自己留了一個大大的後手。日後倘若回歸本教，有沒有這一個伏筆便大不相同。有這一筆，便有了投名狀和忠誠證書，成為自己身在曹營心在漢的鐵證。

不久後在大都，范遙終於表明身分，覲見張無忌，叩拜了新主，並且做了一件極狠的事：他當著張無忌的面，揮劍砍掉自己兩根手指，理由是自己「潛伏」期間曾殺過明教的弟兄，犯了重罪，先斷兩根手指作備案，寄下罪行，日後聽憑教主問罪處置云云。

注意這話是極有深意的。范遙所說的自己犯了「重罪」，果真就是指殺了教中兄弟嗎？未必。會不會更多是指自己投靠了敵營呢？他這番舉動的深意是否在說：苦頭陀過去糊塗，革命經歷有汙，現在迷途知返，從此效忠教主，希望教主不究過往，權且割兩根指頭謝罪，以明決心？

再看張無忌的回答是什麼，也很有意思：「本人已恕了范右使的過失……范右使，此事不必再提。」

到底是恕了什麼「過失」？到底是什麼事「不必再提」？表面上指的是殺過教中兄弟，但事實上也許是曾經叛過明教的事不必再提，是你汙點履歷的事情不必再提。畢竟，范遙不過是叛了明教、叛了陽頂天，卻沒有背叛張無忌，張無忌何必深究過往？你既然願意斷指為誓、馬前效忠，那麼我作為新教主，當然是往事不必再提了，大家一起向前看。

事實上兩個人也都心照不宣：政治上的事，哪裡有絕對的「不再提」的？這個歷史問題的把柄一旦被抓住，日後到了必要之時，張無忌還不是隨時可以問、可以提？只要掌握了這個，就掌握住了范遙的要害、掌握住了范遙這個人。

透過這一次投誠，范遙也完成了一次關鍵的轉變。他原本是明教老人，可是這一次投誠歸附後，一下子老人變成新人，成了張無忌的人，並且成了張無忌執掌明教後歸附的第一員大將，來路比楊逍等人還正，豈不美哉？

改換了陣營後，有一天，當著趙敏、張無忌兩人的面，范遙昂然的對趙敏來了一場「辭行」，說：郡主，我大丈夫行不更名、坐不改姓，「苦頭陀」是假的，我乃明教光明右使范遙是也，現在我要回歸明教了云云。

好一番慷慨堂皇的辭行。一來是向張無忌再次表明了立場和忠心，二來還有一個關鍵點，那就是給了趙敏臺階下。

你細品，站在趙敏的角度：老范這狗賊在我這裡潛伏多年，把本小姐當猴耍，臨走前還反手給我一刀，破壞我的大計，叫我郡主的臉往哪裡擱？以後怎麼見你？殺你又沒辦法殺，要說和你繼續做朋友，我趙敏還要不要臉？

對於范遙而言，這件事最好的處理辦法，就是堂堂正正來一次「辭行」，大義凜然的「行不更名、坐不改姓」，這樣趙敏反而有了臺階下，可以就坡下驢，豁達的揮手送人。如此一來，走的人顯得堂堂正正，送的人也顯得大大方方，大家都有面子。

對於這件事，我站在范遙的角度想了很多辦法，都沒有這個「辭行」的辦法好。好精明的范右使，人才難得。

14 元大都街頭的幾個庸眾

金庸的小說有個特點，跑龍套的話都特別多。店小二、茶博士，都很多話。在《倚天屠龍記》裡，就寫了這麼一場街頭閒散人員之間的對話，說話的人有個特點，都是典型的庸眾。

這場對話的背景，是張無忌潛入元大都，去參觀一個重大節慶活動「遊皇城」。活動結束後，圍觀人群意猶未盡，尚自沉浸在興奮之中。書上說張無忌一路聽到眾人紛紛談論，說著今日「遊皇城」的熱鬧豪闊，還順便聊起了天下局勢。話風是這樣的：

有人道：「南方明教造反，今日關帝菩薩遊行時眼中大放煞氣，反賊定能撲滅。」

有人道：「明教有彌勒菩薩保佑，看來關聖帝君和彌勒佛將有一場大戰。」

又有人說：「賈魯大人拉伕掘黃河，挖出一個獨眼石人，那石人背上刻有兩行字道『莫道石人一隻眼，挑動黃河天下反』。這是運數使然，勉強不來的。」

這些對話非常生動、有畫面，讓人感覺似曾相識。事實上這就是典型的庸眾之言，倘若仔細分析，能看出三個顯著的特點：

第一就是迷信。這一點不用多講。比如什麼「關帝眼中大放煞氣，南方反賊定能撲滅」等等。迷信是華人精神的本質，到今天還沒有改掉。而且我們的迷信有個特點，不是虔誠的信奉一家，而是一種廣泛的、淺層次的迷信，也就是「有什麼信什麼」、「認為什麼能幫助我，就信什麼」、「感覺什麼更厲害、更狠，就信什麼」。

這幾個聊天的大都百姓，關帝爺也信、彌勒佛也信、獨眼石人也信，反正有什麼信什麼，神鬼不問出處，感覺哪個神明更厲害，就信誰多一點。關聖的稱謂一會兒是「菩薩」，屬於佛家系統，一會兒是「帝君」，屬於道家系統，而大眾對此也不在乎，對他們來說「帝君」和「菩薩」無甚區別，就是個很厲害的頭銜而已，隨便稱呼。

第二，乃是喜談暴力和爭鬥。庸眾往往都有一個特點，是自身明明很脆弱，抗打擊和抗風險能力極低，卻又很嗜血，唯恐天下不亂，特別喜歡打打殺殺的東西。

這幾個大都街頭的圍觀百姓，津津樂道「看來關聖帝君和彌勒佛將有一場大戰」。你細讀一讀，體會一下，表面上是關心時事，其實是按捺不住好奇和興奮，他們期待這種「大戰」、喜歡這種「大戰」，樂此不疲。最好是關聖帝君今天大戰彌勒佛，明天大戰太上老君，後天又大戰王母娘娘，天天大戰才好，圍觀者乏味的生活才會增添幾分亮色，可以天天討論八十二斤青龍偃月刀和三昧真火哪個厲害。

第三，也是庸眾的一個思維特點，就是把一切自己搞不懂的問題粗暴的簡單化。

南方明教造反的形勢如何、前景怎樣，是一個很複雜的問題，非掌握大量資訊不能研判。庸眾便會把它粗暴的簡單化，拉到自己的層面來理解，簡化成「關聖帝君和彌勒佛誰更厲害」。明教能不能成事，就看彌勒佛厲害不厲害了。所以，庸眾都有一項能力，就是可以在不掌握任何資訊的情況下，熱烈討論很複雜的大事。

當然，倘若他掌握資訊，那就不能叫庸眾了。比如一個農民談論養豬，他固然可能文化層次不高，但那能叫庸眾嗎？不能。他掌握的一手資訊比你都市人多。他的發言，你必須認真聽才對。但如果是村頭的王小二談論日本的國防、中東的石油、南美與歐洲的關係，他就可能成了庸眾了，因為他不掌握任何資訊，只能用村裡的邏輯來臆想世界，最後就往往降格成「關帝大戰彌勒佛」這種討論水準。

再者，庸眾還有一種本能，就是總在有意無意的製造謠言。例如前面引文裡第一個說話的大都百姓，張口就是一句「今日關帝菩薩遊行時眼中大放煞氣」。

這就已經出現謠言的苗頭了。試問，這個人圍觀遊皇城時，真的看到關帝菩薩眼裡大放煞氣了嗎？顯然沒有，「煞氣」這種東西誰都看不見。可是他這麼張嘴一說，就釋放出了一條被汙染的資訊，成了一個謠言的源頭。傳播出來之後，大家就會不斷添油加醋，這條關於「煞氣」的資訊會被汙染得越來越厲害。

人們會紛紛說：「關帝今天真的大放煞氣了，好多人都瞧見了！」、「是真的，我聽大都的親戚說了，他親眼看見的，關帝真的在大放煞氣！」、「那個煞氣是金色的，像閃電一樣，啰嚓啰嚓！」、「有人看見關帝一邊舞青龍刀，一邊大放煞氣，薰死了好多人！」從此不管關帝本人承認不承認，他都是板上釘釘的大放煞氣了。

最後，金庸還不經意的寫出了一個規律，就是每三、五個聚集的庸眾裡，總會有一個愛做總結、故作高深的庸眾。不管別人討論什麼，他都會來總結一下，呵呵冷笑：告訴你們吧，那是一盤很大的棋。或是：呵呵，你們不懂，這些事是有背景的，水深得很云云。

你看元大都的這場街談巷議，前兩個人熱烈討論之時，第三個人就出來總結了：呵呵，這是運數使然，勉強不來的！「運數使然，勉強不來」，顯得多麼深刻，何等洞悉天機，一拋出來，肯定能收穫旁邊人一道道欲言又止、不敢多問的敬畏眼神。

書上說，張無忌對這些愚民之言無心多聽，翻著白眼，快步離開。可是你張無忌鄙視人家，人家還鄙視你呢。街頭大爺多半會中止高談闊論，盯著張無忌離去的背影，撣撣袖口上的煙灰，說：「呵呵，難成大器！」

15 《九陰真經》和屠龍刀

金庸的「射鵰三部曲」假如連起來看，會發現一個共同的主題，那就是「奪」，大家你爭我奪、巧取豪奪。所有人爭奪的又無非就是兩樣東西，一是《九陰真經》，二是屠龍刀。

王重陽、歐陽鋒、周伯通、黃藥師、梅超風……華山幾番論劍，數代人各逞奇能，無數陰謀陽謀，無非就是為了奪《九陰真經》。黃藥師的妻子青春早亡，梅超風叛師離島，周伯通被囚禁多年，歐陽鋒發了瘋，無數血和淚，也都是因為一部《九陰真經》。

奪經之後，又是奪刀，連少林、武當也不惜赤膊下場。武當派的俞岱巖終身殘疾，謝遜成為盲人，張翠山和殷素素夫妻罹難，張無忌成了孤兒，種種都是拜奪刀所賜。

這兩樣東西有什麼好的，讓群雄不惜賭上聲譽名節、身家性命來爭奪？事實上「經」和「刀」都是有其意義的。它們恰好代表了世人的兩種欲望。一句話：經為強技，刀為權柄。它們的本質就是這兩樣東西。而江湖上的英雄好漢們也分為兩類人——愛經者和愛刀者。

《九陰真經》屬於個體的修煉，擁有了它，就有希望獲得單獨個體的強絕能力，「摧敵首腦，如穿腐土」。這代表了一種變強的選擇，就是透過淬鍊自己的個體，讓個人擁有最頂級的技術、最尖端的能力，最好是變成歐陽鋒念念不忘的「天下第一」，由此來獲得最大的自由、尊嚴和財富，最終做到睥睨世間，縱橫無忌。

歐陽鋒、黃藥師、梅超風、李莫愁……這些人都是愛經者。他們更喜歡個體的淬鍊，痴迷於修煉自身武功，更高、更快、更強，以達到縱橫世間的目的。

而屠龍刀屬於權勢的代表，所謂「武林至尊，寶刀屠龍，號令天下，莫敢不從」。和《九陰真經》不同，這是另一種變強的選擇，就是透過掌握世俗權力，來號令他人、支配他人、主宰他人，做到「莫敢不從」，進而實現人生價值，收穫最大的滿足。

空聞、空智、殷野王、朱長齡，乃至於朱元璋、陳友諒，這些都是愛刀者。他們明顯對於練絕頂武功缺乏足夠興趣，而是更痴迷於擴張權柄，把控別人的命運。他們的理念是，哪怕你武功驚人，也敵不過我大權在握。

如果再要歸納的話，「經」代表自衛權和傷害權。有了真經上的武功，就可以保護自身，並且肆意傷害對手。「刀」則代表主宰權和奴役權，有了屠龍刀象徵的權力，就可以主宰他人，驅使別人為自己所用。從《射鵰英雄傳》到《倚天屠龍記》，一百多年間，群雄你爭我奪的不過就是這兩種權力，或者說為了滿足兩種欲望：可以隨意傷害別人的欲望，和隨意主宰別人的欲望。

反過來說，「經」和「刀」這兩件東西也是相通的，有時候沒有什麼本質上的區別。

傷害權的升級，就是主宰權。周芷若練了一點《九陰真經》，本事強大了，立刻把臉一抹，呼呼喝喝、生殺予奪起來，隨意主宰和支配他人的命運，對於饒舌的司徒千鍾說炸死就炸死，和陳友諒之輩並沒有什麼兩樣。

反過來，主宰權的本質就是傷害權。為什麼執權柄者如趙敏、朱元璋等能主宰人的命運？本質上就是他們有玄冥二老這樣的打手，有明教百萬大軍，擁有傷害別人的能力。

人心苦不足。有的人有了經，卻念念不忘要刀，慕容博是也，任我行是也，左冷禪是也，明明武功高強，但總想執掌權柄。而有的人已經有了刀，卻朝思暮想要經，鳩摩智是也，權力極大了，卻總想練絕頂武功。

在金庸小說裡，除了「經」和「刀」之外，還有第三種欲望，就是大寶藏。在《連城訣》、《雪山飛狐》、《鹿鼎記》的故事裡，大家爭奪的就是大寶藏。大寶藏又代表什麼呢？可以這麼說，在《九陰真經》面前，大寶藏代表租用權。我有了大寶藏，有了巨大的財富，我就可以租用你的超強技藝為我所用，或至少不為敵人所用。大金國花大筆錢給丐幫送重禮，讓他們退到長江以南，就是在行使租用權。而在屠龍刀面前，大寶藏代表贖買權。也就是說在權力面前，我可以用大寶藏來贖買安全、尊嚴，透過出錢、投資，以贖買到一定的社會地位和生存空間。

你看金庸小說，有時候有「經」的人、有屠龍刀的人、有大寶藏的人，三家濟濟一堂，談笑風生，歡聲笑語；有時候又撕破臉皮，拿刀的人鬥拿經的人，然後大家又一起去吃有大寶藏的人，勢如仇讎。而這三樣東西，仍然是大寶藏最不靠譜，畢竟是命交人手，永遠要看別人臉色。

悟透這個道理的就是林平之。他家是巨富，從小就有大寶藏，可是後來小夥子想通了，寧願自宮都要練《葵花寶典》。他明白，只有大寶藏是不夠的，在余滄海等有暴力的人面前就像肥豬，人家過年想殺幾頭就殺幾頭。

16 李四摧這個小白臉

李四摧是《倚天屠龍記》裡的一個小人物，戲份加起來總共也沒有幾百字，但很有意思。這人是趙敏身邊的一員打手，專門負責射箭，和七個同事一起被叫作「神箭八雄」。此外，書上說他還是個「小白臉」，應該長得頗帥。

在小說裡出場時，李四摧神氣活現、耀武揚威。他和幾個同事都是作獵戶打扮，「腰挎佩刀，背負弓箭，還帶著五、六頭獵鷹，墨羽利爪，模樣極是神駿」。

有人大概會說，又不是什麼一流高手，驕傲什麼呢？那可就小看李四摧了。在讀者心目中他固然是個小人物，但在社會上卻不是。他在汝陽王府做事，汝陽王是天下兵馬大元帥，幾個人有資格進去他的王府做事？他在王府裡貼身跟從的是什麼人呢？是王爺的女兒紹敏郡主，也就是趙敏。郡主走到哪裡，李四摧等「神箭八雄」兄弟就跟到哪裡。郡主不但派他們處理公事，還派他們處理私事。她老人家第一次給張無忌送小禮物，就是吩咐八雄去的。

倘若放到社會上，李四摧至少也是《水滸傳》裡陸謙那樣的人物。在那個混亂的時代裡，弱肉強食，哪怕是大都市中，有權勢、有武力的人見了草民，也是「愛打便打，愛殺便殺，見了標緻的娘兒們更一把便抓進寺去」。讀者看不上李四摧，那是因為我們是讀者，眼光高，只習慣盯著張無忌、張三豐之類的大人物看。可是如果我們是個元朝的百姓，看到李四摧李哥，恐怕是連大氣都不敢出。別說是他本人了，恐怕連李哥的打手、徒弟都可以橫著走。

不過李四摧本人卻沒什麼劣跡，《倚天屠龍記》全書也沒說他如何作惡。相反的，他應該也是很吃苦、很努力的。他這個職位可不是光靠拍馬屁可以得到，要有真功夫，射箭必須得好。

他既然姓李，很大可能是漢人。書上沒提他的出身、家世，但蒙元時漢人政治地位低，受歧視。李四摧出身條件不佳，卻靠著天賦和汗水，一步一個腳印往上爬，殊為不易。可以想像，少年時的李四摧大概也是很有夢想，有拚勁的，也一定有很多感人的故事。

終於，他實現了階層的躍升，成為勵志傳奇。爹媽多半很以他為驕傲，親族朋友也一定以他為豪。老家一定傳說著他的故事，男孩子們也以李哥為榜樣。

而此時此刻，當李四摧騎著高頭駿馬走在大都街上，佩著王府的腰牌門禁，帶著「墨羽利爪」的大獵鷹，一定趾高氣昂。微風迎面吹拂，他甚至會有一種微醺的感覺，覺得自己很厲害、很是個人物，三街六市上誰不在他面前戰戰兢兢、嚇得發抖？好威風、好霸氣！

很有點像是《水滸傳》裡的陸虞候陸謙的自況：「我乃高太尉心腹人也！」

然而，那一天，威風、體面的李四摧想吃點狗肉。注意，我們今天吃狗肉的爭議很大，往往被視為殘忍。但在當時的社會環境下，李四摧這個愛好可說很平常、很普通，沒有什麼問題。

他去打了一條狗，燉來吃了。以他的身分，上街打個人來吃也不是不行，可是他只是打了一條狗而已。

他其實也根本不用親手打、親手燉，只要放話出去，李哥想吃狗肉，一定會有很多人來巴結，給他送肉、燉肉。有的人怕會不惜把自己老爹燉了給李哥吃。誰不想巴結趙敏身邊的人，哪怕是個打手？

然而李四摧卻沒有這樣做，而是不嫌麻煩，親手去燉肉。他甚至是躲在自己院子裡吃、關著門吃。為什麼呢？他考慮到了住地萬安寺畢竟是個和尚廟，公然吃肉不太好。

你看我們小李，這一天，他沒有欺男霸女，沒有濫殺無辜，他只是低調的躲在自己房子裡，和一個好同事孫三毀一起親自動手燉了一點狗肉，喝一點小酒，打算度過一個與世無爭的美好下午。多麼溫馨的小確幸。他沒有擅離職守，也沒有得罪長官同事，沒有傷害到誰、影響到誰。

可是哪想到，就這樣吃頓狗肉也吃出事了。門忽然被推開，本單位的一個高級打手范遙聞著味道來了，大馬金刀坐在了小李對面，打算吃肉。

李四摧忍了。在權力的秩序裡，范遙是高級打手，他只是低級打手，對方比他更有尊嚴、更體面。小李臉上堆滿笑容，端凳擺碗請范遙吃肉，還篩上一大碗酒。結果呢，范遙嫌棄他的酒不好，「都吐在地上」。

李四摧又忍了，仍然滿臉堆笑道：是是，我的酒不好，不配給您老人家喝。

好心好意給人篩酒，卻被一口吐掉，這很過分的，要是在有些地區、有些民族同胞面前這樣做，人家要拔刀的。假使是一個平頭百姓敢吐李四摧的酒，他早就一耳光打過去了。可是范遙吐他的酒，他只有賠笑，還要道歉。這一刻他沒有什麼尊嚴，也沒有什麼體面。

更慘的還在後面。范遙此來是有目的的，居然是要借用他李四摧的飯局去給別人下毒。作為王府中的高級武士，范遙和另一派高級武士「玄冥二老」互相內鬥，今天便打算藉機下手。

你內鬥就內鬥，毒人就毒人，憑什麼拿我的飯局去毒呢？這只是我下午的一場小確幸而已啊。可是人家范遙就這麼幹了。你小李的心情算個屁。

此時事情已經遠遠脫離了李四摧的掌控。毒藥下了，被對方察覺了，雙方爭執火拚起來。范遙揪住了「玄冥二老」之一的鹿杖客的作風問題攻擊對手，聲稱在鹿杖客的床上發現了王爺的女人，以此要脅，逼鹿杖客就範。

雙方鬥智鬥勇，來往角力，最終是各有所忌，范遙和鹿杖客誰也吃不掉誰。於是兩邊握手言和，達成妥協。

話說你們妥協就妥協吧，神仙打架關我屁事？可是讓人震驚的事情發生了，范遙提出了這樣一個善後妥協方案：

> 將她（王爺的女人韓姬）和孫、李二人一併帶到冷僻之處，一刀殺了，報知王爺，說她和李四摧這小白臉戀姦情熱，私奔出走，被苦頭陀（范遙）見到，惱怒之下，將姦夫淫婦當場殺卻……

什麼意思呢？就是一切亂子都說成是李四摧搞出來的，所有的屎盆子（按：專門形容妻妾有外遇的諷刺說法）都扣到李四摧頭上，說是他拐帶王爺女人私奔。如此一來，鹿杖客便可完全脫身事外，洗清了一切干係，而范遙更是搖身一變，成了見義勇為、怒殺姦夫淫婦的英雄。

范遙為何偏偏要選李四摧扣屎盆子，把桃色案栽在他頭上呢？很簡單，因為他是個小白臉，說出來別人容易相信。試問小白臉惹誰了？這天吃個狗肉又惹誰了？

並且他們當著李四摧的面，輕描淡寫的商量如何栽贓他、犧牲他，把他「一刀殺了」，就像幾個小時前他殺那只狗一樣輕鬆。

將心比心，就能體會李四摧此刻的痛苦和無助。自己不但會無厘頭的死掉，還會變成拐帶王爺女人私奔的罪人和爛人。一切的待遇、榮譽都會被褫奪，半生奮鬥付諸流水，搞不好家人都要受影響，自己會從鄉親的驕傲變成臭狗屎。

一天之內，突然就淪落到這樣的境遇，李四摧做錯了什麼嗎？並沒有。他只是錯在太渺小。在這個體系裡，毀滅你與你無關。書上說，在聽見范遙的可怕建議之後，他大驚失色，「要想出言哀求」，卻由於被點了穴道，「苦於開不得口」。他這時候就像是那一條被打殺的狗，沒有尊嚴，沒有體面，甚至連開口哀求的機會都沒有。

為虎作倀當人家的打手，自以為進入了什麼圈子、有多麼了不起，別人多麼畏懼你，其實一頓狗肉吃下來，真實的身分地位就會原形畢露。你以為的霸氣只是你以為而已。

失去了李四摧，趙敏會傷心嗎？我們幾乎可以肯定，不會的。她曾經失去了更高級的打手阿大、阿二，也沒有一點傷心。范遙栽贓李四摧，如果趙敏知道了，會生氣嗎？會替李四摧委屈、不平嗎？恐怕也不會的。她只會笑笑，「苦大師真調皮」、「苦大師，你騙得我好苦」。

孩子受了委屈可以跟家長告狀，但低級打手受了委屈，卻沒有資格去告狀。誰當你是孩子了？你永遠只是你村子裡李老實的孩子，不是趙敏的孩子。

說到這裡，大家可能有點同情李四摧了。但別急，他還不是最苦的。更苦的是他的同事——孫三毀，一個比李四摧戲份更少、更龍套的小人物。

那天，他不過是陪著李四摧一起吃了那頓狗肉。他更加無辜。可是范遙提出冤殺李四摧的時候，居然輕描淡寫隨口帶了一句：

……還饒上孫三毀一條性命。

孫三毀躺在一旁聽見，肯定傻了：為什麼要饒上我的性命？李四摧是小白臉，我孫三毀又不是小白臉，我招誰惹誰了？

第參章

關於《書劍恩仇錄》

豈知書劍老風塵

——高適

1 張召重的轉型

張召重，外號「火手判官」，是《書劍恩仇錄》裡的一個大反派。他本來是一個民間武術家，轉而入仕做官，最終失敗殞命。從他的身上，能看出一個舊時代官員，尤其是技術類官員轉型的教訓。

張召重本身是個頂級的武術家，這是沒有疑問的。他是武當派的第一高手，在武術圈內很有影響力，江湖上說「寧挨三槍，莫遇一張」，這說明了他的專業水準，是真專家、真博士。後來他投靠了朝廷，進體制當官，起初升得也很快，用書上的話說叫作「青雲直上」。當了一個什麼官呢？是驍騎營的佐領。

這個官不算小了。說來似乎只是四品，不像後來金庸小說的大反派都是「國師」、「法王」那麼拉風，但驍騎營屬於禁衛軍，拱衛最高權力，頗為核心緊要。張召重作為一個半點關係門路都沒有的素人，能做到驍騎營的佐領，也算相當不容易。如果放在《鹿鼎記》裡，驍騎營的參領、佐領們，也是和韋小寶爵爺都有機會賭幾把牌九的了。

這樣看來，張召重這個專業技術人員出身的幹部，轉型得應該是滿成功了。可是他後來的結果又頗慘痛，官總是當不上去，甚至各種鑽營、挖空心思都無效，還鬧了一個含恨身死。這裡面就有一些沉痛的教訓。

話說，每一個專業技術人員，在轉身踏進官場的第一步就都面臨轉型。不管曾是體育冠軍也好、武當高手也好、名記者也好、大專家也好，都要轉型。這個道理誰都懂，張召重自然也懂。

不就是轉嘛，要轉變思路、轉變頭腦、轉變辦事方法嘛，對不對？答案是不對，至少是認識不夠深刻。「轉型」不是轉變一下這麼簡單，而是要徹底脫光光，和過去的一切完全拜拜，把過去能放下的、不能放下的都放下，做到清潔溜溜，光著屁股真正的重新再出發。你穿個舊內褲去都算轉型不成功。

就比如說一點：驕傲。翹著尾巴進體制？沒有那樣的事。專業人員的傲氣要從骨子裡戒掉。張召重也明白，表面上他也懂得要戒傲氣，平日裡也並不在同僚面前吹牛耍橫。剛出場時，周邊人一口一個張大人無敵、張大人武功高，他也並不接話、自吹自擂。日常他和同僚說話，就算不是十分周至，也還可稱妥當，沒有大紕漏。

問題是，傲慢，那是骨子裡的。平時裝得再好，再夾起尾巴，關鍵時候憋不住也沒用。張召重就是這個毛病，平時懂得戒驕戒矜，可是一到關鍵時刻就按捺不住，動輒聲稱在座的各位都是垃圾。你看他說的一些話、轉的一些念頭：

皇上養了這樣的人有屁用！

又如：

成瓚這膿包死活關我何事？

一到氣頭上就露餡，就輕慢同僚。別人都是「養了沒屁用」，都是「膿包」，只有你是英雄好漢，皇上就應該養你，你都有資格替皇上不值什麼的。你是福康安大帥？你是太后？

一到激動興奮時，張召重還會脫口而出跟人吹牛：

閻老弟，你跟我來，你瞧我單槍匹馬，將這點子抓了。

這又是炫耀他的專業特長了。你單槍匹馬抓人，功勞算誰的？我們辦事都要通力合作，只有你可以單槍匹馬，只有你最厲害，我們都扯你後腿了。

張召重雖然努力轉型，努力低調，可是一旦骨子裡的那點驕矜放不下，平時的一切低調、做作都是枉然，在同僚眼裡仍然是自以為了不起。大高手嘛，了不起嘛，武當派嘛，很強嘛！

再看張召重和江湖舊圈子的關係，也是沒處理好。

他當官以後，其實對舊圈子還是有感情的，對武當派也是有香火之情的。見到武當派的人，起初總是主動示好。

他遇見李沅芷、余魚同，察覺對方是武當派功夫，都是手下留情，有所照拂。比如和李沅芷溦鬥時，認出她是武當傳人，立刻高聲說道：「喂，妳這孩子，我問妳，妳師父姓馬還是姓陸？」別人不和他攀親，他反倒和人攀起親來了。此後他多次對李手下留情。後來和余魚同溦鬥，也是屢次留情，「知有瓜葛，未下殺手」。余魚同發瘋般狠打死鬥，張召重反而喝道：「你不要命嗎？」

當了官員，卻一直很注意維護和修補與舊圈子的關係，聽上去原本不錯。但問題是，他對江湖的這一絲情分有用嗎？對方認帳嗎？似乎半點都不認。江湖人眼裡是怎麼看他的呢？先看不相干者是怎麼說的：

韓文沖道：「在北京見過幾次（張召重），咱們貴賤有別，他又自恃武功高強，不大瞧得起我們，談不上什麼交情。」

看這話說的，和人不熟就不熟，何必酸溜溜呢？張召重武功比你韓文沖高多了，人家和你的老闆、總鏢頭齊名，本來你們就不是同一個層次。就算他不當這個官，便該瞧得起你嗎？

再看張召重的原來同門師兄陸菲青又是怎麼當面說他的：

你雖無情，我不能無義，念在當年恩師分上……。

這師兄口口聲聲指斥張召重無情，但我將原著從頭看來，並沒有看到人家如何無情了，反而一開始還很照顧武當派。

這說明什麼？在故舊們的眼裡，當官必然發達，發達必然瞧不起人，這是刻板印象。張召重對舊圈子不痛不癢的示好、不涼不酸的情分、不離不即的羈絆，完全是屁用都沒有。你劃撥地盤給武當派了嗎？分房子給師兄們了嗎？經常請江湖老友吃飯聯誼了嗎？見到韓文沖這等小字輩熱情握手送禮了嗎？安排請客、幫忙辦事了嗎？既然沒有，那就是無情。正所謂一刀兩斷，好聚好散；縫縫補補，大家痛苦。張召重何必？這是他轉型失敗的第二個教訓。

由此還衍生了一個話題，張召重忽視了一件事，就是盡快擺脫「技術型官員」這個標籤，不要和江湖有所糾纏。官場之上，除了極少數例外情況，「標籤」這個東西基本上是減分不加分的。凡是帶了標籤的官員，都不是當官的理想境界，什麼技術型幹部、明星幹部、八〇後幹部……無一例外。

一個人只要被貼上標籤，就會有弱點和破綻，會給人形成刻板印象。比如「技術型」隱含意思是書生氣息、不夠宏觀、領導能力差；「明星」可能隱喻愛出風頭、不腳踏實地；「年輕」表明躥升快、欠歷練，都不是好事。要當官員，就要當沒標籤的，要當圓融渾成的。如果是從技術人員轉型來的，那麼專業色彩要模糊得越快越好，越迅速的官僚化越好。

張召重可好了，完全相反，時時刻刻處處提醒大家：我是江湖出身，我是武當派高手。都毅然跳進染缸了，還舉著一塊紅布，何必呢？小說中，他老是以官員之身，跑回江湖上刷存在感。說穿了這是一種「雙重得意」，一方面想在官場同僚面前炫耀自己的專業影響力，另一方面又想在江湖故舊面前炫耀自己的官職地位，結果就是兩面不討好。

張還草莽習性不改，動不動就約江湖人「決鬥」。他先送信給紅花會總舵主陳家洛，約陳決鬥；後來又受不了別人的激將法，約江湖上的鏢頭王維揚決鬥。這感覺像什麼？打個比方，就像一個記者出身的官員，明明已經當官去了，並且也不是文教線的，卻又跑回報社去和人比賽寫稿子。又像一個學電腦出身的長官，跑到網路公司和人比寫程式。這不是搞笑嗎？

一會兒約黑社會頭目決鬥，一會兒約民營企業家決鬥，行徑是不是也太幼稚？贏了又如何，輸了又怎麼辦？要是真的讓上級長官比如福康安大帥知道了，會誇你張召重勇敢呢，還是會撇撇嘴，說土匪終究是土匪？

究竟什麼樣的官員才可以炫耀專業技術呢？答案是官當得足夠大的。乾隆爺說：我本來是個詩人。這可以。張召重不可以。

最後補充一點，張召重還有一個致命缺陷——好色。他居然先想搶走霍青桐，後來又惦記李沅芷。這也是一忌。要知道，乾隆爺可以好色，福大帥可以好色，張召重卻不可以。他這種毫無資源、毫無背景的純素人，在官場上是不可以有任何興趣愛好的，唯有勇猛精進一條路。

就好像一個家庭裡，親生兒子可以成績不好、可以沉溺遊戲，當媽的最多說：兒子啊，少打電動，小心傷眼，來吃了這隻雞腿再打。但是你張召重一個乾兒子也跟著打電動，當媽的就要不高興了，呵呵冷笑：小張，你到我家是來打電動的嗎？

2 金庸最偏愛的女性

在金庸小說裡，女人有幾種頭銜：「魔女」、「仙女」，以及「妖女」。

他的「魔女」，或者說叫「女魔頭」，如李莫愁、梅超風，乃至名氣更小一點的孫仲君之類，應該說是藝術上比較成功的，塑造得也都不錯。這些女人的標籤通常是憤世嫉俗、濫殺無辜，而本人也往往有一段讓人惻隱的情史。

金庸對她們的態度無疑是批判，外加一些有限的同情。作為一個男人，他很喜歡她們嗎？並不很喜歡。

另一類是所謂「仙女」。這一類角色比較遺憾，在金庸的筆下算是不太成功的，藝術性上來說往往都是二流角色。例如香香公主喀麗絲、王語嫣，甚至還有小龍女。

這些「仙女」都比較單薄和寡淡，性格不夠鮮明。香香公主不像是個人物，而像是一個符號，屬於櫥窗式的人物。她只需要杵在那裡，代表美和純潔就好，當標籤和擺設用。許多故事情節都單純靠她的美貌來驅動，她什麼都不必做。金庸寫她，有可能是受了《伊利亞德》（*The*

Iliad）裡海倫的啟發，但香香公主比海倫還像符號。

王語嫣也是典型的櫥窗式人物，面目很模糊。按理說金庸寫到《天龍八部》的時候，藝術上已臻大成了，可是王語嫣還是沒有靈魂。作者塑造她的時候，很用力的想讓她豐富、立體一點，給這個人物加了許多「褶子」，努力的讓她更有辨識度。比如讓她博聞強識，「熟知天下各門各派的武功」，可以現場指點高手打架；又給她安排了不少苦戀表哥，乃至情斷絕望、投井尋死之類的熱鬧戲分。可是這個角色還是立不起來。

小龍女也是一樣的，性格不鮮明，本來都立起來了，後面又遺憾的坍塌下去了。

剛出場的那個在古墓裡的小龍女，金庸是抓到感覺了的，那種冷、決絕、果斷寫得極其好。她對楊過說：我死之前，會殺了你，不然我就不能照顧你一生一世。這等語出驚人、看淡生死又不走尋常路的架勢，讓人印象極其深刻。

接下來，她對楊過從冷到熱，愛欲漸漸被喚醒，心防突然崩潰：「若是他要來抱我，就讓他抱好了」。這一節作者也是抓到感覺了的。寫到這個時候，小龍女都是一流角色。

可是等小龍女出了古墓，感覺金庸老爺子就抓不住這個角色了，沒有完全想好怎麼寫她。天真、冷漠、決絕、獨立、耳根子軟、敏感體質，到底讓她占哪一頭？沒想好。一流的小說本來應該是性格導向，讓角色的性格去引導情節發展。但是小龍女出古墓後，故事就從性格導向一步步變成情節導向，作者先硬編排好情節，再趕著小龍女去走流程，她自己的性格被作者犧牲掉了。

所以小龍女出了古墓後，做事就一直有點莫名其妙，後來所有故事就是她跑、楊過找，她再跑、楊過再找。本來如此有主見的一個姑娘，變得耳根子極軟，還不會動腦了。別人隨便挑撥兩句，或是一個小誤會，她就丟下楊過跑路。

為了推動「絕情谷」的情節，作者安排她去莫名其妙的嫁一個陌生老男人，還給自己取了個姓氏，姓「柳」，因為「過兒姓楊，我便姓柳」，這明明是敏感體質的文青才會做的事情。

這許多重要的「仙女」主角都塑造得差強人意，只能說「仙女」不是金庸最擅長的類型，或者說，也不是他內心最喜歡的類型。

金庸寫得最好的，基本統統是一種類型——妖女，特別是「小妖女」。在他的小說裡，一般人是沒資格做小妖女的，這是一種冠冕。能被人用這個詞稱呼的女主角，都是藝術上最成功的、是上上人物，比如黃蓉、趙敏、殷素素等等。

她們的特點是智商超高、狡黠、愛騙人、有主見、不按套路出牌。在感情上，對不喜歡的人不假辭色，各種玩弄捶打，甚至是踐踏。對喜歡的人則拚命追求，而且特別善於打開木訥男人的心鎖。

看金庸小說你能感覺到，他一寫到「妖女」，就眉頭舒展、得心應手了，筆也潤開了，行文也滑溜了，自然的文字一波又一波往外湧。即使是一些很平常的女性角色，金庸給她加持一點妖女氣息，人物一下就活了起來。

《連城訣》裡的水笙，作為小說的第二女主角，本來特點是不太鮮明的，可是在大雪山一章情節裡，金庸安排她騙了男主角一把，故意摔一跤：

忽聽得她「啊」的一聲驚呼……摔倒在地。狄雲一躍而起，搶到她身邊。

水笙嫣然一笑，站了起來，說道：「我騙騙你的。你說從此不要見我，這卻不是見了我嗎？那句話可算不得數了。」

然後，還咯咯嬌笑：

「狄大哥，你趕著來救我，謝謝你啦！」

這種靈光一閃的狡黠，騙人後的心滿意足，以及打開男主角封閉心鎖的方式，是否讓人立刻想到黃蓉、殷素素、阿紫們？

反過來，只要不是「妖女」，就往往不是寫得最成功的。例如任盈盈，金庸投入了大量精力去寫，各種鋪墊刻畫，想要塑造一個害羞、要面子、富於心機但又含蓄的大小姐形象，可是任盈盈的輪廓還是不太清晰，在藝術上和黃蓉、阿紫等還是差了一截，不是最一流的。所以說金庸最會寫妖女，最喜歡的大概也是「妖女」。

然而從男人的角度看，「妖女」也許還不是他最理想的異性。他夢中最獨一無二的「她」，不見得是黃蓉、趙敏或者殷素素那樣的。答案仍要從小說裡找。我覺得很可能是他第一本書《書劍恩仇錄》裡的霍青桐那樣的。

一個小說家在寫第一本書的時候，往往藝術上不太成熟，缺乏克制，喜歡把男主角、女主角按照自己最理想的方向去寫，寫成所謂的男神、女神。現在許多人寫小說就是這樣，愛寫意淫中的完美人物，男主角都是劍眉星目、傲世才情、酷絕天下還帶點陰險，這就是因為藝術上不成熟，缺乏克制。

所以，一個作者的第一本書，也許反而最能暴露其內心喜好，不像寫後來的作品時，他老辣了、成熟了、筆下會遮掩了，你就什麼都看不出來了。

金庸的第一個男主陳家洛，就是照著自己最理想的模子去寫的，倜儻英俊、文武雙全，有理想、有抱負、有文化、有紀律，幾乎是一個完人般的少年，只不過最後寫坍塌了而已。而他的第一個女主角「翠羽黃衫」霍青桐，也是一個近乎女中完人的角色，英武美麗、智商超高、富於主見，並且驕傲、獨立、氣場強大。偶爾她也調皮一下，但不同於「妖女」們的是，沒有那麼任性、狡黠愛騙人，總的來說，她是還沒有打開的「妖女」，是封閉版的黃蓉、趙敏。這很有可能是金庸現實中最理想的「她」。

從這個角度看，倒是有一點點像夏夢（按：一九五〇年代香港女演員，傳言為黃蓉、小龍女的原型）。

第肆章

關於《雪山飛狐》及《飛狐外傳》

冰壯飛狐冷

——沈佺期

1 丐幫的墮落

數十名黑衣大漢打開攜來的箱籠，各人手捧一盤，躬身放在楊康身邊，盤中金光燦然，盡是金銀珠寶之屬。

——《射鵰英雄傳》第二十七章

這一筆「金光燦然」的巨額財物，是大金國趙王完顏洪烈送給丐幫的。金國客氣的提出了條件：希望丐幫離開北方，撤退到長江以南，不要和金國為難。

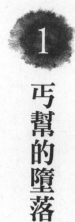

利誘與威脅面前，丐幫的長老們集體面臨著重大選擇。

結果，四大長老裡有三個經受住了考驗。班子裡排第一的魯長老堅決反對，說話擲地有聲：「洪老幫主號稱『北丐』，天下皆聞……禮物決不能收，撤過長江，更是萬萬不可。」另外，有兩位長老雖然反應沒有那麼激烈，但也都不贊成，覺得此舉「頗為不妥」。班子中只有一位彭長老受賄投敵，四分之一，成不了氣候。廣大丐幫幫眾也不贊同彭長老，「一大半鼓噪起來」，抵制大金趙王的糖衣炮彈。

這就是南宋嘉定、寶慶年間的丐幫。他們頂住了風浪，保持了「天下第一大幫」的成色。

然而到了五百五十年後的《雪山飛狐》，大金變成了大清，已是乾隆年間。丐幫這時的幫主姓范，以結交朝廷內衛為榮，「把眾侍衛都當成了至交好友」。這位范幫主還「對賽總管更是言聽計從」，所謂賽總管便是清宮的侍衛總管。

一幫清宮侍衛，居然和丐幫幫主稱兄道弟，而且還是所謂「至交好友」了。一個侍衛總管便可以驅使堂堂丐幫的幫主，讓其言聽計從了。你能想像北宋的侍衛頭兒驅使喬峰嗎？能想像南宋的侍衛頭兒驅使洪七公嗎？難怪歌裡唱：五百年，桑田滄海。

早先南宋的時候，丐幫中一大半弟子是「汙衣派」，有三條嚴格的戒律：一不使銀錢購物，二不與外人共桌而食，三不得與不會武功之人動手。

關鍵是這第三條，不得與不會武功之人動手，這便很大程度上杜絕了仗勢欺人的可能。所以丐幫受人尊敬，江湖口碑甚好。有一個細節：楊過作弄了幾個丐幫弟子，事後立即向他們道歉，稱丐幫行俠仗義，不可輕侮，對自己的行為表示歉意。

可是時間過了近百年，到了元末，丐幫便驚人的墮落了，和當年相比可謂天上地下，竟像是兩個完全不同的幫會。來看《倚天屠龍記》裡所寫的元代丐幫，是借張無忌一行人的視角展現出來的：

（張無忌等）三人走向鎮上一處大酒樓，張無忌摸出一錠三兩重的銀子，交在櫃上，說道：

「待咱們用過酒飯，再行結算。」他怕自己衣衫襤褸，酒樓中不肯送上酒飯。豈知那掌櫃恭恭敬敬的站了起來，雙手將銀兩奉還，說道：「爺們光顧小店，區區酒水粗飯，算得什麼？由小店作東便是。」

張無忌一行去吃飯，唯恐自己衣衫襤褸，店家不接待，先把銀子送上。哪知道掌櫃卻不敢收。為什麼不收呢？答案很快揭曉了，原來是店家誤以為他們是丐幫中人，不敢收錢。

很快，真正的丐幫中人來了，情景是這樣的：

只聽樓梯上腳步聲響，走上七個人來……都是乞丐的打扮。這七人靠著窗口大模大樣的坐定。只見店小二恭恭敬敬的上前招呼，口中爺前爺後，當他們是達官貴人一般。

在老百姓面前，丐幫徒眾的做派是「大模大樣」，作為普通生意人的掌櫃則是「恭恭敬敬」，口中「爺前爺後」，把他們當作「達官貴人」，這豈不是莫大的諷刺？不過是一群乞丐而已，充其量也就是會武功的乞丐，如今卻也搖身一變，充起「達官貴人」來了，需要別人「爺前爺後」的巴結了。

金庸大概是怕沒寫透，繼續又寫了一段：

群丐也已酒醉飯飽，一哄而散。……（張無忌等）三人下樓到櫃面付帳，掌櫃的甚是詫異，說什麼也不肯收。張無忌心想：「丐幫鬧得這裡的酒館酒樓都嚇怕了，吃喝不用付錢。只此一端，已可知他們平素的橫行不法。」

丐幫的人吃完飯不用給錢的，可以直接一哄而散。張無忌去給錢，掌櫃的態度居然是「詫異」，說什麼也不肯收，可見老百姓怕丐幫怕到了何種程度，以至於所有乞丐打扮的人都不敢招惹，所有衣衫襤褸的人來吃飯都不敢收錢了，唯恐觸怒了丐幫。

說到惡棍吃飯不給錢這種事，金庸寫過非只一回。在《笑傲江湖》裡就有一個惡棍軍官吳天德，他去住店，把店小二欺辱得夠嗆。店小二背後訴苦，說這位軍爺很蠻橫，愛打人，連吃帶住，而且「也不知給不給房飯錢呢」。

不妨體會一下，「也不知給不給房飯錢」，這裡面至少包含兩層意思：第一，這位軍官仍然有可能是會給錢的。第二，倘若他發善心給了錢，店家也是敢收的。和這位所謂惡棍軍官相比，丐幫顯然只有更惡，因為他們明確不會給錢，就算給錢，店家也絕對不敢收。當地百姓可謂苦丐幫久矣！

以上是丐幫欺壓良善的問題。再來說丐幫腐敗的問題。

早期的丐幫誠然也有腐敗，甚至也曾一度出現大面積的腐敗。

在《天龍八部》故事發生的北宋年間，丐幫高層就爆發了一次「月餅醜聞」，事件大致是：副幫主馬大元的夫人同時和一位長老、一位舵主私通，共同謀害幫主喬峰。之所以叫「月餅醜聞」，系因這位長老對馬夫人說過一句調情的話：妳身上有一對月餅，很圓很白。

這一起腐敗案件對丐幫破壞很大，引發了幫內連環的內訌和仇殺，最終幫主喬峰被迫引退，多名高層人員殞命，幫會形象大損。這是一個很大的警示，表明腐敗已經蔓延到長老級別了。

但是也應看到，在當時這畢竟只是偶發、個別現象，長老、舵主裡的多數仍然是正派的。比如幾大長老之中，管執法的白長老雖然腐化掉了，但吳長老、奚長老、陳長老等都是比較正派的。更關鍵的是幫主絕對靠得住，沒有被腐蝕，始終經得住考驗。

那時的丐幫，幫主多是英傑。早先的汪劍通幫主便算是條好漢，到了喬峰幫主更不必說了。後來因為極特殊的情況，出了游坦之這樣無能的幫主，但也很快糾錯，讓他下臺。等傳到第十七代錢幫主，固然又比較暗弱，但到了第十八代洪七公、第十九代黃蓉，又都是英雄豪傑。就拿作風問題來說，從汪劍通、喬峰到黃蓉、耶律齊，幾百年來沒聽說幫主有作風問題的。

可是到了後來，事情慢慢起變化了。到了《笑傲江湖》所寫的明代，丐幫幫主叫作解風。此人出場不多，形象不明朗，但管中窺豹，也能見出一些端倪。

有一次魔教教主任我行問手下，解風在世上有什麼捨不得的人啊，屬下答稱：

> 聽說丐幫中的青蓮使者、白蓮使者兩位，雖然不姓解，卻都是解幫主的私生兒子。

這不免讓人大吃一驚。丐幫居然墮落成這個樣子了？幫主不但有嚴重的作風問題，而且還有兩個私生子。你能想像前輩幫主喬峰、洪七公、黃蓉有私生子嗎？

當然，就算有私生子，也不一定就代表整個幫會墮落了。少林派掌門也曾經有私生子。真正能反映幫會墮落的是，幫主居然公然給私生子在公司安排工作、做高階主管，當什麼「青蓮使者」、「白蓮使者」，並且此事已經成了江湖半公開的祕密，連敵對勢力的魔教都掌握了。

這兩個「使者」的職位設置很可疑。丐幫過去的高階主管層級裡，只有長老、龍頭、舵主，從來沒聽過什麼「白蓮使者」，搞不好就是為了安排兩個寶貝兒子專門設置的。如此公然徇私舞弊，丐幫裡不見一個長老、龍頭來干涉，廣大幫眾居然也不反對，似乎對這類事情已經見怪不怪了。這便不是個人的墮落，而是幫會整體的潰敗，套用《紅樓夢》的話說，這時候的丐幫大概也只有門口石獅子是乾淨的了。

除了高層墮落之外，丐幫還丟掉了當年許多好的作風。起初幫中崇尚樸素，一切儀式從簡，不搞大型排場。比如悼念洪七公，這麼重要的儀式，有沒有擴大舉行？根本沒有。整個過程無比樸素：

（魯長老）在地下抓起一把溼土，隨手捏成一個泥人，當作洪七公的靈像，放在軒轅臺邊上，伏地大哭。群丐盡皆大放悲聲。

捏個泥巴人，大家集體哭一場，就算是送別洪幫主了，這簡直是樸素到了極點。按理說，洪七公如此功勳卓著，一旦犧牲，悼念的規格高一點，聲勢、排場大一點，花錢多一點，大家都是沒有意見的，甚至是眾人所期盼的。然而丐幫不過是泥土一捏而已，其樸素如此。

可是到了元代，幫內的高級主管開始講究奢侈享受了，早丟掉了當初的作風。此時的丐幫把總堂放在哪裡呢？你猜都未必能猜到，乃是河北盧龍一個大財主家裡。

金庸寫這個總堂，說乃是一座「巨宅」，「兩扇巨大的朱門緊緊閉著，門上碗口大的銅釘閃閃發光」，進門就是兩隻大金魚缸，十分豪華。作為「丐幫」，居然把總舵設在這種奢侈的場所，固然也可以說是為了當時的隱蔽鬥爭需要，但你能說不是同時為了舒適享受嗎？

作風蛻化之餘，丐幫做事也越來越猥瑣，格局日益狹隘。《天龍》、《射鵰》裡宋代的丐幫，一心想的是抗敵。到了《倚天》裡元代的丐幫就沒有那麼關心抗敵了，一心想的是爭霸，壓倒武當、明教。而到了《飛狐》裡清朝的丐幫，抗敵爭霸都無望了，乾脆便一心給朝廷當打手，比如范幫主居然跟著一夥侍衛去暗算苗人鳳。

這事可謂醜陋至極。苗人鳳於范幫主有恩，曾經為了救他而甘冒大險，孤劍闖天牢。可是如今范幫主給人的回報是什麼？「（苗人鳳）突覺耳後『風池穴』與背心『神道穴』上一麻」、「這兩大要穴被范幫主用龍爪擒拿手拿住，登時全身酸麻」。兩記乾脆的龍爪手，這就是范幫主對恩公苗人鳳的回報。

丐幫如此棄絕道義，迎合朝廷，可是他們在官府眼中的地位真的提高了嗎？真的受到朝廷尊重了嗎？實情正好相反。

對比過去，當年丐幫幫主喬峰跳槽，直接做的是遼國南院大王。後來洪七公做幫主時，大金趙王都遣使來拉攏示好，小王子楊康甚至還覬覦過幫主之位。可見丐幫幫主的位子是有分量、有聲譽的，連金國王爺都瞧得上這把交椅。

後來黃蓉做丐幫幫主，在襄陽主持抗元。襄陽主官呂文德是一方統兵大將、京湖制置使，地位很高。黃蓉卻對他一點不放在眼裡，經常呵斥，戰況緊急時甚至持劍威脅呂文德。可是呂文德仍然禮遇黃蓉，倚若干城，視為上卿。吃飯宴客的時候，呂文德要讓黃藥師上座，因為「黃島主是郭大俠的岳父」。

這是一個發人深思的現象，有時候，辦事越是堅持原則，越是出於大義和公正之心，越不溜鬚拍馬，反而越容易得到別人尊重。

後來的丐幫，幫主親自去侍奉有司，充當打手，跟著侍衛總管鞍前馬後的辦事，卻反而越發被人看不起。賽總管是怎麼對待范幫主的呢？很讓人心酸：

賽總管一聲冷笑……右肩突然撞將過去……范幫主並未提防，蓬的一聲，身子直飛出去，竟將廂房板壁撞穿一個窟窿，破壁而出。

這就是他在總管心目中的實際地位，一言不合就把你撞得牆裂而出。不禁讓人想起老電影《唐伯虎點秋香》裡的臺詞，牆外的人說：「對不起，我是低等下人，是不能進來的。」牆裡面的人說：「哎呀，我哪裡有把你當低等下人了？我只是把你當狗而已。」

2 程靈素之嘆

金庸小說裡的愛情，經常有一個規律：逆取者勝，順守者敗，更主動一點的會贏得勝利。所以溫青青勝，阿九敗；趙敏勝，周芷若敗；楊逍勝，殷梨亭敗；韋小寶勝，鄭克塽敗。

程靈素因此敗了。這個光彩照人的女子，毒功天下第一，有一身「可驚可怖的本事」，敢於面對一切惡毒的敵人。但唯獨在愛情上，她放棄了進攻。

應該感謝金庸，在寫了那麼多漂亮女性的同時，又以無比的溫情，給我們留下了一個醜醜的程靈素。

她不漂亮，而且發育不良，「相貌似乎已有十六、七歲，身形卻如是個十四、五歲的幼女」。在金庸小說裡所有的年輕女孩子中，長相不如程靈素的一時只能想起兩個，一個是《倚天屠龍記》裡的史紅石，一個是《笑傲江湖》裡的老不死，女主角裡不好看的則只有程靈素。

程靈素的缺陷幾乎每一點都是要命的。她「肌膚枯黃」、「臉有菜色」，頭髮「又黃又稀」，身材也是「雙肩如削」、「身材瘦小」。這樣一個醜醜的女孩子，偏偏還在《飛狐外傳》這樣一本不太重要的書裡出場，並且是在全書幾乎已經過半的第九章才出場。我想當然的以為，她只是個小旦角兒而已。

結果，她在僅有的十章篇幅裡上演了一場彎道超車，發出了最耀眼的光。幾章過後，她的光彩就超過男一號胡斐，也超過了女一號袁紫衣。又幾章後，我們發現她的氣場甚至要蓋過書中的大老苗人鳳。

到了第二十章，我們發現她的光芒甚至有可能要威脅黃蓉、趙敏、小龍女、任盈盈、王語嫣這些金書裡的著名大青衣。她甚至挽救了《飛狐外傳》這本書，因為有了她，才讓這本書在金書裡也能獨樹一幟，沒顯得太過遜色。一開始誰能想到？只能給她三個字：奇女子。

這個奇女子在情場上的失敗讓人扼腕。在性格和手段上，程靈素其實非常像是「射鵰三部曲」裡兩位名旦黃蓉、趙敏的綜合體，她有黃蓉的機智，亦有趙敏的辣手。但她卻沒得到像黃、趙二女那樣圓滿的感情。黃、趙都是感情上的積極進取者，而程靈素唯獨在愛情上放棄了進攻。

對於潛在的情敵，如穆念慈、華箏、周芷若等，黃、趙二女出手凌厲，絕不給人可乘之機。程靈素恰恰相反。面對江湖上的敵人，她從來都敢於出擊：攻破掌門人大會，誅戮叛徒，清理門戶，一擊制敵，絕不失手。唯獨在感情上，她成了一個徹底的防守者，惴惴不安、患得患失，把感情的火種默默埋在灰燼裡，直到熄滅。她無限度的付出，卻從不敢索取，最後除了一個被慣壞的胡斐，她什麼也沒有得到。

程靈素輸得不值。她在情場上的對手不能算強的，袁紫衣在金書的女角裡根本排不上名次。有人說得露骨：袁紫衣，不過是一個「雲空未必空」的討厭尼姑而已。她要攻克的男人，也不算太難。胡斐在感情問題上遠沒有他爹胡一刀那樣堅定明確，充其量只是個陳家洛般拖泥帶水的龜毛男。

更何況她也沒有什麼好輸的。她本來就只是胡斐的「二妹」，如果為愛情放手一搏，就算輸了，也不過還是「二妹」而已。

然而，我們的小程偏偏過早的認輸了。當胡斐提出結拜兄妹的時候，程靈素就給自己的愛情判了死刑。

再看看黃蓉和趙敏，她們的愛情也遇到了絕望的關口，郭靖答應要娶華箏，張無忌更是要和周芷若拜堂了，但黃蓉和趙敏有放棄嗎？想想趙敏華堂奪夫的勇猛吧——「光明右使范遙眉頭一皺，說道：『郡主，世上不如意事十居八九，既已如此，也是勉強不來了。』趙敏道：『我偏要勉強。』」

程靈素的退縮，大概是因為自卑。她可能不知道該拿什麼向胡斐進攻。趙敏的進攻方式是：「張公子，你說是我美呢，還是周姑娘美？」黃蓉的進攻方式也很相似：「你說我好看嗎？」程靈素不能用這些招數。她不好看。

在很多讀者心裡，胡斐配不上她；但在她自己心裡，她配不上胡斐，只是個醜醜的貧村窮女。她高估了山外面的那些大家閨秀，低估了自己這個村裡的黃毛丫頭。面對袁紫衣，她甚至都沒敢交手就認輸了。她大概都沒有動過哪怕半點念頭：「她到底哪裡比我好？」

就像一個鄉下丫頭面對闊氣小姐，敢比學校成績、工作業績，但是一說到面對面的搶男人，就立刻心虛認輸了。

黃蓉、趙敏為感情而戰，即便輸了，她們也照樣是眾星捧月，所以她們反而放得下架子，敢於進攻，也輸得起。程靈素卻沒有這樣的本錢。作為一個連鏡子都不敢照的女孩，如果再輸了，她的自信會被徹底摧垮，人生會完全灰暗，大概沒有什麼東西能支撐她生活下去。

最後她死去了，有一點義無反顧也有一點自暴自棄的為胡斐吸毒，然後自己死去。她像是一個賣火柴的小女孩，在寒風裡擦亮了愛情的火焰，以為可以溫暖自己，卻很快發現這火苗太短暫、太微小，根本不能給自己什麼溫暖，甚至都焐不熱手掌，反而使人越加寒冷失落。金庸說自己每次寫到程靈素都流眼淚，我也有流淚之感。程靈素想必在天堂和毒手藥王重逢了，唯願那是一個不需要愛情的地方，她去了恩師和慈父的懷抱裡，在那裡得到溫暖。

3 胡斐的鬍子

胡斐在《雪山飛狐》中出場時，留著一把大鬍子，是「滿腮虬髯，根根如鐵」。在這部書裡，金庸沒有給出胡斐留鬍的原因，只是說他外形像父親，「胡一刀……容貌威嚴，他生的孩子自也是這般」。

但在一年後寫的《飛狐外傳》中，金庸似乎給了胡斐留大鬍子的原因，暗示是因為程靈素。

許多讀者包括我在內，讀《飛狐》的故事，不自覺的就對程靈素鍾愛有加，成了她的娘家人，同時對胡斐怨懟非常，一看到他的土樣兒就想冒火。每當胡斐不愛小程，嫌她黃、瘦、發育不良、不好看，便很想去抓住他肩膀搖晃：你憑什麼？你有什麼了不起？你胡斐自己也是黃瘦的，一出場的時候就是個「黃瘦小孩」，你有什麼資格嫌棄人？

加之金庸樹立的女一號袁紫衣又不甚討喜，用東北話叫拉胯（按：指出差錯、不可靠），更讓程靈素顯得好。在書中，小程的形象越寫越光采——勇敢、執著、仗義、深情；袁紫衣的形象越來越不得人心——矯情、人設混亂，上一秒還在拚命撩胡斐，與之打情罵俏，下一秒又翻臉說自己四大皆空，寶相莊嚴。此消彼長之下，人們就更加為小程不值，也就更討厭胡斐，覺得他淺薄、不懂珍惜、瞎了眼。

他後來為程靈素的死哭泣、流淚，讓讀者反而更厭惡了，總感覺這番哭哭啼啼的做作頗有點假惺惺。伊人已去，似乎胡斐再做什麼都無法給程靈素在天之靈以慰藉，也無法給執拗的喜歡程靈素的讀者以慰藉。

只除了一件事，就是大鬍子。

這是金庸有意留下的溫暖一筆——程靈素死去很多年之後，在寒冷的遼東玉筆峰上，胡斐重現江湖。當他猛然轉身亮相的一刻，你也許會莫名有了一股暖意，覺得心中的某處傷痛稍稍得到安撫，因為他留著一部大鬍子。

胡斐本來是不留鬍子的。金庸小說的男主幾乎都不留鬍子，以保持小白臉的形象。郭靖到了三十多歲才只「上唇微留髭鬚」，象徵性的有一點點鬍子。楊過則到三十六歲都不留鬍子。

胡斐過去也不留鬍子。他第一次「蓄鬚」純粹是化裝改扮，為了混進敵人的陣營。那天早晨，給他易容的就是程靈素。

程靈素道：「先給你裝上鬍子，這才放心。」拿起漿硬了的一條條頭髮，用膠水給他黏在頦下和腮邊。

這一番功夫好不費時，直黏了將近一個時辰，眼見紅日當窗，方才黏完。

對自己的這個狂暴扮相，胡斐覺得很新鮮有趣，「攬鏡一照，不由得啞然失笑，只見自己臉上一部絡腮鬍子，虯髯戟張……大增威武，心中很是高興」。

於是他隨口說了一句話：

二妹，我這模樣兒挺美啊，日後我真的便留上這麼一部大鬍子。

彼時程靈素想回答說：「只怕你心上人未必答應。」但話到口邊終於忍住。她不願顯得自己酸溜溜，也不想讓這個美好的早晨變得尷尬。不久之後她便死了，為胡斐吸毒而死。胡斐也真的從此留起了一部絡腮鬍子。

一部鬍子，殊不足道，但這卻是胡斐為程靈素做的最能稍稍感動人的事。此前他其實也為程靈素做了許多，其中也不乏決死忘我之舉，比如他曾為了救程靈素，冒死出手與敵人相拚，使自己手背上沾了「三大劇毒」，險些送命。其中的情分不可謂不深，但不知為什麼，讀來就是讓人無力感動。小程死後，他的流淚痛悼也都是真的，但也照樣讓人感動不起來。

可是，十年後的一部鬍子，偏偏就讓人有點莫名的暖意，讓人相信他是在懷念著那個上午，紅日當窗，在安靜的房間裡，她一根根的給他細心黏著鬍鬚。

胡斐遇到程靈素，多數人認為時間晚了一點。就在兩人認識前不久，他先遇到了袁紫衣，然後一頭栽進去不能自拔了。

但也不妨可以說，胡斐遇到程靈素早了一點。此前他動心的人要麼是馬春花，成熟豔麗，極能吸引初通人事的懵懂少年，要麼是袁紫衣，漂亮能幹，和她在一起極有面子，年輕男孩很難躲開這種誘惑。

如果等他再晚一些、再成熟一點的時候遇到小程，未必就會完全不喜歡。情場中的酸甜苦辣一路嘗下來，他也許會有新的感悟，也許更懂欣賞了，說不定覺得小程更好。可惜程靈素出現得早了，那時胡斐還嫩，欣賞不來，滿腦子典型美女。

《天龍八部》裡，當阿朱死了之後，喬峰實際上就死了，變成了一個軀殼，再沒有真正開心過。我大膽的說一句，在程靈素死了之後，胡斐其實也死了，他本人卻還意識不到。伊人已逝，傷口固然是會平復的，可是有一些東西平復不了。漸漸的，他會發現生命缺了最珍貴的一塊，再也不能完整。他會沉浸在長久的失落和憂傷裡，就好像一座城市陷入了綿長的雨季。

如果他和程靈素都有自己的門派，他多半會像王重陽和張三豐一樣說：我的門人，永遠不許和她的門人動手。可是藥王谷傳承已斷，沒有傳人，他連這種自我安慰的命令都發不了，找不到辦法排遣情緒，寄託自己的懷念。於是他想了一個辦法，鄭重的兌現了一個微不足道的承諾，永遠的留了一把大鬍子。那是她當初給他設計的樣子。

第伍章

關於《連城訣》及《俠客行》

大野陰雲重，連城殺氣濃

——杜荀鶴

1 笨人石破天

《俠客行》的主角石破天是一個笨人，而笨人是小說裡永恆的題材。一些偉大的小說常常拿笨人當主角，比如《戰爭與和平》裡的皮埃爾，《巨人傳》（*La vie de Gargantua et de Pantagruel*）裡的卡岡都亞，《巴黎聖母院》（*Notre-Dame de Paris*）的凱西莫多，《唐吉訶德》（Don Quijote）的唐吉訶德。他們或者是輕微的笨，或是有比較嚴重的遲鈍，都是不同程度上的笨人。

中國小說家裡，最鍾愛「笨人」、把「笨人」題材寫得最好的，金庸算是其中之一。除去傻姑等著名配角，金庸還有三個很成功的笨人主角，他們是郭靖、狄雲、石破天。

三個人的笨各自不一樣。郭靖的笨有點先天性質，他有很強的國家責任感和道德使命感，最後成為一個偉大的笨人；狄雲的笨是成長環境導致的，在鄉村裡沒受到什麼教育，後來又背負了許多仇恨，滋生了許多怨念，最後成了一個憤世嫉俗的笨人。

《俠客行》裡的石破天和他們都不同。他沒有強烈的道德使命感，雖然世界待他涼薄，但是他沒有怨念，也沒有仇恨，始終愉快的玩耍，最後成為笨人中最讓人羨慕的那一種——快樂的笨人。

石破天進入江湖的過程很偶然。他本來是一個小乞丐，流竄到一個叫侯監集的小城鎮，覺得餓了，隨手撿了地上的一個燒餅。出乎意料的是，燒餅裡面藏著一個武林高手們都在搶的大寶貝——玄鐵令。就是因為這一撿，石破天同學正式踏入了江湖。

有意思的是，石破天身在江湖中，卻從來不知道有「江湖」二字的存在。他有一種基本功，就是能把很複雜的事情看得很簡單。

在聰明人的眼裡，江湖上到處都是危險，到處都是殺機，有時說錯一句話，就可能引來殺身之禍。但石破天不是。他不知道什麼是江湖規矩，什麼是紅燈停、綠燈行。江湖上那些最陰險、最恐怖的地方，他都當成是村莊和田園，傻乎乎、樂呵呵的就去了。

比如摩天崖，那可是殺人不眨眼的謝煙客的老巢，聽著像是《西遊記》裡的地名，連貝海石那樣的高手都要湊夠一堆人才敢摸上去，然而石破天渾渾噩噩的就去了。又比如長樂幫、凌霄城、丁不三家裡，這些地方要麼住著瘋子，要麼住著壞人，都是江湖上著名的犯罪窩，他也傻乎乎的去了。

最恐怖的是俠客島。在當時江湖上，一說去俠客島就幾乎等於是送命，武林高手們聽了就尿褲子，石破天同學居然也主動申請，背上包就去了。就好比在動物園裡，你忽然發現有個傢伙笨手笨腳的爬進了獅虎山，還在裡面到處亂轉。你在籠子外面擔心的問他想做什麼，他一臉無辜的看著你：「撿帽子啊……。」

每次讀到石破天，都想起文學史上另外一個有名的笨人——奧匈帝國的好兵帥克（按：捷克諷刺小說《好兵帥克》〔*Osudy dobrého vojáka Švejka za světové války*〕主角）。

帥克的一大特點，就是把別人施予他的一切都當作是善意。不管你表揚他、禮遇他，還是罵他、取笑他、虐待他，他都不當你是壞心。他尊敬生命裡的每一個過客，不折不扣的執行他們的吩咐，對他們報以微笑。他像一隻快樂的簸箕，把別人所有的惡意都像水一樣瀝過去。

這多麼像我們的石破天。他坦然接受別人安排給他的一切東西，從身分、名字，到爹娘、老婆。他的名字從狗雜種、石破天，到石中玉、史億刀，別人給他取什麼名字，他都接受；一會兒梅芳姑把他當兒子，一會兒閔柔又把他當兒子，他也都認帳；他的老婆一會兒是丁璫，一會兒是阿秀，他也不反抗，他跟哪個姑娘在一起的時候都開心。

他在江湖上遇到無數壞人，但他永遠把他們當好人，全心全意的尊敬他們。江湖上那些大俠、魔頭、妖女、小賊，在他眼裡全是叔叔、伯伯、姑姑、哥哥。

比如謝煙客，一個挖空心思想弄死他的暴徒，石破天自始至終把他當好人，一口一個「老伯伯」；還有貝海石，一個從來都在利用他的陰謀家，但在石破天眼裡，他是值得尊敬的「貝先生」；又比如張三、李四，也是對小石同學起過殺心歹意的，但石破天硬是把他們當成「大哥、二哥」，掏心掏肺，隨時準備為他們兩肋插刀。

我一直覺得金庸小說裡《俠客行》和《連城訣》這兩本書是相反的。這兩本書裡的江湖同樣是魍魎橫行，從狄雲的眼裡看去，江湖上全是壞人；但從石破天的眼裡看去，江湖上全是好人。

好兵帥克的作者英年早逝了，我們沒法知道帥克的結局，但是我們知道石破天的結局——那些想弄死他的人，不論擁有多麼強大的武力、陰沉的心機，最後都拿石破天沒有辦法。他們只能苦笑著，無奈的接受石破天滔滔不絕的尊敬和友誼。謝煙客真的成了他的「老伯伯」，而張三、李四真的成了他的結義兄弟。

《俠客行》裡有很多聰明人，像石中玉、貝海石、廖自礪、米橫野……這些人最後都活得沒有石破天好。他們眼睜睜看著石破天成了天下第一高手，就像《格林童話》（*Grimms Märchen*）裡那些狡猾而歹毒的配角，最後總是眼睜睜看著一個叫漢斯的笨蛋娶走了公主。

我不知道金庸是在什麼心情下寫出《俠客行》這本書的。在這本書之前，他的上一本書是《天龍八部》，是浪漫主義的高峰；下一本書是《笑傲江湖》，是諷刺現實的極致。大概在寫這兩本書的間隙裡，作者想舒緩一下心情，就好像在攀登兩座高山的途中先遊覽一片寧靜的湖泊，留下一些單純美好的東西，於是就有了這本童話般的《俠客行》。

這個童話告訴我們，在一個複雜的世界裡，做聰明人無疑是好事；但在一個過於複雜的世界裡，如果你的天賦、性格實在不適合做聰明人，那麼不要勉強去做，做一個笨人或許也是不壞的選擇。

2 島上悖論

在《俠客行》裡，寫了一個俠客島。這個地方滿有意思的，有兩位絕世高人龍、木二島主在此隱居，參研武學。兩位島主共同發現了一套絕世武功，一門尤其厲害的《太玄經》，據說是上古所傳，講透了武學終極真理，能究天人之際，通古今之變，練成了就天下無敵。

按道理說，好東西你們自己練就得了，不用傳給外人。龍、木二島主一開始也是這麼想的，悶頭苦修、練來練去，卻發現這玩意兒其實練不成。這裡就產生了一個悖論：一門武功明明練不成，但又被認定是完美的、天下無敵的。這可以說是金庸提出的「島上悖論」。

就好像我說會做一種餅，吃下去就永遠不餓，只不過我要的麵粉這世上沒有。《太玄經》就像這樣的餅。

龍、木二島主非常有鬥志。神功練不成，他們並不洩氣：我們練不成，不代表別人也練不成，何不廣招弟子，散播星火，說不定弟子就練成了呢。於是二人便廣招門徒。兩位島主威望很高，聲名在外，吸引了許多弟子前來追隨，在書上叫作張三、李四、王二麻子等等，都來學習

《太玄經》。

追隨他們的弟子成分很複雜。有的是有文化、懂理論的，「或是滿腹詩書的儒生，或是詩才敏捷的名士」，有的則是強人盜匪之類，也都跟著學。結果這一學問題更多了，每個弟子理解的《太玄經》都不一樣。比如同一句「十步殺一人」，有的人這麼解釋，有的人那麼解釋，都說自己有理。像龍島主回憶的：

哪知我的三名徒兒和木兄弟的三名徒兒參研得固然各不相同，甚而同是我收的徒兒之間，三人的想法也是大相徑庭，木兄弟的三名徒兒亦復如此。

大家吵來吵去，都說自己練的是純正的《太玄經》。這就是金庸提出的「經典困境」：到最後，最權威的不是經典，而是對經典的解釋。

至此，龍、木二島主仍然覺得主要問題還是練的人太少，我們島上的人練不成，不代表整個江湖練不成，應該讓整個江湖都練練看。只要親眼看到這世上有一個人練成，他們就將大感安慰，之前的一切付出都有了意義。

他們先拉著少林派練。人家少林派本來有自己的武功，不想練。俠客島的人就「堵住了少林寺的大門，直坐了七日七夜，不令寺中僧人出入」，和尚們挑水、逛街、買菜都不行了，連馬桶都倒不出去，廟裡臭氣沖天。你練不練？不練就別想倒馬桶。

俠客島還派了使者，在全武林一個一個發銅牌，讓每個門派的掌門都來練《太玄經》，哪個門派不肯來練的就打，成了一場轟轟烈烈的練武大實驗。

一些門派對此感到很抵觸。青城派有一個旭山道長，是「川西武林的領袖」，對俠客島的行為非常抗拒。他想威懾一下俠客島，便把兩塊銅牌抓在手裡，運用內力熔成了兩團廢銅，意思是說《太玄經》不實用，還是打鐵比較好謀出路。結果俠客島使者張三、李四上去兩掌，把旭山道長給拍死了，會打鐵了不起是吧，不聽話試試看。

於是江湖各大門派都怕了，不敢再囉嗦，都紛紛上島練功，鑽研《太玄經》。漸漸的，使者們不只號稱是帶大家練武了，而自稱是到人間「賞善罰惡」的，取名「賞善罰惡使者」，跟著我上島練功就是善，否則就是惡，要被滅滿門。

這是金庸提出的又一個困境：道德一定會泛化。任何技術選擇題，到最後都會變成了道德選擇題。

然而老問題終究無法避免：每個門派理解的《太玄經》仍然不一樣，始終無人練成。少林派理解的和武當派的不一樣，武當派理解的和雪山派的又不一樣，都說自己練的是正宗，別人的是假的。各個掌門之間打得稀里嘩啦，書上說他們「大起爭執，甚至……竟爾動起手來」。此刻龍、木二島主還在世，那倒還好，理論權威還在。倘若這兩個高人沒了，到底誰的解釋才對？恐怕江湖要打成一團。

到最後，《太玄經》誰也練不成，各種努力都失敗，反而是一個叫石破天的晚輩異軍突起，「庫又」一聲給練成了。這個晚輩的特點就是純草根、沒文化，以前根本就沒有人注意他。他練功的路數就是根本不看原經的文句圖解，那些都是束縛人的，越有文化越被束縛。

書上說，因為不識字，石破天反而用讀圖的方法搞懂了經文。他看什麼都是「一把小劍」，別人讀《太玄經》是一個一個字，在他看來就是一把一把的劍，「有的劍尖朝上，有的向下，有的斜起欲飛，有的橫掠欲墜」，全是劍，最後反而神功大成，天下無敵。學富五車的龍、木二島主都看呆了，原來還能這樣操作。

這就是金庸提出的「爭論窗口」：當知識分子們還在爭論的時候，是最好的成功機會，實用主義者往往趁機直接摘得了勝利果實。

原著上，龍、木二島主戰戰兢兢的問了石破天一個問題：英雄，你是怎麼認得這經書上的上古蝌蚪文的？石破天大概呆了：你罵誰是蝌蚪呢？你才是蝌蚪，你全家都是蝌蚪。

3 梅芳姑之問

《俠客行》裡寫過一場很虐心的三角戀，一個叫梅芳姑的美麗少女喜歡石清，石清卻不喜歡她，而是喜歡師妹閔柔。梅芳姑氣得發瘋。哪怕將近二十年過去了，人家石清的孩子都長大了，她也想要問個究竟。

在小說的結尾，她幾乎是當眾揪著石清問：說！我到底哪一點不如她？石清無可回答，只好說：因為妳太優秀。

「妳那麼好，我配不上妳」這種對話我們現代人都很熟悉了，也經常使用。其實古代人也早已會玩這種套路，甚至是男人和男人之間也玩。《水滸傳》裡，林冲、晁蓋等要到梁山入夥，創始人王倫卻不肯收。林冲等很不解：王頭領你為什麼不喜歡我？王倫說：我梁山只是一窪之水，安能藏得許多真龍？其實意思就是：對不起，你太優秀了，我配不上你。

在《俠客行》裡，梅芳姑揪住石清一口氣先問了四個問題，咄咄逼人。第一個問題是：

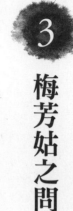

當年我的容貌，和閔柔到底誰美？

第一問就是問容貌，這說明她對自己的長相是非常自信的。如果不是自身的容貌、氣質公認的完勝對方，女孩子是不會這樣當眾問的。就算要問，也會換一種別的方式，比如趙敏式的：

張公子，你說是我美呢，還是周姑娘美？

這種問題當然很難回答，張無忌的選擇是見鬼說鬼話：「自然是妳美！」相比之下，老實人石清卻躊躇了半天，最後當著太太的面說了實話：

內子容貌雖然不惡，卻不及妳。

聽到這樣的回答，梅芳姑也忍不住得意，「微微一笑，哼了一聲」。在她心目中，這一分大概是穩贏的。接著她又連問了三個問題：「我的武功和閔柔相比，是誰高強？」、「文學一途，又是誰高？」、「想來針線之巧，烹飪之精，我是不及這位閔家妹子了。」

比完容貌，又連續比武功、比文化程度、比家事。石清老老實實承認：她都不如妳，武功沒妳好，文化程度也不高，識字也有限，不比妳九八五、二一一、雙一流（按：中國為了有具備世界水準的大學，而開辦的教育計畫）；做家事她也不行，一不會補衣，二不會裁衫，連炒蛋也炒不好。妳贏了，妳四比零完勝。

其實梅芳姑問到這裡就可以了。她已經證明了對方瞎，這就夠了，此時最好的選擇是像剛才一樣，再「微微一笑」，哼上幾聲，扭頭就走，帶著一個四比零驕傲的離開。但她卻非要追問最後一句話：那你為什麼不喜歡我？這就多餘了：

那麼為什麼你一見我面，始終冷冰冰的沒半分好顏色，和你那閔師妹在一起，卻是有說有笑？為什麼……為什麼……

石清很無奈。之前的問題好回答，那是客觀題。而眼下這是主觀題，無法回答。感情的事是沒有那麼多為什麼的，明明沒有答案的事情，你何以非逼著我要答案？來看石清的回答：

梅姑娘，我不知道……我和妳在一起，自慚形穢，配不上妳。

這個回答分為兩部分。第一部分是「我不知道」，第二部分是「因為妳太優秀了」。兩部分其實是互相矛盾的，妳信哪個？在這裡我更願意相信第一部分——「我不知道」。這大概是石清的真心話。喜歡就是喜歡，妳四比零贏了，但我石清還是不喜歡妳，有什麼道理可講呢？

妳不服氣，非要逼著問一個為什麼，我只好給妳一個為什麼，那就是：妳太優秀了。不然妳讓石清怎麼回答呢？不喜歡了，妳太優秀也是錯。

如果這場愛情故事換一個場景、換一個地方發生，例如在公園裡的爹媽相親角（按：公園裡父母幫子女找結婚對象的地方），在一些農村地區，大家都紮紮實實比硬體的地方，梅芳姑的這個問題可以得到答案。這種愛情和婚姻就好比賭大小，大家憑條件來，贏得更多的就得到愛情，倘若輸了你也可以得到一個為什麼。

他家沒有車，我家有；他家的公婆年紀大了不能勞動，而我家的婆婆可以在田裡翻跟頭；他家沒兄弟，我家兄弟不多不少正好四個。我家三比零碾壓他家，妳女方卻不要我，為什麼？在這種情況下，妳是能得到準確答案的，比如因為他家在市中心有房產。目的性越強的兩性關係，越可以問出一個為什麼。

但石清顯然不是這樣，他是感情主導的，所以沒有為什麼。我們往往說不清楚自己為什麼喜歡一個人，也許是因為剎那的心情，也許是因為一句話、一個眼神，鬼知道。你看張無忌比較喜歡趙敏，周芷若並不問為什麼，問也問不出來。小師妹喜歡上林平之，令狐冲也問不出為什麼。想得開的，去前方左轉，找到屬於你的任盈盈；再不濟的像周芷若，去當「宋夫人」，那也算反手給了張無忌一錘。

感情這種事，最怕的是非要在無解的問題上求解，在無藥可治的問題上吃藥。不要總覺得對方是瞎子，不識貨。他不喜歡妳，總有理由。

作為讀者，我們倒可以替石清猜想出一些理由。梅芳姑性格太強勢，咄咄逼人，和她相處很壓抑、不愉快。而且她好勝心重，你太弱於她，她可能就看不起你；假如太強過了她，她又可能氣不順。金庸小說裡林朝英、王難姑都有這個毛病。倘若你不喜歡她吧，她又覺得你是個瞎子：我這麼好，你憑什麼不喜歡我？彷彿連不愛她都還要打報告、說明理由，讓她審核、點頭，才能批准通過。

因此石清乾脆承認：我就是眼瞎。他是真的厭惡這個遊戲了。而站在梅芳姑的角度，也真的是可以放自己一馬。證明對方眼瞎就行了，何苦再糾纏下去？接下來唯一該做的，就是不和瞎子較勁。

第陸章

關於《天龍八部》

海天龍戰血玄黃

——蘇曼殊

1 蕭峰的真正結局

一般看過幾集《天龍八部》的，都知道蕭峰的結局是自殺。在雁門關下，他阻止了遼軍南侵，將半截斷箭插進胸膛，氣絕而死。而後阿紫抱著他的遺體跳了崖。

但事實上，這還不是蕭峰的真正結局。他的確是死了，但還沒有得到一個結論：他是忠是奸？是好是歹？他對大宋是有貢獻，還是有罪過？還沒能蓋棺定論。

蕭峰真正的大結局是什麼呢？原著上寫清楚了的，是這樣的一段話：

那鎮守雁門關指揮使……修下捷表，快馬送到汴梁，說道親率部下將士，血戰數日，力敵遼軍十餘萬，幸陛下洪福齊天，朝中大臣指示機宜，眾將士用命，格斃遼國大將南院大王蕭峰，殺傷遼軍數千，遼主耶律洪基不逞而退。

這段話是什麼意思呢？就是蕭峰死了之後，雁門關的守將給朝廷打了一個報告，敘說了蕭峰之死的全過程，報告中聲稱自己率軍浴血奮戰，大敗遼軍，而且「格斃遼國大將南院大王蕭峰」，立了大功。朝廷得表後大喜，重賞，隆重慶賀，人人有功。這才是蕭峰一生的真正結局。

雁門關守將的這一份報告，可以看作是對蕭峰之死的唯一官方調查報告。蕭峰的死亡身分：遼國南院大王；死亡過程：戰鬥中被格斃。他被認定了是大宋的叛徒、侵略者，悍然率軍入侵雁門關，被我方英勇擊斃，可恥的死亡。

朝廷接報之後，沒有疑議，全盤接納。於是這份報告也就成了對蕭峰死亡原因、死亡過程、一生功過的最終權威定論。十年之後、百年之後，歷史都會以此為據來書寫。

或許有人說，這不可能！這份報告完全是混淆事實、顛倒黑白。雁門關一事有那麼多見證者，在場江湖群豪都目睹了蕭峰是如何死的，如此明白的事，難道還會說不清楚？

自然說不清楚。這就涉及了一個認知上的謬誤：人們往往以為，歷史的真相可以透過親歷者口口相傳，保留下來。事實上，這幾無可能。

因為謠言會自動傳播，而真相不能。當真相和謬誤開始賽跑，往往是謬誤插上翅膀，而真相舉步維艱，最後不知所終。

保存真相，是一項相當專業、相當艱巨的工程，需要有人嚴肅的去記錄、整理、證偽、守護，才有可能成功。只靠庸眾口口相傳，哪怕親歷者再多，真相也會慢慢被汙染、被篡改，最後留下來的只是謠言與謬誤。

雁門關現場群雄，固然都是親歷者，但也不過幾百人。在關內的千百萬人面前，而且是千百萬無知無識的大眾面前，太少了，太渺小了，簡直是泥沙入海，他們的言說力量微不足道。

這些了解情況的群豪裡，每出來一個人口述真相，就會有千百個來路不明的人跑出來「口述更震撼真相」；每出來一個人發理性之文，就會有千百個人跑出來發「更深度震撼好文」、「揭開蕭峰和遼國不可不說的祕密」；每當有一個人去雁門關實地走訪、考證，就會有千百人咒罵他「洗白」、「帶節奏」。

更何況，了解真相的群豪裡，有一部分人會礙於身分原因，不便說話；有一部分人礙於表達能力，不知道該怎麼說話；有一部分人被庸眾嗆得沒脾氣了，乾脆懶得說話；還有一部分人發現說真話不討好，說假話反而皆大歡喜，不如乾脆故意說假話，於是胡亂說話。

有了這許多不便說話的、不會說話的、懶得說話的、故意亂說話的，試問真相還剩下幾許？

隨著光陰流逝，歲月消磨，當事人老了、死了，下一輩渾渾噩噩長大，只看得到雁門關守將的報告，關於蕭峰之死的真實情況又還能剩下幾許？

當然，對於蕭峰之死，段譽見證了、虛竹見證了、遼國人自己也見證了。大理也許會修史、西夏也許會修史、遼國也許會修史，雁門關事件的真相或許會在這些文獻裡保留下零星印記、吉光片羽。假如能把這些記錄相互拼綴、印證，或許能還原一部分真相。

但問題是，底層的宋人，語言不通、文化隔閡，閱讀能力也有限，怎麼會去讀大理史、西夏史、遼國史？他們一生恐怕都接觸不到什麼有價值的資料，能讀什麼？只會讀《深度好文：燃情雁門關，格斃蕭大王》。

當然，蕭峰之死的無法說清楚，還有一個更深層的原因，就是《天龍八部》這部小說裡，幾乎沒有人需要雁門關的真相。宋朝不需要，雁門關守將也不需要，否則報告裡的「洪福齊天」豈不是不成立了？「指示機宜」豈非也不成立了？「將士用命」也完全談不上了？這真相要來有何好處？

非但宋朝朝廷不需要，宋朝的底層民眾也不需要。對他們而言，「格斃南院大王蕭峰」要爽得多，可以歡聲雷動、上街慶祝，感覺自己天下無敵、武運久長，誰願接受宋國是一個遼狗拯救的糟心故事？誰樂意聽你苦口婆心的說所謂真相來敗興？

都說《天龍八部》是悲劇，而這齣悲劇的巔峰，就是蕭峰的真正結局。斷箭入胸，這個人從此就在歷史裡消失了，如狂風送沙。什麼塞上牛羊空許約，什麼劇飲千杯男兒事，什麼聚賢莊大戰，什麼燕雲十八飛騎，什麼單于折箭、六軍辟易、奮英雄怒？都伴隨著阿紫一跳，隨風而去，從來就沒有一段蕭峰的故事。

只剩下雁門關一份「格斃南院大王蕭峰」的熱血報告在，還有無數的宋人喊：

真厲害，真厲害！

2 爾等凡人，皆不能驕傲

《天龍八部》有意思。裡面的人，都很驕傲。

這裡的江湖廣大，地域遼闊，各色人物都自詡中產（按：在江湖中有分量），從一開場起，就人人都揚著驕傲的頭顱。

它不像《射鵰英雄傳》，如舞臺劇，來去就幾張面孔，普通人走到哪裡都撞到「五絕」，你驕傲不得。也不像《倚天屠龍記》，一流高手太多，密密麻麻，中下層的人物喘不過氣。《天龍八部》的江湖更為疏鬆、通透，像是一片廣袤的原野，蟻穴遍地，每一個生靈都有更充裕的空間。他們的自我感覺也就因此比較優越，神情也就比較倨傲，個個臉上都寫著「我很不錯」。

剛出場第一個江湖人物左子穆——不熟悉原著的可能根本不知道這人是何方神聖——此人便驕傲極了。不久又出來一個人物司空玄，也是驕傲極了。再到逐一登場的符聖使、木婉清……無人不驕傲，無人不優越。

對他們來說，優越感真的是一種可怕的錯覺。因為《天龍八部》這個看似疏鬆的世界，其實是個鐵牢。這片看似自由的次元，其實有主宰。這片天地有神，這個神叫作命運。主宰面前，容不得凡人驕傲。

比如司空玄，一個極小、極小的人物。他在故事一開頭便出場了，身分是「神農幫幫主」，很驕傲。不妨稍微看仔細一點，看他驕傲的本錢是什麼，他真實的生存狀態是怎麼樣的。

只見一大堆亂石之中團團坐著二十餘人。段譽走近前去，見人叢中一個瘦小的老者坐在一塊高岩之上，高出旁人，頦下一把山羊鬍子，神態甚是倨傲。

你看他的處身之地，不過是「一大堆亂石」。身邊的隨從不過是「二十餘人」。自己屁股下能坐著的，不過就是「一塊高岩」。可是也就這樣，也就這麼一點家底，他就自我感覺非常不錯、相當優越了，「甚是倨傲」。

這是《天龍八部》中人常見的精神面貌，是一種很耐人尋味的氣質。獨坐幽篁裡，彈琴復長嘯，揚著一叢山羊鬍子，司空玄如國王般傲對蒼穹。哪怕我的國土只是一片亂石，又怎麼樣呢？

然而主不允許，命運不容許。它容不得你驕傲。螻蟻不可以驕傲。

殘酷的懲罰很快到來。短短幾章之後，一群「聖使」降臨了。她們在小說裡是「天山童姥」派來的，來懲罰司空玄。實際上這些人是命運的上主遣來的，任務就是折辱他的尊嚴，剝奪他的驕傲。

在書上，司空玄臉如土色，跪倒在地，不住對「聖使」磕頭。此時此刻，他所統治的那一片亂石，那二十多個人，那屁股底下坐著的高岩，已然一毛錢都不值。他的驕傲已是片瓦不存，只剩下匍匐、磕頭。

甚至當那些「聖使」離開了、下了峰，他都無法再站起來。書上說了這樣一句話：

司空玄一直跪在地下。

跪，在地下，一直。最終，他衝到懸崖邊，向底下的瀾滄江跳了下去。幫眾們衝到崖邊大哭，為幫主一哭，也為自己的孱弱和卑微一哭。

這就是命運在展示威能，仿佛在說：不可以驕傲。否則它就會讓你們認清楚赤裸裸的真相，打斷你們的脊梁，讓你們垂下頭顱。就像是《利未記》（*Wajikra*）裡說的：我必斷絕你們因勢力而有的驕傲，又要使覆你們的天如鐵，載你們的地如銅。

還有那個叫左子穆的。他是所謂的「無量劍東宗掌門」，一出場就很驕傲。此人坐擁著所謂的「劍湖宮」，自詡江湖地位不低、人脈頗廣，感覺自己很中產，一舉一動都充滿了優越感。

所以，他很快就遭到了命運的鞭笞——「聖使」來了。左子穆只得「恭恭敬敬的躬身」；他「惟有苦笑」；他察言觀色、唯唯諾諾；他瞬間卑微到塵埃。但命運還不放過他，覺得他還有一點殘餘的尊嚴，還不行，要清理。於是「四大惡人」又來了，搶走了他的孩子山山，要弄死。

左子穆幾近崩潰，徹底認輸，答應了惡人們的一切條件，完全放棄了一切底線。

他在反派人物面前沒有了尊嚴，在正派人物面前也照樣沒有尊嚴。很快大理宮廷中的「四大護衛」來了，左子穆上去「團團一揖」，主動行禮打招呼，別人卻不理他，當他不存在。緊接著高君侯又來了，左子穆繼續上去搭訕打招呼，對方「微笑不答」。

看看他這壞人欺、好人嫌的生活，這進也不是、退也不是的尬境。驕傲是個什麼東西，還能剩多少錢？

沒有人可以例外。就比如「聖使」，外出巡視時那麼風光，可是她們就能驕傲嗎？不能。事實上是她們被天山童姥凌虐，開口罵、隨手打，斷手折足，一任己意。

一開始就出場的「符聖使」，到了基層多麼威風，宛如天神，人人都匍匐跪拜。後來才發現，在上面的靈鷲宮裡，她的特長居然是縫衣服，給主人拼布料、縫袍子。

還有那無視左子穆的「四大護衛」，就能驕傲嗎？其實不過是主人的家奴，段正淳泡妞時負責把風而已。其中最慘的褚萬里，被主人的頑劣女兒阿紫玩弄，惡作劇的將其裹在一張漁網裡，纏成粽子。他因不堪折辱而萌了死志，去戰場上胡亂拚殺，故意送了性命。哪有什麼驕傲？

那麼阿紫呢？又可以驕傲嗎？一樣是奢望。命運讓她去愛上了喬峰，愛情這個東西是最摧折尊嚴的，骨氣和原則在它面前都是屁。

為了吸引喬峰的注意，阿紫機關算盡，洋相百出。她對喬峰欲擒故縱過、花式表白過、大喊大叫過、尋死覓活過，最後都是枉費心計。

要是喬峰能給她一點暗示、一點首肯、一點希望，我想她願意轉經筒、磕長頭、赴湯蹈火、投身地獄。驕傲？尊嚴？那是什麼東西？

那麼最後，喬峰呢？喬峰能驕傲嗎？這個擁有極致魅力的人格、巔峰般的存在、聖山上的巨人、東方史詩裡的絕頂英雄、金庸武俠中最偉岸的人物，就可以傲慢嗎？就可以戰勝命運，至少逼迫著命運和棋嗎？照樣沒有。對於大英雄喬峰，命運一樣不放過你，他降雷災打你、降火災燒你、降風災吹你。你不低頭，他就摁斷你的脖頸。

他蹂躪你、踐踏你、羞辱你，讓你親手打死自己的愛人，讓你呼吸維艱、進退維谷。他驅趕著你，如同胡同裡趕豬（按：胡同即是巷子，形容窄巷裡行進，直來直往），讓你一步步走到註定的結局。你轉彎就碰壁，回頭就被責打。胡同裡的豬有什麼尊嚴呢？

最後喬峰被命運驅趕到雁門關下，用斷箭插入胸膛。那一刻，兄弟慟哭、英雄流淚，而在蒼穹之上，命運之神不過是回味著自己的劇本，微笑鼓掌。

這就是《天龍八部》的真相。一切倔強的脖頸，都被摁下塵埃；所有偉大的頭顱，都埋首泥淖。命運通吃，再沒有和棋；爾等凡人，都不能驕傲。

3 慕容復的沒朋友

過去我們有一個口號，叫作「四有新人」（按：出自前中國最高領導人鄧小平期許青少年的口號）：有理想、有道德、有文化、有紀律。翻遍金庸全集，稱得上「四有新人」的鳳毛麟角。郭靖有理想、沒文化；段譽有文化、沒理想；狄雲是理想和文化都沒有；令狐冲不但沒理想、沒文化，好像還沒紀律。韋小寶則更可怕，四個都沒有，簡直是「四無新人」。

能算是「四有新人」的，首推慕容復：文武全才、律己嚴格、不好聲色、勤勤懇懇，一心只為復興大燕國而奮鬥。可是結果他的事業卻是最失敗，最後建國不成，下屬星散，自己還發了瘋。要知道，連金庸主角裡混得最差的狄雲，好歹最後也還當了個雪谷的谷主。

慕容復的失敗原因有很多，比如武功不夠登峰造極，缺乏領袖才能，復國的口號缺乏號召力等等。但我覺得最關鍵的敗因，乃是他在一件事上的大大失誤，那就是交朋友。

慕容復不懂得要交朋友嗎？不是。他其實非常重視交朋友。他所走的復國道路，便是大交朋友，廣泛的發動和團結江湖底層俠客，搞「一大片」的外交，讓草根群雄都到他的大燕復國公司裡來出資入股。

這條路線本身並沒有問題，金庸書中至少有兩個男一號都用過，而且效果不錯。比如楊過，就廣泛籠絡了西山一窟鬼、萬獸山莊、人廚子、聖因師太、煙波釣叟等眾多江湖勢力，隱隱然成為與郭靖對等的一方霸主。

又比如令狐沖，糾集群豪攻打少林寺，搞江湖大串聯，一路上招兵買馬、藏汙納垢，迅速成為武林中炙手可熱、舉足輕重的一支新興力量。

這條路楊過可以走，他雖然為人高傲，但小時候是在破窯裡長大的，天生有一股底層氣質，容易博得底層的認同；令狐沖也可以走，他為人疏懶，很好打交道。慕容復卻走不通。

慕容復的性格，太孤傲耿介，在交朋友的時候，他往往想俯就卻不肯折節，欲禮賢卻不能下士，有計畫卻不知變通。而且他高富帥的氣息太濃，很難融入江湖底層的圈子——一個使用著妖嬈的丫鬟，家裡叫作什麼「燕子塢」，連丫頭住的房子都要叫什麼「琴韻小築」、「聽香水榭」的人，怎麼可能和那些摳腳挖鼻的粗魯漢子打成一片？

每當讀到他家的那些房名、地名，就讓人想起《紅樓夢》裡賈政罵賈寶玉的套路，一個丫頭取名字，隨便叫個什麼就罷了，怎麼取個「襲人」這麼刁鑽的名字？

慕容復每次去「走基層」、「交朋友」，費了不少勁，結果都是落得不歡而散。他幫所謂的三十六洞洞主、七十二島島主攻打靈鷲峰，出了不少力，最後卻鬧得大家翻臉成仇，快快下山。他在少林寺裡出頭挑戰蕭峰，想以此刻意討好中原群豪，卻被打得大敗，非但討好不成，反而落為笑柄。

最為可惜的是，慕容復同學一邊辛辛苦苦的「找朋友」，另一邊卻不斷錯過送上門的朋友，而且是真正能幫助他謀幹大事的好朋友。

蕭峰對慕容復，一直傾心仰慕，對「慕容公子」念念於心。在無錫松鶴樓裡，蕭峰把段譽誤認為是「南慕容」，存心結交；後來又在杏子林裡幫慕容復分辯冤屈，稱讚他的部屬個個都是人傑。蕭峰實在是無數次向慕容氏拋出了橄欖枝。

慕容復如果投桃報李、順水推舟，結交了蕭峰這個朋友，在蕭峰後來落魄的時候聲援一下、幫助一把，豈不是得了一個強援？「南慕容」和「北喬峰」訂交，豈不是一段佳話？

但慕容復偏要沒來由的和蕭峰鬧翻，甚至明知道他是遼國南院大王，還要出頭找人家打架，活活把這天下第一條好漢推向敵方，讓蕭峰對他的好感迅速轉為嫌惡，最後只落得一句「蕭某大好男兒，竟和你這種人齊名」。

段譽對慕容復，也一直仰慕尊敬。何況段譽苦戀王語嫣，正好是慕容復結交他的良機。你慕容復自己不是不貪戀女色嗎？不是為謀大事不擇手段嗎？不是一切親人都可犧牲嗎？何不乾脆成全段譽，就讓表妹跟了他？《三國演義》裡，李儒還勸董卓把貂蟬給呂布呢。如此這個大理國王子豈不是送上門的臂助？

但慕容復就為了「吃醋」這麼小兒科的原因，活生生把段譽搞成仇人，還沒來由的一招「夜叉探海」打傷段譽老爸。

這何其糊塗：你那麼辛苦的追求西夏公主，不就是為了依傍權勢嗎？那又何必那麼輕易的得罪大理王儲？你後來還去拚命巴結段延慶——寧願狠狠的得罪一個正當權得勢的王儲段正淳，去認一個已經下野、被流放的過氣太子做乾爹，這不是荒誕嗎？

虛竹對慕容復，也是禮敬客氣的。世界上沒有比虛竹再好交朋友的人了，何況虛竹極有實力，乃是逍遙派掌門、靈鷲宮宮主，堂堂江湖一方宗主，大可延攬。靈鷲峰上，虛竹曾誠心挽留慕容復，如果慕容復能夠屈尊留下來，和段譽一樣與虛竹大醉一場，結為兄弟，還怕他今後不給你出力？但慕容復決不！他非要無端和虛竹鬧個臉紅脖子粗，摔門下山。

對以上這些有能力的、真心誠意送上門的好朋友，慕容復一個個錯過，卻非要去土裡刨食（按：指悶著頭亂找），結交一些靠不住的下三濫。這是什麼原因？我看大概是八個字：只會下交，不會平交。

他固然是十分渴望朋友，表面擺出一副「嚶其鳴矣，求其友聲」的姿態，卻有個毛病：朋友的本事不能齊平他，更別提超過他。只要別人高過了他，他就不自在，要和人鬧彆扭。

慕容復能接受的交友模式只有兩種：一種是戰國時孟嘗君、平原君等諸公子般的禮賢下士，居高臨下；另一種就是韓信般的忍辱負重，即所謂的承受胯下之恥。換句話說，他要麼只會禮賢下士模式，要麼只會鑽褲襠模式，唯獨不會和人正常、對等的打交道。

在行走江湖時，每當他遇到地位比自己更低、能力比自己更弱的豪傑時，他的戰國公子情結就要發作，擺出求賢若渴的姿態來。甚至是面對一些敗類和渣滓，他也照收不誤，頗能顯出幾分不唯出身、有「交」無類的胸襟。

他去延攬所謂的「三十六洞洞主、七十二島島主」，這群人魚龍混雜、良莠不齊。對於結交這些人，慕容復的部下是明確反對的。家將裡排名第一的鄧百川就一力反對，一連使眼色，示意慕容復急速抽身」。但慕容復不為所動，堅持和這些人訂交結盟，還說了一些過分熱情的話，什麼「有生之年，始終禍福與共，患難相助，慕容復供各位差遣便了」云云。

明明和人家交情沒到這個程度，卻說出如此親密的話來，「簡直是結成了生死之交」的口吻。他的這一態度當然大出島主、洞主們的意料，所以眾人紛紛鼓掌叫好。

這種交朋友的場景和狀態，是慕容復最喜歡、感覺最舒適的狀態——自己高高在上，眾星捧月；群豪粥粥在下，受寵若驚。不妨看看全書之中，凡是慕容復能夠主動、愉悅的交朋友的時候，幾乎全是類似的場景。

讀者往往覺得慕容復心胸狹窄，容不得冒犯，其實不完全對。對於地位和能力不如自己的人，他是頗有容人之量的，即便被嚴重冒犯，甚至人家要強姦他表妹也不以為忤。三十六洞洞主、七十二島島主冒犯他可不能算少了，說他是「山中無猛虎，猴兒稱大王」、「乳臭未乾的小子」、「好笑啊好笑，無恥啊無恥」，還要強姦他表妹，慕容復一概可以不放在心上。這算不算是有容人之量呢？

除了這類居高臨下的結交，他還能接受的一種交友模式，就是忍辱負重，承受「胯下之恥」。他為了復國，跑去巴結大理的廢太子段延慶，認人當爹，在眾目睽睽之下「雙膝一曲，便即跪倒，咚咚咚咚，磕了四個響頭」。家將包不同一語道破了他的心事：「你只不過想學韓信，暫忍一時胯下之辱，以備他日的飛黃騰達。」

總之就是他當別人的爹也行，認別人當爹也行，唯獨大家好好的做朋友便不行。每當遇見和自己地位相若、能力相近的人時，他便會本能的拗起來，覺得受到了威脅，會失去對雙方關係的主導權，繼而劣根性發作，再也無法保持良好的心態。

他與蕭峰、段譽、虛竹等一流人物的翻臉，幾乎全是這種情況。比如他和虛竹，兩人從沒任何過節，虛竹主動想和他交往，「見慕容復等要走，竭誠挽留」。可是慕容復的表現是什麼？是精神病一般的「雙眉一挺，轉身過來，朗聲道：『閣下是否自負天下無敵，要指點幾招嗎？』」

而且還一連串的鬧：

虛竹連連搖手，道：「不敢……」慕容復道：「在下不速而至，來得冒昧，閣下真的非留下咱們不可嗎？」虛竹搖頭道：「不……不是……是的……唉！」

慕容復站在門口，傲然瞧著虛竹……袍袖一拂，道：「走罷！」昂然跨出大門。

瞧這傻不拉幾的「傲然」、「昂然」，這乖張而又幼稚的「袍袖一拂」。何以他忽然要精神病發作呢？乃是因為虛竹刺激到他了。虛竹所顯露的武功之高、勢力之強，都讓慕容復感到不自在，逞強好勝的念頭剎那間壓過了交朋友，把什麼「廣交群豪」、「謀幹大事，只愁人少，不嫌人多」的初衷，都拋到九霄雲外去了。

再說深一點，此人內心深處真正關心的，不是什麼復國，而是自己「人中龍鳳」、「眾星捧月」、「聖賢英主」的形象。他禮賢下士、接納雞鳴狗盜之徒的時候，感覺自己就像平原君、信陵君，所以樂此不疲；他跪拜段延慶的時候，又感覺自己就像韓信，所以即便受辱也可忍受，當兒子也當得津津有味。唯獨碰上那些能力和人格都強大者，需要平等交往的人，他就警惕起來，抵觸人家、排斥人家，和人鬧翻。

這種「慕容復型性格」，在我們生活日常中也經常可見。生活之中，有的人只喜歡和比自己能力弱的人混，遇上能力強的人便無法好好相處，始終難以構建一個正常、有序的人際關係，交不到對等的好朋友。

最後，我們的慕容復同志既失去了群眾，又得罪了菁英。他甚至還不如他爹。以其父慕容博之孤傲，還能有鳩摩智做好朋友，而慕容復在高手圈子裡卻沒有一個好朋友，放眼望去，全是仇人。最後他失心瘋了，陪伴在身邊的是阿碧，阿碧是小丫鬟。底下追隨的是一群鄉村兒童，只會要糖吃。慕容復這時才獲得了安寧，終於和不如自己的人長長久久的做朋友了。

4 《天龍八部》裡的五個前浪

金庸寫的《天龍八部》，其實有五個主角。三個正牌的，就是蕭峰、段譽、虛竹。兩個雜牌的，就是慕容復、游坦之。這五個青年人都有爹。這五個爹，個個都浪（按：形容我行我素，自信膨脹），而且是滔天巨浪，堪稱江湖五大前浪。

金庸把這五個爹安排得真是好，讓他們各自從不同的面向，浪出了江湖裡整整一輩人的時代風采，把那一代人的毛病展現無遺，可謂大型集體前浪秀。

第一個爹，慕容博。他的致命毛病在哪呢？權力。他瘋狂迷戀權力，代表了那一代人對「權」的極度狂熱和痴迷，天好、地好不如有點權好，念念不忘祖宗曾經闊過，揣著玉璽到處跑。

其實大燕亡國好幾百年了，哪裡還有什麼玉璽，那就是一塊石頭，早該去潘家園（按：北京著名舊貨市場）了。可是他還當寶貝揣著，日夜藏在胸口深深的胸毛裡，緊貼著一代代人的汗水和體液形成的層層包漿，深夜聞上一口，都是權力的味道。

慕容家的孩子，都像是一代又一代複製的小僵屍。慕容復二十七、八歲，哪裡像個青年人，活像是三十年前的爹，像是上一輩的複製品，小小年紀就打著官腔，哼哼哈哈、頤指氣使，隨時準備登上寶座接班的模樣。所以說慕容家根本就沒有年輕人，只有三十年一個輪回的複製品。

第二個爹，蕭遠山。他迷戀什麼呢？鬥爭。他靠仇恨活著，與天鬥、與人鬥，沒有鬥爭，他的生命就無法繼續。

平心而論，有的敵人確實可以鬥，比如帶頭大哥；有的敵人卻完全是他自己腦補出來的，比如喬三槐夫婦，人家好好收養你的兒子，沒騙過你、害過你，卻也成了你腦補的敵人，被你活活鬥死。

蕭遠山這朵前浪，代表了一代人對鬥爭的狂熱。在他們眼裡世上只有兩種人——現在的敵人和潛在的敵人，有敵人就鬥敵人，沒有敵人就創造敵人，然後再去鬥敵人。

他的兒子蕭峰是一個人道主義者、和平主義者。可是父親拒絕為其創造一個好的環境，而是替兒子殺父、殺師，不斷給兒子樹敵，逼迫兒子去鬥爭。他的夢想似乎就是和兒子一起露著胸膛學狼叫，讓兒子重複自己的命運，直至鬥到與全江湖為敵，他便可以滿意的對兒子說：看吧，我就說敵人一直想滅亡我們，這不是證明了嗎？

第三個爹，是段正淳。他代表什麼？淫蕩。幾乎沒有任何證據證明他操心公事，他的時間都忙於拈花惹草，然後就是處理各種爭風吃醋打架。他身邊的四大護衛都是公職，可是大部分時間都忙於為他招惹女人的事滅火擦屁股。

段代表了一大批與他自己同年齡層的人，其生命無比貧乏，毫無內容，早就沒有了別的精神追求，除了裝模作樣的寫兩句歪詩作作樣子，便只有念茲在茲的兩件事——兄弟和女人。其本質就是利用兄弟和玩弄女人。

像段正淳這樣子的人，崩潰的早晚，全看底牌的多少。那些窮得叮噹響，只能靠「魅力」和「才華」的，便在女人們想要錢的時候倒了；有一點錢的，勉強靠錢擺平了，卻在女人們想要地位的時候倒了；剩下的有權有勢、可以許諾地位的，比如段正淳，給康敏許了鎮南王側妃，卻在女人們連地位都不想要、只想要瘋狂報復的時候倒了。要不是蕭峰救命，一百個段正淳都死了。

第四個爹是玄慈。玄慈的特點是避責。什麼叫避責？打死不面對過往的責任，不肯承認自己的錯誤。

他是雁門關事件的「帶頭大哥」，因為年輕衝動，殺了喬峰無辜的娘，這是重大惡行，他卻死不承認。後來幾十年裡他人生一帆風順，卻對這段過往一味回避，拒絕悔過，好像從沒發生過一樣。

喬峰到處尋找「帶頭大哥」，已經搞成了轟動江湖的連環大血案，無數忠誠小弟為了掩護玄慈的身分而死，智光禪師甚至不惜自殺，玄慈卻穩坐在少林寺裡，那麼長時間連屁也不放一個，決不肯說一句：蕭施主，帶頭大哥就是我，別再連累人了，當年雁門關我做錯了，我承擔責任，後人不能再犯我這樣的錯誤了。決不肯。弄得金庸老爺子在新修版裡怎麼改都圓不回來。

玄慈這個前浪，正是這一類人習慣性愛遺忘、愛推諉避責的代表。他們沒有面對錯誤的基因。要他們好好的去面對錯誤，簡直比殺了他們還難。只要能避責，他們不惜找盡世上一切藉口，直到最後被人當眾在少林寺揭破了、無法挽回了，才咳嗽一聲，阿彌陀佛，虛竹你過來，然後被迫挨板子以謝天下。

第五個爹，是游坦之的爹——游駒。他是大名鼎鼎的聚賢莊莊主。他的特點又是什麼呢？是反智。

轟轟烈烈的聚賢莊圍剿蕭峰大會，他就是總發起人之一。他帶著一幫熱血無腦的江湖人士，圍剿一個無辜之人，為了一個「胡漢恩仇」的空頭概念打得昏天黑地，自己也死了，還賠了許多朋友的命，卻從頭到尾也沒有思考一下：蕭峰到底是不是有罪？是不是該死？

他代表著這一代人的又一典型特點——不能獨立思考，因為從來就不會獨立思考。很簡單，沒有反思的基因，當然也就沒有獨立思考的基因。

游駒的反智，是有一定代表性的。他的反智，不屬於純粹底層的反智，而是所謂「智力階層」的反智。他們明明有一定的知識，也有一定的社會地位，自以為是知識分子，可是他們的問題是知識結構嚴重不合理，想法落後，陷入執念和迷信中不能自拔。

就好像明明是一個文字工作者，偏偏科學素養不足，非要打通任督二脈；又或者明明是一名教師，卻毫無基本的營養和健康知識，被人騙得辟穀（按：斷食養生）到餓出幻覺，還以為是飄飄欲仙。看游駒的「軸」（按：形容不知變通、死腦筋），從他的死法就知道了，就因為一句話「盾在人在，盾亡人亡」，他的盾被蕭峰破了，於是便和兄弟對視一眼，齊齊丟下老婆孩子自盡了。這都是什麼跟什麼呀？

以上，就是《天龍八部》裡五位當爹的人，五位前浪。他們各司其職，各有浪法，共同展示了一輩江湖人的本色：狂熱崇拜權力，念念不忘鬥爭，生活貧乏墮落，不善獨立思考，而又習慣性推諉避責。

他們成了孩子巨大的精神負債。從喬峰到游坦之，每一個年輕人都背負著這些奇葩老爹的沉重包袱前行。都說《天龍八部》的主題是找爸爸，其實另一個主題就是陷害小孩。有句話叫：你孩子身上有你的所有毛病，就是這個道理。正所謂，上一代浪奔浪流，下一代是喜是愁，都化作滔滔一片潮流。說什麼文明的禮物，少浪一點，少破壞一點文明，就是給下一代最好的禮物。

5 康敏這女人

康敏這個女人，和郭芙可以做個比較。有人可能不理解：這兩個女人全然不同，有什麼好比的？事實上真可以比。

比如她們兩個都想當丐幫幫主夫人。郭芙的幫主夫人，當得何其容易。整個過程，大致就是她爹媽安排了一場幫主選拔會，讓女婿參加競選，最後眾望所歸，鼓掌通過，一共也就是半天時間。

再看康敏，也想當丐幫幫主夫人，但一條路走得何其艱難。她折騰了半輩子，把老公殺了、把幫主廢了，不惜和長老、舵主私通，毒計用盡，乃至把命也送掉，卻終於還是差一步沒能當上。

命運差異如此巨大，首先當然是出身使然，郭芙有一雙好爹娘，康敏沒有。出身不同，道路也就不同。郭芙學會吃餅，學會如何把爹媽留下來的餅吃好、資源用好就可以了。康敏卻無餅可吃，必須自食其力。

你不得不佩服她的強悍，貧苦出身、一無所有，卻還真的徒手打出了一條命運之路來。她人生的巔峰，是段正淳答應了她做大理鎮南王的側妃：

段正淳笑道：「妳這人忒是厲害，好啦，好啦，我投降啦。明兒妳跟我一起回大理去，我娶妳為鎮南王的側妃。」

這是她最接近世俗意義的成功的時刻，也是拚了半生才等來的最好機會，連旁邊竊聽的秦紅棉和阮星竹都是「一陣妒火攻心」。鎮南王側妃將來就是皇妃，康敏的階層、地位已經超越了郭芙，這是一場完全的逆襲。

然而她卻偏不要，不當側妃，非要當皇后。命運給了她機會，她拒絕了，毫不猶豫，連認真考慮一下都沒有。於是，老天收回了他的饋贈，判康敏出局，最後橫死。

說到康敏，人們往往指責她貪婪，索求無度。當側妃就夠了，何必非要做皇后？就算要做皇后，也可以慢慢圖謀，何必非要一步到位？我卻覺得與其說是貪婪，不如說是賭性重。她太愛孤注一擲，就好像韋小寶所說的，老愛一把下去，殺就通殺，賠就通賠。

康敏一生做事，都有個特點：不論之前贏得了什麼，總是可以隨時一把全部押出去，追求更刺激的勝利。

她嫁給馬大元，當了丐幫副幫主夫人，況且丈夫對她百依百順，這一成果按說來之不易。作為起步極低的女孩子，多半該很珍惜這一切。可是康敏不在乎，在這個超級賭徒的眼裡，任何東西只要已經到手了，便就不在乎了，隨時可以下一把全部押出去。

就為了弄掉一個喬峰，她能把一切都堆上賭桌，將老公也害死了，副幫主夫人也不當了，好容易慘澹經營得來的身分地位都押上去，自己的身體也押上去，不惜去陪年邁的長老、猥瑣的舵主睡覺，一切統統拿來做賭本，去博這一注。這是一個何等豪邁的賭徒。

康敏只顧賭得上癮，已然忘了自己的終極目的是什麼。你說她在賭桌上的目的是什麼？不知道。她似乎很想博權勢、博地位，一心要做人上之人；但她似乎又特別追求愛情，喜歡英雄人物。比如對於喬峰，她到底是貪圖喬峰的地位，還是貪圖喬峰的愛情？說不清楚。臨死之前，她非讓喬峰親自己一下，那肯定不是為了地位，更像是為了情感滿足。

所以康敏在賭桌上的操作十分魔幻，一會兒用地位來博愛情，一會兒犧牲了愛情來博地位。她的終極需求是不明確的，像是在做迷惑的布朗運動（按：指物體快速而不規則的隨機移動），永不停息。愛情、金錢、地位、溫柔，都無法收買她。

她是真正的富貴不能淫、威武不能屈，說難聽點就是狗熊掰棒子（按：中國俗諺），先掰一個夾在左邊腋下，再掰一個又夾在右邊腋下，如是往復的掰，棒子不停的掉，白忙碌了半天，最後生氣了，向命運揮拳，於是連一個都沒夾住。

康敏沒人愛。一個女人難伺候不可怕，就像一個幾何體，哪怕形狀再刁鑽、再古怪，也總會有容器能裝得下。比如郭芙，你楊過不喜歡，自然有耶律齊喜歡。可是康敏不行，沒有人能夠搞懂康敏，《天龍八部》裡沒有一個男人了解她，無論是段正淳、馬大元，還是白世鏡、全冠清、喬峰，都不懂她，因此也就沒有男人愛她。《天龍八部》裡有許多的惡女人，她們都有人愛，連阿紫都有游坦之愛，連葉二娘都有玄慈愛，但是康敏沒有人愛。

非要說康敏的終極追求，可能就是一個詞——控制。她不完全是為了情愛，也不完全是為了榮華富貴，她就為了控制。

康敏所倚仗的武器，是美貌和風騷。她沉溺於用這兩樣來控制男人，一生不停的做控制力的測試。她極為享受這種驅使男人、掌控一切的感覺。你聽聽她說的話，比如描述長老白世鏡：

這老賊對著旁人，一臉孔的鐵面無私，在老娘跟前，什麼醜樣少得了？

描述舵主全冠清：

全冠清……老娘只跟他睡了三晚，他什麼全聽我的了，胸膛拍得老響，說一切包在他身上，必定成功。

說出這種話的時候，她是極度快樂的。這種掌控感讓她沉迷，忍不住炫耀，當成人生的極致體驗。與此同時她也極度厭惡失控，誰要是讓她感到失控了，覺得終極武器失靈了，她就會異常的怨恨和暴怒，非要把對方毀掉。

她要毀掉喬峰，根本原因就是在洛陽百花會上，喬峰毫不理會她的美貌和風騷，讓她感覺失控了。在書上她是這樣痛罵喬峰的：

「……你這傲慢自大、不將人家瞧在眼裡的畜生！你這豬狗不如的契丹胡虜，你死後墮入十八層地獄，天天讓惡鬼折磨你……你這狗雜種，王八蛋……」她越咒越狠毒，顯然心中積蓄了滿腔怨憤，非發洩不可，罵到後來，竟是市井穢語，骯髒齷齪，匪夷所思。

哪裡來的這麼大的怨毒？就是喬峰無法被她掌控。同樣，她要毒殺丈夫馬大元，正是因為馬大元原本一向對她百依百順，受她控制，然而這一次居然拒絕配合她坑害喬峰，讓她感覺失控了。失控了就要毀掉。她後來要殺段正淳，也因為段正淳一再和她虛與委蛇，讓她覺得失控了。所有失控的人和事，都讓她不安、痛恨，必須毀掉。

康敏最後的直接死因，很多人都忽略了。她是照鏡子氣死的。

阿紫順手從桌上拿起一面明鏡，對準了她，笑道：「你自己瞧瞧，美貌不美貌？」馬夫人往鏡中看去，只見一張滿是血汙塵土的臉……種種醜惡之情，盡集於眉目脣鼻之間……她睜大了雙目，再也合不攏來。她一生自負美貌，可是在臨死之前，卻在鏡中見到了自己這般醜陋的模樣。

蕭峰道：「阿紫，拿開鏡子，別惹惱她。」

阿紫格格一笑，說道：「我要叫她知道自己的相貌可有多醜！」

蕭峰道：「你要是氣死了她，那可糟糕！」只覺馬夫人的身子已一動不動，呼吸之聲也不再聽到，忙一探她鼻息，已然氣絕。蕭峰大驚，叫道：「啊喲，不好，她斷了氣啦！」這聲喊叫，直如大禍臨頭一般。

康敏為什麼會被一面鏡子氣死？正是因為她突然發現自己不美貌了、很醜陋了。她失去了一直以來引以為傲的武器，憑這個醜八怪模樣，她再也不可能掌控別人了，從此失控將是常態，所有的男人，乃至整個世界都將脫離她的掌控。她總不可能去毀掉整個世界，所以自己氣死了。

欲望不會殺死女人，但前提是你得了解自己的欲望。這個世界上總有一些東西我們是掌控不了的，得學會與之相處，否則自己就把自己氣死了。

6 透視阿紫

隨便聊聊阿紫。阿紫這個小姑娘自負聰明狡黠，給人感覺似乎是一個黑化版的小黃蓉。她也一直以歹毒、會用計整人自居。

可是事實並非如此。如果我們把她「用計」整過的人列一個名單，你會發現，結果令人哭笑不得：

1. 店小二——長台鎮小酒店員工
2. 虛竹——當時武功低微的小和尚
3. 褚萬里——父親的下屬員工
4. 喬峰——姐夫
5. 游坦之——狂熱忠狗
6. 馬夫人——已氣息奄奄、無法還手

一個個看過去，她「用計」整蠱的不是社會底層的可憐人，就是親人，要不然就是狂熱追求者、家族企業的老員工、無力還手的落水狗。阿紫就用計整了這麼一些人。

比如整那個長台鎮酒店的店小二。人家無意中得罪了她，她想報復，打算去割人的舌頭，於是用了一個「計」，大費周章的騙店小二喝下毒酒，趁機割了小二的舌頭。這就有點讓人無言了。先不說手段殘忍，試問要割一個毫無武功的可憐店小二的舌頭，何必這樣大費周折？星宿派隨便一個弟子都可以一秒把店小二摁在地上，把舌頭割了，何必用計？比如我「用計」打倒了一個五年級小朋友，很有意思嗎？

還有用計整蠱了大理「四大家將」之一的褚萬里，害得褚萬里羞憤難當，在戰場上故意送命。這樣欺負老爸公司的員工，跑到人家頭上拉屎，算什麼本事？好比楊康「用計」整了趙王府一個人，趙敏「用計」整了汝陽王府一個人，很厲害嗎？

而對那些真正的強人、惡人、奸人，阿紫的計半點用都沒有。師父丁春秋弄瞎她眼睛，大師兄摘星子要殺她，她統統束手無策，形如羔羊，全靠姐夫救命。

對比黃蓉，用計收拾過的都是一些什麼人？歐陽鋒、歐陽克、裘千仞、金輪法王、霍都、李莫愁、裘千尺……歷數過去，都是強人、狠人、惡人、猛人。黃蓉的用計才叫用計，阿紫的計，那叫欺負老實人。

有一些阿紫迷，覺得阿紫很有魅力，很喜歡她。這事可謂見仁見智，不多討論。但如果說她機智伶俐、手段厲害，那就要打個大問號了。她不是什麼手段厲害，只不過是發現了一個公開的祕密而已，那就是：傷害老實人，可以不付代價。

她真正最擅長的本事，就是識別誰是老實人，而誰不可忤逆。虛竹是老實人，她便肆無忌憚的去人家碗裡加一勺雞湯，破虛竹的戒，看著他的窘相拍手大笑。而撞見了師父、大師兄，便只能求饒、恭維。

再說深層次一點，阿紫們時不時去踐踏一下虛竹、店小二這種普通人，踐踏他們的身體和信仰，乃是一種內心深處的本能。因為她自己實在過得不好，總被強人欺負、追殺，猶如流浪貓狗，其實已經非常底層了。她需要不時去欺侮一下更弱勢、更底層的人，來表明自己的「力量」，振作一下精神，向世界證明自己絕不是食物鏈的底層，下面還有好多人呢！你看店小二不是被我踩在腳下了嗎？

如果仔細看書，就會明白阿紫非但不會「用計」，事實上她還總是中計。在成人世界的陰謀面前，在真正的奸惡之徒面前，她一再中計，被人玩得團團轉。

在丐幫，她被真正的陰謀家全冠清誆騙了，那是真正的大奸人，把阿紫耍得團團轉。在遼國宮廷，她又被穆貴妃騙了，人家騙她去餵喬峰毒酒，她就真的去餵，也是被耍得團團轉。

要知道皇宮乃是一切陰謀的集中地，而穆貴妃這種人，才是真的在無數陰謀中殺出一條血路而上位的人。阿紫的小聰明在這些人面前根本不夠看。

很多人喜歡阿紫，我表示理解。她的愛情故事也很打動人。但對她的所謂「凌厲狠毒」，我是欣賞不了的。她騙人的境界比向問天差太遠了。向問天說要騙人，就得挑一件大事，騙得驚天動地，天下皆知。你騙一個店小二喝口毒藥算什麼呢？對付底層人和老實人，真的不需要用計，直接踐踏就可以了。

7 阿紫的心態

阿紫卻扁了扁嘴，神色不屑，說道：「……我有天下無敵的師父，這許多師哥，還怕誰來欺侮我？……」

——《天龍八部》第二十三章

阿紫這個小姑娘，很自信。在書中，她當眾說過一句自信心爆棚的話，或者說是一句很驕傲的實力宣言：我有天下無敵的師父，這許多師哥，還怕誰來欺侮我？給人感覺是奶兇奶兇的（按：形容長相稚氣的人生氣的樣子），又是心虛，又是威風八面。

這一句話其實大有內涵，很耐人尋味。一句話，就把阿紫的性格、見識和心態寫得活靈活現，躍然紙上。

比如，她到底有沒有天下無敵的師父？這要打個大大的問號。眾所周知，她的師父是星宿老怪丁春秋，武功頗高，也很有勢力，還善於做生化武器，算得上江湖一號奸雄。但要說是天下無敵那就差得遠了，本事排在丁師傅之上的少說也能數滿一隻手。少林寺派一個掃地的來，他都打不過。

丁師傅自己多半也知道自己不是天下無敵，其他的明白人也知道丁春秋不是天下無敵，可是阿紫不知道。為什麼呢？眼界窄、見識少，坐井觀天，不知天地之大。從小到大每天在西域混，耳濡目染，聽到的都是大家對本門的吹捧，哎呀呀好神奇的化功大法、好厲害的腐屍毒，就真的以為師父天下無敵。

其次，就算這位師父當真天下無敵，和阿紫有什麼關係嗎？完全沒有。在她說這句話的時候，已經偷了本門的東西出逃，成了叛徒，師父師兄正在追殺她呢。抓賊的是不是天下無敵，你一個小偷驕傲什麼？

何況就算在平時，阿紫在門派裡也卑微得很，什麼都不是。她的班輩排行叫作「小師妹」，注意不是岳靈珊那種小師妹，而是真的小師妹，最小也最沒本事的師妹，既沒有一官半職，也沒有任何靠山，是門派裡最最底層的人。沒人把她當人看。只要哪一天沒拍好師父的馬屁，就要被師父嫌棄，甚至揮手抹殺。

對於這種尷尬又卑微的存在來說，師父天下無敵和你有什麼關係呢？師哥們武功高強，又和你有什麼關係呢？哪一點改變了你的卑微、你的孱弱？

有趣的是，再來品一品阿紫這句話：我有天下無敵的師父，這許多師兄，誰敢來欺侮我？而事實恰恰是：就是這些師父、師兄在欺侮她。整部書裡，從頭到尾，我們不曾見到有什麼別的門派欺侮了她，因為她實在太弱、太菜、太底層了，別人根本沒有機會，也沒有動機去欺侮她。

少林會欺侮她嗎？天龍寺會欺侮她嗎？都不會，根本欺侮不著。絕大多數都是她自己的師父和師兄們在拚命欺侮她。獅吼子、出塵子追殺她，摘星子要燒死她，眾師兄排擠她，師父還弄瞎了她的眼睛，大家一起用各種花樣欺侮、踐踏她。她絕大多數的苦痛和恐懼都是從本門裡來的，都是師父和師兄們施加的。

你說阿紫自己不明白這一點嗎？她不知道自己在本門的實際分量和定位嗎？大概也知道。可是她卻仍然跑到江湖上，非要厚著臉皮喊：我師父天下無敵！我還有這許多師哥！誰敢來欺侮我？喊得那麼投入，那麼驕傲。

為什麼？因為她流落江湖，混跡底層，一無是處。她別無可以自尊的，只能拿這個來自尊，別無可以驕傲的，只能拿這個來驕傲，仿佛對本門多忠誠熱愛一樣。實則這不是忠誠熱愛，而是別無選擇，不得不把自尊心投射到師父師兄身上，那是唯一能和自己扯上關係，最驕傲的東西。

一旦弱雞阿紫有了機會，鹹魚翻身，第一個便要當叛徒。她後來忽然有了游坦之這個大靠山，發現游坦之武功高強，感覺腰桿硬了，秒當叛徒，私自立起一面大旗，自封掌門：「星宿派掌門段！」登時天下無敵的師父也不愛了，眾位師兄也不愛了。姑奶奶我有姓了，我姓段，我要當掌門了。

事實上，真有自信的人，反倒不會把「我有天下無敵的……」動輒掛在嘴上。他們的生命別有支柱和寄託。段譽行走江湖，從來不說：我家有好厲害的六脈神劍，我有天下無敵的大哥！只有阿紫才會說：我有天下無敵的師父和師兄，哼哼，他們會像收拾我一樣收拾你的！我都怕！就問你怕不怕？

8 《天龍八部》裡的一段陰謀論

《天龍八部》裡有一個小人物，名字叫作崔百泉。這位崔老師的兵器很有特點，是一把算盤，他的外號也就叫作「金算盤」。這人各方面能力都平平，長相不好，「形貌猥瑣」，武功也不高，基本上可以劃為死跑龍套的一類。

可惜造化弄人，弱小的崔老師偏偏惹上了一件大事：江湖傳言，強大的姑蘇慕容世家殺了他的同門師兄。按照江湖規矩，這就意味著弱小的崔老師必須去找強大的姑蘇慕容報仇，不然他就要被人看不起，被說成膽小鬼。

崔老師很仗義，也很勇敢，他真的拎著算盤就去報仇。背景交代完了。下面是故事正題。

崔老師憤怒的衝到姑蘇，好容易找到了一個姑蘇慕容家的人。讀者不妨猜是誰，是老族長慕容博，還是小少爺慕容復？都不是，而是小丫鬟阿碧。

阿碧脾氣好，人又溫柔，並且不會武功，從不好勇鬥狠。雖然崔老師惡狠狠的跑來尋釁滋事，阿碧卻沒太當回事，反而對他很客氣。阿碧溫和的勸慰說：崔老師，我們不和你打架，姑蘇慕容太出名，每天上門來找碴的好漢太多，我們早就習慣了。每個都打一場的話，我們實在打不過來。

這一點很像少林派。同樣因為名氣太大，總有無數江湖好漢來少林派找碴鬧事、比武較量，這種架是打不完的，少林弟子早就見怪不怪了。

且說崔百泉老師怒氣沖沖，卻找不到正經仇家，陷入兩難。他總不能去打殺這麼個小丫鬟。阿碧則反把他當客人招待，邀他坐船去家裡喝茶。有趣的事就發生在船上。

乘船的一路上，崔老師的心情極為複雜。他陷入了一種無止境的疑懼和恐慌之中，總覺得坐船喝茶這事沒這麼簡單，一定有陰謀。比如剛一上船，他就懷疑這丫頭定是想要把船弄翻，淹死自己，於是決定了一件事：要把槳搶在手上，使阿碧難以實施計畫。

計議已定，崔老師想必大大鬆了口氣：我終於挫敗了姑蘇慕容的一個陰謀。

怎奈他要拿船槳，阿碧卻不肯。為什麼不肯？很簡單，因為他是客人，阿碧是丫鬟，讓客人划船不合於禮。阿碧這一不肯，崔百泉老師便更加警覺起來，「疑心更甚」，越發料定這是一個敵人的陰謀。

他的思路是：不肯讓出船槳，恰恰證明必有名堂。假若不是有陰謀，她何以不肯？此事已經絕非搶奪船槳那麼簡單，而是我和姑蘇慕容之間針鋒相對、你死我活的較量。

崔老師急中生智，對阿碧說：姑娘，不是不讓你划船，我們實在是想聽你彈奏樂器。聽聞你有一個技能，把別人的兵器都能彈奏出樂曲，能否給我們彈一個？我們好想聽啊。

他不由分說，把身邊同伴的兵器奪來塞給阿碧，用書上的話說是：「接過軟鞭，交在她手裡，道：『你彈，你彈！』」急切之情溢於言表。然後，趁阿碧彈奏之時，一把從她手上搶過了船槳。此時他大概又鬆了口氣：我又挫敗了姑蘇慕容的一場陰謀。

至此，崔老師就從好端端的坐船的人，變成了呼哧呼哧的划船的人，直划了「兩個多時辰」，也就是足足四、五個小時，一把年紀了，也當真不容易。

可惜崔老師沒高興多久，又發生變故了。阿碧提出不但要彈崔老師同伴的兵器，還要彈崔老師自己的兵器：「你的金算盤，再借我撥一歇。」為什麼呢？也很簡單，阿碧多才多藝，只彈一個弦樂沒意思，她還要來一個鍵盤樂。

崔老師心裡頓時思緒奔湧，無數念頭呼嘯而過，他懷疑阿碧又是別有用心：「她要將我們兩件兵刃都收了去，莫非有甚陰謀？」彈兵器這件事明明是他自己提出來的，現在他又覺得是人家的陰謀。不僅如此，連阿碧隨口說的話，都句句像陰謀。比如崔老師隨口誇這湖裡的紅菱好吃，阿碧一聽很開心，拍手說：「在這湖裡一輩子勿出去好哉！」

聽她說「一輩子勿出去」，崔老師嚇壞了，「矍然一驚」，老半天都提心吊膽。總之這一路上，阿碧的一切行為在崔老師的眼裡都包藏禍心——划船是陰謀，彈曲也是陰謀；聽你的話是陰謀，不聽你的話也是陰謀。

他還能給這些陰謀完美的解釋：阿碧要船槳，是要牢牢把控小船的控制權；阿碧要彈曲，是為了用糖衣炮彈麻痹我方；阿碧要兵器，是要解除我們的武裝。至於阿碧揚言「在這湖裡一輩子勿出去」，更是暴露了姑蘇慕容家的叵測居心，充分展現了一個流亡權貴的家奴的猖狂氣焰。

而且，在陰謀論者崔百泉面前，阿碧無法證明自己無辜。如果她解釋，那就是掩飾；如果她不解釋，那就等於默認；即便到最後她都沒有動手，那也是因為被識破了陰謀，無法下手，但一定是亡我之心不死。

崔百泉這人其實也是有優點的，雖然形貌猥瑣，但為人很仗義，為師兄報仇不顧危險。他平時也並不是一個多疑的人，反而很率性放達，甚至喝酒賭錢、打架殺人，無所不為。可是為什麼一和姑蘇慕容氏打交道，他就變成一個疑神疑鬼的陰謀論者了呢？換句話說，平時好端端的一個人，在什麼情況下容易淪為陰謀論者呢？

原因大概有一點，就是當他完全不具備關於對方世界的知識，不了解對方的規則，當他和對方距離太遠、差距太大，大到他的一切經驗都派不上用場的時候。

崔百泉和姑蘇慕容氏，雙方的差距實在太大。作為一個江湖中下層人士，要崔老師去揣度一個神祕的武林絕頂高手世家會如何處事、如何待客、如何迎敵，實在是有些為難了他。對於阿碧的一切作法，他都只好拿自己在江湖底層摸爬滾打的經驗來套。

打個比方，就好像《西遊記》裡從孫猴子的眼裡看天宮，一會兒覺得玉帝很疼他，一會兒又覺得玉帝欺負他、迫害他、歧視他，對他搞陰謀。

猴子並不知道天宮很大、成員很多，玉帝要操心的事很繁雜。他也不知道自己其實沒有那麼重要，不值得別人一天到晚算計和針對。他也不知道就算天宮裡要算計人，會是什麼套路、什麼程序，有什麼明規則和潛規則。他都不明白，只好瞎猜。如同我們生活中，連小鎮都沒出去過幾次的人去評論國際政治，連書都沒讀過幾本的人去縱論天下興亡，他們的論調就總是特別像崔百泉，看什麼都像是陰謀。

由於知識有限，他們所揣測的大國博弈，套路總像是街坊吵架；所剖析的政治風雲，總像是姑嫂鬥氣。就像崔百泉總擔心姑蘇慕容會像什麼「飛魚幫」、「鐵叉會」的蟊賊，偷偷弄翻自己的船。

當然，崔先生有一點也沒錯：武林高手難道就不騙人、不害人？就沒有陰謀？就不能提防？誠然，高手們也騙人、也害人，需要提防。但關鍵是提防的方式對不對。《笑傲江湖》裡大高手向問天曾有一句話可為注腳：

從不騙人，卻也未必。只是像峨嵋派松紋道人這等小腳色，你哥哥可還真不屑騙他。要騙人，就得揀件大事，騙得驚天動地，天下皆知。

姑蘇慕容當然也騙人，但他要騙的是整個中原武林，騙的是丐幫幫主、少林方丈，他想挑起的是宋遼紛爭，自己好火中取栗，興復故國，絕無精力去專門針對崔百泉的一條船。所以，崔百泉先生真的大可以放心坐船。

9 星宿派的反思

星宿派這家公司，成也在公關，毀也在公關。金庸的江湖好比競爭激烈的市場，公關是一切工作的生命線，甚至比做產品、做市場還重要，搞不好就會出問題。

有的公司就一直不太重視公關，比如少林，他們的工作模式完全是被動式的，出大事了，釀成重大的負面事件了，眾光頭才出來危機處理一下，平時完全缺位。

少林派的管理團隊裡，一個負責處理公關的都沒有。《天龍八部》裡，「玄」字輩的高僧一大堆，說起來都是高階主管，但一個公關的也沒有。《倚天屠龍記》裡有四大神僧，有一個負責公關的嗎？也沒有。

這個門派在機構設置上就比較重業務、輕公關，比如達摩堂是管業務的（就是打架），羅漢堂也是管業務的，藏經閣也是管業務的，沒有管公關的。唯一有一點公關能力的是知客寮——都把公關部和接待處合併在一起了，公關能力能不弱化嗎？

所以，少林派的公關工作才總是那麼被動。舉個典型的例子，有一次，少林方丈被殷素素給陰了，當著群豪的面，殷素素假裝把屠龍刀的祕密告訴了方丈空聞大師，實際上半個字都沒說，抓弄老和尚。

不明真相的江湖群豪被蒙蔽了，連續多年一直跑到少林派群訪、集訪，打砸搶鬧，暴力索刀，釀成多起流血衝突。可是少林派呢？這個謠言始終闢不下來，「空聞發誓賭咒，說道實在不知」、「不論空聞如何解說，旁人總是不信」。

堂堂一個大單位，闢謠居然要靠老大出來「發誓賭咒」，而且大家還不信，少林派的公關能力也真是差得可以。

那麼，在金庸的江湖裡，最重視公關的公司是哪一家呢？毫無疑問是星宿派。星宿派以公關為立派之本，老闆親自管理公關業務，群弟子人人做公關，遇到任何工作都是公關工作先行。

比如和丐幫的大決戰：

眾人頌聲大作：「師父功力，震爍古今，這些叫化兒和咱們作對，那真叫做螢火蟲與日月爭光！」、「螳臂擋車，自不量力，可笑啊可笑！」、「師父你老人家談笑之間，便將一千妖魔小丑置之死地……真是聞所未聞。」

比如和少林寺的大決戰：

呼喝之聲，隨風飄上山來：「星宿老仙今日親自督戰，自然百戰百勝！」、「你們幾個妖魔小丑，竟敢頑抗老仙，當真大膽之極！」……「星宿老仙駕臨少室山，小指頭兒一點，少林寺立即塌倒。」

它還非常注重員工的公關素養培訓。據金庸說，新入星宿派的門人，未學本領，先學諂諛師父之術，一到開戰，就可以千餘人頌聲盈耳，一片歌功頌德，掀起壓倒性的強大輿論氣勢。

除此之外，星宿公司還很重視公關工作的創新和轉型，善用新技術、新管道、新方法，把鑼鼓絲竹、簫笛嗩吶、歌曲雜技、小品相聲都變成了做公關的武器，十分豐富多采：

千餘人依聲高唱，更有人取出鑼鼓簫笛，或敲或吹，好不熱鬧。

按道理說，公關做得這麼好，這家公司的公眾形象應該很好，人見人愛了？可惜完全不是這樣。星宿派越公關、名聲越臭，連續榮膺「江湖最臭門派獎」，比不做公關的少林派還臭一百倍。這是為什麼？

這就要求我們回到一個本質問題：不管網路行業還是別的什麼行業，公關的根本目的是什麼？是爭取認同。追根究柢，是要影響別人、改變別人，最後說服別人，讓大家認同星宿老仙是個好人，星宿公司是個好公司。可是星宿公司的員工，他們拚命做公關的目的是什麼？是說服嗎？明顯不是，而是自證——證明自己很忠心。

在這家大公司裡，形成了這樣一種氛圍：不跑業務可以，但不做公關不行。誰不做公關，就顯得誰落後、遲鈍、掉隊。不積極做公關，就是對企業不忠心。

如果一不小心在公關上落後了會怎樣呢？結果可能很不好，比如有幾個員工喝采晚了一點：

有三個膽子特別小的……想起自己沒喝采，太也落後，忙跟著叫好，但那三個「好」字總是遲了片刻，顯得不夠整齊。

於是，「眾同門射來的眼光中充滿責備之意」，那三個人「登時羞愧無地，驚懼不已」。你看，給師父叫好稍微遲了一點，同門就會對你充滿責備之意。還好這只是同門，如果是「師父射來的目光充滿責備之意」，那你就麻煩了。

在這樣的環境下，員工們的公關必然不是做給受眾和用戶看的，也不是做給競爭對手看的，而是做給師父和同門看的。他們的鑼鼓絲竹、嗩吶簫笛不是演奏給受眾聽的，而是給師父和同門聽的。他們搞公關的目的，是證明自己在公關；他們創新的目的，是證明自己在創新。一切只為了一點：表明自己忠誠、聽話、沒有變色。

這樣一來，公關的實際效果就被忽略了——只要師父、師兄聽見就好，至於江湖上廣大的用戶信不信，公關效果好不好，誰關心啊。

而且這還會產生一種效應：公關做得越誇張，就越能引起師父的注意和青睞；越是極端的文案，就越能證明自己的忠心，越不會被懷疑變心、變色。於是各種極端的說法就不斷拋出來，因為越極端越安全啊。你說師父武功西域第一，我就說他天下第一，其他的弟子就乾脆說他太陽系第一、宇宙第一、宇宙大爆炸前都是第一。

所以到後來，這家公司的公關口徑就變成了「日月無星宿老仙之明，天地無星宿老仙之大，自盤古氏開天闢地以來，更無第二人能有星宿老仙的威德。周公、孔子、佛祖、老君，以及玉皇大帝、十殿閻王，無不甘拜下風」。

在書上，有人說：星宿老仙放了屁，做弟子的應該連聲讚嘆，大聲呼吸。這種說法本來已經很到位、很極端了，但馬上有其他弟子嚴肅指出：這話不對，還不夠正確，更正確的版本是：師父放了屁，做弟子的應該大聲吸、小聲呼，否則是嫌師父的屁不夠香嗎？

這時候，假如有一個清醒老實的人出來說：我覺得以後不宜說師父的武功「宇宙第一」，這樣效果不太好，太聳人聽聞，還是要客觀一點，說「太陽系第一」就可以了。那他肯定會被群起圍攻：你什麼玩意？你什麼居心？你什麼後臺？誰給你了這樣汙蔑師父的自信！

因為他們都懂：圍攻，是比公關更好的證明自己的機會。所以，當有愛講實話的傻瓜冒出來時，千萬不要錯過圍攻的時機，去晚了就輪不到了。

10 曼陀山莊的形式主義

在《天龍八部》裡，有一個著名的「茶花女」，叫作王夫人，也就是王語嫣的老媽。書上有這麼一個情節：王夫人特別喜歡茶花，弄了一個巨大的茶花示範工程，叫「曼陀山莊」，就是茶花山莊的意思。這個山莊裡種了無數茶花，大概有成千上萬株。可是因為技術十分落後，種植方法不對，好茶花都被種毀了，把這裡搞成了一個大型災難現場。

明明不能堆那麼多肥料，卻偏要猛施肥。明明茶花喜歡陰涼，卻偏放到太陽底下去曝晒，做日光浴。真的茶花專家來了一看，大概要內心滴血，想死的心都有。比如段譽來了就各種看不下去，連呼亂整。

可是，整個山莊裡的人卻種花種得興高采烈，好像一點兒都不知道自己在亂來。採購部門每天瘋狂採購，種植部門每天瘋狂種植，肥料部門每天瘋狂做肥料，甚至把活人剁成肥料，上上下下，幹勁十足，拚命作樣子。

小時候看書到這裡，便覺得好笑，覺得曼陀山莊裡的人都好蠢。王夫人不懂茶花就算了，山莊裡至少有上百人，難道一個懂一點點種花的都沒有嗎？去書店裡買本種花指南都不會嗎？隨便提醒一下老闆，不就解決問題了？

可是到了後來，長大了一點，我才曉得事情根本不是這麼簡單。曼陀山莊的種花問題在古代社會是解決不了的，因為這是一場自上而下的形式主義。這不是一個技術問題，而是一個古代社會制度的問題和人性的問題。

試想一下，如果有一個普通花匠認真提出來，大家每天種的花都是沒用的，有什麼好處？有好處，可是微乎其微。就算上級採納了你的建議，大家瞎種、亂種少了，或許能減少一點工作量。但能減多少？還真不好說，太虛無縹緲。

況且，瞎做、亂做的工作量少了，精幹、實幹的工作量就會多了。反正都是要做的命，能讓你閒著？什麼工作不是做？形式主義之風一旦剎住了，考核說不定就要更細緻了，要求說不定就更嚴格、更不好應付了，對一個基層工作人員有什麼好處？

好處不明顯，壞處卻明顯得很，尤其是得罪人。首先就是侮辱了王夫人的智商。本來整個曼陀山莊只有一個茶花專家，就是王夫人。現在你這樣一揭發，等於說王夫人根本不懂茶花，而且很好哄，大家都亂種茶花哄她。

其次，這不但侮辱了王夫人的智商，也侮辱了所有人的智商。大家一聽，啊哈，我們山莊有個神農氏了。原來這麼多年我們都不懂茶花，只有你懂？我們都在瞎種、亂種，只有你在真種、會種？你怎麼不去死？

最後還有一點，這不但侮辱了大家的智商，還可能損害了大家的切實利益。形式主義，往往附著了大量看不見的利益，時間越長，利益就越牢固。比如買花，王夫人長年累月花大錢買劣質茶花，把不入流的「落第秀才」（按：茶花品種）當成高級的「十八學士」（按：茶花中的珍品）、「十三太保」（按：劍蘭的別名）買來，當冤大頭，這裡面一切經手的人有多大的利益？還有花肥，還有專門弄來的吹風機、紫外線燈、營養液……這裡面有多少利益？你跳出來說這些東西都沒用，你死不死？

說到這裡，再談一點更深層的東西：形式主義的本質是什麼？

我們總有一種很表面的印象，就是認為在一個市場主體裡，下級總是討厭形式主義的，是深惡痛絕的，只不過為了應付上級的檢查，不得不然。比如曼陀山莊的中級、下級，還有底層的花匠、婢女，都應該是討厭瞎種、亂種茶花的。

可是人家真的這樣想嗎？未必。這搞不好是一種錯覺。

要知道，形式主義的本質，是一種上級對下級的逐級忠誠檢查：我向下交待了一個任務（比如種茶花），這個任務很難、沒什麼準則，甚至我明知道它很無聊、沒什麼實際作用，它就是個形式，可是我問你做不做？如果你做，說明你對我忠誠。

反過來說，形式主義也是一種下級對上級的逐級忠誠輸送。夫人你看，你交待的任務這麼沒頭沒腦、沒有標準，我們都心知肚明它沒什麼作用，但我還是全力以赴、興高采烈幫你做了，做得跟真的一樣。你看我對你多忠誠。

形式主義是一場忠誠度的傳銷。上線傳給下線，下線再傳給下下線，一層層傳下去，逐級做忠誠測試。茶花到底種成什麼樣，並不重要。

所以，形式主義對於中層、下層來說有時候反而是個好東西。它是一條捷徑，是向上表達忠心的捷徑，也是證明自己工作能力的捷徑。正經八百想把茶花種好，多難啊！可是我掛個橫幅「一定要把茶花種好」，就容易得多了，對不對？

又或者，買它幾千、幾萬盆茶花，胡亂種得漫山遍野都是，也不管能不能活，王夫人要晒太陽我就猛晒，王夫人要多施肥我就猛施，讓夫人來了一看，覺得非常滿意，不就好了？用這麼簡單的方式，就證明了自己的忠誠，也證明了自己的工作能力，有什麼不好呢？

何況大家要想清楚一點：曼陀山莊裡所有人應付王夫人，固然是搞形式主義，但其實王夫人自己也是在向上搞形式主義。她種那麼多茶花，是給自己看的？拿茶花當飯吃啊？當然不是，那都是給段正淳看的。

段正淳關心她茶花種得好不好？品種優不優？屁咧。王夫人只是要表明：段郎你看，我一直愛著你。只要段正淳百忙之中想到這一點，心裡微微一感動，王夫人的茶花就算沒白種。如果段正淳再想多一點：阿蘿對我不錯啊，好久不見了，去看看她吧。王夫人就贏了。說到底，還是在表忠心。

只有段譽這種傻瓜，傻乎乎跑去說：哎呀呀，你們的茶花種得都不對！結果被王夫人命令拖下去，剁了當花肥。這就悲摧了。你以為你有技術？其實你就是坨肥料。

11 少林寺的名額

丁春秋，是《天龍八部》裡的一個大壞人。他的最後結局是關在少林寺的戒律院，被和尚們終生看管，等於被判了無期徒刑，坐穿牢底。乍一看，似乎也是惡人惡報、罪有應得，而且判輕了。可是對比另外一個人，你就覺得丁春秋受委屈了，他的結局很不公平。那就是慕容博。

慕容博是另一個大壞人，他的結局卻和丁春秋完全不一樣，是在少林寺出家，還拜了掃地僧做老師，堂而皇之的成了一位少林高僧。

對比之下，丁春秋簡直要吐血，心裡恐怕要問一萬句憑什麼。

兩個壞人雖然都是在少林寺，待遇卻天懸地隔，一個是階下囚，一個是座上賓。丁春秋是在押犯人，披枷帶鐐、挨打受罵，說不定還要勞動改造。慕容博卻是在寺中清修，地位尊崇，少林高階主管們見了他，多半還要客客氣氣叫聲禪師。說句不誇張的，慕容博每天素齋裡吃的白菜，搞不好都是丁春秋勞改時種的。你說丁春秋想不想得通。

不妨再問一句，慕容博和丁春秋，兩個人到底誰比較壞？誰的罪行比較嚴重？很難說。非要對比的話，恐怕慕容博的罪行還要更惡劣，破壞力要大得多。

丁春秋犯的事，乃是殺人越貨、草菅人命，他所領導的星宿派不過是一個流竄作案的黑道集團，充其量有點邪教組織的色彩而已。要說禍國殃民，他還談不上。

慕容博卻是不折不扣的禍國殃民，其行徑已接近於反人類。此人挑動遼國和宋國相爭，後來還謀畫「五國瓜分大宋」，要引遼國、吐蕃、西夏、大理的兵馬進來，把大宋給滅了。這是何等的罪行？用喬峰的話說，假如他奸計得逞，那便是屍骨成山、血流成河，天下不知多少人要死於非命。這樣的罪過，某種程度上說不比丁春秋還大嗎？

就算單純從少林寺的私仇角度上來說，慕容博的罪也更大。少林和尚裡，丁春秋殺了玄難，慕容博殺了玄悲，算是打成平手。可是慕容博當年還假傳訊息陷害帶頭大哥呢，給少林寺挖了天大的洞，這筆帳怎麼算？不比丁春秋惡劣嗎？

可是最後，一個勞改種菜，一個當大爺吃菜，公平嗎？罪刑相當的原則何在？這讓人忍不住進一步要問，少林派處置這些大惡人，到底是依據什麼標準？

恐怕真相是，丁春秋作惡固然多，卻「不過」是殺人者，而慕容博是竊國者。丁春秋誅人，是誅百人；慕容博誅人，是誅千萬人。誅百人者為盜、為匪，而誅千萬人者為聖、為雄。所謂「放下屠刀，立地成佛」也是要資格認證的，那就是你的屠刀要足夠大，哪怕做反對派，也要做大反對派。慕容博的屠刀比丁春秋的大，所以結局反而好，反而受到優待。

金庸小說裡，歷代以來少林派分發這種「優待」、「清修」的名額，無一例外都是給大屠戶。《笑傲江湖》裡，少林派前後開出過兩個優待指標，一個是給任盈盈，一個是給任我行，一個是「聖姑」，一個是魔教教主，正是兩個江湖上最大的魔頭，手握最大屠刀的人物。

少林方丈方證大師親口款留任我行，語氣何等謙卑、真誠。他力邀任我行「在少室山上隱居，大家化敵為友」，「從此樂享清淨，豈不是皆大歡喜」，好不親熱。

諷刺的是，就在大師發出邀請之前幾分鐘，任我行還當著他的面屠戮了八名少林弟子，下手之殘忍，場面之血腥，遇害者們「雙目圓睜，神情可怖」，可憐啊！這八人何辜！但那又如何呢？因為人家的屠刀夠大，這血債便即一筆勾銷。

還有《倚天屠龍記》裡的謝遜，明明血債累累，最後一轉念，要「放下屠刀」，少林派便趕緊特批指標，准許立地成佛，接納謝遜成為少林弟子，輩分還給得特別高，和方丈同輩。這還不是因為謝遜的屠刀夠大，尤其還有一個刀劍雙全的乾兒子張無忌？

假如再仔細分析，要得到少林派的指標，無非兩種：

第一種，你的屠刀要大到可以和少林談交易。任我行手中之刀，便是大到了可以和方證大師談交易的地步，所以方丈親批指標，熱烈歡迎入寺。

第二種，你雖然手上已經沒有屠刀了，但是你的影響力大到一定的程度，少林收容你能給他自家產生正面的影響。

慕容博就是這樣，入寺的時候他其實已沒有什麼黨羽，也沒什麼反抗能力，可是他的影響力夠大。少林寺招撫了他，可以產生很好的影響，圍觀群眾會紛紛說：嗆！一代梟雄，放下屠刀，洗心革面，終老少林，美談！美談！

換了丁春秋就不行了，少林要是收納了丁春秋，就要被群眾罵，說少林藏汙納垢。所以丁春秋就只能當犯人種白菜。可見江湖群眾只能識別普通惡人，是識別不出大惡人的，除非中小學課本告訴他們。

而那些數量眾多的底層惡賊，像什麼田伯光、雲中鶴之流，還有什麼「白板煞星」之類，他們就只能被名門正派們降魔衛道，追殺到底。普通人哪怕是和田伯光聊了天、喝了酒都是死罪。他們能享受慕容博、任我行的待遇，有機會去少林「放下屠刀」嗎？對不起，你想放都沒有資格，肯定是被少林子弟大喝一聲：

咄！快把你的屠刀撿起來，我們要降魔衛道！

12 王語嫣改回表哥身邊有無必要

新修版《天龍八部》做了一處很重大的改動：王語嫣最終離開了段譽，又回到表哥身邊了。

打個比方，就好像她先是換下爆了胎的表哥，換上段譽這個備胎，勉強開了幾百公里，仍然心有不甘，發現不是全尺寸的，便又把表哥這個老胎換將回去。可憐段譽白忙一場。

這樣改有必要嗎？是改好了還是改壞了？首先必須說，作者愛怎麼改是他的權利，就算他把王語嫣改成了有人工智慧的玉像，那也是他的權利。不過作者有改的權利，我們也有討論的權利，熱烈討論金庸的作品，是對老人家最好的懷念和尊重。我認為對王語嫣的修改沒有必要，好處不明顯，弊端卻很大，改壞了。

先說好處不明顯。有沒有好處呢？有，會讓一些讀者覺得合理、解氣（按：紓解心中悶氣），特別是不看好王段戀的覺得解氣。有人會認為王語嫣本來就不愛段譽，表哥才是真愛。回到真愛身邊，難道不對？是不是改得很合理？

問題是，這樣的叫好是娛樂視角的叫好，是圍觀偶像劇式的叫好，不是文學層面的叫好。倘若是一部流行偶像劇，觀眾特別喜歡哪一對，編劇便成全哪一對；觀眾特別反感哪一對，編劇權衡之後便拆散哪一對。這種「民意」有意義。但對金庸則毫無意義。金庸晚年辛辛苦苦改書，是為了讓圍觀群眾來挺這對情侶、支持那對情侶的嗎？一定不是。除非能提升作品的文學價值，其他的對金庸而言都可以忽略不計。

段譽和王姑娘不是真愛，所以王姑娘應該離開，這是一種很貧乏的審美，用這種框框來衡量金庸小說，實在是把標準定得低了。金庸的武俠，何須人人有「真愛」？換句話說，一流的文學怎麼能被「真愛」給框住？阿珂的「真愛」是誰？方怡的「真愛」又是誰？再多說幾個的話，包惜弱、何鐵手、完顏萍、耶律燕們的「真愛」又是誰？

金庸寫小說好在哪裡？其中之一正是三個字——豐富性。不同的人愛情模式不同。木婉清愛得深刻、鍾靈愛得清淺，那麼王語嫣愛得世俗一點有什麼不行？何必非要人人弄一個「真愛」的套子裝進去？何必非要把主角都打發回到「心中真愛」的身邊？大家看看身邊人，包括自己談戀愛，不都是有所權衡、有所考量的嗎？感情不都是會變化、會流動的嗎？這才是生活的真相。何必容不下一個世俗版本的王段之戀？

有人說，當初讓王語嫣跟了段譽，本來就是寫錯了，是「漏洞」，人家根本就不愛。照這麼說，阿珂跟了韋小寶是不是同樣的漏洞，同樣要改一下《鹿鼎記》，讓阿珂回到鄭克塽身邊，讓方怡回到劉一舟身邊，上帝的歸上帝、凱撒的歸凱撒？

揣度一下金庸的心思，應該是他覺得這樣一改，讓王語嫣在結尾處回心轉意，小說會顯得更深刻，更能寫出生活的真相。他在受訪中也多次講到，感情是易變的，時間長了往往會變心，一成不變是很難的，所以要改。這是他的真正動因。

我倒以為，這種改法不是真的深刻，而是一種偽深刻。比如童話《白雪公主》結尾，是王子和公主過著幸福快樂的日子，倘若硬加上一句「三年後他們變心了、離婚了」，這篇東西就深刻了嗎？並沒有，這是一種偽深刻。須知《天龍八部》是部一百二十多萬字、體量巨大的長篇小說，如果作者真想表現愛情是脆弱的、易變的，那很好，請用整部小說來告訴我們，而不是靠塗改一個結尾告訴我們。文學想要深刻，是不能這樣走捷徑的。

王語嫣的結局改了，段譽的結局也相應改了，他似乎「悟透」了，發現自己對王語嫣不痴了，發覺那樣痴纏苦戀不值得。猛一看主題似乎「深刻」了，更通透、更有啟示意義了。可是你再仔細品味，是不是多了一絲什麼味道？一種很熟悉但又說不出來的味道？沒錯，雞湯的味道。

段譽不痴了、想通了，作品並沒有真的更深刻，反而膚淺了，多了一股村俗說教氣息。就像倘若賈寶玉忽然不痴了、想通了，發現他愛的並不是林妹妹而只是一種幻覺，《紅樓夢》也並不會更深刻一樣。再推而廣之，宋江倘若到了最後忽然想通了，不忠心朝廷了，諸葛亮在五丈原忽然想通了，覺得為蜀漢打工沒意義了，作品變深刻了嗎？沒有，都是偽深刻。

還有一點尤其重要，不知道金庸意識到沒有，把王語嫣改回慕容復的身邊，會給全書造成一處重大破壞，那就是會吃掉一個重要人物——阿碧。王語嫣回去，就把阿碧吃掉了。

阿碧的設計本來相當精采，體現了金庸大宗匠的功力。作為一個小丫頭，她只是在早前燕子塢一場戲裡亮過相，此後便很少出場，看似是被遺忘了，實則是作者埋下的伏筆。到了全書末尾，驚鴻一瞥之間，你發現居然是阿碧陪在發瘋了的慕容復身邊。她一邊給小孩子們發糖，一邊痴痴望著公子，臉上全是安寧和滿足。

初登場時，她划著小船唱：「為誰歸去為誰來？主人恩重珠簾卷。」好一個「主人恩重珠簾卷」，金庸早已埋下這一筆，阿朱、阿碧兩個，阿朱用濃墨，阿碧用淡墨，阿朱大篇幅，阿碧小篇幅，結果最後一個偕同北喬峰於地下，一個陪伴南慕容於潦倒，各有悲歡又各得其所，這樣的調度讓人拍案叫絕。

你看《神鵰俠侶》的最後結尾，不是主角楊過和小龍女，而是郭襄奪眶而出的眼淚。《天龍八部》的最後結尾也不是主角，而是阿碧痴痴望著瘋公子的喜悅和滿足。這一悲一喜，都把「情」的銷魂、「情」的深刻與複雜寫到了極致，使人浩嘆。阿碧為什麼滿足？為可以陪伴瘋了的公子而滿足，為了珍惜此時此刻而滿足。就像段譽領會到的：別人覺得他們可憐，又焉知阿碧心中不是平安喜樂？

然而，老爺子不知為何偏要一改，一聲令下，讓王語嫣回去。到底哪個寫「情」更深刻呢？讓王語嫣跑回去更深刻，還是讓阿碧獨自留守更深刻？她這一回去，還不就把阿碧這個角色吃掉了？本來「主人恩重珠簾卷」，一下又變成捲簾大將了。

13 金庸小說裡的五個大詩人

經常聽到一種說法：金庸的「文筆爛」，沒有古龍、溫瑞安的文筆好。這些讀者認為：古龍、溫瑞安經常有「詩一樣的語言」，讓人沉醉，並且警句迭出，很有哲理。

我很理解這樣的讀者。他們喜歡的比如：

你有沒有聽見過雪花飄落在屋頂上的聲音？你能不能感覺到花蕾在春風裡慢慢開放時那種美妙的生命力？——《陸小鳳》

冷風如刀，以大地為砧板，視眾生為魚肉；萬里飛雪，將蒼穹作洪爐，熔萬物為白銀。——《多情劍客無情劍》

不多舉例了。如果你覺得小說裡出現這樣的句子就是美呆了、美極了，那麼你大概還不明白一個道理：中文小說寫到一定的境界之後，往往就沒有「文筆」這個東西了。它會融化掉，像水浸潤到了字裡行間。這種小說很容易被人說成「文筆爛」。比如劉慈欣（按：中國科幻作家），就特別容易被說成「文筆爛」。

金庸是不是沒有「詩的語言」？不是的，它到處都是詩的語言，只是讀者不一定讀得出來而已。比如我列舉他小說裡幾個最沒文化的大老粗，他們只要感情到位了，隨便一開口，就都是很棒的詩的語言。

第一位詩人，胡一刀。

他的外貌大約就是一個字——醜。「從哪裡鑽出來的惡鬼」、「生得當真兇惡，一張黑漆臉皮，滿腮濃髯，頭髮卻又不結辮子，蓬蓬鬆鬆的堆在頭上」。可是看了《雪山飛狐》，你會發現胡一刀老師是個深藏不露的現代詩人，張嘴就是很美的詩句，到當地的詩歌協會混個職務頭銜一點問題都沒有。

舉一首他的代表作，叫作《死是很容易的》。

這首詩的創作背景，是胡一刀即將和苗人鳳決鬥，臨戰前夜，胡一刀百感交集，對老婆說了一番依依不捨的話，倘若逐句分成段，就是一首很動人的小詩：

死是很容易的

妹子，

刀劍一割，

頸中一痛，
什麼都完事啦。
死是很容易的，
妳活著可就難了。
我死了之後，
無知無覺，
妳卻要日日夜夜的傷心難過。
唉，
我心中
真是捨不得妳！

是不是情真意切，感人肺腑？

不但胡一刀會作詩，他的夫人也不賴。胡夫人這晚回答丈夫的一番話，拿出來逐句分段，也是一首挺不錯的詩，題目不妨叫《孩子》：

孩子

我瞧著

孩子，
就如
瞧著你一般。
等他長大了，
我叫他
學你的樣，
什麼貪官汙吏、
土豪惡霸，
見了
就是一刀。

胡夫人這一首小詩，是不是也酣暢痛快，讓人印象深刻？

若以為這只是金庸筆下的妙手偶得，那麼讓我們請出第二位大詩人——周伯通。在多數人印象裡，周老爺子瘋瘋顛顛，哪裡會寫什麼詩。那就錯了，他的佳作數不勝數。比如有一次，他苦勸郭靖不要找老婆，這一番話拿出來分成段，就是一首好詩：

若是有女人纏上了你

若是有
女人、
纏上了你，
你練不好武功，
固然不好，
還要對不起朋友，
得罪了師哥。
而且你自是
忘不了她。

總而言之，
女人的面，
是見不得的，
她身子
更加碰不得！

讀完感覺如何？是不是特別纏綿悱惻？有沒有讓你想起年少輕狂的往事，那些失去的愛和錯過的人？尤其是周伯通老爺子深入淺出的「女人的面，是見不得的，她身子更加碰不得」，很富哲理，發人深思，頗有點當年「人生派」（按：五四運動時的文學社團，魯迅、朱自清為首）新詩的味道。

周伯通這樣的好詩很多，簡直出口成章。後來他再一次力勸郭靖不要結婚，這一番話又是一首好詩，題為《岳什麼父》：

岳什麼父

岳什麼父？
你怎地不聽我勸？
黃老邪刁鑽古怪，
他女兒
會是好相與的嗎？
你這一生一世之中，
苦頭是有得吃的了。

好兄弟，
我跟你說，
天下什麼事都幹得，

頭上天天給人淋幾罐臭尿，
也不打緊，
就是媳婦兒娶不得。

有沒有感覺特別棒呢？接下來我們有請金庸小說裡第三位詩人——東方不敗。無須驚奇，此公不但武藝高強，而且也會寫詩。他的作品既有靈性詩派的調調，有時又兼具一點九葉詩派（按：二十世紀中國現代詩流派）注重現實的味道。我們來舉一首讀一讀。比如這一首《很羨慕妳》，是他在閨房裡對任盈盈講的一段話，整理出來就是一首很有特點的詩：

很羨慕妳

我一直
很羨慕妳。
一個人，
生而為女子，
已比臭男子幸運百倍。
何況妳這般

千嬌百媚，
青春年少。
我若得能和妳易地而處，
別說是日月神教的教主，
就算是皇帝老子，
我也不做。

這是東方不敗的性靈的控訴，是欲望的吶喊，是對自己性別不滿和叛逆的狂暴宣言，「皇帝老子我也不做」，充滿了騷動的力量。順便說一句，東方不敗一生的死對頭任我行也是一位傑出的詩人。他的代表作《及得上我》，可謂是開了後世天狗流、狂吠流的先聲。

及得上我

諸葛亮
武功固然
非我敵手，
他六出祁山，
未建尺寸之功，

說到智謀，
難道又
及得上我了？
關雲長
過五關、斬六將，
固是神勇，
可是若和我
單打獨鬥，
又怎能
勝得我的「吸星大法」？

接下來出場的一位詩人作品更別具一格，就是郭芙。人人都以為這姑娘粗魯沒文化，連親媽黃蓉也稱「芙兒是個草包」，但她也是一個自帶詩魂的人。

在《神鵰俠侶》的結尾，她和楊過並肩抵抗蒙古大軍，生死之間，她忽然心有所動，開始胡思亂想，回憶起了自己和楊過的種種，想了一段奇怪的心事。這一段心理活動從原著上一字不改的截取下來，就是一首經典的詩，可以題為《嫉妒》：

嫉妒

我難道
討厭他嗎？
當真
恨他嗎？
武氏兄弟
一直拚命的想討我歡喜，
可是他卻
從來不理我。
只要他稍微
順著我一點兒，
我便為他死了，
也所甘願。
郭芙啊郭芙，
妳是在
妒忌自己的親妹子！

郭芙這首詩已經很優秀了，但卻還不是金庸小說裡最好的一首。在金庸十四部書裡，我認為可以出場奪魁的詩，出自一位純粹意義上的粗人，就是《天龍八部》裡的完顏阿骨打。此人乃是女真人，那時女真部落連自己的文字都沒有，用今天的標準看真是沒文化到家了。

但在全書的結尾，當完顏阿骨打和他最親愛的好朋友蕭峰短暫相聚，又要分別時，這條女真漢子的詩才便不可抑制的爆發了。

面對蕭峰，他分別時說了一番感人的話，一字不改的搬過來，就是一首催人淚下的好詩，叫作《喝酒》：

喝酒

哥哥，
喝酒。
不如便和兄弟
共去長白山邊，
打獵喝酒，
逍遙快活。
中原蠻子，
囉哩囉嗦，
多半不是好人，
我也不願

和他們相見。

你被感動了嗎？是否也想起了自己曾經失約的兄弟？是否也想衝到大雪之中，痛飲一碗？

這就是大師的所謂「文筆」。它們不需要浮誇的辭藻、美文、警句——那些是學生的習作遊戲。更高級的東西，乃是文字上的頓挫、節奏、分寸和準確。就像金庸，他會把最不起眼的對白都寫成詩，悄悄的對著你萬箭齊發，然後深藏功名。你被吸引了、被感動了，卻連為什麼都不知道，有時候還以為他「文筆不好」。

14 鳩摩智的原型

鳩摩智的一小部分人物原型，可能是近代一位大名鼎鼎的人物康有為。當然這裡絕非把康公比作大奸大惡的大輪明王，只是說此公有一些逸事，還真的是滿像鳩摩智，其中主要是玩書。

康老師是出了名的喜歡玩古董，其中就包括書。中國二十世紀著名思想家梁漱溟、歷史學者章立凡等對此言之鑿鑿。怎麼玩呢？有一招就是朋友死了之後，他便去祭拜，稀里嘩啦大哭一場，然後跟死者家屬說：我和你們老爺生前是好友，老爺曾答應過我，要送給我他的某某書。康老師的這等打法，是不是和《天龍八部》裡的鳩摩智非常像？

臺灣作家蔡登山在《多少往事堪重數》中便說到一例，清末的大詞人鄭大鶴去世了，康有為知道鄭藏了不少珍貴的宋版書，又打聽到鄭的兒子恰好不在家，其餘親屬皆不在行，於是便跑到鄭家靈前去弔祭，哭得一把鼻涕一把眼淚，恰恰就和鳩摩智哭慕容博一個套路：

> 鳩摩智凝視著這三本（遺）書，忽然間淚水滴滴而下，濺濕衣襟，神情哀切，悲不自勝。本

因等（旁觀者）無不詫異。

康有為哭罷，一抹眼淚，轉頭對鄭的姨太太說了番話，大意是：我和老鄭乃多年老友，生前他答應過送我幾部書，騙你是小狗。現在他去世了，我特地來拿書，用來紀念我最尊敬的老朋友云云。可憐這個姨太太什麼也不懂，根本不曉得宋版書價值連城，一張紙敢比一片金葉子還貴，而且看康有為這樣的大人物都一把鼻涕、一把眼淚跑來弔祭了，哭都哭了，拿走幾本舊書算什麼，何況亡夫生前又答應了。於是就把藏書籠篋打開，任由康有為挑選一番，滿載而歸。

金庸寫《天龍八部》時，就讓鳩摩智多次用這一手段來弄書。鳩摩智先來到大理天龍寺，哭天抹淚，說自己的老朋友慕容博死了，十分傷心云云。待哭完之後，把臉一抹，說老友生前最愛你們家的《六脈神劍》，請務必給我拿走，替老朋友焚化。

好在天龍寺的和尚們畢竟不是鄭家姨太太，都還不蠢，知道對方這是在耍人呢，於是誓死抵抗，保護劍經，鳩摩智才沒有得逞。

然後這傢伙一心不死，又跑到姑蘇慕容家去演了一遍，同樣是一番哭天抹淚、痛徹心扉，先是死皮賴臉要到靈前祭拜老友，然後又稱：慕容老先生生前曾經答允，讓我在你家「還施水閣」看幾天書。速速帶我去，小僧對知識如飢似渴。

當時慕容氏家中空虛，缺乏高手值守，也虧得看家的丫頭阿朱、阿碧見識不遜於天龍寺中人，不是鄭家姨太太，識破了番僧的伎倆，未予應允，否則家裡的圖書館可要被鳩摩智搬空了。那時可是北宋，一本本可都是宋版書。真的很想問問金庸老爺子，寫鳩摩智故事的靈感是不是打康有為這兒來的？

說到康有為先生玩書，的確戰績非凡，還鬧過轟動一時的「盜經事件」。有一次康有為去西安講學，看中了寺廟裡一部南宋平江府延勝院摹刻的磧砂版《大藏經》，然後就設法給裝車盜走了，拉回了家，輿論一時譁然。

章立凡損他，說他是「挾寶出關，謀勇兼備，卒告成功」，和每次揩油都失敗的鳩摩智相比，不知道高到哪裡去了。

第柒章

關於《笑傲江湖》

落魄江湖上，人疑是謫仙

——傅夢得

1 華山派的群弟子

《笑傲江湖》裡有一個華山派。這個門派和《西遊記》有一點很像，唯一能打的人是大師兄。遇到了敵人、妖魔鬼怪之類，全靠大師兄出面打發，其餘弟子基本只會打醬油（按：指存在感很低）。

藥王廟一戰，華山派遭敵人伏擊，力戰不敵，全派二十多人上到師父、師娘，下到臨時工、實習生，都被生擒活捉。危急時刻，是大師兄用「獨孤九劍」打跑了敵人，救了大家的命，使華山免於傾覆。

可是真正的好戲這時才開始。按理說，大家的命都是大師兄救的，此時本應該表示一下感激和關懷才對，至少該問問大師兄傷勢如何，給大師兄裹裹傷、搽搽藥、來碗泡麵等等。這點做人的道理，連豬八戒、沙和尚都懂。電視劇裡，大師兄力拚紅孩兒後昏死了，沙和尚都曉得哭一場，豬八戒都曉得上去關懷一下，給猴哥掐一掐人中。

可是華山派這一大群師弟、師妹，眼看大師兄拚到抽筋虛脫，卻一個個像死人一樣，沒有一點實際的表示。只有一個老五高根明，見令狐冲「兀自躺在泥濘之中」，過去將他扶起。其餘一大群師弟、師妹自始至終無動於衷。有句話叫「為眾人抱薪者，不可使其凍斃於風雪」，可是救了大家命的令狐冲，卻被師弟們一直撂在泥漿裡。

看看這些師弟、師妹接下來做的事情，書上說：

眾弟子有的生火做飯，有的就地掘坑，將梁發的屍首掩埋了。用過早飯後，各人從行李中取出乾衣，換了身上溼衣。

生火做飯比關心大師兄重要，吃早餐也比關心大師兄重要，等飯吃完了，換衣服也比關心大師兄重要。大師兄累癱了，他的髒衣服有沒有人關心幫忙換一下呢？沒有的。注意細節，直到好幾天之後，「岳不群等眾人都換了乾淨衣衫」，令狐冲穿的那件泥濘長衫始終沒換，後來還是岳靈珊想到了，過來問了一下。此前令狐冲穿的都是髒衣服。

華山派這一群弟子如此冷遇令狐冲，是他們情商低、不懂得感恩圖報嗎？不是的。藥王廟剛打完架時，人人均道「幸虧大師哥救命」，都不是傻子。可是為什麼卻又對大師哥一路冷淡呢？很簡單，因為師父嫌棄大師哥：

別的師弟們見師父對我（令狐冲）神色不善，便不敢來跟我多說話。

你看這群華山派弟子，他們是沒有自己的主見和態度的。他們的態度全看師父的態度。師父討厭大師哥，他們就跟著冷淡大師哥、孤立大師哥。一切跟著師父的臉色來。他們不是傻，而是太精明了。

師父懷疑令狐冲偷了《辟邪劍譜》，讓大家監視令狐冲，大家就都一絲不苟，套上紅袖套（按：代表協助維護治安的身分），賣力的執行起來。二師弟勞德諾、小師弟舒奇兢兢業業的監視著救命恩人令狐冲，陰魂不散的圍著令狐冲轉。還有「兩名年輕師弟」伏在院子之中監看，隨時防備大師兄逃走。

這群賣力監視令狐冲的人裡，勞德諾本來就是老油條，壞一點、涼薄一點也罷了。讓人感嘆的是舒奇和那些「年輕師弟」，明明都還是小孩子，卻沒有一點少年人的純真和熱血，反而學了一身的世故，監視得十分起勁。

這群弟子的健忘是全方位的，並不只是對大師哥令狐冲。藥王廟一役，他們明明才遭遇大敗，差點全軍覆沒，三師哥梁發慘死。眼看門派前途暗淡、岌岌可危，大家也短暫的難過了一下子，也都「潸然落淚」，幾名女弟子更是一度放聲大哭。可是沒幾分鐘，他們的傷痛就好像痊癒了，開心的聊起了去福建旅遊、遊山玩水的話題：

眾弟子聽得師父答應去福建遊玩，無不興高采烈。林平之和岳靈珊相視而笑，都是心花怒放。

這是一種神奇的健忘本領。只要去旅遊一趟、逛吃一下、關注一下小師妹和林師弟的情感八卦，昨夜的鮮血和創痛就算過去了，大家也就可以毫無窒礙的「興高采烈」了，門派的前途、華山的命運就都拋諸腦後了。

所以令狐冲想不通。書上說，看著眾師弟、師妹個個「笑顏逐開」，他十分不理解這種金魚腦子（按：形容健忘）。

還有一個很有趣的細節。群弟子固然都冷落大師兄、不搭理大師兄，但個別時候也有例外。比如主管偶爾對大師兄假以辭色的時候。

有一次在船上，大家聊起了「殺人名醫」平一指，此公每醫一人就要殺一人。小師妹心情甚好，主動找令狐冲搭訕，開起了玩笑，說：看來大師哥你是不能找他治傷了。令狐冲也就回了一句玩笑，說：是啊，怕這位醫生治好了我，卻叫我來殺妳。

於是，「華山群弟子都笑了起來」。

這真是有趣。小師妹主動搭理大師哥了，於是群弟子也就短暫的搭理大師哥了，於是大師哥說的笑話也好笑了，眾人「都笑了起來」，船上充滿了快活的空氣。就好像一個單位裡，有個犯了錯、被冷凍的傢伙，平時早就成了大家眼裡的透明人，被當作不存在的對象。忽然有一天老闆心情好，對他假以辭色，開他玩笑了，於是大家也就立刻回應，「都笑了起來」，他好像又短暫的成了團體的一分子。

這就是令狐冲所在的團體。但凡上面的態度溫和一點、鬆動一點，群弟子就會一秒變成溫暖、包容的群體，對你「笑了起來」；上面的態度冷峻一點、嚴厲一點，群弟子又一秒變成了冰冷、肅殺的群體，當你是空氣。

令狐冲居然還傻乎乎的老想回歸這個團體，老想向大家證明自己的正直和清白，幻想大家重新接納他。他不曉得，想要這樣的師父和團體接納你，正直清白是沒什麼用的，唯一有用的是選邊站。你是不是正直其實無所謂，關鍵得讓師父相信你是他的人，和他是一國的，師父才會接納你。

令狐冲唯一能做的事，是立刻半夜跑到師父房間裡去，砰砰的磕頭，然後一臉媚笑，積極出謀劃策：

「師父，那個劍宗餘孽、死老頭兒風清揚出現啦，就在後山！他還傻乎乎的教了徒兒劍法呢！我帶路，我們一起抓他去！」

2 《笑傲江湖》裡的一群瞎子

《笑傲江湖》裡有一夥很特別的人，他們是一群瞎子，一共十五個。這是特別耐人尋味的一群人。我用「瞎子」這個詞，不是歧視殘障人士。原著裡就是說瞎子。

他們之所以會瞎，起因是幫大老左冷禪辦壞事，跑去圍攻華山派，以奪取《辟邪劍譜》。這一仗打得非常慘烈，十五個人有的斷手折足，有的被打得吐血，最後眼睛被令狐冲盡數戳瞎。

我對於這些瞎子很不理解：莫名死拚華山派，圖什麼？

他們本來是一夥小鎮高手，與華山無冤無仇，雙方毫無交道與過節。甚至兩邊在藥王廟直打到最後，大家都到了互相插眼睛、咬耳朵、滿地打滾的地步了，華山的岳不群都還是一頭霧水，死活都想不起這些人的名字：這夥人哪兒來的？我不認識啊！可見大家真的是沒有半點交集。

圍攻華山，對於他們也沒有好處。有多大的利益能比命重要？就算全殲了華山一夥，搶了《辟邪劍譜》，那也不過是入了左冷禪的私囊，輪不到他們。若說是為了立功討好左冷禪，那也是千難萬難，左冷禪自有他嵩山的嫡系，光是同門的「太保」就有十三個。日後五嶽劍派合併，也沒有什麼好處能給瞎子們的，左冷禪尚有一大幫五嶽的高手耆宿要安置，他畢竟要執掌五嶽，這些舊人總還得用，還得靠他們出力。等圈裡的人分完了蛋糕，幾個小鎮打手還能輪到什麼，值得豁出命去死拚？

更要命的是，幫大老幹這種見不得光的事，流了血、流了汗，非但無甚好處，最後可能還要背黑鍋當替死鬼。

岳不群是「君子劍」，在武林中形象好、口碑好，暗算他是一件極損口碑的事。為什麼左掌門要找一群小鎮蒙面人來害岳不群？不就是怕沾血、好甩鍋？日後左掌門執掌五嶽，第一件事怕就是大張旗鼓為岳先生報仇，把十五個替死鬼拿來祭旗。到時嵩山傳下話來，怕就是這個畫風：「左掌門高度重視岳先生被害事件，親自督辦，專門成立了以丁勉、陸柏為首的小組，晝夜工作、縝密調查，終於將十五名兇手查獲，明正典刑，以告慰岳先生在天之靈……並向岳夫人寧女俠、靈珊小姐致以深切慰問……」

這種背黑鍋的故事，江湖上屢見不鮮。比如岳不群，親手謀害了恆山兩位師太，卻公開揚言要「查明真兇……把他砍成肉泥」。「三年之內，岳某人若不能為三位師太報仇，武林同道便可說我是無恥之徒、卑鄙小人」，反正到時候找個替死鬼來砍成肉泥便是。這十五隻傻鳥亦是同理，聽左冷禪之命去屠戮華山，最後多半還不是要被左冷禪「查明真兇」、「砍成肉泥」？

可惜這十五個傻鳥想不明白，結果藥王廟一役，眼睛全瞎，快樂的小鎮高手當不了了，就此淪為廢人，一步都不能再離開嵩山。這些瞎子從此陷入了仇恨之中。注意，不是恨左冷禪利用自己，也不是恨本人腦筋秀逗、任人擺布。他們反倒是恨上了令狐沖——你為什麼不乖乖被我們滅掉？幹嗎要反抗？

這些瞎子活得很痛苦，卻不知道自己痛苦的根源。他們感到自己被強暴了，卻不明白誰在真正對自己施暴。他們到處找機會死磕令狐沖，好像幹掉了令狐沖，他們就會不再痛苦，能得到解脫。金庸寫他們是瞎子，真是很有寓意的，他們並不是眼睛瞎，而是心瞎了。

最後，在華山思過崖的黑暗洞穴裡，十五個瞎子和令狐沖相遇了。左冷禪在背後大吼一聲：

> 你們的眼珠是誰刺瞎的，難道忘了嗎？

這就是典型的煽動。驅使這種沒有思考能力的人，不需要利益，只需要灌輸仇恨就好。孔夫子說「君子喻於義，小人喻於利」，其實這話有時候正好該反過來：使喚腦筋好的人，往往需要實在的利益；而驅使沒腦子的人，只要製造一些虛幻的概念就可以了。

果然，瞎子們聽了左冷禪的話，像打了雞血（按：形容很亢奮，是嘲諷的說法）一樣，「齊聲大吼，躍起來揮劍亂刺」。在他們蒙昧的心靈裡從來沒有想過：令狐沖這個人，和我們本來的生活有什麼關係？我們現在像二百五一樣的仇視他、敵視他，我們反令狐沖、反任盈盈、反華山、反恆山……是誰教我們的？是圖個什麼？是誰得好處？

小說後來有個非常好的隱喻：在漆黑的山洞裡，令狐沖舉起了一根魔教長老的遺骨，閃耀的磷火照亮了黑漆漆的蒙昧世界。他和盈盈也借著這一點火光殺出重圍。

令狐冲是盜火者，但他點亮的火光，瞎子們看不見。瞎子們只會驚慌亂竄，問：「有火把？有火把？」然後被獨孤九劍一個一個幹掉。心瞎了的人是看不見光的，你把火舉到他面前，他們也只會翻著白眼，像小說裡一樣罵：「拿開點！滾你奶奶的！」

3 五嶽劍派不亡，誰亡

五嶽劍派，基本上是亡了。到《笑傲江湖》的最後，五派已日薄西山，走到了窮途末路。

他們自相殘殺、凋零殆盡，書上說，「好手十九都已戰死」。朝陽峰上最後一次清點，華山、泰山、衡山、嵩山四派，居然只剩三十三個活人，而且「個個身上帶傷」。任我行要召見，他們居然都湊不夠人來開會。可以預見，這幾派的式微、消亡已成定局，他們註定將成為歷史的過往陳跡。

小時候看書，對五派還充滿好感和同情，但後來讀到這裡，就想說一聲：該！五嶽劍派這幾個門派，該亡。

回想幾年之前，五嶽劍派在衡山集會。在大老劉正風的客廳裡，五嶽高手濟濟一堂。泰山掌門到了，華山掌門到了，恆山的高層也到了。

他們個個自居俠義之道，滿臉正氣，口口聲聲以行俠仗義、胸懷天下為念，仿佛有了他們這幾把劍，天下的正義就可以得到伸張。

然而，他們的聚會卻請了什麼客人，把什麼人延為貴賓呢？是青城掌門余滄海。余滄海剛剛幹了什麼事呢？滅門。福威鏢局滿門老小一百多口，全部慘死於青城派之手。鏢局全部財產，被青城派席捲而空。這是光天化日之下的大搶劫、大屠殺、人間慘劇，而余滄海就是罪魁禍首。

五嶽劍派中，人人都知道這樁驚天血案，華山派甚至就是直接現場目擊者。可是他們是如何對待這個雙手剛剛沾滿鮮血的余滄海的呢？

華山岳不群是：「余觀主，多年不見，越發的清健了。」

是，他清健，剛剛在福州殺人殺得清健。

衡山的劉正風則是：「……光臨劉某舍下，都是在下的貴客。」

一個屠夫、殘害無辜的劊子手，居然也成了你劉正風的貴客。

不是號稱俠義為懷嗎？不是號稱匡扶正義嗎？一個眾所周知的大惡人就在你們中間，怎麼不去行俠仗義？怎麼不去匡扶正義？五嶽劍派這麼多高手在場，正邪力量對比懸殊，怎麼不當場拿下余滄海？福威鏢局那一百多具血淋淋的無辜者屍首你們沒看見嗎？何以還和余滄海談笑風生？

當然了，人家五嶽劍派畢竟只是幾個武術團體，又不是衙門，憑什麼人家就該管？誰說有兇手就非拿下人家不可？但諷刺的是，他們放著天大的血案不查糾，放著罪魁余滄海不拿下，卻又總打著名門正派、行俠仗義的旗號，到處宣揚要抓惡人，動不動就說要取人首級。

比如一聽說採花大盜田伯光的名字，立刻一個個情緒高漲、義憤填膺，彷彿一秒鐘又記起了自己是俠義道。一聽說令狐冲和田伯光喝酒了，頓時怒不可遏，高喊要取令狐冲首級。泰山的天門道人就怒喝：「清理門戶，取其首級！」你們這下怎麼又有資格取人家首級了呢？

田伯光誠然有罪、萬惡，可是罪也未必大過余滄海。別人和田伯光喝酒，你們就要取其首級。你們現在正和更殘忍、更兇惡的余滄海喝酒，你天門道人怎麼不取自己的首級？

在衡山金盆洗手的聚會上，我們只看到現場呈現出一種無比醜陋的默契。五派人人心照不宣，無一人質問一聲余滄海，無一人譴責半句青城派。「福威鏢局的事，你幹得也太過分了！」連這麼說一句的都沒有。天門道人沒有、岳不群沒有、定逸師太沒有、劉正風也沒有。陸柏、費彬、丁勉、莫大先生，也都沒有。再小一輩的勞德諾、梁發、向大年……也都沒有。對於那一場慘案，他們甚至連議論一下、感嘆一下都沒有，連對罹難失蹤的林家後人林平之表達一下同情都沒有。福州血已涼，衡山酒尚溫。

可是與此同時，他們又不停的高談闊論道德話題，對別人例如令狐冲的各種道德細節問題糾纏不放，熱烈討論怎麼嚴懲淫賊。

那麼，五嶽劍派為什麼和余滄海稱兄道弟、虛與委蛇？因為他們是一個圈子。為什麼他們又表現得那麼痛恨田伯光？因為他們和田伯光不是一個圈子。是一個圈子的，就默契的回避、照拂。不是一個圈子的，就不妨聲討、屠戮。五派的一切正義和道德，不過是個圈子的遊戲。

他們聲討田伯光，以標示自己的道德感；他們縱容余滄海，以維護自己圈子的協同默契。他們伸張正義的時候充滿了選擇性。好辦、易辦、順手可辦的事，他們就積極得很。比如抓淫賊，特別積極。誰一逛群玉院（按：《笑傲江湖》中的妓院），仿佛就犯了彌天大罪。令狐冲無意中進了群玉院，師父岳不群就怒喝：「倘若你真在妓院中宿娼，我早已取下你項上人頭！」而難辦、不好辦、容易破壞圈子氛圍的事，哪怕再極端、再殘忍，他們也視而不見。岳不群就轉頭對余滄海說：多年不見，越發的清健了！

試問，嵩山、華山、泰山等等這幾個門派的人，整天都在忙什麼？要麼就是忙於五派內訌、黨同伐異，比如嵩山殺衡山，華山陰嵩山，不亦樂乎；要麼閒下來時就忙於抓別人的道德小辮子，啊哈，你又逛群玉院了！你又和田伯光喝酒了！取你首級！真乃是集虛假、偽善、無良於一身了。

事實上，整個江湖都偽善，少林偽善，武當亦偽善，都是明知余滄海萬惡卻毫不作為的。而五嶽劍派尤其偽善。天門道人等的表演尤其讓人噁心。這樣的幾個門派，有何顏面自居名門正派？五嶽劍派不亡，誰亡？

4 五嶽亡於天門道長

天門道人站起身來，大踏步走到左首，更不向劉正風瞧上一眼。

這是「金盆洗手」血案中的關鍵一幕。金盆洗手會上，左冷禪的鋤奸隊突襲衡山，先取衡山高手劉正風。屠刀之前，所有旁觀者被要求選邊站。站到左首還是右首？是該順從還是反抗？天門道人不假思索，在全場上千人裡第一個表態，站到左邊去了。

不但去了，而且「大踏步」。不但「大踏步」，而且更不向屠刀下的劉正風瞧上一眼。

劉國重說，這是天門給自己的棺材釘下的第一根釘子。誠哉斯言，其實何止是自己的棺材，也是為其餘四嶽的棺材釘下的第一根釘子。諸嶽之敗，亦首敗於天門道人。

來回顧一下「金盆洗手」事件。這一役，左冷禪點殺劉正風，殘酷的表面背後，究竟是什麼戰略意圖？這一役的實質究竟是什麼？其實不過是兩個字，「試刀」耳。這是左冷禪砍向幾個山頭實驗性的第一刀，是以血腥手段併吞五嶽的第一步試探。

試探，要試的究竟是什麼？第一，試自己的權威。自己作為五嶽「盟主」，到底多大程度上能做「主」？我說劉正風是馬，有沒有人敢說他是鹿？那一面珠光寶氣的盟主令旗，能不能行得了屠殺之令、誅滅之令？能不能令行禁止、言出法隨，尚方劍到，人頭落地？所以說這乃是試他自己的權威。

第二，試其他四嶽的底線。自己點殺劉正風，衡山會不會反抗？會在多大程度上反抗？其餘的幾大山頭又會不會反抗？會在多大程度上反抗？江湖圍觀人士又會作何反應？會形成何樣的輿論？

有理由相信，在鄭重派出鋤奸隊前，左冷禪一定做了兩手打算，最好的和最壞的。最好的打算，大概便是劉正風束手待斃，其餘掌門噤若寒蟬。最壞的後果，便是捅了馬蜂窩，泰山、華山、恆山等群起反抗，鋤奸隊鎩羽而歸。

因此，那一刻他舉起屠刀時，儘管貌似猙獰，其實心下是多少有些惴惴的，所以才不惜一舉出動了嵩山第二、第三、第四號人物——大太保丁勉、二太保陸柏、三太保費彬，齊到衡山現場壓陣。

看上去，這是聲勢浩大、勢在必得，其實乃是心虛。倘若不心虛，倘若對自己的權威有足夠自信，何必最高層盡出？皇帝賜死一個藩屬大臣，需要宰執齊出嗎？須知，此後嵩山的所有行動，哪怕是更大得多的滅派行動，滅華山、滅恆山，都沒有出動到整體如此高的級別和規格。

當此之時，現場四嶽人士完全還有能力抵抗、有本錢抵抗。左冷禪碾壓之勢還未成，血腥吞併之局面還未現，還屬於「我就蹭蹭不進去」的階段。當嵩山的費彬、丁勉舉起屠刀時，表面上目光惡狠狠的盯著劉正風，但估計心思還得放在現場天門道人、岳不群、定逸師太的身上。嵩山也是麻桿打狼（按：形容有所顧忌，不敢輕動），心裡怕。

而在場諸嶽之中，位望和實力最尊的，便是天門道人。書中言道，「依照武林中的地位聲望，泰山派掌門天門道人該坐首席」，說得明明白白，他的地位聲望在岳不群、定逸師太之上。而泰山派的綜合實力亦是其餘四派之中最強，光說有生力量（按：出自毛澤東對中共中央軍事委員會的指示，原指有戰鬥力的部隊，引申為充滿活力的力量），泰山現存的四代人就有四百餘眾，比華山、恆山等不知強到哪裡去了。

你既然「該坐首席」，就該有首席的眼光、洞察、睿智和決斷。不然乾脆讓儀琳坐首席算了，好歹養眼。關鍵時刻天門道人該如何決斷？能不能準確看破這一事件的本質：這是左冷禪斬向四嶽的試探性第一刀，是他實現龐大野心的關鍵第一步？能不能看得出自己現在的最大敵人是嵩山、是左冷禪，而非魔教？

滑稽的是，當嵩山讓眾人選邊表態時，天門道人想也不想，一頭倒向嵩山這邊，傻乎乎的「大踏步」走到左邊去了。你能想像秦軍將出函谷關，楚國首先把趙國給票死（按：出自狼人殺遊戲，指得到最多票被判出局）了？

好玩的是，他對危機渾然不覺，全場一個勁的指斥令狐沖、劉正風等無公害人士。什麼？你和淫賊喝酒？殺了殺了！什麼？你和魔教交朋友？殺了殺了！彷彿他們才是自己的真正敵人。

天門的選擇，極大的影響了其他人的選擇。岳不群的表態就是在天門之後，也在一番言辭掩飾之後，走到了左邊。或有人說，這也賴給天門？沒錯！誰讓你位望最高，綜合實力最強呢？誰讓你第一個搶先表態呢？應該說，在這個節骨眼上，當時在場者天門、岳不群、定逸、劉正風等的認識都不到位，而天門的認識尤其不到位。這件事上，岳不群該落得藉口：天門尚如此，我何能為？

唯獨只有恆山反抗了，這時嵩山反而高興了。此時此刻，他倒怕你不反抗。一個反抗的都沒有，我如何殺雞儆猴？東嶽西嶽都服軟（按：指退讓，不再對立）了，北嶽單獨一家反抗，並且是最弱者，正好殺雞。於是：

雙掌相交，定逸師太……一口鮮血湧到了嘴中……丁勉微微一笑，道：「承讓！」

何等無奈！定逸師太的一口鮮血。何等得意！嵩山丁勉的微微一笑。

「金盆洗手」一役後，潘朵拉的盒子開啟了。左冷禪權勢大漲、積威更盛，更重要的是他試探出了四嶽的孱弱，心裡有底了，開始血腥強推併派。

反過來，四嶽從此戰戰兢兢，並且越發喪失了互信，失去了聯手的基礎。試想，站在劉正風滿門老小的屍體面前，衡山還敢信泰山、華山嗎？而現場唯一反抗了的恆山，又還敢再相信泰山、華山嗎？於是「五嶽劍派，同氣連枝」徹底成了一句鬼都不信的屁話。

局面隨即急轉直下，嵩山兵鋒所指，四嶽一盤散沙、各自為政、節節敗退。藥王廟一役誅華山，鑄劍谷一役誅恆山，其勢直如破竹。這天地之覆、大廈之傾，誰有過？諸嶽都有過。但追究起來，罪愆第一人，不是天門道人是誰？

明白人都在捶胸頓足。雞鳴鎮小酒店裡，莫大先生一聲哀嘆：「左冷禪下一步棋子，當是去對付泰山派天門道長了。」只可惜天門道長兀自不醒！

不多久，嵩山大會上，預言果然成真，天門道長飲恨而亡。事發前不久他還發誓：

泰山派……三百多年的基業，說什麼也不能自貧道手中斷絕！

晚了！自從你當初搶先「大踏步」倒向嵩山的時候，泰山三百多年的基業，就已經開始在你手上斷絕。一切因果，都在「金盆洗手」之時註定。

當時，如果現場有記者提問，天門多半是這樣回答的：

「天門道長，眼下到底誰是你的敵人，誰是你的朋友？」

「我不知道！」

「你為什麼只會衝著令狐沖、劉正風等佛系人群發狠？」

「我不知道！」

「你第一個倒向嵩山，但你既不是投機，又不是惑敵，也沒得嵩山的任何好處，你到底是為什麼？」

「我……我就是傻！」

5 華山派的歷史課

這位風清揚是誰？多半是本派的一位前輩，曾被罰在這裡面壁的。

在華山思過崖上，令狐冲看到「風清揚」的名諱，滿臉茫然，對這個名字一無所知。

風清揚是華山派的高手名宿，甚至是門派肇建以來最傑出的人物。他活躍的年代也並不算太過遙遠，而令狐冲作為本門的大弟子，卻半點也不知道。

究其原因，是華山派從來不給弟子們講本門的歷史。你看書就會發現，這個門派開劍法課、氣功課，但有一門課是不大開的，就是歷史課。掌門人岳不群滿腹經綸，卻不大給弟子們講歷史。外門的歷史不講，本門的歷史也不講。令狐冲從小在華山長大，對山上一草一木都十分熟悉，按理說他應該對本門本派的歷史如數家珍才對。但實際情況恰好相反，他在華山長到二十六歲了，對本門的歷史尚一無所知。

華山過去發生的很多驚天動地的大事，比如二、三十年前發生了劍宗和氣宗之爭，同門死傷慘重；又比如魔教十長老曾經攻打華山。這些極其重要的史實，岳不群從沒跟令狐沖他們講過。老師不講，令狐沖自然就不知道了。

有趣的是，令狐沖不但對本門的歷史一無所知，他對敵人比如魔教的歷史也毫無了解。魔教是正教的死敵，所謂知己知彼方能百戰不殆，對於敵方的主要人物、歷史沿革、發展源流，本該讓令狐沖和其餘華山弟子了解一點才對。可是令狐沖也完全不了解。

他到西湖底下坐牢，無意中摸到一個名字——「老夫任我行」，心裡想的是：「老夫任我行！……原來這人也姓任。」你看他居然無知至此，連魔教的前任教主都不知道。須知任我行坐牢並不是很多年前的事，也不過十二年而已，江湖就已經抹掉了關於任我行的一切。

在什麼情況下，華山派才會給徒弟們講一點點歷史呢？就是形勢所迫，逼不得已的時候。例如思過崖上，令狐沖偶然學到一招邪派的劍法，以之打敗了師娘，同門震駭。師父重責他之餘，感到不得不對徒弟進行一點歷史教育了，於是才現場開了第一堂歷史課：

岳不群在石上坐下，緩緩的道：「二十五年之前，本門功夫本來分為正、邪兩途……」

看，到這時才開始給弟子講一點點歷史，並且講得非常簡略，大量的事實還是回避了，對風清揚這個人根本不提，魔教十長老攻華山這樣的大事也不提，劍宗、氣宗是怎麼來的也不提。

師父不講，令狐沖自己卻又無法自學。他不愛讀書、沒有文化，不懂主動去找什麼《武林史》、《五嶽劍派源流考》等著作來讀。何況華山根本也沒有什麼歷史著作可讀，令狐沖沒有別的管道去學習，無法更新自己的知識，師父教什麼，他就只知道什麼。

作家王小波說過一句話：「在中國，歷史以三十年為極限，我們不可能知道三十年以前的事。」金庸江湖恰如此，知道的歷史往往以三十年為限。

你看風清揚活躍的時間，距離令狐冲恰好大約三十年，令狐冲便不知道了。劍宗、氣宗之爭距令狐冲也是大致三十年，岳不群的話可以為證：「你這句話如在三十年前說了出來，只怕過不了半天，便已身首異處了。」令狐冲也就不知道了。

還可以隨便舉出很多類似的例子，比如《倚天屠龍記》中：

靜玄問道：「師父，（謝遜、殷天正）這兩人也都在魔教？」

峨嵋派的大弟子靜玄提了一個非常初級的問題。作為本門資歷最深的門人，她對魔教的無知到了驚人的程度，連關於敵方「四大護教法王」的基本知識都沒有，連謝遜、殷天正是明教的法王都不知道。

而滅絕師太作為唯一了解三十年前魔教歷史的人，似乎也從來不和徒弟們講述。直到必須和魔教決戰了，形勢所迫，才在西域臨時補了一課，給徒弟們講了一點三十年前的知識，之前所有門人對此都是糊裡糊塗。

又比如元代的張三豐給徒弟們講解故事：「我只道三十年前百損道人一死……」徒弟們也是一片茫然，包括年紀最長的大師兄宋遠橋在內，都不知道這個三十年前的人物。

不明歷史、沒有知識，會帶來一系列不好的後果，比如淺薄易怒。令狐沖起初就是這樣。有一次令狐沖忽然在思過崖後洞看到一行字：

張乘雲、張乘風盡破華山劍法。

令狐沖的反應就像是被人踩到尾巴一樣──「勃然大怒」，罵道：「無恥鼠輩，大膽狂妄已極！華山劍法精微奧妙，天下能擋得住的已屈指可數，有誰膽敢說得上一個『破』字？更有誰膽敢說是『盡破』？」甚至氣得拿起劍，要去砍掉這行字。

這一段心理活動非常生動，唯妙唯肖，活畫出令狐沖一度淺薄易怒的模樣。

他壓根不認識這寫字的人，亦完全不知這所謂的「張乘雲、張乘風」是何方神聖，武功究竟如何。可是他看到這行字的第一反應，就是想都不想，立刻開罵，「無恥鼠輩、大膽狂妄」的飆過去。

再者，令狐沖當時壓根就沒見識過天底下真正第一流的武功。別說葵花寶典、獨孤九劍、吸星大法沒見過，就連次一流的諸如黃鍾公、桃谷六仙的功夫等都還沒見過，完全不知天地之大。但當時的他偏就有一股莫名其妙的自信，堅定認為「華山劍法精微奧妙」、「天下能擋得住的已屈指可數」。

能擋住他家華山劍法的真是屈指可數嗎？顯然不是。我們讀到後面便會發現，且不論那些頂尖高手了，就連桃谷六仙都個個擋得住華山劍法；嵩山十三太保也個個都擋得住華山劍法；任我行上華山，一下就帶了八個長老，恐怕也個個都擋得住華山劍法……這哪是什麼「屈指可數」，已經兩手兩腳都數不完了。

但如果你遇到當時憤激之中的令狐沖，去和他分辯這些，大概沒說兩句，就要被他「無恥鼠輩、大膽狂妄」的噴一臉口水了。

當然，凡事也有例外。在武俠小說裡，歷史課雖然開得少，但如果你達到了江湖上某種層級，歷史就是向你開放的。

後來令狐沖成了恆山掌門，身分、地位不同了，少林方證和尚、武當沖虛道長，這兩個江湖最高的管理者便主動找來，和他談話。

方丈大師，其中原委，請你向令狐老弟解說罷。

注意沖虛道長這稱呼，令狐沖變成了「老弟」，成為同一層級了。他們要向令狐沖解說什麼原委呢？原來就是三十年前的歷史，並且是「武林中的重大隱祕之事」，都是一般人絕少知聞的機密大事，包括《葵花寶典》、《辟邪劍譜》的來歷等。

成了恆山掌門，躋身更高的階層，你就有了真正的階層認同，就有了共用歷史的資格。令狐沖一定感到暖洋洋的，因為這才是真正的接受，才是真正的階級認同。所以說，在江湖武林中，該用什麼來劃分人的層次？我認為不是用武功，也不是用門派，而是用歷史知識。擁有同樣歷史知識的人，可以被視為同一個階層，而一無所知的小白，則永遠是江湖的底層。

6 令狐冲的底線

底線是什麼？乃是一個人說話、做事的最低限度。《笑傲江湖》裡令狐冲的諸多煩惱，往往都是從「底線」二字上來的。

令狐冲對自我的認知是一個「無行浪子」，自詡瀟灑不羈，但在門派裡卻處處碰壁、事事掣肘，因為他骨子裡往往並不是那麼瀟灑，亦很難稱不羈。他說話做事的底線其實頗高。

比如對於師父。令狐冲極其尊重師父，從人品到武功，他都十分仰慕岳不群，甚至可以說，他是世界上最真心崇拜岳不群的人。無奈他對師父卻有個底線，就是從不肯違心恭維。當他在人前說到岳不群武功的時候，是這樣說的：

站著打，我師父排名第八。

聽到這句話，我第一反應就覺得令狐冲沒前途，這人沒救，太老實了。師父排名第八，這是什麼蠢話？

當然了，在原著中這本是令狐冲的一句玩笑，但玩笑之中卻有他鄭重的態度，從中能窺出令狐冲對師父真實武功的判斷，認為大致是天下第八。這就叫老實人底線太高。他或許還自覺已經很恭維師父了，為此還沾沾自喜，暗想「天下第八」多榮耀，多不容易啊。假如你讀過《笑傲江湖》，就知道岳不群其實夠嗆能天下第八。

但實際上，老闆武功排天下第幾要你多嘴？你要麼說老闆天下第一，要麼就閉上嘴什麼都不要說。你覺得師父才第八，那你找第七、第六的去做師父嘛，我岳不群才智平庸教不了你。

兩相對比，不妨看看別人是怎麼誇岳不群的：

有不少趨炎附勢之徒……大聲歡呼：「岳先生當五嶽派掌門，岳先生當五嶽派掌門！」華山派的一門弟子自是叫喊得更加起勁。

……

數丈外有數百人等著，待岳不群走近，紛紛圍攏，大讚他武功高強，為人仁義，處事得體，一片諂諛奉承聲中，簇擁著下峰。

這才叫誇讚上級。既然要誇，就要脫離實際、就要不知廉恥，就不能要底線。令狐冲只會老老實實的悶頭愛戴師父，殊不知別人的底線比你低、誇得比你猛，更脫離實際、更不知廉恥，就襯托得令狐冲對師父特別不夠愛戴，分外不夠忠誠。

令狐冲一直很困惑、很尷尬：為何我這麼真心實意愛師父，師父卻總覺得我不貼心，反而越來越討厭我？原因之一就是你愛師父，可是你卻還要堅持底線。

再來橫向做一個對比，來看看別的門派對待老闆是什麼姿態。某次，嵩山派了一個工作小組到衡山出差。組裡有一個人叫費彬，是嵩山的四號人物。此人來到衡山一開口講話，就讓人佩服得五體投地，因為裡面全是上級長官的名字。

他露面開口的第一句話就是：「奉盟主號令……」開頭五個字，就把我是誰、我為什麼來、我奉誰的指示而來說得清清楚楚。一切工作的出發點，就是上級的號令。

接下來，費彬可以說是句句不離左盟主：「左盟主言道」、「左盟主吩咐了下來」、「左盟主定下兩條路」、「左盟主吩咐兄弟」……我簡單統計了一下，費彬在衡山的發言，總共提了九次「左盟主」，其中「左盟主言道」說了兩次，「左盟主吩咐」說了兩次。此外還不計其他提到老闆的方式，比如「俺師哥」，更是親切加親熱。如此開口閉口不離上級長官，試問令狐冲做得到嗎？

和嵩山比不了，和魔教就更比不了。且看魔教是怎麼誇讚頂頭上司任我行的：

又有一人道：「古往今來的大英雄、大豪傑、大聖賢中，沒一個能及得上聖教主的。孔夫子的武功哪有聖教主高強？關王爺是匹夫之勇，哪有聖教主的智謀？諸葛亮計策雖高，叫他提一把劍來，跟咱們聖教主比比劍法看？」

說任我行居然勝過關雲長、勝過孔夫子。相比之下，你令狐沖和任我行雖然關係也很好，也一度由衷的欽佩任我行，可是上面這樣的話令狐沖說得出口嗎？他最尊重任我行之時，也不過是拱手叫大哥而已。後來願意給任我行磕頭，乃是因為對方是準岳父，對岳父可以磕頭，這是他做人的底線。

想要令狐沖去卑躬屈膝、奴顏諂媚，他是做不來的。正如他自己講的：「男子漢大丈夫，整日價說這些無恥的言語，當真玷汙了英雄豪傑的清白！」所以令狐沖才到處碰壁。你有底線，但別人沒底線；你想堅守底線，可是江湖不允許你堅守底線；你一再調低底線、適應環境，卻發現還是不行。

許多痛苦，都是底線過高帶來的痛苦。江湖上最愉快的人，就是沒有底線的人，他們如魚得水，時刻提醒著你是多麼不合時宜且孤獨。

7

岳不群啟示錄

一

看《笑傲江湖》，常有一個問題：岳不群為什麼要排擠他的親信令狐冲？有的讀者認為問題在令狐冲。作為弟子，令狐冲不忠不信、背師學藝，還結交匪類，岳不群無法容忍，才導致兩人關係破裂。

有一位讀者寫了這樣一段話，認為令狐冲難辭其咎。這段話比較長，在此節選其中一些關鍵段落。他用了一個比喻，意指令狐冲行為不妥：

「我是岳不群，某一線城市的公安局局長。我與妻子以及一眾悍警不慎被黑社會所擒，我妻子幾近受辱，這時候我的這位好徒弟忽然從腰間掏出一把他原本並沒有的手槍，打傷了一眾黑社會。

「我讓他把這幫人抓起來帶到公安局去，他卻不聽，全然不顧我的顏面。我問他槍支是從哪裡來的他也不說。

「令狐冲能稱得上好人嗎？他身為華山大弟子，不謀其事，是為不忠。欺瞞師尊、發現武學、隱瞞不報，是為不孝。未經師父同意，私學他人武藝，是為無禮。好一個令狐大俠！好一個令狐冲！呸！看看鐵中棠（按：古龍小說《大旗英雄傳》主角），看看郭靖，他也配是俠？」

這個見解頗為獨特，能夠站在岳不群的角度去思考，並且言之有據。這也代表了一部分讀者的看法。

但這裡面卻有一個極其關鍵的問題沒有說清楚。這個問題是不能含糊帶過的，它對於岳不群和令狐冲後來的離心離德、分道揚鑣關係很大。那就是岳不群真的是「我問他槍支是從哪裡來的他也不說」嗎？令狐冲一劍退敵後，岳不群詢問了獨孤九劍的來歷嗎？事實是根本沒有。

回到當時的事發現場：華山派被蒙面敵人圍攻，眼看要全軍覆沒，師娘都要受辱。危急之中令狐冲使出「獨孤九劍」，刺傷了敵人。

敵人負傷遁走，包括令狐冲在內的所有華山弟子都死裡逃生、癱倒於地、喘息不定。這時作為首腦的岳不群第一句說的是什麼話呢？是「忽然冷冷的道」：

令狐冲令狐大俠，你還不解開我的穴道，當真要大夥兒向你哀求不成？

這是一句尖酸刻薄的話，或者說是一句怪話。聽這語氣像誰的口吻？倒是有點像柯鎮惡，而不像是岳不群這樣一派宗師、一方宗主該說的話。

令狐冲聽了大吃一驚，沒料到師父如此猜忌自己，趕緊強打精神要給師父解穴。岳不群卻「怒道：『不用你費心了！』」然後自己運氣衝穴，結果衝了半天又衝不開。

岳不群此時的言行是非常不妥當的，也真的滿沒水準的。至少有三點明顯不妥：

第一，作為華山的最高首腦，大夥兒剛剛一敗塗地，有的弟兄還遇害犧牲了，目下又人人躺在泥濘裡淋雨，狼狽萬狀。岳不群此時必須振作士氣、凝聚人心才對，不宜說這種陰陽怪氣的分裂之言。

你岳不群和令狐冲名是師徒、恩如父子，現在怪腔怪調叫「令狐冲令狐大俠」，不倫不類。就算是存心要撕破臉，也早了一點，場合也不恰當。全體員工都在場，大家聽了會做何感想？意思是華山派要鬧分裂了？

第二，作為老闆，要賞罰分明，不能功過不分亂糊弄。令狐冲一劍退敵，拯救了華山派，否則大家都要完蛋，你老婆和閨女要受辱，華山派要從江湖除名。這是功，是不容置疑的大功。

有功者賞，岳不群作為華山之主，首先要充分肯定令狐冲的大功。「今晚多虧了冲兒」，這句話總該會說吧。至於他的武功來歷固然也很要緊，必須調查，卻是另一回事，一碼歸一碼。

且看《神鵰俠侶》裡的忽必烈是如何賞罰分明的。他臨陣處置一名百夫長鄂爾多，先將其斬了，然後宣布以陣亡之例撫恤，賞給鄂爾多妻子大筆黃金、奴隸、牲口。諸將都不明其意，忽必烈說：此人跪拜郭靖，誇說郭靖厲害，動搖軍心，當斬。但他奮勇先登，力戰至最後一人，當賞。這便是賞罰分明。諸將盡皆拜伏。

現在令狐冲明明剛立下大功，該賞還是該罰？如果該賞，你就先痛快表彰鼓勵。如果該罰，你就乾脆宣布把令狐冲抓起來，調查處理，都行。但你岳不群卻不表態，反而拋一些酸不拉幾的話來刺激人，這叫什麼老闆？

第三，也是最最關鍵的，既然懷疑令狐冲的武功來歷，那麼你作為老闆，有堂堂正正的問過他沒有？答案是從來沒有。

何謂堂堂正正？就是岳不群應該對令狐冲說：冲兒你過來，我問你，這門奇怪劍法是從哪裡學來的？你是不是私吞了《辟邪劍譜》？我華山派的門規你懂的，從實說來。倘若岳不群這樣問，那就是堂堂正正、磊磊落落，走到哪裡都說得過去。至於令狐冲是否撒謊，那是令狐冲的事。倘若因撒謊而被嚴處，那麼令狐冲不該有怨氣，也多半不會有怨氣。

可是岳不群從頭到尾都不問，把對令狐冲的所有懷疑、猜忌、嫌惡都裝在肚子裡，用女兒岳靈珊的話說就是：「就只管肚子裡做功夫，嘴上卻一句不提。」

他還先入為主的大搞有罪推定（按：推定被告人為有罪，除非有證據證明其無罪），派人日夜監視令狐冲，防賊一般，當面卻又不明講，只是拿尖酸刻薄、不著邊際的話去刺激人家。令狐冲可是人才，什麼人才受得了這個？

岳不群作為一個老闆，如此舉止暴露了什麼？我覺得是暴露了沒有信心：一是對自己的威望沒有信心，所以不敢正面公開詢問。二是對公司的規則沒有信心，所以要鬼鬼祟祟，他沒有信心在規則的範圍內解決問題。

至於說令狐冲未經師父同意，私學外人武藝，此舉無禮，並讓令狐冲去學學郭靖怎麼當大俠云云，這些指責並不成立。很多大俠，包括郭靖都在師父之外另學武功，也未必都先報告師父。郭靖自己就先跟著外人馬鈺學內功，一直沒報告江南七怪。後來他跟著洪七公學武功，攀了高枝，事先也沒經江南七怪點頭。相比之下，令狐冲是跟著本門師叔祖風清揚學武功，師叔祖親口命他不可吐露。聽本門老祖宗的話，沒多大問題吧？至少不比郭靖情節嚴重吧？

所以，和岳不群之間的齟齬，此事實在不能太過苛責令狐冲，至少他不該負主要責任。真正要怪的是岳不群的領導水準，注意我說的不是領導風格，而是領導水準。作為一個老闆，領導風格是一回事，領導水準是另一回事。王重陽當教主當得莊重、洪七公當幫主當得隨便，這都是領導風格問題。但岳不群卻是水準問題。

本文所謂的「岳不群啟示錄」，這便是第一條啟示，那便是當長官、當老闆的，說話要堂堂正正，不要陰陽怪氣。對於人才，可以籠絡之、打熬之、批評之、訓誡之，甚至不排除果決清除之，但是一定不要陰陽怪氣諷刺之。這起不到任何作用，反而暴露了自己的格局，還露怯。

你能否想像洪七公陰陽怪氣的對魯有腳說：「魯有腳魯大俠，你還不踢開我的穴道，當真要大夥兒向你哀求不成？」魯有腳肯定崩潰了：七公，你拿錯劇本了，快把劇本還給那個閹人。

二

再說岳不群的第二條啟示，不妨概括為：少把一切事情都政治化。

再回頭審視岳不群和令狐冲二人的矛盾，會發現兩人關係的第一道裂痕出現在思過崖上。當時，令狐冲在思過崖上面壁，無意間新學了一招劍法。後來師徒比武，他糊裡糊塗的用這一招打敗了師娘。

對這個突然發生的事件，師父岳不群該怎麼處理？它原本可以只是一個技術上、業務上的事情，岳不群可以當成一件業務上的事處理就好了。令狐冲「自創新招」，是否違規？應該鼓勵還是應該斥責？按規定來辦就是。又或者，召集大家研討一下這個新招行不行、好不好，有沒有漏洞、該不該推廣，這才是最佳的應對思路。如此一來，此事便不著痕跡的消解了。

可是岳不群的應對方式，卻是把它作為一個嚴肅的政治事件：

岳不群搶到令狐冲面前，伸出右掌，啪啪連聲，接連打了他兩個耳光，怒聲喝道：「小畜生，幹什麼來著？」

來看岳的處理：先定性——「小畜生」。接著開始連番質問：

岳不群惱怒已極，喝道：「這半年之中，你在思過崖上思什麼過？練什麼功？」

這一句問得很嚴重：思的什麼過？練的什麼功？問題所指皆是政治，言下之意就是你思的是邪門的事、練的是邪門的功，把事情的性質一下就拔高了，變成練功路線正確與否的問題了。令狐冲被嚇壞了，頭昏腦脹跪倒在地，連說弟子該死。

這就是典型的把技術問題處理成了政治問題。岳不群的做法是不妥當的，他和令狐冲無謂的對立了。不要小看這一段小插曲，正是它造成了師徒關係的裂痕。二人後來離心離德就是從這一件小事情開始的。

那麼，岳不群明明很精明、很有頭腦，怎麼會出現這樣的失誤呢？大概是因為他長年累月做事情的習慣、套路使然。他看問題的角度總是一個政治的角度，他做事情的思路也總是一個政治的思路。

比如一件更小的事——桃谷六仙跑到華山上來，大聲喧嘩、隨地吐痰。岳不群對此嚴重誤判，在他看來，這是一個嚴峻的挑戰，認定是關乎華山生死存亡的大事，於是先調動一切資源，強力彈壓，發現不敵，便帶著滿山老小逃跑避禍，雞飛狗跳。

其實完全沒這個必要。桃谷六仙是一罈酒、一頓火鍋就能搞定的事，何須以你死我活的套路彈壓？他們大聲喧嘩，說華山上幾處風景不好之類，矛頭未必對著華山派。岳不群糊裡糊塗的一開始就站到桃谷六仙的對立面，以全派之力與之對抗，又是拔高了事情的性質，也讓自身承受了不必要的火力。

江湖上許多事情，你用什麼思路去應對，它就會真的變成什麼事件。聰明的處置者應該把事情降格，能以便當解決的不用火鍋，能以火鍋解決的不用法式料理，哪怕真是和政治沾上邊的事件，也儘量降格到民事、俗事的層面應對掉。

相反的，常年太沉迷政治套路的，就愛把什麼事都搞成政治，令狐冲練新劍法也是政治，桃谷六仙在華山道上吐痰也是政治。而且還有一點很不好的是，不但不戒斷和改正這種思路，反而還提倡、鼓勵這種思路，認為這種思路是層次高、有敏感性、大局意識強的表現。

於是就兜了很多無謂的底（按：兜底指揭出全部底細），樹了很多無謂的敵，明明不用你死我活的大弟子也給鬥爭跑了，小事搞大、大事搞炸，最後鬧得像掃地僧說的那樣：「不如天下的罪業都歸我吧。」

是為岳不群的第二條教訓。

三

除了以上兩點之外，岳不群錯失令狐冲，最終霸業功敗垂成，還有第三條教訓可以總結。這一點可能觸及更深層次了，那就是：岳不群何以自始至終一直沒有得力幫手？明明是一代梟雄，最後為什麼會成了孤家寡人，身邊無人可用呢？

倘若對比一下他和左冷禪，便會發現明顯不同。兩人同樣都是大野心家、大陰謀家，可是兩人的人緣不一樣，尤其是在自己團隊裡的人緣不一樣。左冷禪始終有死黨追隨，而岳不群卻是光桿司令，無人可用。他是一個真正的孤家寡人，落魄時眾叛親離，老婆、女兒、徒弟都不追隨他，連一個真心幫手都沒有。

更讓人難以理解的是，左冷禪作風霸道，殺伐心很重，本該是個難伺候的老闆。岳不群為人隱忍，殺伐較少，更像是個好共事的老闆。可是到頭來大家還是寧願跟左，不願跟岳。左的手下沒幾個反左、倒左的，而岳的手下卻拚命反岳、倒岳。

有兩個徒弟是最典型的，一個是勞德諾，一個是林平之。勞德諾是打入華山的奸細，跟隨岳不群多年，卻始終未被籠絡感化，最後棄了處於事業巔峰的岳不群，跑去追隨瞎了眼、失了勢的左冷禪，寧跟老左流竄，不跟老岳封禪。

林平之則本來就是岳不群的人，還是親女婿，最後卻也跑去跟了左冷禪，一門心思反岳、倒岳。這是為什麼？

首先當然是岳不群愛猜忌人。令狐冲正是一例。他是岳不群的大弟子，本來是絕對死黨，打都打不走的忠犬，連命都是師父的。卻架不住岳不群從始至終懷疑多多、試探多多，還有前文說的陰陽怪氣，生生把忠犬逼成野狗。

跟了岳這種老闆，十分之累。他目光尖、觀察細、心眼小、人格脆，對自己的把控能力和魅力沒自信，很愛搞忠誠測試。一、兩件小事未順他的心，就會觸其之怒。你需要耗費大量的時間和精力來表忠心。有能耐的人和他耗不起。

後來在嵩山上，岳不群對令狐冲說：「我身邊也沒什麼得力之人匡扶。」當然沒有得力之人了，有令狐冲前車之鑑，任誰都會多想想：連令狐冲這樣從小跟他的都跟不下去，我們就算了吧，別去湊熱鬧了。

說尖刻一點，岳不群，也就是個開夫妻店（按：僅夫妻二人經營，不僱員工的小店）的料。

相比之下，左冷禪用人不疑，待手下信任得多，十三太保都能委以信用，好好合作。他還比較能寬容手下的過錯。勞德諾對林平之說了一番話：

我恩師十分明白事理，雖然給我壞了大事，卻無一言一語責怪於我……

左冷禪是否賞罰分明先不論，單說這一份信任不疑，你說勞德諾能不感激涕零嗎？

岳不群待人還喜算計，一切都以絕對的利用價值為導向。有利用價值的時候是女婿，沒了利用價值就是小賊，一劍殺了了事。

當老闆，不能不算計，但也不能完全只講算計，這很危險。你算計屬下，屬下也就算計你，大家互相算計，事業順利時來的都是投機揩油之徒，等事業崩潰時就抱著算盤一哄而散。而且算計太重，就會讓人感覺冷血。岳不群連女兒都算計，最後連女兒都不幫他。老爸和林平之結仇，女兒說「我是兩不相幫」，連女兒也知道他冷血。

左冷禪卻不純粹是算計。他下手狠辣，動不動滅人家滿門，像秋風掃落葉一樣無情，江湖上也是罵名滾滾、結仇無數。但他對自己人卻不唯算計，似乎並不因為你沒了利用價值就棄如敝履。那十五個眼睛被令狐冲刺瞎的黑道高手，嵩山派也養起來了，一直就跟在左冷禪身邊，最後便都成了左的死忠。

此外，岳不群還藏私。

一本《紫霞神功》當成寶貝，敝帚自珍，遲遲捨不得拿出來教徒弟。好不容易下了決心，磨磨蹭蹭掏出來，又尋了個徒弟的過錯藏回去。就像歷史上韓信總結項羽的為人，平時似乎很愛下屬，老是摸你的頭、拍你的背，可是一旦到了要賞功臣的時候，卻把印拿在手上反覆摩挲，磨平了也不捨得給人。跟著你，心又累、命又懸、又不捨得給好處，那我死心塌地幹麼？

綜上，岳不群此人有心機，卻無心胸，遊戲越玩越大，隊伍卻越玩越小，最後便把自己玩成獨狼了。

當然，嵩山、華山兩個團隊會有這麼大的區別，原因還不能完全歸結在岳不群個人的品性上，還有華山和嵩山的歷史原因。左冷禪的嵩山只是一個黑幫集團。黑幫固然殘酷，但對內管理往往也要講「義氣」、講人情。它以實在的利益為向心力，以哥們兄弟義氣為紐帶，當然它也有很虛偽的一面，比如經常說：我們收保護費是為了保護街坊們的安全等等。但相比華山，嵩山顯得更「真誠」。

而岳不群的華山，卻是背負了沉重的歷史負債的。華山爆發過「劍宗」、「氣宗」之爭，上演過殘酷的內部清洗和屠殺，同門可以為仇，兄弟可以互斫，情義蕩盡，人倫掃地。但凡稍微對人性有一點美好期待的人，在這個環境裡都生存不下來。

岳不群是從那一片屍山血海裡爬過來的人，他身體上的劍傷癒合了，心理上的卻沒有癒合，他也養成了完全利己主義的性情，什麼都不相信、什麼都是工具，連老婆、女兒、親兒子般的大徒弟都是工具。

並且他還固執的以己度人，相信別人也是這樣的，否認一切溫暖的東西存在。他不相信這個世界上有更崇高一點的追求，不相信世界上有更溫暖的情感，必須由他一個人玩所有人才安全。

所以令狐沖和岳不群怎麼都聊不來。令狐沖說：師父，我真的愛戴你。岳不群就會說：呸，少來了，世界上哪有愛這回事？

8 東方不敗這個大吃貨

傳統俠義小說裡，武林高手一般都是飯桶，都很能吃。比如郭靖，飯量驚人，第一次進城上飯館，就要了一盤牛肉、兩斤麵餅，「一把把往口中塞去」。

但郭靖比起武松，又是小巫見大巫了。武松打那隻華南虎前，吃了四斤牛肉、一碟熱菜、十八碗酒。他喝酒的數量書上說是十五碗，但實算是十八碗，堪稱大胃王。

可是武松先生和魯智深一比又還稍遜。魯智深在打小霸王周通前，就在桃花村大吃了一頓，總計是一盤牛肉、一隻熟鵝、三至四樣蔬菜、三至四十碗酒，已經接近於超級飯桶。

不過魯智深卻又不如另一個前輩大飯桶——大名鼎鼎的唐朝好漢白袍薛仁貴。此人一頓飯要吃斗米斗麵。有一次在山裡遇見仙姑，薛仁貴一口氣吃了人家九頭麵牛、兩隻麵虎、一條大麵龍，才有了九牛二虎一龍之力。

可惜天外有天，薛仁貴還比不上另外一個絕世吃貨，那就是金庸武俠小說裡的東方不敗。

眾所周知，東方不敗是魔教教主，權勢熏天，每個教徒當面背後提起他來，都要喊「千秋萬載，一統江湖」。但後來一個不小心，老同志任我行突然發難，造反奪權，打倒了東方不敗，還親自主持召開了一場批判大會。

大會上，長期被蒙蔽、迷惑的教徒們紛紛站出來，揭發批判東方不敗阿姨的罪行：

說他如何忠言逆耳……如何濫殺無辜，賞罰有私，禍亂神教……有人說他見識膚淺，愚蠢糊塗；另有一人說他武功低微，全仗裝腔作勢嚇人，其實沒半分真實本領。

以上這些都沒什麼，最讓人驚訝的是有教徒憤怒的站出來，揭發東方不敗是個大飯桶：

有一人說他飲食窮侈極欲，吃一餐飯往往宰三頭牛、五口豬、十口羊。

一頓飯要宰五頭豬、十頭羊、三頭牛，比什麼薛仁貴、魯達、武松都能吃多了，東方不敗真是十足的中國小說人物中第一大飯桶。連令狐冲在旁邊聽到都驚得呆了，心想：「一個人食量再大，又怎食得三頭牛、五口豬、十口羊？」

然而，東方不敗真是隱藏得這麼深的大飯桶嗎？好像又不是。曾有不少人以前都和他吃過飯的，並沒發現他在吃豬吃牛上有特殊能力。比如任盈盈，每年魔教高階人員端午節聚餐，她都和東方不敗一桌吃飯，從來沒提過「東方阿姨一頓飯能吃三頭牛、五頭豬」。

看來，東方不敗在位的時候，是沒有那麼大飯量的。當他被打倒之後，就一秒變吃貨，突然間成了盡人皆知的超級大飯桶，一頓飯吃三頭牛、五頭豬、十頭羊。

類似東方不敗阿姨這樣倒臺之後「一秒變吃貨」的遭遇，遠不是個例。真實歷史上就發生過不少。明代大名鼎鼎的張居正先生，當他在位當紅之時，其顯赫程度和東方不敗頗有一拚，都是一言九鼎、望重江湖。那時候非但從來沒有人說張居正先生是吃貨，而且大明董事會還鼓勵張先生全家當吃貨。

張居正剛去世的時候，門楣還很風光，還沒有倒臺，大明公司的董事長明神宗先生就特意賜給張家大米兩百擔，唯恐張家不夠吃；兩宮皇太后又賜給張家大米兩百擔，似也不怕把張家人撐死。皇上的母弟、宗室璐王等又送了香油一千斤、薪柴一萬斤，生怕張家沒燃料煮飯吃。

可惜風雲突變，沒幾年，屍骨未寒的張居正先生突然被打倒，成了臭狗屎。於是牆倒眾人推，批判大會一個接一個，說張居正是人渣、垃圾、敗類，其中就有憤怒的群眾出來揭發，說他是個不知廉恥的大吃貨，不但吃國家的油、吃國家的米，還吃各種噁心東西，比如同僚送的「海狗腎」，甚至揭發他還喪心病狂的把春藥都當飯吃。

根據揭發，張居正有四十多個姬妾，為此不得不天天大吃春藥。當時文藝界裡一位叫王世貞的先生就說張居正「日餌房中藥」，吃到渾身發燥，只好又吃清熱的東西發洩，直到吃出痔瘡，吃壞了脾胃，活活吃死了。瞧，張先生和一頓飯吃五頭豬的東方不敗阿姨一樣，也是倒臺後一秒變吃貨的典型。

當然，歷史人物畢竟不能和武俠小說裡的人物相比。無論張居正還是誰，都沒被揭發一頓飯宰三頭牛、五頭豬、十頭羊。我粗略算了一下，東方不敗統治魔教十年，要吃三萬兩千頭牛、五萬四千頭豬、十萬八千頭羊。

眾所周知，在金庸的小說裡，畜牧業比較發達的是遼國，牲畜可謂眾多。大遼國的皇帝耶律洪基被喬峰抓了，想要贖命，拿了多少牲口來贖呢？是肥牛一千頭、肥羊五千頭、駿馬三千匹，已經堪稱大手筆了。可是這點牲畜卻還不夠東方不敗一個人吃半年的。他一個人，就可以把整個大遼國活活吃垮。

幸虧金庸寫小說的時候考慮周到，把魔教總部安排在河北，那是中原糧食大省，才能養活東方不敗這樣的飲食狂魔。後來香港導演拍《笑傲江湖》就欠考慮，把魔教安排在貴州。他也不想想明代的貴州有幾斤米、幾頭豬給東方不敗吃啊。

9 向問天的十分鐘

前文裡說過黃蓉的二十四小時，這裡來聊向問天的十分鐘。

向問天是《笑傲江湖》裡一位驚天動地的大人物。此人的身分是日月神教的元老、巨頭，有時候是教中第二人，有時候是第三人。看到這裡，讀者可能有些糊塗，他到底是第二人還是第三人？這要看教主任我行的安排了。任我行有時候提拔年輕人，比如設了個副教主，讓令狐冲去當，那向問天就是第三人。萬一令狐冲不識好歹，失勢了，副教主沒當成，那他就又是第二人。不管如何，向問天這根頂梁柱，教主是一直倚重的。

眾所周知，任我行乃是一代雄主，在這種人身邊做事很難。不妨根據《笑傲江湖》的原著來看一看向問天工作中的日常，只選取很短暫的十分鐘片段，看他在這短短的時間裡都做了些什麼工作，有哪些極精采的表演，又有哪些不足為人道的難處。

總的來說，向問天做的工作無非是兩樣：保人和整人。無論哪一樣都相當考驗人。

故事的場景是在華山上，任我行辦了一場盛會，聲勢隆重，許多門派都被招來參加。向問天的精采表現就從這裡開始。

他的第一項工作乃是接待，首先接待的是兩位貴客——令狐沖和任大小姐。迎接這兩人時，向問天的表情是四個字「滿臉堆歡」。書上說，他早早迎了下來，縱聲長笑，朗聲說道：「大小姐，令狐兄弟，教主等候你們多時了。」說著，「邁步近前，滿臉堆歡，握住了令狐沖的雙手」。

很熱情、很慈祥，讓你感覺到如沐春風，那熱情仿佛要溢出紙外。他之所以如此熱情，原因自不難懂，令狐沖和任大小姐，一個是教主的準女婿，一個是教主的女兒，都是教主喜愛之人。另外，向問天和令狐沖私交也深，看見了自然開心。所以他便要「滿臉堆歡」，早早健步迎接下來，爽朗的笑聲飄飛在山道上。而且他打招呼的次序也嚴謹得很，先叫大小姐，再叫令狐兄弟，先後親疏分得清清楚楚，絕無差池。

接待完這兩位貴客，向問天開始迎接下一波客人了，乃是泰山、衡山、嵩山等派的門人弟子。此時他的態度便截然不同了。

按理說，這些人分屬五嶽劍派，其中還有掌門、管事，和令狐沖這個恆山掌門身分相當，層級相類。但向問天對他們是如何接法呢？乃是把臉一抹，自己都不親自開口了，只「左手一揮」，八個下屬站出來一列排開，對著山谷大喊：「泰山、衡山、華山、嵩山四派上下人等，速速上朝陽峰來相會！」聽這措辭，「上下人等」、「速速上來」，意思無非四個字：都滾上來。

這便是向問天的工作方式，朋友就給好臉，其餘人等就給冷臉，乃至給臭臉。給冷臉時嚴肅矜持，給好臉時則又熱情洋溢，精準到位、切換自如。

或許有人覺得這不難嘛，親親疏疏，小孩子都懂，這份工作有什麼不容易的？殊不知這便是想簡單了，因為事情有時候瞬息萬變，敵人可能忽然變朋友，朋友也可能忽然變敵人，很考驗水準。

書中突發情況說來就來。不多時，令狐冲的一批手下——恆山派眾尼姑——上了山，立刻製造了一場摩擦。她們不肯向任我行教主磕頭跪拜，且口出不遜之辭。其中尼姑儀清還朗聲道：「出家人拜佛、拜菩薩、拜師父，不拜凡人！」旁邊還有些圍觀群眾，嘻嘻哈哈，起鬨看熱鬧。氣氛頓時緊張起來。臺上老人家的臉色想必很難看了，所有日月神教教眾的目光大概都立即投向向問天，等待這位現場總指揮指示處置。向問天陷入兩難：一方面，教主的威嚴，你要不要維護？另一方面，令狐冲的臉面，你要不要顧及？

若是換作一般人，無非兩種選擇，要麼向教主解釋，懇求通融；要麼呵斥恆山派的尼姑們，逼她們服軟。但這都得罪人，也都不是善策。

關鍵時刻，向問天展現了高超的策略，不對教主老人家說話，也不對倔強尼姑們說話，而是把頭轉向發笑的圍觀群眾——倒楣的不戒大師，「怒道」：「你是哪一門、哪一派的？到這裡來幹什麼？」

這便是轉移視線，回避主要衝突，行李代桃僵之法。教主的威嚴損不得，恆山的倔強尼姑又逼不得，所以便把衝突引到他處去，甚至將這和尚當場擊斃，只要有人流血，教主的威嚴便維護了，令狐冲的面子也顧到了，就像書上說的，「以分任我行之心，將磕頭之事混過去便是」。

可見整人是門學問。什麼人該整、什麼人不該整、什麼人要立刻整、什麼人可以暫且不急著整，都有講究。就像不戒和尚，本來罪不至此，但誰讓你不該笑的時候笑呢？眼下整死你一個人，能保護更多人哪。大不了等時過境遷，握住令狐冲的手道個歉：怪我呀兄弟，我沒能護住他。

頓時，華山頂上，不戒和尚莫名其妙的成了目標、頭號壞分子，被魔教群起圍攻，眼看就要立斃當場。

這時事情又起了變化，令狐冲親自出面向任我行陳說，替不戒和尚求情。女婿的話是管用的，任我行龍顏稍霽，吩咐對和尚網開一面。這一開金口，向問天必須馬上調整策略，整人要變成保人了，要保不戒和尚了。

倘若換了你是向問天，此刻會怎麼做？是不是吩咐一句「好罷，饒他不殺」就好了？假如這樣，他就不是向左使了，人家辦事豈會如此粗糙？向問天是當場下令：來八個人，把不戒和尚和他的家屬背下峰去！

你看，既然是奉旨保人，那就要保得徹底、保得細緻，給「背」下峰去；不但把不戒和尚本人背下峰去，還考慮到了將家屬也一起背下峰去，妥善安置。這樣一來可以顯得周到，二來也好盡快讓不戒和尚離開現場，免得此人還杵在原地，讓教主老人家看著礙眼，同時亦可避免他繼續瘋瘋顛顛，再旁生枝節、多惹事端。這就是舞臺調度的能力。

這還不算，向問天吩咐完畢之後，八個男的教眾走出來便要背人，卻被向問天止住了，又進一步吩咐：不要八個男的背，要四個男的、四個女的來背。

讀書至此，真是忍不住擊節稱讚，佩服向左使心細如髮。為什麼要換四個女的呢？因為被背的人裡有不戒和尚的老婆，用女子背女子，豈不是更妥當？向左使辦事實在滴水不漏，讓人無比放心。

然而向問天所做的還不只於此。接下來他還做了一個舉動，對手下「低聲囑咐：是令狐掌門的朋友，不得無禮。」那八人應道：「是！」

好一句「低聲囑咐」。雖然是「低聲」，但你以為旁邊的令狐冲、任盈盈聽不到？聽到了能不感激？之後能不齊聲說向問天是好人？這就叫作順水推舟，將人情做足。整人之時，雷霆嚴辦；一旦要保，馬上照顧周到。

眼下這一場風波算是平息了，可是莫著急，更大的風暴還在後面，不給向左使半點喘息的機會。短短幾分鐘後，全場分量最重的兩個人物令狐冲和任我行起了衝突。任我行要勸令狐冲入教，令狐冲卻死活不答應，還甩袖子不幹，要下峰去。局勢又成僵局。

對於令狐冲，向問天是有感情的。事實上，他是個感情細膩而豐富的人，只不過平日裡韜略太甚、城府太深，掩蓋了而已。他當眾做了一件事——向令狐冲敬酒送行。

一直以來，向問天都是極端理性的，處處小心謹慎。但你切莫以為他是一個百分之百的政治動物，在這個當口，他感性了一回，給令狐冲敬了酒。在任我行的身邊，他似乎整個人都是隱藏起來的，個性非常不明朗，只有這偶爾的時刻，他才會打開一點自己，流露出一絲真性情。

這個敬酒的舉動引發了連鎖反應，數十名和令狐冲有交情的日月神教教徒也來跟風，向令狐冲敬酒。場面滑向了失控的邊緣。

目睹這一場面，教主任我行是什麼表情？書上的話十分耐人尋味，六個字，「只是微笑不語」。面上固然微笑，心裡著實記恨，覺得敬酒的人都是當眾不給他面子，是給令狐冲辦慰留會、歡送會，當自己不存在。金庸寫明了，任我行心道：「今日向令狐冲敬酒之人，一個個都沒好下場。」他可是錙銖必較、恩仇分明的。

這時候向問天出來說話了。何以他敢敬酒？因為他有收拾局面的自信和本事。他數十年如一日的追隨任我行，深知對方的性格，對他的心事洞若觀火。適才自己感性了一回，現在該消除影響、解決問題了。

向問天神采飛揚、精神飽滿的當眾講了這樣一段話：

大家聽了：聖教主明知令狐冲倔強頑固、不受抬舉，卻仍然好言相勸……

看這段話，無形之中，向問天已經給令狐冲的行為定了個性，是八個字，「倔強頑固」、「不受抬舉」。這八個字好，因為「倔強」根本就不是罪，至於「頑固」、「不受抬舉」也不是什麼大過，最多便是不識相而已。向問天這樣定性，無非就是說令狐冲任性、不懂事，是個鋼鐵直男，分明是罰酒三杯、明貶暗保的意思。

接著他繼續說道，聖教主愛惜人才，勸令狐冲入教乃是另有深意云云，最後還說：

他老人家算定令狐冲不肯入教，果然是不肯入教。大家向令狐冲敬酒，便是出於聖教主事先囑咐！

這話極照顧任我行的臉面。如此一來，令狐冲的不識抬舉，以及一夥教眾公然敬酒送行，就統統在任我行的算計中了，更顯得教主算無遺策、料事如神。果然任我行「心下甚喜」，向問天就憑一句話，便讓老人家從「一個個都沒好下場」，到「心下甚喜」，一場大風波又消弭於無形。

上面所有這些情節，都是在華山之上短短十分鐘裡發生的事。十分鐘之中，無數次隨機應變、心念電轉，始終滴水不漏。也難怪他能在任我行身邊那麼多年，不管順境逆境，總是千磨萬擊還堅韌，手把紅旗旗不溼。

向問天也難。他外號「天王老子」，要說履歷、說能耐，確實當得起。可是在任我行身邊，他簡直一分鐘「天王老子」也沒當過，只把自己看成兢兢業業、仔仔細細的老向。他每時每刻都不能放鬆，老人家每一次「微笑不語」，都要揣摩準了心意。

所以讀者們對向問天有許多揣測，甚至結論截然相反。有的人認為他義氣、熱血，有的人則認為他深沉多變。這恰恰反映了向問天的面貌模糊，你甚至不知道他是哪一邊的，究竟是任我行那一邊，還是令狐冲那一邊？不知道。你甚至也不知道該怎麼看待他，是應該多一點佩服，還是多一點同情。整部《笑傲江湖》裡，他是形象最鮮明的一個人物，也是形象最不鮮明的一個人物。倘若沒有向問天，任我行的殺伐會更重；但假如不是向問天，任我行威風的時間也不至於這麼長，至少在西湖底下便沒有轉機了。

重重參不透，謎哉向問天。

10 職場上，什麼人上臺都一樣

從《笑傲江湖》裡也可以看職場。這本書沒有明確歷史背景，有人猜測是明代，亦有人說是清代，從金庸本人多年後的陳述來看是明代。你看書會發現一個問題，當時廣大的明代草根群豪生存狀態不太好，總是戰戰兢兢、朝不保夕。他們總有一個願望，就是改朝換代，指望新的山大王上臺，日子便會好起來。

有一回，令狐冲從黑木崖出差回來，開了一個小型的新聞發表會。他召集江湖群豪，宣布了一件事：日月神教總部發生了重大人事變動，舊老闆東方不敗下臺了，新老闆任我行上臺了。

臺下的群豪大多數都是受魔教管轄的，相當於各種業務員、中盤商。一聽這個消息，大家是什麼反應？那真可謂是人人喜出望外、歡呼雀躍，用書上的話說，是「群豪歡聲雷動，叫嚷聲響徹山谷」，比中了大獎還高興，只差放鞭炮了。

為什麼高興呢？因為「大家都想：任教主奪回大位，聖姑自然權重。大夥兒今後的日子一定好過得多」。

一句「大夥兒今後的日子一定好過得多」，讀來讓人感慨。它至少說明一點，過去的日子實在太難過了。過去的東方老闆又昏庸又暴虐，業績考核又嚴，類似於今天員工一犯錯就拖到電梯裡打，打完還扣年終獎金。許多員工還被強制餵毒藥，今年表現不好就不給解藥，讓你在家裡毒性發作。所以大家「聽到『東方教主』四字便即心驚膽戰」。

這樣朝不保夕，生活哪裡還有什麼樂趣可言。故此人人都想，任老闆上臺了，再差也不會比過去差吧？考核會人性化一點吧？管理會寬鬆一點吧？

可是，短短幾個月之後：

數千人一齊跪倒，齊聲說道：「江湖後進參見神教文成武德、澤被蒼生聖教主！聖教主千秋萬載，一統江湖！」

書上說，新老闆作威作福，排場居然比皇帝還氣派些。廣大群豪的日子真像他們當時以為的一樣好過多了嗎？令狐冲看得清清楚楚：「任教主當了教主，竟然變本加厲」、「這等奴隸般的日子……將普天下英雄折辱得人不像人」。

公司之前的東方老闆是昏聵的、暴躁的，那麼現在的任老闆呢？脾氣有更好一點嗎？得罪了他又是什麼結果？

（任我行）便即喝道：「將這瘋僧斃了！」八名黃衣長老齊聲應道：「遵命！」八人拳掌齊

施，便向不戒攻了過去。

只要稍微忤逆了他，你就變成了「瘋僧」，就有人過來對你「拳掌齊施」，和過去沒有什麼區別。也不知道廣大群豪當時還記不記得，就在幾個月前，自己還曾經「歡聲雷動，叫嚷聲響徹山谷」？還記不記得曾真心以為好日子要來了？

更有意思的是後面。不久，任老闆又宣布了一個大新聞：令狐冲要進入公司高層，擔任副老闆了。群豪是什麼反應？書上說他們「都是一呆，隨即歡聲雷動」。瞧這幫健忘的傢伙，幾個月前才歡聲雷動，現在又歡聲雷動起來了，「四面八方都叫了起來：『令狐大俠出任我教副教主，真是好極了！』、『恭喜聖教主得個好幫手！』……『聖教主萬歲，副教主九千歲！』」

他們的歡聲雷動不是假裝的，而是發自肺腑的。大家都是一個心思：副老闆早晚要接班，到時候好日子可就來了——「他（令狐冲）為人隨和，日後各人多半不必再像目前這般日夕惴惴，唯恐大禍臨頭」。

過去東方不敗在位的時候，他們就日夕惴惴，唯恐大禍臨頭；等歡呼雀躍迎來了任我行，仍然是日夕惴惴，唯恐大禍臨頭；如今他們又歡呼令狐冲、期盼令狐冲，指望再行改朝換代，便一定可以不用日夕惴惴，不用再擔心大禍臨頭。這些明代也好、清代也罷的群豪，就在這樣的歡呼、受虐，又複歡呼、又複受虐的套路裡周而復始的迴圈。

小說裡，令狐冲最終是沒有做這個副老闆。但不妨猜想一下，倘若他接了這個位子，真的上臺了，會更好嗎？群豪的好日子真的就來了嗎？

很多人都要說：會的，一定會的！令狐沖那麼好說話，又沒有野心，想必會給大家好日子過。可是卻有一個最有發言權的人說：不一定。

這個人就是任盈盈。她比我們更了解令狐沖，對令狐沖當老闆後是否會變質這個問題，可謂半點信心也沒有。

她說：「一個人武功越練越高，在武林中名氣越來越大，往往性子會變。」、「大權在手，生殺予奪，自然而然的會狂妄自大起來。」

這是人性，並不為令狐沖而例外。這就是為什麼任盈盈從來不讓令狐沖去魔教任職——「我從來沒勸過你一句（加入神教）」、「如果你入了神教，將來做了教主，一天到晚聽這種恭維肉麻話，那就……那就不會是現在這樣子了」。

不會是現在這個樣子，那會是什麼樣子？很簡單，搞不好也會變成她東方叔叔、她爹爹那個樣子。

這就是金庸告訴我們古代的職場道理：什麼人上臺都一樣。身處職場，鼓掌這事難免是要的，巴掌拍腫也可，但心裡不用太當真。事實證明，群豪所有的高興，都是高興得太早。把過好日子的希望寄託在別人的身上，就沒有所謂的好日子。

11 定靜師太的退隱之夢

「菩薩保佑，讓我恆山派諸弟子此次得能全身而退。弟子定靜若能復歸恆山，從此青燈禮佛，再也不動刀劍了。」

——《笑傲江湖》第二十三章

那一晚，在距離恆山千里之外的福建廿八鋪，看著天上的月亮，定靜師太默默祝禱著。她知道，眼前這個黑沉沉的小鎮裡，到處都埋伏著敵人，大戰一觸即發。自己本來就不很善於臨敵指揮，何況屁股後還拖著幾十個武功差勁的女弟子。定靜師太感到很疲憊。她萌生了退意，把心事告訴了菩薩，希望以後「青燈禮佛，不動刀劍」。

這實在是一個看起來毫不過分的要求。我想放下刀劍，難道還不可以嗎？

可是一天之後，她死了。

這位師太，是書上一個很容易被忽略的角色。恆山劍派本來就比較弱，而在劍派的幾位高階主管裡，定靜的存在感還是最小的。

金庸在字裡行間告訴我們，此人沒有半點權力欲望，不愛管事。自己本是大師姐，是恆山派法定的接班人，用她本人的話說，「定靜倘若要做掌門，當年早就做了」。可是她主動把位子讓給了師妹定閒。

這一讓，讓得並不輕鬆，師父和師妹兩邊都要下功夫。她一邊「向先師力求」，爭取師父的同意，另一邊對師妹「竭力勸說」，好打消師妹的顧慮，方才成功的推掉了掌門的位子。

不難理解她的選擇。一個人如果不喜歡做官，那麼權力和職位對她來說就會是一種折磨。除了不愛權，她也不愛管閒事。「貧尼……乃是閒人，素來不理事。」此言也應該不虛。

這亂世之中，一個人沒有半點野心，不愛權，又不愛插手閒事，那是什麼？良民啊！如此一位良民、一個與世無爭的師太，按照我們的想像，和人吵架紅臉怕都沒有機會，她哪能有什麼仇家呢？又能開罪誰呢？

何況她還想要「青燈禮佛，再也不動刀劍」，她的武功對人家也沒有半點威脅和傷害了。這樣一點小願望，也不能達成嗎？

然而事實是，不能。她沒有野心，可是別人有野心。你不想接近權力，權力卻要來撩撥你。

左冷禪想要稱霸武林，合併五嶽劍派，當五個山頭的總掌門。這位老大哥沒有忘記定靜師太，專門派來了專案組，在她身上下功夫。

這個專案組規格很高，光一流高手就有三個：「九曲劍」鍾鎮、「神鞭」鄧八公、「錦毛獅」高克新。此外還有十多個辦事員，都拿刀帶劍、荷槍實彈。

他們追著她表態：

左師哥他老人家有個心願……不知師太意下如何？

意思說來說去就是一句話：我大哥要稱霸，你支持不支持？師太不願得罪人。她反覆聲明：自己在公司裡是個冗員，沒有職務，說話不管用，你們去問我老闆定閒師太。可是專案組不答應：不行，這可是大事，「此事有關中原武林氣運，牽連我五嶽劍派的盛衰，實是非同小可之舉」！妳要麼擁護，要麼反對，不允許中立打馬虎眼。之前說了，定靜師太沒有權力欲望、不愛做掌門。可是妳不愛做，別人偏要慫恿妳做、擁戴妳做。專案組對定靜師太先是挑撥離間：

師太論德行、論武功、論入門先後，原當執掌恆山派門戶才是……

然後是封官許願：

師太倘若……肯毅然挑起重擔，促成我嵩山、恆山、泰山、華山、衡山五派合併，則我嵩山派必定力舉師太出任『五嶽派』掌門……

妳想青燈古佛，不動刀劍？對不起，老大哥相中妳了，要妳站出來。

如果她就不答應呢？就不合作呢？比如換了我，多半會一把鼻涕、一把眼淚，跪地哭求：「左盟主，你饒了我吧，我只是個寫字的，我實在不是這塊料……」定靜師太也反覆言說：我不是這塊料，這事別找老尼。

對此，嵩山派專案組的回答很委婉、很客氣：

倘若定靜師太只顧一人享清閒之福，不顧正教中數千人的生死安危，那是武林的大劫難逃，卻也無可如何了。

這話看著輕描淡寫，其實語氣兇險、暗藏殺機——如果你對左盟主的稱霸大業不明確表態、支持，不肯站出來，那就是「只顧一人享清閒之福，不顧正教中數千人的生死安危」。這個罪名，好大。不禁讓人想起武昌起義，革命軍非讓黎元洪做都督，黎元洪膽小不幹，大叫：「莫害我！」革命黨人大怒，舉槍頂著黎元洪：你只顧一人享清閒之福，不顧天下民眾生死安危？

革命黨人李翊東就怒斥：「我們不殺你，舉你做都督，你還不願意！我槍斃你，另選都督。」

不久，定靜師太果然就被斃了。不肯合作的她，很快迎來了最後的結局：

（嵩山派的人）圍著定靜師太，諸般兵刃往她身上招呼。

在小說裡，令狐冲望著她的遺體，很想不通：「她是個與人無爭的出家老尼，魔教（其實是嵩山）卻何以總是放她不過？」這江湖之大，難道還容不下一個與世無爭的蒲團嗎？可是嵩山說了，不可以。

認為定靜師太與世無爭，對人沒有威脅，那是令狐冲還不懂事。事實上，她不合作的態度就是一種威脅。別人都大聲擁戴嵩山，妳卻坐在家裡敲木魚，那不是威脅是什麼呢？妳採菊東籬下，妳裝清高，顯得大家都很賤嗎？

《笑傲江湖》裡，就有許多人像定靜師太一樣，看了太多的紛亂殺伐與人間醜態，他們厭倦了黨同伐異，膩味了口是心非，不想再參與這個遊戲了，想退出。正教的人想退出，魔教的人也想退出。但答案是對不起，沒有這一條出路。這個遊戲如同永不停歇的絞肉機，玩家們沒有退出的機制，你只要玩了，就要玩到底。

全書故事一開始不久，就是著名的「金盆洗手」。洗手者叫劉正風，是正教中衡山劍派的一位名宿。他和魔教長老曲洋結為好友，兩人約定退出江湖，不再問殺伐之事。去幹麼？玩音樂。

劉正風的退隱之辭說得很懇切：

> 劉某只盼退出這腥風血雨的鬥毆，從此歸老林泉，吹簫課子，做一個安分守己的良民……

可是懇切無用，打動不了牌局的莊家。嵩山派的費彬便喝問他：

如果人人都如你一般，危難之際，臨陣脫逃，豈不是便任由魔教橫行江湖，為害人間？你要置身事外，那姓曲的魔頭卻又如何不置身事外？

這語氣和措辭，便和後來對定靜師太說的話一模一樣。語畢，嵩山派立刻扣押了劉家滿門，強迫他當場表態支持哪邊：要麼你把朋友曲洋一刀殺了，走正道，大家重新做朋友；要麼你繼續走邪道，那便殺你全家。沒有中間路線。劉正風不願屈服，全家被屠，以死亡作為遊戲的結束。

除了劉正風，想退出遊戲的還大有人在。魔教裡有四個資深人士，叫「江南四友」。他們也厭倦了紛爭，討了一個閒職，到遠離黑木崖總部的杭州西湖梅莊值守，每天琴棋書畫、逃避現實，後來成功了嗎？也沒有，被逼吞了「三屍腦神丹」。任我行還讓他們選擇：支持東方教主還是支持我？沒有中間路線。

以上這些人都是武林高手，他們身居高位、因果纏身，無法全身而退，還可理解。那麼廣大的江湖草根可以不選邊、不公開表示支持，走中間路線嗎？也不行，一樣要選。

費彬將令旗一展，朗聲道：「……自來正邪不兩立……接令者請站到左首。」

在場之人必須表態，要麼站到左邊來，要麼站到右邊去，你說我站中間，這不行的。那些大有身分之人固然要選邊，如在場的泰山派掌門、華山派掌門要選，而其餘那些賓客、親友也要選，不能退出，也不許中立和稀泥。

江湖上，有一些年輕人對此不太理解，參不透「沒有中間路線」的道理。例如華山派，一向分為劍宗和氣宗，要麼便選劍宗，以劍術為主；要麼便選氣宗，以氣功為主，不能搞調和。小師妹岳靈珊便想不通，對父親岳不群說了一句話：

岳靈珊道：「最好是氣功劍術，兩者都是主。」

岳不群大吃一驚，狠狠訓斥了女兒一頓。他是這樣說的：

岳不群怒道：「單是這句話，便已近魔道……」、「……氣宗固然要殺你，劍宗也要殺你。……氣宗自然認為你抬高了劍宗的身分，劍宗則說你混淆綱日，一般的大逆不道。」

在那樣的江湖上，你不能中立和退出，每個人都像胡同裡的豬，兩頭被堵，沒有第三條路。《笑傲江湖》這本書，有人便說它的真意是「笑傲江湖而不可得」，在左冷禪等人的野心面前，歸隱渾如一夢，寧靜的梅莊只存在於隱士的幻想之中，江湖上只有刀光劍影的廿八鋪。

江湖人該如何自我救贖，衝破這種牢籠？《笑傲江湖》裡給出的答案是獨孤九劍。那基本是亂扯。有幾個人能運氣那麼好，擁有獨孤九劍這樣的強大能力？真正的答案在金庸的下一本書《鹿鼎記》裡。韋小寶就絕對不會說「兩個都是主」，而是誰得勢就說誰是主，看到康熙就「陛下聖明，鳥生魚湯」，回頭看見洪教主又大喊：「仙福永享，壽與天齊。」

12 美好結局都是騙人的

《笑傲江湖》的大結局，是「琴瑟和諧，笑傲江湖」，浪子和公主從此過著幸福的日子。

令狐冲轉過身來，輕輕揭開罩在盈盈臉上的霞帔。盈盈嫣然一笑，紅燭照映之下，當真是人美如玉。

可是我總感覺有點什麼不對，覺得這喜慶祥和的一幕很虛幻、很不真實。把這部書的結尾橫著讀、豎著讀幾遍，才發現這根本就是騙人的。

劉國重寫過《如果任我行不死》，這個假設說得好。《笑傲江湖》此書真正的結果，應該是另外八個字：

天涯何處，可避暴秦？

僅僅把令狐冲甜蜜新婚的情節往前翻幾頁，就會發現武林還是一片肅殺，還是和魔教的大決戰前夜。

任我行統率魔教，睥睨天下，所到之處滔滔一片「文成武德，澤被蒼生」、「千秋萬載，一統江湖」的頌聲。

任教主還要把「掃蕩宵小」的大業進行到底，放話要大開殺戒、雞犬不留：

> 恆山之上若能留下一條狗、一隻雞，算是我姓任的沒種。

那時候，江湖上有三種人已經到了必死的邊緣。

一是「正教的狗崽子」，也就是所有妄想抵抗的頑固分子，少林、武當、五嶽劍派、峨嵋、丐幫……轉瞬就是滅頂之災。

二是「本教的逆賊」，就是本門之中所有同情令狐冲、立場不堅定的動搖分子。比如，在他和令狐冲撕破臉之後，本門中居然公開向令狐冲敬酒的人。

> 「這些傢伙當著我面，竟敢向令狐冲小子敬酒，這筆帳慢慢再算……今日向令狐冲敬酒之人，一個個都沒好下場。」

任我行心裡既然已存了這個念頭，這些人的腦袋，可以說已經不屬於他們自己，只等秋後來摘了。

三是江湖上所有消極逃避、幻想「惹不起躲得起」的中立分子。他們不願，也不敢和任我行作對，只是實在不想加入「千秋萬載，一統江湖」的大合唱，想避退自保、獨善其身。就比如恆山上的小雞和小狗們，招誰惹誰了，但是也要殺。

那麼，熱愛和平的人有希望抵抗嗎？金庸明顯告訴了我們，沒有希望。

令狐冲倒是帶頭成立了一個抵抗小組，拉了少林方丈、武當掌門等高手入夥。他們不服輸、不信命，要組成恆山大決戰，挽狂瀾於既倒。書上寫到，他們開動了腦筋、聯絡了群雄、鋪開了地圖，緊急制定了一份作戰計畫，要幹掉任我行。黑暗中，似乎又有了一絲希望的火光閃現。

可是，作者越是寫他們周密謀畫，越是寫他們看到了希望，你就會覺得越悲哀。因為他們的一切謀畫都落入了任我行的彀中——魔教不過是想佯攻恆山，引得少林、武當救援，然後沿途伏擊，一鼓掃平。原來，令狐冲們所看到的希望，壓根就不是什麼希望。

他們註定要通通滅亡。作者故意不厭其煩的寫他們如何如何費勁心思的籌畫抵抗，實際上卻像在寫一群蟲子，面對著兇猛的洪水，還賣力搬著沙石，企圖救護巢穴。金庸彷彿是在上空俯視著他們，目光悲憫而同情。

可是後來的結局呢？所有人都意想不到：任我行突然發病，死了。

於是魔教的屠殺計畫煙消雲散，江湖轉危為安，皆大歡喜。蟲子們相擁而泣，令狐冲和任盈盈也得成眷屬。讀者被派發了一個美滿結局。

這是金庸的寫作技巧，也是金庸的善意和不忍。我們在享受這個大團圓結局的時候，可別忘了：這個結局是騙人的。其實根本就沒有什麼喜慶婚禮，根本就沒有什麼琴瑟和諧。江湖淪陷、雞犬不留才是真的。令狐冲洞房溫暖的燭光，不過是作者點來寬慰人的鬼火。

非只《笑傲江湖》是這樣，金庸小說其他的故事基本上也一樣。由於武俠小說天生排斥悲劇，所以作者總是好心的給出喜劇的結尾。

《連城訣》的結尾，善良老實的主角居然能全身而退、回到雪谷，而且那裡還有漂亮姑娘在等他，現實中這可能嗎？那個雪谷不過是金庸給我們造的幻境。

《神鵰俠侶》的結尾，楊過、小龍女等在華山觀風嘯月，真實嗎？按照常理，楊過應該跳崖死了，和小龍女同谷而葬。至於外面的世界，早淪於蒙古鐵蹄之下，「山河風景元無異，城郭人民半已非」才是真的。

《倚天屠龍記》裡，張無忌讓出教主的位子，就做逍遙寓公、安心給女朋友畫眉去了。這可能嗎？朱元璋睥睨之下，哪裡有你這個前任教主畫眉的三尺之地？

所以說，金庸故事的結局，都是平行的雙結局。

我們少年時在紙上讀到的，是一個美好版的結局。但隨著時間推移，你會慢慢讀到作者藏在另一個時空裡的現實版結局。它就是：任我行一統江湖，抵抗者靡有孑遺，令狐冲骸骨已朽，苟活者匍匐腳下。

因為它太蒼涼、太沉重，所以金庸宅心仁厚，給了你冲盈團聚，給了你燭影搖紅，給了你一曲《鳳求凰》，送你一個桃花源。

像王維《桃花源詩》說的那樣：

當時只記入山深，
青溪幾度到雲林。
春來遍是桃花水，
不辨仙源何處尋。

13 普通人莫大

莫大先生是一個普通人。雖然他貴為堂堂衡山派的掌門，也算是坐鎮一方的大人物，衡山城下的小茶館裡都是關於他的傳說，就好像北京咖啡廳裡一度都是些商業大老的名字一樣。他還會武功，「衡山五神劍」雖然沒學全，但「百變千幻衡山雲霧十三式」打得還是出神入化。他還懂音樂，能拉胡琴。

但這些都沒用，改變不了他的本質，他仍然是一個普通人。

他很容易害怕。普通人的一大特點就是容易害怕，因為他們力量有限，世上往往有許多人他們招惹不起。在小說裡，不時出現莫大先生害怕的字眼，比如「心中一凜」、「驚懼惶惑」……看其他那些大梟雄、大人物如風清揚、任我行等會「驚懼」、「惶惑」嗎？基本不會的，可是莫大先生會。

當那些強大、暴虐的人當面質問他時，莫大像一個凡夫俗子一樣害怕。在嵩山，當左冷禪質問他是否殺了嵩山門人時，他便很不爭氣的「心中一凜」：

莫大先生心中一凜：「我殺這姓費的……難道令狐冲酒後失言……走漏風聲？」

等他意識到左冷禪並沒有確鑿證據，自己尚算安全的時候，他又很不爭氣的「心中一寬」：

莫大先生心中一寬，搖頭道：「你妄加猜測，又如何作得準？」

和普通人一樣，莫大先生還喜歡打小算盤。他也會在「面子」和「利害」之間權衡，還會看人下菜碟（按：指差別待遇）。五嶽劍派掌門人大比劍，出手還是不出手？莫大從一早就打起了小算盤，自己既不能「自始至終龜縮不出」，丟了一派掌門的面子，卻又萬萬不能以卵擊石、自找沒趣，挑戰左冷禪、令狐冲等強人。

他默默的評估著每個人的實力，暗中挑選著最合適的對手，打算隨便打上一架，場面上說得過去，也就是了。他先是挑中了泰山的老道玉磬子，「擬和這道人一拚」，後來又挑了華山的岳不群，覺得自己不會輸給他。這就是莫大先生的小心思。瞧這算盤打的，完全和你我普通人一樣猶疑、怯懦、愛面子，又謹小慎微。

他遇事不願強出頭，懂得明哲保身，原則上不肯當眾太過忤逆強權。左冷禪橫行無忌時，他不願公然作對，最多頂撞幾句，被左冷禪一威脅，便「哼了一聲」，選擇了沉默。

當沉默都不行的時候，他會乾脆選擇消失。嵩山派來殺他師弟劉正風滿門，老幼婦孺都不留，連門人弟子也一起殺了，但莫大卻選擇了消失。當此時候，他甚至連面子都不顧了。按理說這可是在衡山，是在你莫大的地盤，滿地流的都是衡山弟子的血，堂堂一派掌門豈能坐視？可是莫大卻於大屠殺中隱身了，從頭到尾，蹤影全無。

對比一下作為客人的恆山派定逸師太，一介女流，仍激於義憤，向劊子手們拍出了憤怒的一掌。再對比一下華山女俠寧中則，後來在藥王廟遭遇嵩山黨徒的埋伏，明知不敵，亦有決死一戰的勇毅。莫大先生誠然是相形見絀。衡山派託庇於此人，可謂有點不幸。

甚至金庸說他的外表都頗不堪，「猥瑣平庸，似是個市井小人」，其實「似」字都多了，有些方面，他實實在在就是個市井小人。但奇怪的是：為什麼那麼多人又偏偏喜歡莫大呢，甚至包括金庸自己？

先有一點，莫大此人有頭腦，不會人云亦云。別人說的話他是不肯盲信的，非要自己琢磨了、查證了才行。可別小看這一點，這不容易的。

人人都說令狐冲是敗類、淫賊，結交匪類，把恆山派的尼姑們都變成了女朋友，拐帶了到處跑。連令狐冲的師父都發了公開信，宣布劃清界線，可謂是言之鑿鑿、鐵證如山。莫大卻偏偏不信，非要親眼瞧瞧令狐冲，並且很快認定：令狐冲並非敗類，反而是個好人。

那麼，他會力排眾議，以尊長身分站出來公開幫令狐冲說話嗎？倒也不會的。他是莫大，不會做這樣冒天下之大不韙的事。但他卻能在漢水之畔的冷酒鋪中對令狐冲說一句：「來來來，我莫大敬你一杯。」所謂世人皆欲殺，吾意獨憐才。

須知，他認可令狐冲，和向問天、任盈盈等認可令狐冲的意義不同。那些都是來自敵方陣營的善意，而莫大代表著己方陣營的溫暖。莫大是五嶽劍派的尊長，有他對令狐冲點頭，就代表著五嶽劍派沒有完全否定、拋棄令狐冲。

事實上，莫大正是唯一一個和令狐冲單獨喝過酒的五嶽派尊長。當天下物議洶洶、故舊相疑之際，正教人士對令狐冲都是避之不及，唯獨莫大主動來和他結交。人人都說令狐冲是淫賊，莫大卻來了一句：「哼，人家都羨慕你豔福齊天，那又有什麼不好了？」當時的名門正派裡，大家都愛裝出一副道貌岸然、正人君子的模樣，只有莫大說：自己要是年輕二十歲，教我晚晚陪著這許多姑娘，要像你這般守身如玉，那就辦不到。

所以書上才說，令狐冲「一見到莫大瘦瘦小小的身子，胸中登時感到一陣溫暖」。鬼域般的江湖裡，能給人溫暖的感覺，不容易。

莫大還會殺人。人人習慣了他有一把琴，卻忘了琴裡藏著劍。嵩山派的人殺了他師弟滿門老少，他躲了，躲得頗為猥瑣。但在大屠殺的當夜，劊子手之一的費彬落了單。這個嵩山派的四號人物、殺了一整天的人，如屠豬羊，殺得太輕鬆、太容易了，於是把天下英雄都小看了，以為衡山城裡全是豬羊了。

此時窺伺在側的莫大來了。他步出了藏身的叢林，緩緩接近獵物。費彬看見了他，卻毫不在意，只把他當成一個怯懦的掌門。費彬以為自己代表了強權和上意，無人敢忤逆。別人難道不是只能屈服和戰慄嗎？但他忘記了那是白天的遊戲規則，不是夜裡的。當費彬信心滿滿、驕傲至極的問莫大該如何處置劉正風時，莫大答了兩個字：「該殺。」然後掣出琴中的劍，直取費彬。

琴中藏劍，劍發琴音。這是《笑傲江湖》裡最詭異又最驚心動魄的場景之一。暗夜下，貌似怯懦之人，忽然現出了猙獰面目；形如猥瑣之輩，猛地顯露了金剛形象；看似絕望的黑沉沉大地，竟然有熔岩從縫隙中洶湧迸發。

瞬間戰罷，莫大還劍入琴，轉身而去，只剩下費彬躺在地上，胸口血箭如噴泉射向天空。有本署名古龍的書，叫《那一劍的風情》，這個名字可以轉贈給莫大。那一劍尚不足以讓他頂天立地，但已經可以為他正名。

莫大其人，是怯懦、算計和倔強、勇悍交雜的一個人。他只有在無人時才敢大放厥詞，在黑夜下才敢拔劍相向。但他卻還是守護住了一條底線，所謂「俠」的底線。在金庸小說裡，此人是一個剛剛及格的「俠」，恰好踏在了線上，假如再往下降一點，便搆不上「俠」這個字了，但要再往上升一點，又需要付出太多的勇毅和擔當，他也不會幹的。喜歡莫大者，便是喜歡他這份像我們但又不是我們的氣質。他是一個有著庸人氣息的俠客，或者說，是有著俠客本色的庸人。

最後，他有個優點，就是說話算話。他承諾要喝令狐冲的喜酒：

別人不來喝你的喜酒，我莫大偏來喝你三杯。他媽的，怕他個鳥？

數年之後，西湖梅莊，在令狐冲和任盈盈新婚之時，果然靜夜中響起了胡琴曲《鳳求凰》。他一向只奏《瀟湘夜雨》，今天破例奏了一曲《鳳求凰》，也算是兌現了一個長輩對小輩的「喝喜酒」承諾。在《笑傲江湖》最初的連載版裡是沒有這一幕的，後來作者在修訂小說時加進去了。這一曲《鳳求凰》，與其說是莫大對令狐冲偏愛，倒不如說是金庸對莫大的偏愛：老小子，我還是給你加戲了。

這幽咽曲聲，讓人想起當年漢水之畔，令狐冲和莫大先生深宵飲酒後告別的場景，這是《笑傲江湖》裡最美的文字：

（令狐冲）一凝步，向江中望去，只見坐船的窗中透出燈光，倒映在漢水之中，一條黃光，緩緩閃動。身後小酒店中，莫大先生的琴聲漸趨低沉，靜夜聽來，甚是淒清。

14 令狐冲和莫大先生

令狐冲和莫大先生是忘年交。他們年紀相差很大，至少有二、三十歲。兩人興趣相差也很大，一個玩音樂，一個只愛喝酒。莊子說君子之交淡若水，令狐冲和莫大先生真的是淡如水。很多友誼是要靠吃吃喝喝維繫的。這種友情的濃度，會隨著酒精濃度上升而上升，又會隨著喝酒次數的減少而快速下降，兩個月不喝就要亮紅燈。

但令狐冲和莫大自始至終在一起只喝過一次酒，是在漢水邊上雞鳴渡的小酒店裡，人均消費也就二、三十塊錢，連下酒菜都沒有，只有一點鹹水花生。除此之外，他們再也沒有觥籌交錯過。連令狐冲的喜酒，莫大都沒現身來真喝。

相比之下，令狐冲和田伯光、桃谷六仙，以及江湖上不三不四的群豪喝酒次數多得多，他們從湖北到河南少室山一路喝過去，喝得酒家「桌椅皆碎」。但不知為何，令狐冲和莫大喝得這麼少，卻總讓人覺得他們是朋友。這難道不奇怪嗎？他們甚至都沒有搶著買單。

這兩個人還互相欣賞。許多朋友是靠互相利用維繫著，很少有朋友是靠互相欣賞維繫著。莫大先生並不利用令狐沖，他從不希圖讓令狐沖辦什麼事，純粹是一種欣賞。他總共只用了兩眼，就認定了令狐沖是一條好漢。

第一眼是，「你助我劉正風師弟，我心中對你生了好感」。光這一句，其中所含的對劉師弟的眷愛、關心，溢於言表，彷佛有一腔熱血，噴薄欲出。第二眼，他看見令狐沖仗義幫助恆山派的尼姑們，立刻便認定了這個人值得結交，說：「男子漢、大丈夫，當真是古今罕有，我莫大好生佩服。」大拇指一翹，右手握拳，在桌上重重一擊，「來來來，我莫大敬你一杯。」

兩個人這時候的地位是有差距的。莫大是長官、是前輩，令狐沖是無業青年、是晚輩。莫大這一杯酒，讓五嶽劍派裡多少鄙視令狐沖的人、自居老子的人側目、汗顏。

反過來，令狐沖也是最能欣賞莫大先生的人。莫大平時其實是滿孤獨寂寥的，不太被人理解。庸人們都不理解他。在衡山城的小茶館裡，吃瓜群眾們興奮傳播著的，都是關於他的各種謠言，「劍法不如師弟」、「嫉妒師弟」、「一劍只能刺三頭雁」之類。

菁英們也不待見他。左冷禪、岳不群等實力派梟雄固然不看重他，就連文藝青年也排斥他。劉正風、曲洋這樣玩音樂的都瞧不上他，說他的二胡不夠「樂而不淫，哀而不傷」、「俗氣」。

劉正風，這個一直被他默默關心著的師弟，也說什麼「一聽到他的胡琴，就想避而遠之」，說白了，不願帶人家一起玩。偌大江湖，唯獨能欣賞莫大先生的，居然是小輩令狐沖。

在旁人眼裡猥瑣、市井的莫大，在令狐沖眼中看來卻是個英雄人物：「偶爾眼光一掃，鋒銳如刀，但這霸悍之色一露即隱。」在此之前，誰見到莫大這一面了？

他還發現莫大先生是「幾碗酒一下肚，一個寒酸落拓的莫大先生突然顯得逸興遄飛，連連呼酒」。這不活脫是阮籍、嵇康一樣的魏晉名士嗎？在劉正風等人看來「市井」、「俗氣」的莫大，到了令狐冲的眼裡，一舉一動就忽然煥發了光采。

相比之下，劉正風去刨嵇康的墓，想學人家魏晉名士的琴技，殊不知莫大卻學到了魏晉風度的裡子。令狐冲給莫大的評語是——「武功識見，俱皆非凡」，英雄識英雄，惺惺惜惺惺。

他們之間沒有道德綁架。他們不是什麼攻守同盟，沒有誰必須幫誰的義務。「你這都不幫我！你還是兄弟嗎？」桃谷六兄弟之間會這麼說，但莫大和令狐冲之間互相不說這樣的話。

莫大有過對令狐冲的事袖手旁觀。令狐冲和盈盈在少林寺被正派高手們圍困，莫大也在其中，但自始至終保持著沉默，沒為他們說過什麼話。

反過來，令狐冲也有顧不到莫大的時候。在華山思過崖的黑洞裡，大家同時被人圍攻，令狐冲一心只記著盈盈，顧不了救莫大。

他們卻沒有因此而產生什麼芥蒂，沒有苛責對方。一句話，你出手相助，我固然無比感激；你若沒有行動，我也理解你身不由己。

然而，在條件允許的時候，他們卻又都義不容辭、挺身相助。令狐冲被困漢水，屁股後面帶著一大群累贅的恆山派女尼，卻又急著要去救任盈盈，分身無計之間，莫大先生現身相助，讓令狐冲儘管前去。

關鍵是，莫大先生幫了這個忙，連人情都不領。令狐冲道謝，莫大卻說：「五嶽劍派，同氣連枝。我幫恆山派的忙，要你來謝什麼？」

這就是為什麼令狐冲一看見莫大，胸中便會產生一股溫暖。天地不仁、世途艱險、江湖水深，有這樣一個朋友在，誰會不感到溫暖呢？

這兩個人，明明意氣相投，卻又並行不悖。明明是好朋友，卻又不占朋友的名額。你和他一句話也不說，也不會覺得尷尬。反過來，如果和他推心置腹，什麼都講，也不會顯得交淺言深。

這真的是最讓人嚮往的友誼。杜甫詩裡所謂「由來意氣合，直取性情真。浪跡同生死，無心恥賤貧」，正是令狐冲和莫大這樣。

後來，令狐冲功成名就，成了大俠，辦個喜事，各路群豪都來道喜。書上說，「前來賀喜的江湖豪士擠滿了梅莊」。這難怪，衝著他和盈盈兩個人的名勢熏天，誰會不來？當然是要擠滿梅莊了。這裡面，趨炎附勢的、抱大腿的、混臉熟的，怕也不少。

按理說，莫大先生完全是可以來的。他來了，和令狐冲談笑風生，誰也不會說他是趨炎附勢，折了身分。令狐冲的長輩都死絕了，他作為五嶽劍派的老資格，出來當個主婚、證婚什麼的，也完全當得起。

可是莫大沒有。他不現身、不吃喜酒，也不包紅包。這一份錦上添花的熱鬧，他老人家不希罕、不愛湊。直等到大家都鬧完了、安靜了，笙歌歸院落，燈火下樓臺，他才在牆外，拉了一段《鳳求凰》。這就算是賀喜了。

有一個讀者說得很好：莫大先生，其實就是沒有奇遇的令狐冲。他們互相欣賞的就是另一個自己。沒有奇遇又怎樣，你我絕大多數人都注定是沒有奇遇的。誰謂琴中之劍，不是自由的劍？誰言瀟湘夜雨，不能笑傲江湖？

15 嵩山暗戰

一

之前文章說過武當七俠之爭，今天來聊嵩山暗戰。

嵩山這個門派在《笑傲江湖》裡很著名，屬於超級大反派，給人的印象是團結一心幹壞事，眾志成城去害人的。但其實有團體就有紛爭，好人、壞人都不可能是鐵板一塊（按：指緊密結合，不可分割）。在嵩山派的內部，就有一場複雜的爭權鬥爭。

先簡單講一下形勢：嵩山派這家公司的大首領叫作左冷禪。這是一個非常強勢的老闆。你從他身邊成員的稱號就能看出來，他的十三個師弟，被叫作「十三太保」。

這個稱號是比較強勢和倨傲的。「十三太保」在歷史上一般指的都是兒子，最有名的是唐末大軍閥李克用的一群孩兒，所謂「風雲帳下奇兒在」，都是兒子。拿太保來稱師弟，屬於強行當爹，何況師弟們年紀都不小了，原本是不甚妥當的。從這裡也能看出來左冷禪說一不二，如君如父，並且公然默許門派的黑幫化。當然這是題外話。

嵩山主要的奪權鬥爭，就在這十三個名為師弟、實為孩兒的太保之間展開。這十三個人裡，第一梯隊是三個人：老二丁勉、老三陸柏、老四費彬。這三人資歷老，武功也高，按道理說，左冷禪選接班人應該優先考慮這三個老弟。

在小說裡，嵩山派辦的第一件大事——破壞衡山派劉正風「金盆洗手」，就是派這三人去第一線指揮的。兄弟三人來了一次集體亮相。而這一次亮相，戲真是無比多。

到了衡山，按理說，這種重大公開場合，慣例是大長官多講話，小長官少講話或者不講話。老二丁勉本來理應多講話。可是大家注意，這一次老四費彬卻最積極，上躥下跳，話也最多。甫一亮相，他就搞行為藝術，一腳踩扁了劉正風的金盆。此後更是各種出風頭表現，在群雄面前侃侃而談的是他，衝到最前面去痛批劉正風的也是他。我粗略統計了一下，這一次費彬一個人喋喋不休講了約一千一百字，比二哥丁勉、三哥陸柏說的話加起來還多幾倍，而且句句要提老闆，口口聲聲「左盟主言道」、「左盟主吩咐」，把老人家不離嘴邊。

為什麼如此賣力呢？求表現，上位心切。他是嵩山老四，老四這個位子在公司裡是微妙、尷尬的，說他是主要長官也行，說不算也可以。如果主席臺上放四把椅子，費彬可以上去坐一把。如果放三把椅子呢？費彬就只能坐臺下鼓掌了。

費彬對此大概頗不滿意。別看他貌不驚人——兩撇鼠鬚、瘦小猥瑣，實際上確實有能力，口才很好，辦事幹練又狠辣，勝過兩位師兄。莫大先生也說過他的性格是「飛揚跋扈、不可一世」，自視很高，這種人肯定不願居於人下。

所以他得拚，要壓倒丁勉、陸柏。今番阻止劉正風金盆洗手，是左大哥交代的大事，也就成了費彬的一場表忠心大戲，他屁顛屁顛、衝鋒在前就不難理解了。

他後來死就死在這股子勁頭上。在衡山當天，明明事情已經辦得差不多，「金盆洗手」被阻止了，劉家滿門也殺了，在場的華山、恆山等幾派也都彈壓住了，未出亂子。丁勉、陸柏都覺得能交差了，大概都去城裡找樂子了，唯獨費彬意猶未盡，還要連夜巡山，將落跑的劉正風趕盡殺絕，要將大哥的指示落實到百分之兩百。結果不幸撞上了莫大先生，被戮。

他的死早有伏筆。大概是因為野心太明顯、爭權太急迫，老四似乎不大招同門待見，人人都竊欲除之。在劉府，他一度被劉正風偷襲擒住，挾為人質，刀子都頂在脖子上了。可是老二丁勉、老三陸柏居然毫不顧肉票的安危，照樣下令殺劉家人。

倘若不是劉正風手軟，一百個費彬都死了。此公在嵩山的人緣可知。最終殞命，也不意外。

二

說罷費彬，再來看丁勉。他是嵩山第二人，位份僅次於左冷禪。這人的形象是一個大胖子，武功甚高，但口才平平。在老四咄咄逼人的攻勢面前，他處於守勢，韜光養晦，不搶風頭。注意在劉府辦事時的一個細節：

胖子丁勉自進廳後從未出過一句聲。

他一聲不吭，只當悶葫蘆。

這一次出使衡山的任務中，丁勉其實頗受冷落和冒犯。注意看，整個過程中，那面象徵最高權力的五嶽盟主令旗從來就不在丁勉手上。一開始，令旗是拿在左冷禪的親信徒弟「千丈松」史登達手上，然後又轉交到費彬手上。前者是炙手可熱的師侄，後者是野心勃勃的師弟，自始至終就沒經過丁勉的手。

這個前線的「最高指揮官」似乎頗有點尷尬。

丁勉辦事的風格和費彬比也是不同的。他夠穩，但是不夠「過」。何意呢？就是不夠激進，辦事不肯辦過頭。在劉正風家裡，他也算是貫徹了左大哥的指示，參與阻止了金盆洗手，喝問了劉正風，屠殺了劉的家人，不可謂不盡力、不狠毒。但他就是沒有費彬搶眼、風頭勁，因為他辦事沒有費彬「過」。對大哥的指示，他辦到百分之百，費彬卻要辦到百分之兩百。

並非是說丁勉就有什麼俠義心腸，他一樣是個惡人、歹人，但他有個特點：要面子，做事多多少少還講那麼一絲底線，還要一點點作為高手的體面。

一個典型例子是後來暗算華山派，岳不群的老婆被綁住了，要遭凌辱，岳夫人如何求救的呢？是大喊丁勉的名字：「嵩山派丁師兄！」

當時嵩山在場的人甚多，岳夫人卻唯獨向丁勉求救，並且義正辭嚴一通質問，責問嵩山何以坐視女人被辱。

丁勉果然進退失據，犯難說：「這個……」又復沉吟不語，而後居然把岳夫人放了。

他的「犯難」和「沉吟」，還有那一句猶疑的「這個……」，便是一點殘存的做人底線在發揮作用。倘若換了費彬，要落實左大哥的指示時會「犯難」嗎？會「沉吟」嗎？會「這個、那個」的猶疑嗎？決計不會。大哥交待辦事，痛快辦了就是，猶豫個什麼？沉吟個什麼？

因此我嚴重懷疑左冷禪不會太喜歡丁老二，他會認為丁老二不如費老四果決忠誠，對自己跟隨得緊。須知，在嵩山這種江湖黑幫性質、老大乾綱獨斷的體系裡，一個人只要略微有一點點殘存的道德底線，只要在執行上級的指示時有一點點的猶疑，就都是不夠忠誠的表現，在左冷禪的眼裡都是可疑的牆頭草，都是要被驅逐的「良幣」。

左冷禪應該不會太屬意丁勉接班。我猜測他們之間還會發生這樣的對話：「老二，我們兩個年紀都大了，嵩山這副擔子，你看以後師弟裡誰最合適挑啊？」

這種對話在金庸小說裡就曾出現過。好比《射鵰英雄傳》裡成吉思汗問朮赤：「你是我的長子，你說我該當立誰？」這種對話的核心意思便是：「沒你的份，我就不直說了哈。」

說完丁勉，順便也講一下陸柏。他是老三，夾在老二和老四中間。此人的特點是「細聲細語」、陰柔處事。你想想，老四拚命拱老二，誰傷誰殘都是好事，自己樂得禍水東引，坐山觀虎鬥，當然就「細聲細語」了。

三

嵩山公司的二、三、四號各懷心事，結果誰占上風呢？答案是這三人都沒戲，靠邊站了。左冷禪對他們是深深失望，因為他們辦事一再屁胡（按：麻將術語，指贏錢最少的胡牌）。

他們先後帶頭辦的幾件大事，一件比一件失敗。第一次是針對衡山，破壞劉正風金盆洗手，負責人正是丁勉、陸柏、費彬。結果是辦了一鍋夾生飯（按：半生不熟的飯，比喻做事不徹底），劉正風雖然伏誅，卻把老四費彬的命送在了衡山。這樣慘痛的兌子（按：棋局術語，指損失自己一子並吃掉對方一子），左冷禪當然不能滿意，肝極痛。

第二次是針對華山，扶植了一幫劍宗的反對派去推翻岳不群，負責人又是丁勉、陸柏，等於給了兩人再一次證明自己的機會。結果半路殺出一個令狐冲，把眾人打得稀里嘩啦，灰頭土臉下山。左冷禪恐怕要直罵飯桶了。

第三次還是給了他們機會，讓其在藥王廟設局全殲華山。只不過這次多了個監軍——老七湯英鶚。這個人我們接下來另外說。這已經是不信任丁勉、陸柏了。這一次的行動，計畫周密，調動了大量人手，連編制外的傭兵也用上了，可謂志在必得，沒想到又被令狐冲破壞了。

屢屢辦事不成，試問左冷禪對丁勉、陸柏是何觀感？怕是想好也難。注意，從此左冷禪再也不派他們出門辦事。後來剿滅恆山派，如此大的一場硬仗，嵩山全力以赴、幾路出擊，所派的前敵指揮官卻是疑似老八的「九曲劍」鍾鎮，以及排名更低的高克新、鄧八公，還有非主管職務的人員張某、趙某、司馬某等，輪不到丁勉、陸柏了。

還有到福州搶《辟邪劍譜》，也是極其關鍵的一次行動，委派的人員卻是屬於旁枝的卜沉、沙天江，沒有丁勉、陸柏的份。左冷禪已經把他們當成透明人。

說到這都有點同情左老闆了。幾場大行動，每次都鎩羽而歸，派出的太保一次比一次排名低，自己不停檢驗隊伍，卻沒有一個可靠好用的，也是累。

那麼，這場奪權鬥爭裡有沒有真正的贏家和狠人呢？有的，答案是老七湯英鶚。

此人很少外出辦事，也極少出手展現武功，卻很得左冷禪信任。書上說他「長期來做左冷禪的副手」，比丁勉、陸柏等更加親信，有點掌印太監的味道。

但凡首腦，身邊都需要兩種人——重臣和近臣。湯英鶚走的是近臣路線。古人所謂「朝廷寵近臣」，這類人不用外出處理大事，也自然就不會出大的紕漏。整天繞在長官身邊，自然和長官親近，也容易不斷累積好感。從長遠看，十三太保裡以湯英鶚的接班希望最大，如果是買股票，我一定重押他這一支。

不過，寵臣湯英鶚也面臨著殘酷的競爭。他的主要對手倒不是師弟們，而是師侄們，主要是老闆的幾個親信徒弟，比如狄修、史登達。

湯英鶚歲數不小了，書上的人叫他「湯老英雄」，年齡可見。如果說他是頭老獅，那些師侄便是一群小鬣狗，殘暴狡黠過之，精力體力也過之，對湯英鶚虎視眈眈。

傳位給師弟，還是傳位給徒弟，左冷禪一定考慮過這問題。以人性而論，師弟親，但畢竟沒有徒弟親。要是再過個十年、八年，等史登達這夥小鬣狗的爪子硬了，完全有可能直接接班。到時候湯英鶚就是「先皇舊物」，日子會比陸柏他們還要難過。往壞裡說，慈禧身後的李蓮英，就算是湯英鶚不錯的下場了。

可能也正因為此，《笑傲江湖》裡最詭異、最陰險、最引人聯想的場景之一出現了。

那是在嵩山大比劍上，左冷禪慘敗，還被刺瞎了眼睛。左冷禪心性已失，在臺上拿劍狂舞亂揮，陷入顛狂狀態。臺下的湯英鶚轉頭對兩個師侄史登達、狄修說了一句話：

你們去扶師父下來。

好陰險。如果史登達、狄修機靈一點，應該立刻就地躺下：「啊！我手抽筋了！」、「啊！我肚子疼！」可惜兩人畢竟年輕，嫩了。平時殺人放火可以，但一遇到搞政治玩陰謀，還是欠經驗。兩人沒多想，屁顛屁顛便跑上去扶師父。結果狂暴狀態下的左冷禪六親不認，見人就砍：

寒光一閃，左冷禪長劍一劍從史登達左肩直劈到右腰，跟著劍光帶過，狄修已齊胸而斷。

湯英鶚一句話，兩個最有前途的師侄就變成四段了。湯師叔這是好心釀成的誤傷，還是故意給師侄挖了個大洞，已然是永遠的謎團。

最後，嵩山派被華山派兼併，新老闆岳不群宣布了中階主管人選：

暫時請湯英鶚湯師兄、陸柏陸師兄，會同左師兄，三位一同主理日常事務。

第一個提到的就是湯英鶚，並且注意這裡面沒有丁勉。在商場上，排名從來都是重要的。岳不群等於公開確立嵩山的新秩序：湯英鶚第一，陸柏第二，丁勉靠邊站。可憐的狄修、史登達死不瞑目：湯師叔你好壞啊，居然叫我們去扶師父。我們不扶師父，我們牆都不扶，只扶你。

16 五嶽迷思

《笑傲江湖》裡，左冷禪自始至終都在幹一件大事，就是「統一五嶽」，建立一個聯合商業帝國。

他的一切布局籌畫、陰謀陽謀，都是圍繞「統一五嶽」這件事進行的。這簡直成了左冷禪的一個執念、一個迷思，不惜一切代價都要達成。江湖上許多腥風血雨，都是因為「統一五嶽」這件事而起。最後他自己也合併不成，身敗名裂。

掩卷而思，這裡面便有了一個大問題：左冷禪到底有沒有必要非去統一「五嶽」？個人認為，強行統一五嶽實在沒有必要，是左冷禪的一個大敗筆。他最終敗亡也就在這件事上。

「五嶽」，在小說裡是指五嶽劍派，即泰山、華山、嵩山、衡山、恆山五個劍派。統一「五嶽」是一個名義上很美，但事實上幾乎不可行的計畫。

先說次要一點的理由：無法管理，光在地理條件上就不實際。

五嶽分布在山東、陝西、河南、湖南、山西五個省，之間相距動輒上千里。從華山到泰山，現今開車都要一千六百里（按：約八百公里）；從華山到衡山，開車要兩千三百里（按：約一千一百五十公里）。

如果是丐幫、天地會這樣的幫會組織那也罷了，它們成員眾多，動輒成千上萬人，人員可以大規模流動。它們還經營了很多副業，便如同今天一家極大的公司，支系發達，有頻繁的商貿經營活動作為連結，還可以進行有效管理。

可是像五嶽劍派這樣的小規模土著劍派，每一處幾十人到百來人不等，分散在相距一、兩千里的幾個山頭上，又沒有任何經貿活動作為連結，山頭之間是割裂的。以古代的交通和通訊條件，重重關山阻隔，如何統一有效管理和轄制？

金庸小說裡，這樣距離太遠、無法有效制約和聯絡的例子比比皆是。少林派分出過一支西域少林，後來很快式微，漸漸的西域少林連武功都不練了，和總部都沒什麼往來了。

北宋的無量劍派，分成了北、東、西三個宗。其中北宗從雲南遷到山西，四十年後就沒聯繫了，形同陌路。剩下東、西兩個宗離心離德，整天內鬥。還有清朝的天龍門，分成了南宗和北宗，一個在遼東，一個在南方，後來內鬥激烈，互相拆臺，誰都管理不了誰。所以說「五嶽」合併，光在地理上就不大實際。

其次，比地理上的巨大隔閡更要命的，是「五嶽劍派」在精神層面上完全缺乏合併的基礎。五個門派各有各的宗旨，各有各的道統。僅僅以思想信仰而論，五派就有僧、有道，有出家、有俗家。比如泰山是道家，都是道士；而恆山是佛家，全是尼姑。這怎麼強行合併？如果這都能合併，那武當派和峨嵋派也能合併了，青城派和恆山派也能合併了，又怎麼不合併？

另外，從道統上說，人家五派是分別創派的，各自都立足武林數百年，各有各牢固的道統和傳承。

所以你才看見，在華山後堂，「堂上布置肅穆，兩壁懸著一柄柄長劍，劍鞘黝黑，劍穗陳舊，料想是華山派前代各宗師的佩劍」。這就是道統。

又如泰山派掌門人天門道長口口聲聲說：「泰山派自祖師爺東靈道長創派以來，已三百餘年……這三百多年的基業，說什麼也不能自貧道手中斷絕。」這些都是道統，是一個門派的精神支柱，是不能輕易摧毀和抹殺的。

這幾家門派，除了大家正好都用劍之外，在其他方面完完全全就是獨立的門派。所謂「五嶽」，不過是一個空頭的地理合稱，充其量只能充當一下黏著劑，增加一下互相之間的親近感，很難強行摧毀派別之分。

在某些特定時候，這五家人是可以結盟的，好比說國家之間也會結盟，也會抱團（按：指抱在一起取暖）。但結盟是一回事，要大家都把各自大門、灶臺拆了，搬到一起來過日子，則是另一回事。左冷禪想無視巨大的地理隔閡，想一舉抹殺五派各自的道統傳承和精神記憶，可以說千難萬難。

對照一下另一部書《倚天屠龍記》裡的六大門派或許就更明白了。五嶽劍派之間的獨立性，並不比《倚天屠龍記》裡的崑崙、崆峒、華山、峨嵋等六大門派低多少。六大門派可以結盟，也可以出於共同戰略目標的考慮，臨時遵奉一兩位盟主、軍師，一起去討伐明教，同進同退，但它們之間幾乎沒有合併的可能，崑崙、崆峒、峨嵋能合併嗎？顯然不能。也沒有哪個狂人會企圖統一六大派。那五嶽劍派又如何能強行合併？

之前說強行合併五嶽「不實際」，再說一下強行合併五嶽「不划算」。這一點更加重要。

強併五嶽，後果是什麼？對內必然面臨巨大的阻力和血腥的戰爭，要付出無比沉重的代價，那倒也罷了，左冷禪本就不恤人命。可是對外，還會過早引起少林和武當的警覺和厭惡。

事實正是如此。左冷禪強推合併，步步血戰，樹敵無數，嵩山明裡、暗裡折損了許多人手不提，關鍵是還導致少林、武當強烈反感。方證大師和沖虛道長幾乎把左冷禪當成了比魔教還要嚴重的第一假想敵：

「左盟主……抱負太大，急欲壓倒武當、少林兩派，未免有些不擇手段。」——方證大師

「左冷禪野心極大，要做武林中的第一人。……須得阻止左冷禪，不讓他野心得逞，以免江湖之上，遍地血腥。」——沖虛道長

但凡新霸主要崛起，壯大自身實力必須悄然進行，越不動聲色越好，對舊霸主則要迷惑溫慰，讓其越不警覺越好。而「合併五嶽」恰好相反，非積年累月流血難以成功，殺得江湖上雞飛狗跳，鬧得自己的一點陰謀無人不知，反而讓少林、武當側目，早早站到對立面來彈壓，划算嗎？

就算左冷禪運氣好一點，以殘酷手段暫時彈壓了四派，名義上強併成功了，又會如何呢？其他四嶽真的會凝聚成一派、親如一家嗎？我看也懸。到時候多半是像之前說的，管理十分困難，五嶽仍然是幾個實質上的獨立山頭。

這一點後來其實已經被證明了。岳不群後來倒是統一了五嶽，可是結果如何？實際上還是只

能維持老樣子，原人管原山，大家離心離德，各懷鬼胎：

（岳不群）朗聲說道：「……在下只能總領其事。衡山的事務仍請莫大先生主持。恆山事務仍由令狐冲賢弟主持。泰山事務請玉磬、玉音兩位道長，再會同天門師兄的門人建除道長，三人共同主持。」

到頭來左冷禪、岳不群無不發現，要真正瓦解、摧毀這幾個山頭，只有一個法子，就是殺。須當發起一場血腥的、徹底的清洗和屠殺，把幾個山頭的菁英和核心戰力都誅滅，殺成空殼子，換上自己的人去。兩人後來也都是這麼做，乾脆把大家全部騙到山洞裡，一股腦全弄死。

這不是搞笑嗎？你殫精竭慮搞合併，辦法卻是把其他幾嶽的人殺光光，換上你自己人去，借殼上市？那麼千辛萬苦搞合併的目的何在呢？

秦統一六國，為的是土地和人口。江湖爭霸卻不一樣，不能和兼併戰爭畫等號，一個江湖門派也不可能占領什麼土地人口。搞併派，要的是「人」，追根究柢為的是充實人手、增加武力。

可是如今你把對方人都殺光，高端戰力都殺光，枉自背負一個江湖惡名，只占來一個空的門派和山頭，還要分兵把守，還要牽扯大量精力去管理，圖什麼？圖收風景區門票嗎？

再打一個比方，你就明白這多荒唐了。設想張三豐非要去合併峨嵋派，把滅絕師太、靜玄師太、周芷若等都殺光光，殺成空殼子，派宋遠橋過去峨嵋主持，聯合成立一個新的「武當峨嵋派」，試問這於壯大武當有何益處？結果反倒是家裡頭俞蓮舟嫉妒吃醋，那邊宋遠橋沒幾年又鬧獨立，雞毛蒜皮，圖什麼呢？峨嵋山有礦？

左冷禪真的是需要一個冰桶冷靜冷靜。他欲制霸江湖，根本的辦法是四個字——做強嵩山，而不是非要強占那幾個八竿子打不著的山頭。明教席捲天下，並不需要去合併崑崙派，哪怕大家總舵都在崑崙山。少林派領袖群倫，也並不需要去合併伏牛派，哪怕大家都在伏牛山脈。

左冷禪吃了秤砣鐵了心，非要合併五嶽，他圖什麼？我看骨子裡的動機只有一個：圖虛名。或者說好聽點，為了一種情結。金庸說過左冷禪是政治人物，但不要以為政治人物的決定都是理性的，其實非理性的因素也很大。越是野心勃勃的人物，往往就越容易掉進執念，陷入非理性的迷思之中。

統一五嶽，對他而言已經上升為一種情結。作為一個野心家，他被一個文字上很美、很宏大的吞併計畫給綁架了。他本來一直是五嶽盟主，可能對這個「盟」字早就膩了、不耐煩了，想拿掉這個「盟」字，直接當主。

而且這種人物往往還有一個特點，就是自大，別人眼中不可能辦成的事，他卻自信能夠辦成，就敢不計代價的下手開幹。

人皆有迷夢。江湖上，凡人做做迷夢尚可，金山銀山、三妻四妾，反正都是幻想，也實現不了。左冷禪這種角色卻不能做迷夢，不能非理性，否則代價就太大了。劉正風滿門老小的血，成不憂、玉磯子被撕裂的身軀，華山梁發的頭顱，天門道人臨死時雙眼流出的鮮血，龍泉鑄劍谷裡死難的許多女尼，江湖上無數有名的、無名的人頭落地，都是他一個迷思的代價。

看來看去，還是孫猴子這種山大王最好，貌似很有野心，其實最沒野心，在自己家立一個竿子「齊天大聖」，自吹自擂一番便滿足了。去統一黃風山、蓮花山、兩界山？猴子會說：吃多啦，圖什麼啊？

17 更無一人謀嵩山

《笑傲江湖》裡，嵩山派和別的派是不一樣的。這個門派有一個特點：高手耆宿固然很多，但無論門派裡的內事外事，似乎都絕無分歧與爭議。

別的門派多多少少都有些分歧與爭議，你主張強硬、我主張柔和，你贊成連橫、我支持合縱，不可能一致。在華山，岳不群和岳夫人對經營華山的理念就不一樣，岳不群和大弟子的想法也不盡相同，時有爭辯。在衡山，掌門人莫大先生和師弟劉正風就不太合拍。就算大事步調一致，小事上也總有不一樣的見解與看法，比如莫、劉兩個對音樂的理解不一樣。

嵩山派這家公司卻不然，至少在表面上，你會感覺到它絕無任何分歧，無任何不同意見，只有一個左冷禪在思考，旁人全不思考問題。嵩山有「十三太保」，武功、資歷均高，可是這十三個人像一個腦子、一張嘴巴，在門派大事上無任何見解和主張。

左冷禪的市場路線，是以血腥手段吞併五嶽。也正為此，嵩山走上了覆亡之路，一路不斷屠殺、不斷樹敵，與衡山、華山、恆山都結下深仇，亦把更強大的少林、武當推向對立面，最終裹挾著其餘幾嶽一起傾覆，死淨死絕。

隱患這樣大、這樣危險的一條市場拓展路線，十三太保有沒有規勸過哪怕一下？有沒有建議過左冷禪適時的盤點一下、反思一下、調整一下？不知道。但從小說情節看，沒有。丁勉、陸柏、費彬、湯英鶚、鍾鎮、樂厚……只要是出了場的太保，每一個人都表現得踴躍施行，只顧玩命猛幹。

你幹掉一個衡山的，我就幹掉一個華山的；你屠劉正風滿門，我就強姦岳夫人。你強硬，我就更強硬，爭搶著比賽誰更積極，完全看不出他們對「併派」這個宏偉的市場計畫有任何思考，直到大家一起完蛋。

疑惑也就正在於此：這潛在的風險，嵩山始終無人察覺嗎？連你我都看出來極其危險的路線，太保們能看不出來？這十三個太保可都是人才，久歷江湖、見多識廣，怎麼就沒有一個持重的、清醒的？嵩山還有那麼多菁英弟子，太保之下還有許多的中保、少保、小保、溫飽，也沒有人出來提醒一聲嗎？

事實真相恐怕是，這是一種現實選擇，他們都不能持重，亦不能思考，無法從嵩山的角度真正去思考一下成敗得失。那不符合他們的個人利益。

以太保而論，他們的眼前利益，就是先把太保的位子坐穩，可能的話再謀求一點發展進步。第十三太保想升十二，第十二想升十一，這是他們眼前最大的現實。所有的中保、少保、小保也是一樣。他們的一切言行都必須從這個最現實的利益出發。

而當時，整個嵩山公司已經陷入了好戰、求戰的狂熱拓展情緒中，形成了一種「勢拔五嶽掩赤城」的氛圍。你倘若審慎、冷靜，和這股情緒不相一致，那就是膽小怯懦、畏敵怯戰，甚至是「屁股坐歪了」，是有不可告人目的的奸徒。唯有強硬再強硬，才能跟得上潮流，才能在門派內的眾多競爭者中不落後。反正位子只有這麼多，升級管道越往上越窄，你不想當太保，有的是人想當。

於是嵩山上下所有人都要比賽著強硬。小說裡，何以每一個嵩山的人出場，不管身分、輩分如何，年長的如丁勉、費彬，年輕的如狄修、史登達，都顯得如此霸道、出手如此狠辣，好像和每一個別家門派的人都有深仇大恨一樣？因為眾人都被這股情緒和潮流裹挾著，老一輩的要比狠，小一輩的也要比狠，不狠就難出頭，嵩山已經沒有了剎車。

於是殺劉正風、殺曲非煙、殺定靜、殺天門，藥王廟還要殺光華山，殺殺殺殺，能結仇的統統結下深仇，人人口口聲聲乃是為了嵩山之壯大，反正表現是自己的，仇恨和隱患是帶給公司的。至於這樣殺下去、仇下去，將會把嵩山帶入何地，哪用我管？天塌下來是嵩山的天，關我屁事呢？

我們讀歷史演義多了，就常常留下一種印象：少數主戰的英雄總是被一群主和的投降分子包圍，一腔孤勇，憤對蒼天，彷彿這是歷史的常態，宗澤、岳飛莫不如此。而事實上在許多時候情況也許正好相反，往往是少數理性、務實的聲音被一股狂熱的氛圍裹挾，主戰的極容易政治正確，而主和、主慎的極容易背鍋負罪。崇禎之壬午年，慈禧之庚子年，莫不如此。

人人高喊為嵩山，卻無一人謀嵩山。初看上去遍地忠臣死士，整日好勇鬥狠，然而哪一個是真的死士？當岳不群奪得盟主之位，左冷禪敗戰眼盲之後，全派上下都不作聲，哪裡有一個死士出現？

甚至，當岳不群最後成了五嶽之主，公布了嵩山人員安排，宣布仍然由原人掌管的時候，一眾太保還大為欣慰，甚是滿意。這恰恰證明他們當初的選擇是對的，齊心合力把嵩山的天搞塌了，那又怎樣？反正自己的天沒有塌，太保、中保、小保，一如既往。

18 臨時演員是靠不住的

金庸小說的江湖上有一種人，叫作臨時演員。和今天拍戲的臨時演員不一樣，他們是另外一種。他們戲路很簡單，基本就是兩個：

一是讓老闆爽，比如老闆說話，他們就拚命鼓掌；老闆表演武功，他們就慘叫一聲倒飛十米，吐血倒地，捂著胸口驚呼「老闆好強的劈空掌」之類。

二是證明公司決策的正確。比如公司員工餐廳漲價，他們就紛紛涕零說漲得好，才漲五塊錢實在太少了，我們大家都不好意思吃飯了，等等。

在金庸的小說《笑傲江湖》裡，就有一場很精采的臨時演員的表演。這一段故事非常深刻、非常有啟發，對於今天的職場與商戰也有借鑒意義。

這一天，嵩山劍派辦了個大活動，要宣布合併五嶽。這是謀劃已久的一個活動，嵩山上上下下都非常重視。

活動當天，幾千江湖好漢應邀來到嵩山，現場張燈結綵、盛況空前。但是大夥兒很快發現，身邊有很多臨時演員。

書上說，令狐沖等客人剛剛上了山頂，就看見路邊有三個聊天的老大爺，「指指點點」，仿佛正熱烈討論著什麼。

一個說：哎呀，嵩山的風景真是壯麗。

另一個便說：哎呀，嵩山的山頭真是高，你看比少林寺的少室山還高，真正何其了得。

老大爺們一邊討論，一邊「大笑起來」，爽朗淳樸的笑聲飄揚在山道上。

事實上這不是三位老大爺，而是三位老演員。我猜想，這一天裡每個上山來的人，都會碰到這三位，聽他們說這幾句話。他們會從早說到晚，直到吃晚飯。

他們這幾句話的文案水準其實很一般，還有得罪少林寺的嫌疑，也不知道左冷禪親自把關了沒有。

書上還說，這一天的活動裡，臨時演員們非常賣力，左冷禪不管說什麼，都有人「鼓掌喝采，群相附和」。

左冷禪說：今天是我們五嶽劍派合併的好日子。臺下數百人便齊聲叫了起來：「是啊，是啊，恭喜，恭喜！」

其實人家其他幾派同意合併了嗎，你們就恭喜？但臨時演員才不管這麼多，反正便當是嵩山派發的，出場費是嵩山派給的，不管嵩山派說什麼，他們都說恭喜。

他們的嗓門還都特別大，比如左冷禪問：關於合併這件事，泰山派的廣大同道贊不贊成呀？話音剛落，泰山派裡一百多位臨時演員立刻轟然答應，而且「震得群山鳴響」：「泰山派全派盡數贊同併派，有人妄持異議，泰山全派誓不與之干休。」都學會搶答了。

那麼，請了這麼多臨時演員，有效果嗎？當然是有的，比如炒熱了氣氛、壯大了氣勢、逞出了威風，等等。並且這類臨時演員多半很便宜，大概就兩錢銀子（按：約為現今新臺幣五千七百元）一天，有便當就好。泰山派那一百多臨演，真的每個人都得到很大好處了嗎？著實未必，恐怕好多人的便當都沒有雞腿。

不過，太喜歡用臨時演員也不是辦法，會有一些嚴重問題。比如演出的效果不好。我總結的臨演第一定律就是：臨時演員是沒有演技的。

在嵩山現場，臨演演技之差，連令狐冲等人都看不下去了。有的臨演用力過度、敲鑼打鼓、演技浮誇；有的回答問題時整齊劃一，像是背誦，連文案都一模一樣的。

泰山派那一百多個人，在回答左冷禪問題的時候，居然回答得每個字都一樣。本來完全可以做得逼真自然一點的，例如讓老人用句諺語，小孩子說幾句兒歌之類，結果非搞成集體背誦，相當不負責任。

除此之外，還有更重要的一點：在市場競爭中，臨時演員用得多了是會上癮的，會把導演自己都搞糊塗了，分不清臺詞和真實客戶心態了。

嵩山派本來明明自家是導演，情節、劇本都是自己定的。可是一來二去就上癮了，每天要是沒有臨演捧場，公布市場報告沒幾個臨演帶頭叫好鼓掌，嵩山的人可能都不習慣了。

而且臨演太多，還會讓嵩山錯判了江湖形勢。回頭來看，左冷禪這麼堅決、快速的推進五嶽合併，多多少少有被這種假民意、真臨演誤導的原因。他可能真的以為那麼多人支持併派，形勢一片大好，嵩山的產品在市場上真的很受擁戴，其實大家都在偷偷比中指。說到底，臨演這東西本來是用來糊弄別人的，真要把自己都糊弄了就不好了。

其實，臨演不光沒有演技，還沒有節操。他們在嵩山的最終表現讓人十分唏噓。

當天，現場情節出了個一百八十度大反轉，明明是大熱門的左冷禪被戳瞎了眼睛，沒能當上掌門，而華山的黑馬岳不群卻一戰成名，成了掌門了。

結果呢？來看看書上這一句話：

有數百人等著，待岳不群走近，紛紛圍攏，大贊他武功高強，為人仁義，處事得體，一片諂諛奉承聲中，簇擁著下峰。

真是悲哀。這些圍著岳不群諂諛奉承、一窩蜂簇擁著他下峰的人，可能其中不少都是左冷禪請來的臨時演員，有的可能還是和嵩山合作多年的老演員。他們吃的是嵩山的便當，喝的是嵩山發的礦泉水，領的是嵩山給的小紅包，可是左冷禪一垮，就成了臭狗屎，他們一抹嘴巴，飯粒都沒擦掉，就圍著岳不群去繼續當演員了。

所以說啊，玩臨演可以，信臨演沒前途。你強、你狠的時候，臨演永遠不會缺；當你衰的時候，臨演留也留不住。他們看著你，只是看著一個巨大的雞腿便當而已。

19 林平之為什麼那麼恨令狐冲

《笑傲江湖》裡，林平之恨令狐冲，恨到匪夷所思的程度。書上說，令狐冲是他「平生最討厭之人」，噁心榜上排第一位，恨到巴不得「親手殺了令狐冲這小賊」。

這就很奇怪了。一個人痛恨另一個人，恨到想把他剁成老干媽（按：中國辣椒醬品牌），總得有個理由。林平之恨余滄海、恨木高峰、恨岳不群，都很好理解，不用多解釋。唯獨恨令狐冲，找不到一點根據。

令狐冲和他不僅沒過節，甚至還有恩情。令狐冲揍過青城弟子，說他們是「青城四獸」、「屁股向後平沙落雁式」，可說幫他出過氣。令狐冲還救過林平之的爹娘，後來又救過他和小師妹，裡裡外外一直對他不錯。你小林子搶了令狐冲女朋友，人家也沒把你怎麼樣，最多自己喝悶酒，一人飲酒醉。

對這樣一個好人，恨從哪來呢？連令狐冲自己都想不通：「我什麼時候得罪你了？」

要搞清楚這個問題，得看下林平之生平經歷。

金庸給了林平之男一號的標準配置，出身好、顏值好，人品也好，穩穩的三好少年。只看前幾章，你會以為他是不折不扣的主角。就好比是選秀節目，導演一直拍著他肩膀，滿口鼓勵：小夥子好好做，我捧你！

滅門慘案之後，林平之也一直按照一個身負血仇、隱忍堅強的正義少年的路在走，擦掉眼淚、尋訪名師、相逢摯愛、勤練武功……他什麼都沒有做錯。結果主角之路走了一半，卻發現導演給他開了個大玩笑。

武功死活練不上去，出道以來從來沒有打贏過一場架，走到哪兒被虐到哪兒。他吃過的癟，比別人吃過的鹽都多。他踩過的坑，比別人走過的路都多。拿了一個麥克風，發現是沒聲音的；說好是核心主位，結果全程被擋臉；主持人答應了要多給臺詞，結果全場只拿他當笑料；好容易找到機會說句話，又被別人打斷：這個問題我們先聽聽令狐大哥怎麼看……。

就拿見義勇為這種事來說，林平之跟令狐冲都見義勇為，都曾經勇救過少女。令狐冲救了被調戲的儀琳，林平之救了被調戲的岳靈珊。可是看看各自救人之後的下場。令狐冲被正道大老們交口稱讚，那也罷了，居然還被敵人田伯光稱為「好漢子」，非要跟他拜把子，甚至還埋下了跟恆山派交好的伏筆。

反觀林平之呢，因為救人，直接全家火葬場，一集都沒撐過去就讓人滅了門，開啟了流亡生涯，被人毒打、潑洗腳水、吐口水，歷遍了人世坎坷。兩相對比，試問他心情如何？

他其實跟令狐冲有諸多相似之處，都是有膽識、有性格。岳靈珊評價他們兩人說：「除了俠氣，還有一樣氣，你跟小林子也不相上下……是傲氣，你兩個都驕傲得緊。」

可最終待遇卻迥異。令狐冲一要俠氣、傲氣，就招人喜歡，江湖大老都豎大拇指。林平之何嘗不曾有俠氣？在群玉院，令狐冲被余滄海威脅，是林平之不顧危險、仗義執言，引開余滄海，救了令狐冲。可是從來沒人說過林平之是好漢子，甚至他連個知心朋友都沒有。

在藥王廟時，華山派被敵人圍攻，眼看要全軍覆沒。令狐冲站了出來，一劍退群敵，成名天下知。然而沒有人記得，在最危難的時刻，林平之也站出來過。武功不高的他，曾抱著捨身成仁的勇氣，拾起一根鐵杖猛力朝自己額頭擊落，想以此挽救門派。

他說：「一切禍事，都是由我林平之身上而起……我是堂堂華山派門徒，豈能臨到危難，便貪生怕死？」捨生取義，何等剛烈，可是光芒卻又一次被令狐冲掩蓋。

事實上，令狐冲固然光鮮奪目，卻也承受了許多痛苦、不幸、不公，但從林平之的角度是看不到的。他眼裡所看到的就是同人不同命，待遇懸殊到常理都不能解釋。

所以他就只能認為，你令狐冲的正直是假正直，你的俠義是假俠義，你的殷勤是假殷勤，你令狐冲絕對不可能是真好人——真好人怎麼可能會有好報？你越混越好，越混越滋潤，所以答案只能是你也是偽君子，你只是一個裝得更像、隱藏更深的壞人而已。

所有具有反社會人格的變態惡人，基本上都有一個相同的作惡理由：這世界太壞、太黑暗了。他們決不能允許有反例的存在，決不肯承認這世界上還有善良和正義。所以林平之決不肯承認令狐冲是好人。

他恨令狐冲，某種程度上也是恨被令狐冲反襯出來的自己。像是一個變形的人恨上了鏡子。令狐冲舉手投足間的豁達、俠義、神勇，正是林平之曾努力想要追求的。結果天地不仁，少年俠客夢碎，他活得越來越扭曲，離這個目標越來越遠。

一看見令狐冲，他就像看見了自己的初心。他必須在心裡徹底推翻這個「偶像」，用汙物去塗抹他，把令狐冲貶損得一錢不值，才能得到安寧。

好比兩個人說好一起做天使，林平之卻失足墜了糞坑，掙扎半天，發現令狐冲仍然片塵不染，還自在的撲騰翅膀，天下焉有是理？所以他令狐冲一定舞弊。又比如他小林子一心想攀登聖潔的雪山，最後卻陷進了爛泥潭。於是只好遠遠對著雪山吐唾沫，說那上面一定有屎。

其實林平之是聰明人，完全分得清好歹。哪怕他後來完全扭曲變態了，腦筋也還是靈光的。倘若他坐下來把前塵舊事認真琢磨琢磨，未必分辨不出令狐冲是好人。你看他其實一直知道師娘是好人。

有一個讀者曾給我留言，說得很好：

我記得電影《瘋狂的石頭》裡，道哥泡在澡池子裡流著淚說了一句：就是沒有好人了。粗淺的覺得，在一個對社會和人性都失望透頂的人眼裡，對方是什麼人、做過什麼事已經不重要了，你就算不是他的仇人，他也不會多喜歡你。

林平之對岳靈珊說過：妳和妳爹不同，妳更像妳娘。

他其實分得清好壞。他只是不想區別對待了。

20 楊蓮亭的功與過

在日月神教裡，有相當長一段時間，大權由一個叫楊蓮亭的人把持。因為教主東方不敗不親掌教務，專心去玩刺繡工藝，擔任總管的楊蓮亭就是黑木崖的實際操舵手和掌權人。正像任盈盈所說的：「這些年來，教中事務，盡歸那姓楊的小子大權獨攬了。」

一說楊蓮亭，大家就覺得他胡作非為，把教務搞得一團糟，這基本已經是定論。從他的政治對手的評價就能看出來。任盈盈說他「武功既低，又無辦事才幹」。任我行說他「大權在手，作威作福」。作為死對頭的任我行還說，要感謝楊蓮亭胡作非為，搞亂了魔教，給自己的復辟創造了大好條件。

這些評價，總體是真實可信的，任我行、任盈盈肯定不是栽贓汙蔑。如此看來，楊蓮亭實在是個一無是處、沒有絲毫貢獻和作為的百分百爛人。

但問題是，這些評價和書上的另外一些話，又似乎是矛盾的。比如在恆山，令狐冲被魔教設計伏擊，任盈盈便對令狐冲說：

東方不敗此人行事陰險毒辣，適才你已親見。……東方不敗這當兒也已展開反攻，他……來向你下手，便是一著極厲害的棋子。

請問是誰的手段「陰險毒辣」？又是誰反攻令狐沖，行了「一著極厲害的棋子」？名義上是東方不敗。可是盡人皆知，東方不敗早已不管事了，唯一主事的就是楊蓮亭。換句話說，楊蓮亭就等於東方不敗，東方不敗就等於楊蓮亭。

這是否也證明了一件事：楊蓮亭其實也是有些手段的，並且還很「陰險毒辣」？楊蓮亭也是會展開反攻的，還能下出「極厲害的棋子」？楊蓮亭也並不是完全的廢物？

所以說楊蓮亭此人到底是什麼水準，有多少工作能力，是否完全一無可取，還真的可以探討探討。

個人看來，楊蓮亭除了「胡作非為」之外，也還是做了三件事的，可算是正經八百的工作：

第一件，維持了對正教的緊逼和壓制態勢。

打擊少林、武當、五嶽等正教，是魔教一直以來的主要業務。對這個業務，楊總管似乎並沒有放鬆。他攬權的這些年，對正教的壓迫感還是很強的。

整部書上，從沒聽到哪一個正教領袖說過諸如「這幾年日子好過了」之類的話。相反的，一講到魔教，正教中便精神緊張、如臨大敵。這是否也可說側面印證了楊總管的工作成效？

第二件，打擊了黑木崖內部的分裂和復辟勢力。這也是楊蓮亭做了的一件正事，至少站在他和東方不敗的立場上，這是絕對意義上的正事。

魔教內部的分裂和復辟勢力是誰？典型代表就是向問天。向問天是一個極難纏的對手，武功既高，又很有資歷和威信，是一個很有能力的當權派。楊蓮亭對向問天是有所防範的，後來也是拿出了果斷措施的，一度把向問天抓了、關了。向問天出場的時候手上是戴了鐵鍊的，這個鐵鍊是誰給他戴上的？當然就是楊蓮亭。能抓得了向問天、關得了向問天，怎麼也不能說是廢柴。

後來向問天脫困，去解救任我行，甫一下黑木崖，便有大隊人馬追殺。這反應和處置速度是可以的。任我行被救出黑牢後，十幾天內黑木崖便得到了消息，四名長老立即被派到杭州梅莊去調查此事，可見魔教的情報系統、應變系統也都正常運轉，沒有鬆懈和癱瘓。

當然，楊蓮亭的一切措施都落入了被動，招招落後於向問天，未能料敵機先，致使任我行獲救，這是實情，他確實沒有大才幹。但要說他毫無作為、完全草包，那真還不是。

第三件，楊蓮亭還主動的策畫了一些進擊、斬首行動，試圖有所作為。

他派人突襲恆山，對令狐冲展開斬首行動，就是極其狠辣的一招，連任盈盈也說這是「一著極厲害的棋子」。事實上這一次突襲差點就大功告成了，不僅險些殺了令狐冲，還險些一起殺了少林方證大師、武當沖虛道長。

倘若這一戰成功了，楊蓮亭一舉滅掉正教三大高手，那可說是魔教多少年來都沒有過的輝煌戰果，黑木崖怕是真的要「一統江湖」了。到那時候，歷史又該怎麼評價楊蓮亭？還有誰能說他是個草包呢？

還有人說楊蓮亭故意搞亂魔教，那更是絕無可能。就好像劉瑾、魏忠賢再為非作歹，也絕非存心想搞亂大明。楊蓮亭也是渴望有所作為的。試想，誰願總被人背地說是孌童、男寵？他豈能不想幹出一點成績來證明自己，表明自己的地位不是睡出來的？

那麼，楊蓮亭之衮衮惡名，之不招人待見，究竟是源於什麼事？他的胡作非為具體為何？到底是哪些事情上胡作非為？回到原文認真一看，你就能發現端倪：

黃鍾公：「東方教主……寵信奸佞，鋤除教中老兄弟。」

任我行：「那楊蓮亭……作威作福，將教中不少功臣斥革的斥革、害死的害死。」

任盈盈：「教裡很多兄弟都害在這姓楊的手上，當真該殺。」

以上這些，才是針對楊蓮亭的具體指控，它們基本上都集中在一件事情上，那就是迫害教中兄弟。換句話說，就是搞擴大了的、嚴酷的對內鬥爭。

這才是他招恨的根本。楊蓮亭的本質，乃是佞臣，由貼身依附主子而得勢，把持了權柄。這種佞臣往往就逃離不了愛搞鬥爭、搞迫害的套路。因為他們獲得權力的途徑往往是超乎常規、違反正常程序的。倘若要按常規的途徑，楊蓮亭就是鑽營到死，也不可能升到向問天、童百熊的頭上去。他和正常的權力體系天然是抵觸的、對立的。

如此一來，為了樹立權威、鞏固權力，他就要鬥爭、要殺伐，製造人人自危的氣氛，迅速完成威信的累積。某種程度上說，黑木崖上的氣氛越是緊張，越是人人擔驚受怕，惶惶不可終日，就越有利於楊蓮亭。試想，劉瑾、魏忠賢等人不去殺伐，誰人依附於他、畏懼於他呢？

而且佞臣也往往逃不掉要做壞事的命。為什麼呢？因為倘若是好事、正事，教主就會派重臣、大臣去辦了，何必派佞臣去做呢？既然派到你楊蓮亭去做，那麼多半這事就是私事、醜事、壞事了。

楊蓮亭做的壞事，少部分是自己要做的，大部分大概還是替東方不敗做的。比如剷除童百熊這種老骨頭，全是楊蓮亭自己要做的嗎？恐怕未必，怕還是代東方不敗執刀的成分大。這種事東方不敗不便自己來，也不方便讓向問天等重臣做，終究是由楊蓮亭這種人辦起來方便、順手。萬一哪天小楊跋扈太過，玩過火了、惹眾怒了，批評他幾句就是，大不了日後換一個楊蓮亭，沒什麼大不了。

楊蓮亭這個角色的原型，很有可能部分來自明朝正德皇帝的寵臣江彬，江、楊兩個人都是孔武有力、倔強悍勇，也同樣是和老闆的關係好到一起睡覺。江彬這樣的角色也是只能去助長正德皇帝的毛病的，正德皇帝愛玩，他就慫恿正德皇帝玩，正德皇帝好色，他就能把孕婦都送到皇帝房間裡去。這是他的工作。站在楊蓮亭的角度上，他也是沒有什麼選擇的，必然只能去逢迎和助長東方不敗的毛病，尤其是壞毛病。

江彬是不能規勸正德皇帝的，那是楊廷和這些人的工作。倘若正德皇帝要約束自己、要積極上進，為什麼不找李東陽、楊廷和呢？倘若不是要做壞事，找你江彬幹麼呢？

所以楊蓮亭也註定了只能「胡作非為」、「倒行逆施」。他有才幹也好、沒才幹也好，這個標籤終究改不了。對於任盈盈、童百熊等人來說，他這叫禍害本教。但對於他來說，沒有別的，一句話，這就是工作。

21 為什麼留著餘孽任盈盈

如果看過一點《笑傲江湖》就會發現，東方不敗對待任盈盈的方式，讓人很費解。任盈盈是何許人也？是任我行的女兒。任我行又是何許人也？是魔教前任教主。東方不敗作為下屬，篡位奪權，推翻了任我行，打倒老王成為新王。覆巢之下焉有完卵？任盈盈這等餘孽如何能留？好比坦格利安家的龍女、弒君的鹿家和獅子家（按：美國小說《冰與火之歌》人物），怎麼可能留著不殺？

翻開歷史看看，任盈盈不是死不死的問題，是怎麼死的問題。

比如漢文帝劉恆，算是寬仁的了，他進京繼位，在入主未央宮的當晚，就殺了後少帝劉弘及其四個兄弟。

又如南齊太祖蕭道成，也算是寬仁且能幹的。他逼十一歲的小皇帝劉準禪位，後來又把劉準殺了。劉準便哭著說，願生生世世，不再生於帝王家。

這裡舉的兩個例子還都是以寬仁著稱的「明君」，還不是暴君，尚且如此。

至於秦二世那樣一口氣殺死十八個兄弟和十個姐妹的，就不必說了。

東方不敗一代梟雄，深明斬草除根的道理，連他的《教主寶訓》中都說：「對敵須狠，斬草除根，男女老幼，不留一人。」可是搶班奪權之後，為什麼能留下任盈盈自由放任十餘年？非但留下了，還縱容任盈盈在江湖上呼風喚雨、網羅黨羽，當什麼鬼「聖姑」？

金庸當然比我更諳熟史事，他也知道這個情節反常，所以特意留下了兩個解釋：

第一個解釋是政治上的——東方不敗厚待任盈盈，甚至故意對她言聽計從，乃是為了掩人耳目，掩蓋自己推翻人家老爹、造反篡位的事實——你們看，我對小公主都這麼好，說明我很尊重、很懷念任我行同志。那些說我謀朝篡位的，都是謠言。大致是這個意思。

這個解釋有一定道理，但不是完全說得通。

君王固然會演戲、秀寬仁，但他們的耐心也是很有限的。在權力交接的敏感時期，東方不敗固然有可能演那麼一下子，善待一下任盈盈，但當大位坐穩了，哪有留著廢太子當寶貝，還縱容這個定時炸彈東遊西逛、招兵買馬的？

之前舉過的例子，蕭道成也恩遇廢帝劉準，約定了一起歲月靜好，雙方不行君臣之禮，兩邊都是老大，很給面子吧。可是假惺惺演了一個多月，沒忍住，便把十一歲的劉準給喀嚓了。

宋太宗也很恩遇趙德芳、趙德昭，那是他哥哥的兒子，他「燭影斧聲」幹掉哥哥奪權後，也把侄兒們親親抱抱了一陣子。可是三年之後，趙德昭自殺，五年之後，趙德芳病逝，年僅二十三歲。你看帝王的耐心多麼有限。

東方不敗倘若要演戲，演上個半年一年，禮遇一下任盈盈，過年叫大小姐出來吃個飯，參加個宴會，是有可能的。但這戲一演就十多年，大家壓根都忘記任我行是誰了，還這麼演下去，就很沒有必要了。

而且東方不敗還不監視、不約束任盈盈，放任她在江湖上施恩賣好、網羅人心，今天和少林方丈談交易，明天和華山餘孽談戀愛，與敵方眉來眼去、合縱連橫，這更是萬萬不可能的。

所以金庸這第一個解釋，不是完全合理。

至於金庸給出的第二個解釋，則是東方不敗變了性，太想做女人了，羨慕任盈盈的女兒身，所以一直留著她當吉祥物。

這也不合理。羨慕女兒身、疼愛女子，就非得留著這麼一個政治定時炸彈嗎？那他怎麼又把自己的七個小妾都殺了呢？

再說，東方不敗也不是立刻就變了性的，而是有很長一個過程，之前未變性時怎麼不解決任盈盈問題呢？

依我看，東方不敗如此姑息和縱容這個餘孽，關鍵原因還是在他個人的性格和心境，以及魔教內部的行事特點上。

先說東方不敗個人。他對任我行的感情是很複雜的。

在搶班奪權之前，他時刻擔心野心暴露，唯恐被任我行提前收拾了，所以對任我行是恐懼、忌憚、提防占了上風。可是等到政變成功的那一刻，東方不敗發現自己贏得如此容易，老長官簡直毫無防備，一觸即潰。此時他才相信任我行對己是恩遇厚待、毫無歹意，自己之前實在是想多了，人家磨刀原來不是殺我，是要殺豬招待我呢。

到這時，感恩、自慚、愧疚等感情就漸漸占了上風。過去任我行對他的種種好處，這時也浮上心頭。自己出身寒微、毫無根基，全靠任我行關照，連年提拔，從一個小香主一路提拔成第二把交椅、光明左使，還傳給了《葵花寶典》，指定當接班人。

而我呢？居然造他的反！坐在老長官的椅子上，東方不敗難免會想：唉，老子真不是人。

從他對任我行的處置方式，就可窺見這種負疚心態。無論從什麼角度說，任我行都勢必不能留著，該第一時間除卻。東方不敗卻不肯殺，冒著養虎為患的風險把他關了起來，管吃管喝，一關十二年，連武功都沒有廢掉，豈不正是因為不忍和負疚的心理作怪？

這就是東方不敗的性格弱點。這個人頗類似項羽，有恣睢和殘暴的一面，也有優柔和敏感的一面，所謂「對敵慈悲對友刁」。他十多年不殺任我行，也沒殺任盈盈，大概都是出於這種微妙的補償心理。

於是他就成了一個梟雄裡的笑話。他不是一個梟雄，充其量只是一個嫋雄。他最後之被翻盤，之被任我行重新打倒，都因為他只是一個嫋雄。

除了以上這一層心理原因外，黑木崖之所以放縱餘孽任盈盈，不加約束，我看還有別的原因，大概與當時黑木崖的風氣和治理習慣有關係。

像魔教這樣一個龐大的公司和市場主體，總的來說是兩個系統組成的：一個是直屬的總部系統，也就是黑木崖，包括各個內設機構和部門。另一個則是分散的江湖分支系統，包括三教九流的各類武林人士。

東方不敗這個人，我感覺是個大企業總部機關型的主管。可能因為提拔太快，早早的就進了黑木崖總部，他的主要工作履歷、經驗、人脈都在直屬機關系統裡，導致了他的視野、關注點也都在總舵。

這個人當了頭之後，由於習慣使然，就可能只愛管總部、管內設機構和部門，管面前的一畝三分地，不大注重地方、基層。到後來乾脆越玩越小，總部都不管了，只管一個小花園了。

你看當時的日月神教，雖然口號上叫「一統江湖」，但這家公司實際上卻是收縮型的，只愛躲在黑木崖上關門玩辦公室政治，在總部的一畝三分地裡你爭我奪。那些什麼「紫衣侍者」為代表的部門人員非常驕橫，目空一切，基層管理嚴重空心化，江湖上的分支機構根本沒人管，也看不起。

任盈盈在外面江湖上呼風喚雨、招攬徒眾，聲勢已然很大了，但在東方不敗和他黑木崖上的親隨們看來，卻覺得任盈盈遠離權力中心，沙漠寂寞，無足輕重。

舉個有點類似的例子——《倚天屠龍記》裡的明教。第一負責人張無忌、第二負責人楊逍都是混總部直屬機關的。楊逍和幾個法王、散人鬥來鬥去，都是總舵裡的辦公室內鬥。這些人對管理基層一沒經驗，二沒興趣，最後就被朱元璋這種地方區域老總坐了大、翻了盤。

這樣就稍微能解釋為什麼任盈盈一直很安全了。任盈盈跑到下面去混江湖，而沒有留在黑木崖爭權，所以絲毫不損害東方不敗那些親隨佞臣的利益。在他們看來，黑木崖機關裡的職級、待遇、崗位才是利益，而管江湖上那些野人是狗屁利益了？蠻荒之地而已。

任盈盈不和他們爭職級、爭崗位，所以他們和任盈盈和平相處，沒有去針對任盈盈、讒毀任盈盈。不然，蓮弟一句話，可能十個任盈盈都殺了。

你還可以發現，蓮弟們非但常年沒有針對、讒毀任盈盈，也長期沒有讒毀任我行和向問天。真正危害黑木崖安全的這幾大隱患，他們都放過了，而盡去搞辦公室內鬥了，今天扶你當青龍堂長老，明天扶他當白虎堂長老，招財進寶，大收明珠，不亦樂乎。

後來任我行上臺了，一改之前作風，更注重管理江湖層面了，把什麼藍鳳凰、祖千秋之類的野人都管了起來。所以任盈盈的處境反不如前，書上說她雖然親爹掌權了，自己「反無昔時的權柄風光」了。

說到這裡，不禁感嘆張無忌。如果早早有這個意識，把朱元璋調上光明頂，封他一個「六散人」，後面就什麼事都沒有了。朱元璋肯定臉上笑嘻嘻，心裡暗自罵娘：老子真是沒有過去威風了！過去統領十萬大軍，現在卻要給周顛這個龜兒子修印表機了！

22 最接近友誼的喜歡

金庸曾經笑話臺灣武俠作家，說他們寫書的套路陳舊，比如每本書裡都一定有一個妖女，叫作「桃花乜乜」之類。他自己則寫了一個「反妖女」，就是藍鳳凰。

出場的時候，藍鳳凰真是像一個風塵妖女。比如她的座船，符號實在有點特別，帆上畫點什麼不好，偏偏畫一隻纖纖素足，即女人的腳。等藍鳳凰亮相，更是穿得一身五彩繽紛，果然像一隻彩色鳳凰，聲音也是自帶蜜糖屬性，又甜又膩，嬌柔婉轉。

看當時大家對她的態度，幾乎所有人都覺得這肯定是個風塵妖女。第一個開罵的是岳夫人：「什麼妖魔鬼怪？」待到自己老公和藍鳳凰聊了幾句天，臉色便更難看了，道：「別理睬她。」厭惡之情溢於言表。

岳不群對藍鳳凰的判斷也是「淫邪女子」，因為她說話嬌媚，並且打扮特異、行止奔放，像魯迅說的，一看見白臂膀就會想到裸體，所以多半是淫邪的。只有令狐冲例外，開口就叫了藍鳳凰兩聲：「好妹子，乖妹子。」這才是令狐冲的境界：淫不淫邪，和露不露腳沒什麼關係。

藍鳳凰不但容易給人浮浪印象，而且讓人以為她單純無知，做事莽撞唐突，說白了就是笨。其實這是個誤解，作為苗女，她固然天真爛漫，說話很直接，但情商著實甚高。

比如對華山派，她看似行止無禁、直言莽撞，實際上卻沒有輕易得罪任何人，尤其是同性。從頭到尾，藍鳳凰的褒貶調笑無不恰到好處，從沒有真正得罪過誰。

對岳夫人，她說的是：「妳是岳先生的老婆嗎？聽說妳的劍法很好，是不是？」瞧，「岳先生的老婆」，這話似乎很粗魯，卻並不得罪人。「聽說妳的劍法很好」，這甚至明明是褒獎了，言下之意是：我雖然遠在苗疆，卻也聽說過你劍法很好。岳夫人聽了至少不會有什麼不悅。

對岳靈珊，藍鳳凰也沒有得罪。她對小林子是這麼說岳靈珊的：「你是怕這美貌姑娘從此不睬你……」瞧，「這美貌姑娘」，在男朋友面前被誇美貌，岳靈珊總歸是滿意的，就憑著這一句，岳靈珊哪怕口頭仍然要鄙視藍鳳凰，內心裡大概也恨不起來。

最考驗情商的，是她後來和任盈盈、令狐冲之間的「三角」關係。任大小姐的心思是很細的，把「冲郎」看得跟命一樣。藍鳳凰採取的策略，是占著「天真苗女」的人設，大剌剌、光明敞亮，每每抓住機會把話先說透。

在一次對令狐冲示好後，她忽然轉頭對任盈盈說：「大小姐，妳別吃醋，我只當他親兄弟一般。」注意，說這句話的關鍵在於要乾脆、通透、字正腔圓，而且話要隨性而起，張口就來，不能像是思考很久之後才說的。

假如吞吞吐吐，還加很多修飾詞，搞不好便會產生做賊心虛的反效果。比如「任姐姐，其實……嗯……我把冲哥當成哥哥一樣……」那就完了，任大小姐心裡會有一百句問候你：當成哥哥一樣？呵呵，你不如說當成爸爸一樣算了。

在書上，面對藍鳳凰的主動澄清，任大小姐的回覆也很犀利，是「微笑」道：「令狐公子也常向我提到妳，說妳待他真好。」這話隱含有深意，意思是：我和冲郎之間是沒有祕密的，他什麼都和我交代，你們那點事我全盤掌握。

藍鳳凰的反應則是「大喜」，答道：「那好極啦！我還怕他在妳面前不敢提我的名字呢！」這就叫「一萌破百作」，既輕輕卸去了敏感問題，又沒有貶損身分，頗顯得自己在令狐冲處的地位還不低。

藍鳳凰和令狐冲的關係很美好，也特別耐人尋味，比友情多了一層親昵，比曖昧又多了一層爽亮。藍鳳凰喜歡令狐冲嗎？其實是喜歡的。你琢磨琢磨她說令狐冲的這句話：

你真好。怪不得，怪不得，這個不把天下男子瞧在眼裡的人，對你也會這樣好，所以啦……唉……

所謂「不把天下男子瞧在眼裡的人」，指的是任盈盈。可是她講這話時，似是也存了「於我心有戚戚焉」的感覺。別忘了藍鳳凰自己也是一個不把天下男子瞧在眼裡的人，書上說她從來對任何男子不假辭色，哪個男人要是無禮撩撥她，就會被她毒死。最後藍鳳凰還「唉……」一聲嘆息，這是少見的，她平時說話快人快語，從沒有嘆氣過，這裡卻忽而嘆息了。

這一聲嘆息裡是什麼意思呢？是我見猶憐？相見恨晚？還是既見君子，云胡不喜？或是根本就沒有別的意思?只能讓人猜測。

還有一次，在少林寺大戰時，藍鳳凰中箭遇險，令狐沖去救，藍鳳凰說：

你別管我，你……你……自己下山要緊。

非要說沒有一點喜歡，那定然不是。據說倪匡就慫恿過金庸：讓藍鳳凰和令狐沖在一起嘛！

讓人唏噓和感動的是，他們的關係也就僅止於此。兩個人就此一直保持了坦坦蕩蕩的關係。他們是最接近異性之間純粹友誼的一對，也可以說，兩人之間是最接近喜歡的友誼，或者反過來，是最接近友誼的喜歡。

初見面時，她曾叭叭的親過令狐沖兩口，在臉上印了兩個紅印，但偏偏能親得這麼坦然，親得讓你覺得無關欲望，親得可進可退，讓旁人說不出什麼來。換了誰都親不出這效果。

可是自從那次之後，她對令狐沖再沒有這樣親熱的舉動了。她似乎後退了不易察覺的一小步，此後更多的是一直默默守護。令狐沖多次歷險，她都在身邊護持。令狐沖攻打少林、接任恆山掌門、救門下群尼姑、朝陽峰上對峙任我行，每一役藍鳳凰都在。

「倘若他們敢動你一根毫毛，我少說也毒死他們一百人。」這是藍鳳凰保護令狐沖的宣言。她可以說是他身邊的另一柄獨孤九劍。

當然，最震驚、最耐人尋味的，還是那一次給令狐沖「換血」。她捲起衣袖和褲管，讓一條條水蛭爬滿雪白的肌膚，吸食自己的血液，再注入令狐沖的體內，淨化他的身體和混亂的真氣。

這一幕，既驚心動魄，又讓人覺得百感交集。

血濃於水，在兩人身上還真不是比喻。她的血是真的在他身上奔流，任大小姐吃不吃醋，都改變不了了。

23 方證大師和定閒師太

《笑傲江湖》裡的鬥爭，非常複雜，就像是一個纏繞不清的大線團。而理清楚這個線團的關鍵，其實是方證大師。要說清楚江湖上的這場鬥爭，關鍵要看懂方證和少林派。

方證大師是少林的掌門，理論上是正教一邊的頭頭。但他這個正教頭頭只是象徵性的，連共主都算不上，大致只是個召集人，不是真正的老大。

事實上正教就沒有老大。對面魔教教主說他佩服的人，正教這邊有兩個半——少林一個，方證；華山一個，風清揚；武當半個，沖虛道長。這兩個半的人都有各自的問題，要麼能力有問題，要麼性格有問題，都不像老大，因此也就沒有老大。

正教和魔教兩邊鬥爭起來，你會覺得魔教指揮很統一，效率很高，說幹就幹。而正教這邊一盤散沙，缺乏強有力的指揮，遇事總是要開會。碰到了大事，方證還要回頭問：「左施主……你說該當如何？」他一個當老大的還要回頭問小弟該如何。

也難怪左小弟會起野心，想搶本陣營的老大當。這個世界上本來沒有野心，老大弱了，就有了野心。

方證的相對弱勢，從五嶽劍派合併、爭奪掌門人這件事上也可以看出來。作為正教的頭腦，他在五嶽劍派居然沒有可靠的代理人，還要臨時培養一個令狐冲。

五嶽的五個山頭之中，少林真正的盟友是哪一家呢？是恆山派。定閒師太的恆山，相當於方證大師在五嶽的基本盤，是少林的半個代理人。兩家的關係非常密切。

舉例為證。少林寺關押了任盈盈，定閒、定逸師太為此去少林求情說項，方證放人，方證大師說放就放了。這關係可非同一般。

雙方不只是說得上話那麼簡單了，肯定是關係密切，彼此高度信任。就連令狐冲事先也料定：「多半方證方丈能瞧著二位師太的金面，肯放了盈盈。」

江湖上，就連底層的草根人士也都有一個囫圇的認識——少林派和恆山派是一夥。

那姓易的道：「是，是！少林派雖不是五嶽劍派之一，但我們想和尚、尼姑都是一家人……」

定逸師太喝道：「胡說！」

這個所謂「姓易的」就是一個底層人物，是一個叫白蛟幫的下九流門派的人，乃是「不成材」的角色。但他極有可能一語道破了天機，「和尚、尼姑都是一家人」。定逸師太罵他「胡說！」疾言厲色，但人家可能恰好胡說對了，少林和恆山就是一夥。

然而，只有恆山，濟得什事？嵩山太強、恆山太弱，充其量只能替方證產生一點點牽制嵩山的作用。而其他幾個山頭——華山、衡山、泰山，方證都插不進手去，沒有自己的代理人選，摻不進沙子。

比如華山。少林和華山的關係非常微妙，值得一說。華山這個門派一直分裂為劍宗和氣宗。有理由相信，少林派歷史上比較親近的是劍宗，和風清揚關係尤其好。

「沒想到華山風清揚前輩的劍法，居然世上尚有傳人。老衲當年曾受過風前輩的大恩。」——少林方生

「老衲接到一位前輩的傳書……正是風前輩。」、「風老前輩有命，自當遵從。」——少林方證

從這許多細節，都看得出少林高層和劍宗的風清揚眉來眼去，很有淵源。不想華山派內訌的結果是劍宗輸了，風清揚含恨下野，氣宗掌權，大肆肅反，清理門戶，血洗劍宗。

少林和華山的關係這一來就微妙了。就好像一個國家打內戰，你作為外國勢力，一貫和左翼政府軍好，眉目傳情，結果人家右翼國民軍打贏了，你尷尬不尷尬？

岳不群當掌門的儀式上，方證本人便不來，只派人來道賀。

「記得師父當年接任華山派掌門，少林派和武當派的掌門人並未到來，只遣人到賀而已。」——令狐冲

方證不來，尚且可以說是慣例，少林掌門自恃身分，不輕易露面。可是後來方證幹的事，就是明擺著和華山不對盤了——岳不群公開驅逐令狐冲，傳書江湖，聲明和這劣徒切割。方證和尚

也是收到信的。但這和尚也真做得出，馬上就要收令狐沖為弟子，連名字都取好了，叫「令狐國沖」。如同京東公司上午高調開除的員工，阿里公司下午就高調聘用，連花名都取好了，你讓產業裡大夥兒怎麼看？

到後來，岳不群大勢已成，練了《辟邪劍譜》，一舉奪得五嶽掌門之位。方證親自下場示好，露出籠絡之意，走到岳不群身邊，說悄悄話：

方證大師低聲道：「岳先生……施主身在嵩山，可須小心在意。」岳不群道：「是，多謝方丈大師指點。」

岳不群的回答，不冷不熱，拒人於千里之外。

方證繼續努力，又說：

「少室山與此相距只咫尺之間，呼應極易。」

岳不群深深一揖，道：「大師美意，岳某銘感五中。」

你看這一輪尷尬的聊天。岳不群已完全不信任方證：誰都知道你和令狐沖小賊是一夥的，現在又跑到我這裡來咬什麼耳朵、發什麼私訊？

除了在華山的失敗，少林在泰山、衡山的問題上也有重大失誤。

這裡只簡單說一下衡山。衡山這個門派比較弱小，武力不強，高層人物都無心江湖爭霸，只迷戀玩音樂。有點像是二戰裡的比利時，夾在各大勢力中間，不想出頭，想龜縮中立。

可是你的位置擺在那兒，容不得你中立。嵩山要統一五嶽，最先選擇的就是痛打衡山，和德國要打法國先打比利時如出一轍。

沒想到比利時也不是省油的燈，看起來弱、咬起來凶，明明被揍得鼻青臉腫了，還拚命反咬，白天且戰且退，晚上拿著二胡就來摸哨、偷襲。嵩山淅瀝糊塗就丟掉了一個大高手費彬，等於被滅了一個連隊，大大延緩了前進的腳步。

衡山苦戰的關鍵時刻，方證和尚在哪裡？完全失聲。倘若少林來幾個高手干預一下、敲打一下嵩山，左冷禪這第一口啃不動，後來哪裡還敢輕易啃華山、恆山？怎奈方證行動遲緩、毫無作為，只可惜了衡山勇士的一片熱血空灑。

後來嵩山步步緊逼，藥王廟圍殲華山，龍泉谷圍殲恆山，少林連自己的基本盤恆山和定閒師太都丟掉了，可說都是方證和尚給慣出來的。

後來魔教勢力滔天，任我行笑傲朝陽峰，正教卻早已經自相殘殺，高手凋零，幾要覆亡。這是誰人的過錯？左冷禪當然是第一罪魁，而方證作為正教領袖，也有個失職失位之過。

方證還有一項重大失誤，是在和魔教的關係上。你注意看書就會發現，方證善待了魔教的聖姑任盈盈。這很有趣。任盈盈明明開罪了少林，甚至殺了少林派的幾名弟子，方證卻給予她充分的優待。

關押任盈盈時，少林提供了三個保證：保證人身安全、保證生活待遇、保證通訊自由。為什麼？這就要從方證大師和魔教的微妙關係說起。

他和魔教，一直有絲絲縷縷的聯繫。他的親信師弟方生就和東方不敗有「一面之緣」。他和魔教的黃鍾公也有交往，甚至可以互通書信。

然而，東方不敗後來深居簡出，黃鍾公也無權無勢、隱居遁世，方證大師便缺乏了和黑木崖高層溝通的有效管道。

他寄希望於任盈盈，覺得這是一個管道。一者，任盈盈乃魔教裡的鴿派，不喜擴張、不熱衷殺伐，適宜結交。二者，任盈盈是魔教中「兩股勢力」都接受的人物，東方不敗這邊能接受她，任我行就不用說了，更能接受她。這樣的人物，方證大師當然極為看重，倍加優待。

後來，他甚至把任盈盈給放了。一者是賣令狐冲和定閒師太的人情，二者就是爭取任盈盈，把聖姑這張牌捏在手中，將來在魔教面前大有轉圜的餘地。不能說方證大師不是思慮深遠、用心良苦。

然而，方證溫吞、遲疑的性格，也導致了他的一個老毛病——不肯押寶。

魔教是有內鬥的，東方不敗和任我行兩派爭得你死我活。他們一個是當權派，不妨稱之為黑木崖派；一個是復辟派，即所謂的西湖黨人。方證卻遲疑觀望、猶豫不決，不知道應該支持哪一方。

他可以選擇押寶東方不敗，剿滅西湖派的任我行、向問天；也可以選擇重注任我行，幫助他滅東方不敗。可是他什麼也沒做，捏著牌一直喊「過」，不肯出牌。也許，他是想旁觀二虎爭食，坐收漁利。然而時機轉瞬即逝，他哪邊都沒爭取到。最終結果是東方不敗和少林為敵，任我行也和少林為敵。

東方不敗固然派人來暗殺，用毒水噴他，任我行上臺之後也兵戎相見，掉轉兵鋒，要滅了少林、武當。短短幾年之間，正教的內部形勢和外部形勢都急劇惡化，家裡的狗要咬人，外面的狼也要吃人。

綜觀方證大師其人，屬於有算計、無決斷；有心眼、無魄力。私底下小動作不斷，關鍵的大動作卻幾乎沒有。

就像他和任我行比掌，他的「千手如來掌」很花哨，變化倒是繁多，一掌變兩掌，兩掌變四掌，四掌變八掌，「每一掌擊出，甫到中途，已變為好幾個方位」。然而變來變去，不能破局，關鍵時刻缺乏關鍵手段，有個屁用？

我不是不尊重方證大師，其實他是一個不失可愛的正教高手。此文只是事後諸葛的討論權謀。如果不是令狐冲的主角光環，方證大師其實早已經輸給了左冷禪，也輸給了任我行。

人類歷史上，這樣的局面經常出現——老謀深算的政治家，被一些粗暴的野心家迅速擊垮。他們太沉迷於政治、太善於迂回、太喜愛謀畫，漸漸的在這種遊戲裡失去了戰鬥力。等到最後要逃命的時候，才發現：媽呀，老了，跑不動了。

24 一隻胳膊的拒絕

華山思過崖，是令狐沖和小師妹關係的轉捩點。一個發現自己不喜歡了，另一個發現自己沒機會去喜歡了，青梅竹馬的幻夢，就是在這裡走向破滅。

在這個轉捩點裡，有一個頗有代表性的事件，不妨把它叫作「裸袖事件」，就是令狐沖在情急之下，扯破了小師妹的袖子，使她露出了胳膊。

這個細節雖然小，但很有趣，兩個人的關係在這個細節裡可以找到答案。愛和欲望，情感和禁忌，許許多多的問題，都在這一個時刻暴露。

當時的情景是這樣的：思過崖上，兩個人話不投機，岳靈珊甩臉要走，令狐沖著急不放，她這一走可能十天半個月都不再來了，於是伸手就抓：

情急之下，伸手便拉住她左手袖子。

袖子被拉住的小師妹是什麼反應呢？書上說是：

岳靈珊怒道：「放手！」

然後用力一掙，嗤的一聲，衣袖被扯了下來，露出白白的半條手膀。少女突然露出胳膊，下一秒，她的反應是內心完全的流露，毫無掩飾：

又羞又急，只覺一條裸露的手膀無處安放。

其實不是無處安放，是在眼前這個男子面前無處安放。

接著是叫道：

「你……大膽！」

令狐冲趕緊道歉，說小師妹對不起我不是故意的云云。岳靈珊的舉動則是：

將右手袖子翻起，罩住左膀，厲聲道：「你到底要說什麼？」

然後「冷笑」。

注意，「又羞又急」是沒有什麼參考資訊的。在那個時代和環境裡，任何女孩都難免又羞又急。「無處安放」也未必有什麼參考資訊，袖子斷了，衣衫一秒變成了馬甲，很醜很窘，自然無處安放。

真正有參考資訊的，是「厲聲道」，以及「冷笑」。這就不是羞澀和窘迫了，而是嫌棄、是厭惡。

這一剎那，裸袖事件的雙方，一個人的心智迅速明晰了、醒悟了，而另一個人卻沒有。醒悟了的那個人是岳靈珊，而仍然糊塗的是令狐冲。

令狐冲不斷賠禮、道歉。他對這個事件的認識仍然停留在自己太唐突、太粗魯了：小師妹要走，我怎可以伸手去抓？讓她胳膊裸露，成何體統？難怪她生氣。

可是岳靈珊不然，這個少女瞬間明白了一件事情。那就是她的胳膊抗拒令狐冲。胳膊抗拒令狐冲，身體也就抗拒令狐冲。

她發怒的，一方面固然是令狐冲的唐突、冒犯，但深層次上更加激怒她的，大概是令狐冲的這個舉動和欲望聯繫到一起了，帶有入侵感。

她發現，在這個男人面前忽然露出胳膊，不只是讓自己覺得不雅、窘迫，關鍵是還讓自己覺得不舒適、嫌棄、厭惡。

這關乎禮儀和禮節，但是更關乎內心本能。

細看岳靈珊和令狐冲的相處，一直以來都有一條明確的紅線。這個紅線就是欲望。可以牽手、可以說親熱話，「你死了我就不活了」這種話都可以說，但是絕對不可以涉及兩性和欲望，任何的暗示、明示都不能有。哪怕是兩個人最要好、最甜蜜的時候，這條高壓線都一直異常醒目的存在著。

令狐冲一直知道這條線的存在。他非常小心。他是一個愛說「風話」（按：猥褻的言語）的人，可是對岳靈珊從來不敢說。你看他對任盈盈就特別敢說，什麼「捉住了你拜堂」、「和你做了夫妻，不知生幾個兒子好」、「我晚上去餵你家的狗兒」等等，大說特說。他知道任盈盈對他沒有這條高壓線。

可是小師妹不行，這條線時刻通著電。令狐冲必須壓抑天性，從來不敢把感情有任何一點的欲望化、肉體化。否則小師妹會翻臉，兩個人的關係搞不好就要完蛋。

連說話都不敢，動手就更不敢了。他決不敢有任何稍微涉及身體和欲望的親密動作。兩個人可以手拉手，在山上的大雪裡柔情無限的站了半天，可是——

令狐冲想張臂將她摟入懷中，卻是不敢。

青梅竹馬十幾年，大風雪裡牽手站半天，卻居然不能摟抱一下。因為這是高壓線。一旦執行了，也許就是關係的末日。

華山上，當自己裸露出胳膊，肌膚感覺到山間的寒風之前，岳靈珊其實還是糊塗的。這個少女還不完全篤定自己的選擇。

所以你看書上，她前前後後的表現非常反覆，一會兒可以和大師兄「柔情無限」，低聲叫著大師兄，可以兩人手牽手，你望著我、我望著你，一動不動看半天，但一轉過身，又會夢中叫小林子的名字。

兩個男人裡，我到底喜歡哪一個？內心固然已經倒向林平之，但在理性上，她還欠一份明確、欠一份篤定。她自己還沒搞懂自己。

但當袖子扯破、胳膊露出的那一刻，電光石火之間，我想她忽然明白了一些東西，一些過去她大概從沒有想過的東西，那就是發現原來自己居然抗拒、厭惡、抵觸這個男人。

這就是為什麼一直以來兩人之間都有那條紅線。這是岳靈珊不自覺畫出來的。她不樂意和令狐冲發生任何有關欲望的暗示和交集。就好像是冰箱裡的剩菜，暫時還捨不得倒，但是一口都不想吃。

在男女之間的關係上，情感上的接受和身體上的接受，哪一個更要緊、更關鍵？不好比較。但總之，如果身體本能的抗拒，而要靠理性去說服，是很難的。胳膊固然不一定能指揮腦子，但腦子有時候也很難指揮胳膊。

岳靈珊是天性冷淡嗎？有問題嗎？並沒有。她對小林子就是完全另一種狀態。

後來有一次在夜晚的大車裡，她說：小林子，我們就在這裡做真正的夫妻。那種對令狐冲的抵觸、嫌棄、厭惡，全都沒有了，連一旁偷聽的任盈盈都承受不了這個尺度，說岳家姑娘好不要臉。其實這不是什麼好不要臉，是真正的喜歡，從抽象到具體、從靈魂到人身的喜歡。

試想下，如果小師妹真的和大師兄在一起了，狀態多半很彆扭。那將只有兩種選擇：要麼令狐冲繼續守著紅線，回避親密關係；要麼岳靈珊在理智上說服自己，接受這個大師兄。這會很痛苦，退讓的那一方固然會很痛苦，而對方也會因為你的痛苦而痛苦。

我一直有個觀點：對於小師妹而言，令狐冲就是小時候的洋娃娃，小時候固然喜歡得不得了，天天要在一起，同吃同睡，可是等我長大了，發現洋娃娃還想黏著我，就煩了。直到某一天這洋娃娃居然失心瘋了，要強姦我，我就噁心了，一腳踢開。

可惜洋娃娃一直都沒明白。

25 為什麼刪掉小師妹的一首詩

不少讀者都知道，金庸的武俠小說有好幾個版本。一開始聽到你可能覺得頭大，小說還分版本，怎麼這麼複雜？其實並不複雜，最原始的一般被叫作「連載版」，也就是在報紙上一段段連載的版本。這個版本現在很少看到了，金庸早已修改過幾遍了。

在這個最原始版本的《笑傲江湖》裡，有這樣一段情節——在小師妹岳靈珊死了之後，令狐冲到她閨房裡查看遺物，發現牆上掛著一幅字，是一首詩：

星使追還不自由，雙童捧上綠瓊輈。
九枝燈下朝金殿，三素雪中傳玉樓。
鳳女顛狂成久別，月娥孀獨好同遊。
當時若愛韓公子，埋骨成灰恨未休。

這首詩，是小師妹在和林平之結婚前不久親手抄的，掛在牆上。詩出自唐代大詩人李商隱之手，題目叫《和韓錄事送宮人入道》。注意最後兩句：「當時若愛韓公子，埋骨成灰恨未休。」令狐冲文化水準不高，看不懂，就問旁邊的任盈盈：什麼叫「當時若愛韓公子，埋骨成灰恨未休」？任盈盈答，意思是當年如果愛了韓公子，嫁了他，便不會這樣孤單寂寞，抱恨終生了。這個情節不難懂：小師妹仍然牽記大師兄，心有不甘，並且她和林平之之間大概已經出現問題了，她大約對自己不幸的命運已然有所預感，才抄下這首詩以寄託懷抱。「韓公子」指的就是令狐冲，她後悔當初沒選擇大師兄。

這段情節本來很巧妙，也很雅致，看得出是金庸精心安排的，詩也選得很具匠心。但是，金庸後來大規模修改了一次小說，改為後來所說的「流行版」，這一段情節被永遠刪掉了，小師妹的牆上再沒有了這首詩。目前大陸讀者看得最多的《金庸作品集》裡面就沒有這一段。

問題就來了，金庸為什麼拿掉了小師妹牆上這首詩？

我想大概有兩方面原因。第一就是因為小師妹的性格。

一流小說裡的人物，說話、做事都必須從自己的習性出發，作者不能隨便安排。換句話說，小說人物一旦誕生，就有自己的行為邏輯，林黛玉不能說薛寶釵的話，孫悟空不能說沙悟淨的話。金庸在很多場合也都表達過類似的觀點。

小師妹是個會抄詩、喜歡文墨的文藝少女嗎？不是。她父親雖然是書生，但她自己卻未承父學，只愛動刀動劍。就像岳不群說的：

大姑娘家整日價也是動刀掄劍，什麼女紅烹飪可都不會，又有誰家要她這樣的野丫頭？

平時，小師妹沒有表現過半點對於詩歌詞賦的興趣，不甚風雅，日常說話也從來不引經據典。她和林平之戀愛的時候發誓「海枯石爛，兩情不渝」，已經算是她說過的大概最文縐縐的話了。她的文化程度和令狐冲應該是接近的，令狐冲固然不知道李商隱，小師妹大約也不知道。估計她房間裡筆墨紙硯都沒有。

此外，她的性格也是好事任性、略帶魯莽的，說話比較直率，衝到恆山派去罵令狐冲、和恆山一眾尼姑吵架等等，都是例證。

既然如此，讓她忽然去拿支毛筆，書寫一首晚唐詩人李商隱的七律，來婉轉的表明心曲，這麼文藝而敏感的事情，和小師妹的性情不合。這樣的情節安在任盈盈頭上可以，甚至強行安在曲非煙、劉菁、定閒師太頭上都可以，唯獨不適合安在岳靈珊頭上。這大概是金庸拿掉這首詩的第一個原因。

除此之外，這首詩的「被消失」還有更要緊的一點，就是和小師妹的真實情感心境不合。「當時若愛韓公子，埋骨成灰恨未休」，如果金庸真讓小師妹把這句詩掛牆上，那就是坐實小師妹後悔了，覺得當初不如跟了大師兄。

可是小師妹真的後悔了嗎？沒有。她自始至終不覺得自己愛錯了林平之，哪怕被棄如敝屣，哪怕被林平之親手捅了致命一劍，也堅信「平弟他不是真的要殺我」，一直到死。

她死前的狀態，是哼著福建山歌，「眼中忽然發出光彩，嘴角邊露出微笑，一副心滿意足的模樣」。這是「當時若愛韓公子」般的悔恨嗎？絕不是。對於自己這段感情，她幽怨是有的、自傷是有的，但她絕不後悔愛上小林子。總而言之，「自憐自傷還自怨」，卻「不悔情真不悔痴」，才是她的心境。

對於大師兄，她固然感激，也覺得辜負了伊人，但要說代替小林子，那是代替不了的。再多「韓公子」也代替不了小林子。「當時若愛韓公子，埋骨成灰恨未休」，怕只能是令狐沖的一廂情願，小師妹根本沒這個意思。

因此，把李商隱的一首律詩放在小師妹牆上，看似用得精妙妥帖，順便還能小小的炫耀一把作者的才情和博學，其實卻是以辭害意了，違背了人物性格和心境，所以金庸果斷刪去了。

魯迅談寫作，說要「竭力將可有可無的字、句、段刪去，毫不可惜」。金庸第一次修訂小說就是這樣，而且是以刪為主，灌水的打鬥、冗餘的人物、不必要的情節都大刀闊斧刪去，和後來的修改以增加為主完全不同。

其實在金庸小說裡，除了岳靈珊，還有很多人物都在牆上掛過詩，趙敏掛過、陸乘風掛過、段正淳掛過。這些詩在最原始的連載版裡都有，金庸後來修改小說時也都沒有摘，甚至還精心給段正淳、陸乘風等追加了標準，換了更好的一幅。

最初，段正淳在小鏡湖竹屋上掛的是「漆點填眶，鳳梢侵鬢，天然俊生」，金庸嫌這首詞不夠好，香豔有餘、風騷不足，並且嫌詞也不夠利落，於是修改時給換了一首北宋張耒的詞：「含羞倚醉不成歌，纖手掩香羅。」

以上這些人物都有點文青氣息，所以抄得詩、掛得詩。岳靈珊卻不合適。

今天你去看《笑傲江湖》原著，在岳靈珊的閨房裡只能看見小竹籠、石彈子、布玩偶、小木馬。「每一樣物事，不是令狐冲給她做的，便是當年兩人一起玩過的，難為她盡數整整齊齊的收在這裡。令狐冲心頭一痛，再也忍耐不住，淚水撲簌簌的直掉下來。」

能好好收起大師哥做的木馬、玩偶，這就足夠了，已經是小師妹對大師哥最大的溫情。用李商隱的另一句話說，便是「此情可待成追憶，只是當時已惘然」。

26 黑木崖叫我去恆山

上官雲，是金庸《笑傲江湖》裡的一個人物，是日月神教的一位高手和高階管理人員。

這個人的知名度不高，一般人都不太知道，但卻很值得去研究。可以這麼說，他幾乎是《笑傲江湖》裡最能混職場、最善做官的一個人物，少林、武當的比不了，五嶽劍派裡的人貌似也比不了，都沒有他的能耐。讀者裡有志於職場、仕途的都不妨學習一下上官雲。

金庸給上官雲的名字就取得好，姓「上官」，暗喻是要做官、升官，「雲」就是平步青雲，金庸其實已經告訴了我們這個人很有前途。

這個人一出場的起點就是比較高的。他是魔教的白虎堂長老，奉了黑木崖的命令來到恆山，拜山送禮，尋機暗害恆山掌門令狐沖。同行的還有一位叫作青龍堂長老賈布。

來到恆山，先和令狐沖一番客套，大家各自說了一些場面話。這類情節原本沒什麼好講的，但就是這一番客套話中，你會發現上官雲這個人當真有點東西。

注意，魔教此次出差是兩個主管一起帶隊，即青龍堂長老賈布、白虎堂長老上官雲。可是見到令狐冲之後，一切的話都讓賈布說了，寒暄問候是賈布說的、恭賀令狐冲是賈布說的、送禮是賈布說的，介紹禮品的話也是賈布說的。

簡單統計了一下，雙方見面寒暄，賈布一共滔滔不絕說了三百二十三個字，口齒便給，能侃會道。而旁邊的上官雲呢？從頭到尾只說了兩個字：

正是！

除此之外，緊閉嘴巴，什麼也沒說。

是上官雲口才不好嗎？不是的。他的口才其實很好，後來拍起馬屁來極溜，偏偏卻在此時閉嘴。這就叫作頭腦清楚、有水準。

何以見得有水準？首先就是免得喧賓奪主，這是常規原因。他是白虎堂長老，賈布卻是青龍堂長老，地位更高。此次來恆山出差，賈布是正使，上官雲是副使，隱含的次序不能搞錯。現在正使既然滔滔不絕，副使又何必多話？

除了這一常規原因，還有第二個特殊原因，就是這一次到恆山來拜山，給令狐冲送禮，本身就非常敏感。

眼前之人令狐冲是正教中人，正教、魔教不兩立，原本就是死敵。更何況此人還有一重特殊身分，乃是大逆賊、大叛徒任我行的死黨、幫手、準女婿，那更是死敵之中的死敵。現下你上官雲跑到恆山來，和死敵令狐冲又是攀談、又是送禮，勾肩搭背、親切熱絡，這是什麼情況？實在太容易讓人揣測和曲解。

眼下上官雲當然可以理直氣壯，說自己乃是奉命而為，和敵人虛與委蛇，不怕講不清楚，可是等到三年、五年，甚至十年、二十年之後呢？

萬一到時候黑木崖不認帳了呢？萬一有人借題發揮呢？那時翻起舊帳來，說你勾結串通死敵，你還講得清楚？你說你是奉命而為，誰來證明？難道你還能拉東方教主來證明？反倒是那麼多人都看見你上官雲給令狐冲送禮攀談來著！

金庸熟悉古代史。多少歷史都已證明，「清白」二字是永遠不能自證的，是只能由組織認證的。上官雲深知來恆山這趟差事敏感，和「令狐冲」三個字沾邊的一切都敏感。上級讓我來恆山，我不得不來，但是務必要提著一萬個小心來。

所以他到了恆山就不說話，全程木頭，和令狐冲不攀談、不聊天、不話家常，所有的話都讓賈布去說。每少說一句話、一個字，總歸就安全穩妥一點。什麼是水準？這就是水準。

通常一說到混職場、做官，大家就以為要口才好，能說會道。卻不知做官除了要練口才，更要練口拙，少說比多說好，一句話都不說最好。上官雲就深諳要口拙。

話歸正題。除了以上幾個因素之外，上官雲的閉口緘默還有一個原因，那就是同事賈布說的話裡有漏洞，他在一旁聽出來了，這讓他越發不肯接口說話了。

賈布在恆山說了很多話，其中多次提到東方教主、任大小姐等重要敏感人物。他講的三百二十三個字裡，六次提到東方教主。這本來很好，多提老闆，能顯得自己忠誠敬上，念念不忘教主。

的題外話。

但問題是，為了現場辦事方便，賈布臨場隨機發揮，對令狐冲前前後後說了不少和教主有關的題外話。

僅舉數例。他怕令狐冲堅決不肯收禮，就杜撰說：帶來的這些箱子、籠子，大多是任大小姐的日常用品，東方教主特意送來的，務必要收。

這全是他臨時捏造，雖然目的在於辦事，實則大大不妥。東方教主和任大小姐眼下的關係何等敏感，後者的老爸要造前者的反，你平白去杜撰他們之間的事幹什麼？何況還是在敵人面前杜撰？哪怕是什麼家具日用品之類的小事也不行啊。

此外，他又隨口說什麼「任大小姐自幼跟東方教主一起長大」。這是何苦來哉？東方教主帶著誰長大的你知道了？他老人家帶誰一同長大，需要你來揭祕？你怎能編派他老人家的人生經歷和成長經歷？任大小姐現在是好人還是奸人，黑木崖都沒定性呢，萬一定性為奸人呢？你意思是東方教主帶著一個小叛徒、小奸賊一起長大？

以上賈布說的這些關於教主和任大小姐的話，統統是多餘的話，是題外話，尤其在外人、外賓面前八卦老闆，最忌諱。江湖職場上要做官、要升官，一大原則就是絕不說多餘的話、不說題外話。實在萬不得已必須說話時，也只說絕對正確的話，或者乾脆什麼也不說。上官雲就什麼也不說。

這是需要沉得住氣的，哪怕不說話會尷尬、哪怕冷場，哪怕會讓人誤以為自己愚拙、口才不好，也堅決不說。

最終，恆山之上，雙方圖窮匕見，戰鬥爆發，賈布和上官雲下場迥異。前者被丟下萬丈深淵摔死，後者卻改換門庭，投降了令狐冲和任大小姐，毫髮未損。

會說話的死了，不說話的活著，而且活得很好。這時候上官雲忽然開始說話了，大段大段的說話：任大小姐英明，令狐公子英俊瀟灑，向左使神功驚人，我輩十分佩服……估計賈布聽到了都會氣到活過來：嘴很碎啊，你奶奶的，你不是不說話的嗎？

27 做官當學上官雲

之前說了上官雲會做官。《笑傲江湖》寫的是明代的事，在那個時代混職場、做官，要有二性，一個是奴性，一個是賭性。沒有奴性，做不得官；沒有賭性，做不得大官。

先說說奴性。上官雲一出場，就是魔教的白虎堂長老，滿大的官了，在管理人員裡也是高層。這樣的人也有奴性？必須有。什麼是奴性？就是先把自己的骨頭打斷，從一團泥巴做起，該服軟的時候服軟，該轉彎的時候轉彎。

特別說一下轉彎。直線踩油門人人都會，難就難在轉彎，尤其是轉的時候不能有包袱、不能有限制，轉彎要穩、要快，特別是要能急轉彎。上官雲的一大本事就是能急轉彎。

他本來是東方教主的人，奉命去攻打令狐冲，沒想到一戰而潰。打了敗仗怎麼辦？瞬間就投誠了，急轉彎。

任大小姐問：

上官叔叔，今後你是跟我呢，還是跟東方不敗？

這是一道送命題，是生死之問。寫到這裡時，連金庸都替上官雲不容易，說「頃刻之間，要他決定背叛東方教主，那可為難至極」。

但是人家上官雲不含糊，方向盤一把就轉過來了，「當即上前」，把三屍腦神丹吃了。別人是被動吃，他是主動吃，吃完立刻敬禮，臉不紅心不跳：任大小姐在上，末將赴湯蹈火萬死不辭。你瞧這個彎轉的。

有些人在職場上轉彎的時候不好意思，心理壓力重，面子、心態過不了關，轉固然也在轉，卻轉得羞羞答答、遮遮掩掩，遠不如上官雲利落痛快。事實上，每一次轉彎都是機會，彎道是可以超車的。上官雲投誠的時候前面還有六位長老，可是很快他就升到第一，最得重用，很大程度上就是轉彎轉得好的緣故。

說了奴性，再說一個賭性。上官雲不但有奴性，還有賭性。

通常人們一說到混仕途，就愛說要見風使舵、多留後路，有事別挑頭云云。這固然沒錯。可是見風使舵總有使不下去的時候，職場之中，越往上走，風就越猛烈，總有一些關口是不允許你含糊的，是必然要賭的。這時就要有賭性，賭得下手、押得起重注。這便是為什麼前文說有奴性就能做官，有賭性才做得大官。

舉個例子——韋小寶，為什麼能做大官？都說是因為他滑頭、見風使舵，這是只知其一，不知其二。韋小寶除了圓滑，還有一大特點就是賭性重，博得起，敢下狠注。他愛說的一句話就是：老子這一把骰子擲下去，吃就通吃，賠就通賠，老子賭了！

擒鰲拜，你能見風使舵嗎？先旁觀康熙和鰲拜打上半小時，再決定幫哪一個？不能。康熙不會答應，鰲拜也不會答應。只有賭，輸就輸光，賺就賺翻。上官雲就有這個特點，平時謹小慎微，關鍵時候他倒還真賭得下去。

任我行攻打黑木崖，這就是上官雲人生最關鍵的一把骰子，他豁了出去，勇當開路先鋒，黑木崖上誆楊蓮亭、鬥東方不敗，提著腦袋衝鋒在前。

有一幕特別驚心動魄：任我行、令狐冲、向問天三大高手圍攻東方不敗，仍然局勢膠著，勝負難分。忽然旁邊上官雲做了一件事：

> 拔出單刀，衝上助戰，以四敵一。

幹什麼要衝上去？上官雲的武功不夠絕頂，衝上去作用有限，甚至可能是送死，他不知道嗎？但他還是一瞬間做出了決定，要做豪賭中的豪賭，鏘啷啷拔出寶刀，朝著東方不敗衝去。此時的他就是天下第一賭徒。

沒打幾秒，他就付出了豪賭的代價，慘被戳瞎眼睛，成了獨眼之人。然而最終他賭贏了，自己這一方勝利了，東方不敗身死，他砸下的一切重注都連本帶利收了回來。

看書上，當東方不敗轟然倒下，勝利者任我行在硝煙中昂然屹立之時，上官雲忍住眼睛的劇痛，第一個山呼：「恭喜教主，今日誅卻大逆。從此我教在教主庇蔭之下揚威四海。教主千秋萬載，一統江湖！」

他「恭喜」的是任我行，但何嘗不是恭喜自己押對了寶，博得大彩？

任我行的反應則是「笑罵：『胡說八道！』」

看，是「笑罵」，而且是罵「胡說八道」。上官雲聽了一定心花怒放，他居然被教主「笑罵」了，還罵得如此親昵。注意，君王身側，什麼人才能享受「笑罵」？當然是至親至近的人、充分信任的人。自己作為一個降將，居然得到了「笑罵」的待遇，難道不是剛才豪賭的功勞？

相比之下，反而是另一位股肱向問天得到的話更顯得生分和猜疑。任我行對向問天說的，反倒是一句官腔官調的話：

這一役誅奸復位，你實占首功。

聽聽，你「實占首功」，比起笑罵「胡說八道」來，是不是反而隔閡疑忌得多了？我想此刻，上官雲一定很想大聲說楊過和小龍女重逢時的臺詞：

「我好快活！我好快活！」

28 《易筋經》怎麼不傳給師弟

《易筋經》是少林派的一門神功，基本上是壓箱底的頂級寶貝。一門神功本身沒有什麼好玩的，好玩的是它的傳承規矩。

對於這個規矩，少林掌門人方證大師是這麼講的：

非其人不傳，非有緣不傳。只傳本寺弟子，不傳外人。

如此歸納一下的話，《易筋經》的傳承規矩就有三條：一、非本寺弟子不傳。二、非其人不傳。三、非有緣不傳。這個規矩很好玩。

這個規矩是不是落在紙上的成文規定呢？並不是。少林派並沒有一個《易筋經》的管理和傳承辦法，更不會列印出來公告。這只是方證大師的口述，不是什麼成文的典章制度。所以它本身就很模糊，靈活性很強。

在這三條規矩裡，除了一條「非本寺弟子不傳」是不能變通的規定之外，其他兩條都是模糊的。非其人不傳，非有緣不傳，什麼人算是「其人」？什麼人算是「有緣」？都是說不清楚的事。最後方丈說誰有緣就是有緣了。

然後就發生了很有趣的事，正像小說裡寫的，對於《易筋經》，本來有緣的人，方丈非說無緣；本來無緣的人，方丈非說有緣。

比如方生大師，是方丈的同輩師弟，在本門中武功、威望大概都是頂尖的人物。作為掌門的方證大師也公開稱讚師弟說：「武功既高，持戒亦復精嚴，乃是本寺了不起的人物。」

不但武功高、紀律好，而且此人德行也好。方生為人和善、心地慈悲，既不剛愎自用，也不霸道蠻橫，是很不錯的一個人。

可是掌門方證大師就偏說他無緣。理由是什麼呢？非常玄，是說他「天性執著，於『空、無相、無作』這三解脫門的至理，始終未曾參透，了生死這一關，也就勘不破」。所以不能傳。

你能說掌門方證大師是找藉口嗎？也不能說。反正無緣就是了。

又比如令狐冲，明明是無緣的，方證大師非說他有緣。

令狐冲連少林本門弟子都不是，也就是說連最基本的規定都不滿足。怎奈方證大師卻說：令狐少俠是有緣人。

既然有緣，你不符合規定，長官也要幫你闖過關。方證大師特批，讓令狐冲加入少林派，成為少林俗家弟子，這樣就符合規定了。而且大師還提出，為了讓令狐冲完全符合學習《易筋經》的條件，還要讓令狐冲改名字，根據少林班輩排行改名為「令狐國冲」。

你看這通操作，裡裡外外一番折騰，又收徒、又改名，總而言之就是讓令狐冲有緣。那麼，為什麼掌門不把《易筋經》給師弟呢？搞不好正是因為這個師弟「武功既高」，又「是本寺了不起的人物」。

這位師弟方生在寺中極有威望，寺中僧人遇到他，「都是遠遠便避在一旁，向方生合十低首，執禮甚恭」，說明他有威信，很受人尊敬。不學《易筋經》就已經有這等聲望、武功，學了那還得了？如何管理轄制呢？

再者，他和方丈老闆的關係如何？確實不錯，但似乎也不是什麼死黨。他想要見老闆時是這樣見的：

方生向屋外的小沙彌道：「方生有事求見方丈師兄。」

小沙彌進去稟報了，隨即轉身出來，合十道：「方丈有請。」

並不是推門就進的，一樣是要稟報的。小沙彌如果擋駕，他還見不著方丈。死黨焉有是理？既然如此那就更不能隨便傳經了，搞不好傳了之後戰友都當不成了。

而令狐冲又為什麼「有緣」呢？當然是其中有巨大利好，否則豈能輕易把壓箱底的《易筋經》拿出？

沒有什麼資源不可以交易的，包括《易筋經》。與其輕與了師弟，不如拿來做關鍵交易。令狐冲，可是魔教的聖姑送上來的。此人會獨孤九劍，「劍術精絕」、武功奇強，經過背景調查發現他又很乾淨，而且和魔教的聖姑、華山的風清揚等均是淵源極深。

用《易筋經》恩結令狐冲，救其性命、強其武功，將這一天賜奇才收為徒弟，招致麾下，對內則手下多一得力猛將，對外則憑空多了魔教聖姑乃至華山風清揚這兩大隱形同盟。什麼叫巨大利好？這才是巨大利好，才是足以讓大師拿出《易筋經》的利好。

注意，方證大師傳經的條件是什麼？不是令狐冲「加入少林」便罷，而是要加入自己門下，當自己的徒弟，嫡系死黨。

少俠若不嫌棄，便屬老衲門下，為「國」字輩弟子。

說得清楚，得是我門下的人。須知，方丈生平只收過兩名弟子，那都是三十年前的事了。隔了三十年，老人家忽然門戶大開，熱情無比的要收這麼一個關門弟子，還附贈一本《易筋經》，圖什麼？難道圖令狐冲相貌英俊？如非巨大利好，方丈何必這樣破例與熱心？

對比一下後來魔教任我行的做法。任我行用《吸星大法》的完整補丁版延攬令狐冲，要求他加入魔教，做自己的女婿，這豈非和方證大師用《易筋經》延攬令狐冲做自己的徒弟如出一轍，哪裡有什麼本質分別？

為了說得再透一點，不妨替方丈分析一下：他的敵人是誰？若說內敵，是咄咄逼人的五嶽劍派左冷禪。若說外敵，則是充滿威脅的魔教當權派擴張勢力。這是兩個大敵。

除了這兩個最大的敵人外，還有很多潛在隱患，比如他知道岳不群已經距離《辟邪劍譜》越來越近了：

聽說岳先生、岳夫人和華山派群弟子，眼下都在福建。

這是方證大師對令狐冲說的話，意味深長。對於岳不群的動向，方證大師一直關注，瞭若指掌——「眼下都在福建」。

《辟邪劍譜》是否就在福建，他固然並不確定，但岳不群在圖謀劍譜，並且已占了先機，大師多半門兒清（按：中國北京方言麻將術語，引申為清楚明白）。

這種局勢下，以《易筋經》收下一個嫡系死黨令狐冲，武力上壓制左冷禪、壓制魔教當權派，同時結好魔教的在野派領袖任盈盈、華山風清揚兩大勢力，多划算的一招棋。

當滿江湖都在追逐《辟邪劍譜》時，方證大師如能舉手之間收下一個自帶獨孤九劍的令狐冲，豈非高人一籌？

而把《易筋經》傳給師弟呢？固然是增強了本門實力，卻可能導致自己位子不穩，到時候本派內部兩個老大，怎麼管理約束？就像任我行把《葵花寶典》傳給東方不敗，結果如何？

這就是《易筋經》所謂的「只傳有緣」。說你有緣，你就有緣，無緣也有緣。說你無緣，你就無緣，有緣也無緣。別問，問就是：哎呀，你天性執著，於「空、無相、無作」這三解脫門的至理未曾參透，了生死這一關也勘不破，真的不適合學習，阿彌陀佛。

29 有多少小酒店破產

在武俠江湖裡，一個普通人，不會武功，想開一家小飯店謀生，要多少本錢呢？這是有行情的。《笑傲江湖》中就提到，在福州城郊開一家店，本錢大概要三十兩銀子（按：約現今新臺幣八萬六千元）。

當地闊少林平之常去一家小酒店，那裡剛剛換了老闆，新老闆說：「這家酒店的老蔡不想幹了，三十兩銀子賣了給小老兒。」三十兩銀子，約莫一萬來塊錢人民幣，就可以在省城郊區盤下一家店，真不算貴。

林平之手下有一個鄭鏢師，來酒店吃飯時，還給酒家暢想了一下未來的美妙前景。他說，我們林公子「行俠仗義、揮金如土」，「你這兩盤菜倘若炒得合了他少鏢頭的胃口，你那三十兩銀子的本錢，不用一、兩個月便賺回來啦」。

按照他的這個說法，小店小買賣，也是有望過上幸福生活的，因為俠客們「行俠仗義、揮金如土」嘛。

可惜這位鄭鏢師所描繪的美好畫面只存在於想像中。這家酒店當天就關門大吉了。為何關門呢？因為「行俠仗義、揮金如土」的顧客林公子當天就殺了人，屍橫店堂，遍地鮮血。殺了人也罷了，他們還要把屍體埋在人家店裡。

同樣是那個鄭鏢師，之前還給店家描繪美好生活的，現在口氣立刻就變了：

十天之內，我們要是沒聽到消息走漏，再送五十兩銀子來給你做棺材本。你倘若亂嚼舌根，哼哼……再殺你一老一少，也不過是在你菜園子的土底再添兩具死屍。

他這所謂的「五十兩銀子的棺材本」，你以為真的好賺嗎？被殺的是誰？是青城派掌門的少爺。殺人的人你惹不起，被殺的人你也惹不起。人死在你店裡、埋在你店裡，等青城派的老爺們找上門來，還不是只有一個死？作為一個小生意人，還有什麼別的選擇？只有關門跑路。

所以，這家寄託了店主養老願望的小店，承擔了他晚年所有美好生活夢想的小店，迅速的關門倒閉了，主人血本無還、流落天涯，不知能歸老何處。

有些看過《笑傲江湖》原著的人會說：不對吧，那個店主是武林人士化裝扮演的，不是真的老百姓。誠然，幸而不是真百姓。但問題是：倘若那不是武林人士扮演的呢？如果就是過去的那個舊店主老蔡呢？不就只能關門跑路、血本無歸嗎？

上面說的這一家是福建的小酒店。再來看看另一家，湖南衡陽的回雁樓。

這一天，回雁樓迎來了客人令狐冲。此公算是個正派人物，行為舉止理應不會太離譜。誰料想轉眼之間，店家就遭了災，令狐冲馬上就和田伯光當場拔刀火拚起來。

在打架之前，令狐冲順手做了一件事：

「……廢話少說，這就動手！」他手一掀，將桌子連酒壺、酒碗都掀得飛了出去。

都還沒動手，無緣無故的發瘋掀桌子、砸盤子是做什麼呢？砸爛了你又不賠。

江湖上有些比令狐冲形象更好、更正派的人，也照樣拿小酒店不當財產。恆山派的定靜師太，總是個端莊嚴肅的，按照你我的想像，應該是個絕不會亂打亂砸的，結果在浙閩交界的廿八鋪「仙安客店」，她是如何出門的？

雙掌一起，掌力揮出，砰的一聲大響，兩扇板門脫臼飛起。她身影晃動，便出了仙安客店。

本來推門就可以出去的，老尼姑偏不，非要把門打飛，顯得比較威猛一點。師太你做過裝修嗎？知道門是很貴的嗎？

更慘的是，就在這個廿八鋪裡，全部一、兩百家店鋪，不管是仙安客店還是鬼安客店，當天都別想做生意。何以如此？因為嵩山派要和恆山派在這裡火拚。所有居民被勒令通通關門滾蛋，強制外出旅遊去。

書上說，大家只好「呼兒喚娘之聲四起」、「背負包裹，手提箱籠，向南逃去」、「店小

二、廚子都已紛紛奪門而出，唯恐走得慢了一步」。

如果是有公司要在這裡辦大活動、要清場，那也無話可說，小老百姓有自知之明，曉得自己的定位的。但爾等是打群架，本來就是非法的事，憑什麼我們整個鎮的店都不能合法開張？退一萬步說，我們都已經聽話關門了，老尼姑還打飛我門板做什麼呢？

當然了，令狐冲、定靜尼姑，都還算是好的。他們對小飯館稍施打砸，畢竟是打鬥中顧不得了，而且是單個破壞，不會成片毀滅。怕就怕黑道上的人來了，殺傷力還要強十倍。

在河南，黑道上的群豪有一次組團去少林寺，迎接任大小姐，一幫人活像蝗蟲過境，讓沿途的餐飲業倒退十年。

> 接連數日，都是將沿途城鎮上的飯鋪酒店，吃喝得鍋鑊俱爛，桌椅皆碎。群豪酒不醉、飯不飽，惱起上來，自是將一干飯鋪酒店打得落花流水。

就是這些人，也都被稱作「群豪」了。就是這些吃了人家、喝了人家，還把人家老百姓的飯鋪酒店打得落花流水的人，也配被稱作「群豪」了。

《笑傲江湖》裡，能把小飯館搞破產，能把生意人搞得家破人亡、妻離子散的，還遠不止是武林人士。比如盜匪界的人士也是可以的：

> 黃風寨的強人十分厲害，兩天之前，剛洗劫了廿八鋪東三十里的榕樹頭，殺了六、七十人，

燒了一百多間屋子。

官府的人也是可以的：

他（吳軍官）自稱是北京城來的，只住了一晚，服侍他的店小二倒已吃了他三記耳光。好酒、好肉叫了不少，也不知給不給房飯錢呢。

在小說裡，描寫到被迫關門停業的仙安客店時，有幾句話：

店招甚新，門板也洗刷得十分乾淨，絕不是歇業不做。

它家的招牌是新的。為什麼新？或許是因為剛剛開張，又或許是因為老闆心疼、加倍愛護。也許就在前一晚，店家小倆口還曾滿懷憧憬，開心的看著這招牌，暢想著今後的好生意。他們也一定很勤快，才會把門板洗得乾乾淨淨，希望能招來更多客人。

每一件桌椅板凳，雖然不奢華，卻也都是老闆娘費心挑選來的，但爾等隨手就砸爛了。兩扇門或許便是男主人親手裝的，費工夫不少，定靜師太一掌就拍飛了。

平時讀武俠，只看見令狐冲這幫人好酷、好帥。我們不會想到店主人王小二帶著妻子小孩逃難歸來，只見一片狼藉，「鍋鑊俱爛，桌椅皆碎」，新裝的兩扇門橫躺在街上的泥濘中，將是何心情。今晚孩子上哪裡寫作業？明天的生活在哪裡？那些所謂「行俠仗義、揮金如土」的武林大爺又在哪裡？翌日會不會又來搞破壞，摧毀我們辛辛苦苦置辦的一切？

那麼，到底什麼樣的人，才有資格在那個江湖裡開家小店、擺個小攤呢？且看這一段：

定逸……暴怒，伸掌在桌上重重拍落，兩隻餛飩碗跳將起來，嗆啷啷數聲，在地下跌得粉碎。

很常見的情節。老尼姑一不開心，又隨手把人家小攤、小販的碗打爛了。接下來，意外的事發生了。那個叫何三七的小攤販「轉身向定逸伸出手來，說道：『你打碎了我兩隻餛飩碗、兩隻調羹，一共十四文，賠來。』」

定逸的反應，居然是「一笑」，道：「小氣鬼，連出家人也要訛詐。儀光，賠了給他。」儀光數了十四文，雙手奉上。

這個小攤販何三七吃了豹子膽，怎麼有膽量叫武林高手賠錢？定逸師太平時以暴躁著名，怎麼居然還笑了起來，一個子兒都不差的賠給他？答案很簡單──「這賣餛飩的老人是浙南雁蕩山高手」。

天下市巷中賣餛飩的何止千萬，但既賣餛飩而又是武林中人，那自是非何三七不可了。

原來人家也會武功，也掌握暴力。所以他的兩隻碗、兩隻調羹共十四文錢，師太一個子兒不差的賠了，而且還是笑著賠了。在暴力的世界裡，暴力是唯一的通行證。如果誰特別羨慕那樣的世界，恨不得加入才好，那麼最好先想一想，自己是可憐的王小二，還是會武功的何三七？

倘若你是王小二，不但十四文錢不賠你，還要被人像韋小寶一樣反敲一筆：「我把你的母親賣給你，作價一百萬兩，又將你的父親賣給你，作價一百萬兩，再將你的奶奶賣給你，作價一百萬兩，還把你的外婆賣給你，作價一百萬兩……你拿錢來！」

30 桃谷六仙：易怒體質和易哄體質

桃谷六仙某種意義上還滿可愛，是頗幽默的形象，讀者也很喜歡他們。但是他們的脾氣、性格有個問題，和常人不太一樣，概括的說，屬於「易怒體質」和「易哄體質」。

什麼叫「易怒體質」呢？很好理解，就是指很容易生氣，並且生起氣來往往反應過大、無法預料，呈現出一種嬰兒般的狀態。

一般來說，普通人的情緒是可以預料的，對什麼樣的刺激會做出多大反應，基本上可以預估。走路踩到糖果紙，你可能只會皺一下眉頭，只有踩到狗屎才會爆個粗口。別人咒罵說丟你老母，你也回說丟你老母，這算正常反應，肯定不會真的非要抓到他母親去丟一下。

隨便舉一例——莫大先生，就是一個正常的、健全的人。茶館裡的吃瓜群眾胡編亂造，說他武功差、嫉妒師弟云云，他便走上去露了一手武功，一劍削斷幾隻茶杯，斥一句「胡說八道」，也就得了。他絕不會把茶館也拆了，從此不准路人去喝茶。

可是桃谷六仙對刺激的反應是無法判斷的。踩到糖果紙、踩到狗屎、踩到釘子，他們可能都是同樣的激烈反應。你說一句他們武功差，他們可能就勃然大怒，上來把你撕了，不是指吵架的那種「撕」，而是真的撕，大卸六塊那種。

甚至他們還可能把店也拆了，並且警告過路的：誰再進這個店，誰就是和我們六兄弟過不去，也都要撕了。然後天天蹲在路邊守，看誰敢進。

金庸小說裡面有很多這種「易怒體質」的人，比如桃谷六仙，比如南海鱷神。他們都呈現出這樣一種嬰兒狀態，自控能力差、報復心極重。因此這幾位爺都很讓人害怕，感覺極難打交道。最可怕之處不是容不得冒犯，而是不管何種程度的冒犯，他們都輸出同樣劇烈的憤怒。

不過，金庸也告訴我們，「易怒體質」的人往往還同時兼有另外一種體質，就是「易哄體質」，就是特別愛聽別人的好話，很好哄、很好騙。你只要搞清楚了他們愛聽什麼，講幾句沒本錢的便宜好話，就能讓他們興高采烈、心花怒放，當你是自己人。

桃谷六仙最愛聽的，乃是別人誇他們「武功高強」、「相貌英俊」、「是大英雄」。令狐冲隨口胡編一句：「我師父平時常說，天下大英雄，最厲害的是桃谷六仙……」桃谷六仙便歡喜得不得了，登時「心癢難搔」、興奮至極，覺得華山派好極了。

「華山派掌門是個大大的好人哪，咱們可不能動華山的一草一木。」

「誰要動了華山的一草一木，決計不能和他甘休。」

「我們很願意跟你師父交個朋友，這就上華山去罷！」

幾句輕飄飄不值一毛錢的假恭維，也就讓桃谷六仙歡喜了，就讓他們對華山派、岳不群掏心掏肺了，簡直比親兄弟還親，甚至要為了華山打架拚命，保護華山的一草一木。

相比於被誇武功高強，桃谷六仙尤其愛聽人說自己相貌英俊。令狐冲這種精明人很快弄清楚了這一點，經常猛誇桃谷六仙相貌英俊：

桃根仙骨格清奇、桃幹仙身材魁偉、桃枝仙四肢修長、桃葉仙眉清目秀、桃花仙……這個目如朗星，桃實仙精神飽滿……是六位行俠仗義的玉面英雄……這個英俊中年。

圍觀的江湖群眾也都明白，也跟著一起不要本錢的誇：

「環顧天下英雄……說到相貌，那是誰也比不上桃谷六仙了。」、「豈僅俊美而已，簡直是風流瀟灑。前無古人，後無來者。」、「潘安退避三舍，宋玉甘拜下風。」、「武林中從第一到第六的美男子，自當算他們六位。令狐公子最多排到第七。」

桃谷六仙聽了，「笑得合不攏嘴」，把這幫起鬨的群眾都當成自己人。

這樣的人金庸小說裡還有不少。南海鱷神也是這樣的，只要你誇他「真是大惡人」、「你是岳老二，絕對不是岳老三」，他就心花怒放，引為知己。換句話說，這類渾人都屬於愛踩香蕉皮的，別人扔塊香蕉皮，他們就踩著滑走了。

多讀金庸便能看出來，一些人之所以會有「易怒體質」和「易哄體質」，說到底都是因為缺少自信心。因為缺自信，所以一觸即跳、一哄便樂，踩到屎就要炸地球，給朵小紅花就要認兄弟。今天恆山有人說自家一句壞話，便怒髮衝冠要堅決踏平恆山；明天華山有人說句好話，就要誓死保護華山的一草一木。

讀小說就知，像這樣的人其實換不來真的尊重。桃谷六仙固然算是滿討喜的角色，但即便是令狐冲，也沒真正有多尊重他們。他們還很容易被精明的人利用，給幾句便宜好話，被人灌幾句迷魂湯，就給人當槍使。

話說回來，桃谷六仙倒還是不錯的，六兄弟畢竟是真的能打，有戰鬥力。他們獨自行走江湖，自己對自己負責，天塌下來自己頂著。

最讓人尷尬的是很多次等版本的，自己並不能打的「兆谷六仙」、「光谷六仙」、「屁谷六仙」，也一般的喜怒無常，今天嚷嚷燒莫大先生的胡琴，明天喊著砸定閒師太的木魚，實則什麼忙也幫不上，徒然只能逞口舌之快，擴大事態，淨給門派找麻煩。回頭青城派說一句不要本錢的「六仙好英俊」，他們就大樂，踩著香蕉皮就滑走了，說：「青城派真良心，讚！青城是我們真朋友！誓死保衛青城派的一草一木！」

第捌章

關於《鹿鼎記》

暇日上山狂逐鹿，凌晨過寺飽看雲

——元稹

1 《鹿鼎記》和《紅樓夢》

賈寶玉是寶，韋小寶也是寶。賈寶玉是真寶玉，韋小寶是假寶玉。

一個含玉出生的，住在大觀園，極高貴；一個婊子養的，出自麗春院，極土鱉（按：形容沒見過世面）。

按理說，賈寶玉本來該是仕途經濟、飛黃騰達的一條好命，卻非要沉湎溫柔之鄉。韋小寶本來該是煙花柳巷、市井底層的一條爛命，卻誤打誤撞，飛黃騰達，操弄仕途經濟。

最後，高貴的、含著玉出生的寶玉，反而被抄家了，又出家了，一文不名，赤條條來去無牽掛。另一個低賤的、婊子養的小寶，卻趾高氣揚，黃馬褂、一等鹿鼎公、撫遠大將軍，人五人六（按：指假裝正人君子的樣子）。

所以說，《鹿鼎記》就是反著的《紅樓夢》。

這兩本書，正好反著的地方還有很多。比如，賈寶玉喜歡女孩子，重視性靈。他聽的曲子是《紅樓夢》（按：歌誦金陵十二釵的曲子）。韋小寶也喜歡女孩子，卻專注皮肉，聽的曲子是

《十八摸》（按：有性暗示的民間歌謠）。

但賈寶玉說起來是重視性靈，卻經常顯出皮肉相，沒少幹猥瑣的事。韋小寶說起來是專注皮肉，一呀摸、二呀摸，但偶爾的又忽然昇華，有一股子至淫生至情的味道。

賈寶玉人見人愛，被無數女孩子簇擁著，最後卻是一場空，湘江水逝，金簪雪埋，那麼多的釵，沒有一個人陪他終老。韋小寶人見人嫌，在阿珂、方怡的眼裡連做備胎都不配，最後卻大被同眠，抱得七個美人歸。

不過，韋小寶真的得到了嗎？賈寶玉又真的失去了嗎？小說的最後，韋小寶悵然若失，賈寶玉倒貌似參悟透了，一無掛礙。兩本書，仍然是反著的。

兩本書還都有同一個哏：怕爹。

賈寶玉有親爹，韋小寶沒親爹。賈寶玉的爹是個嚴父，管得嚴，是一本正經的賈政。韋小寶沒親爹，卻也有個嚴父，管得也嚴，是一身正氣的陳近南。

兩人一個怕老爹查功課，一個怕師父查武功，都是見了爹就躲，像老鼠見了貓。

但這兩個爹還是反的：

賈政是忠臣孝子，卻沒什麼真本事，只會清談，裝模作樣。這個爹和兒子感情疏離，隔膜很深，基本沒有共同語言。

陳近南是一代反賊，卻也是一代豪傑，剛開始和韋小寶純屬互相利用、虛與委蛇，到後來卻慢慢親密了，真的產生了父子一樣的感情。

忠臣親爹越看越不像爹，反賊師父倒越來越像爹了。

這兩本相反的書，也有相似的地方。

比如寫法。《紅樓夢》明明寫金陵，開篇卻一本正經寫「姑蘇閶門外十里街」。同樣的，《鹿鼎記》明明寫揚州和北京，開篇卻是洋洋灑灑寫所謂的「湖州府南潯鎮」。

《紅樓夢》的開頭，大談和主角八竿子打不著的甄士隱、賈雨村的故事，等第一回都結束了，賈寶玉還不知道在哪裡。如果你第一次看，還以為主角是甄士隱；再往下看，以為主角是賈雨村；後來搞不好又以為主角是冷子興。

《鹿鼎記》開頭，則大扯什麼無關緊要的莊允城、吳之榮的故事，第一章都結束了，韋小寶也不知道在什麼地方。如果你第一次讀，還以為主角是什麼呂葆中；再看，又以為主角是陳近南；接著看下去，還以為主角是茅十八。

大宗師寫書，才能有這樣的自信，從百里、千里之外慢悠悠的下筆。不像今天寫網路小說，主角前三句不出來，第一章裡不得到超能力，就是作死（按：指找死）。

兩個作者的匠心，還有不少暗合的地方。

比如《紅樓夢》，按脂批（按：針對《紅樓夢》的評論）的演算法，到了全書三分之二處，安排寶玉來了一大篇《芙蓉女兒誄》，不惜筆墨、長篇鋪陳，獻給薄命的晴雯。

《鹿鼎記》全書到了三分之二處，亦安排小寶聽了一大首《圓圓曲》，也是不惜筆墨、全文照錄，獻給薄命的陳圓圓。兩個作者簡直是約好了的。

這兩本書，還有交叉的地方。

你要是看《鹿鼎記》的一些回目詞：「春辭小院離離影，夜受輕衫漠漠香」、「金剪無聲雲委地，寶釵有夢燕依人」……你還以為這是《紅樓夢》的回目詞。

你還會發現，《紅樓夢》裡的一些敘述，用來形容《鹿鼎記》簡直無比貼切。反過來也是一樣。

例如賈寶玉和林黛玉的相逢，用《鹿鼎記》裡的話說，就是「最好交情見面初」。而韋小寶的人生故事，用《紅樓夢》的話說，是「烈火烹油，鮮花著錦」、「亂烘烘你方唱罷我登場，為他人作嫁衣裳」。

《紅樓夢》的調子，是所謂「閬苑仙葩，美玉無瑕」，最後才知道，結局是《鹿鼎記》裡說的「事到傷心每怕真」。

《鹿鼎記》的調子，是所謂「地振高岡，門朝大海」，吹了一本書的牛，終於才知道是《紅樓夢》裡說的「滿紙荒唐言，一把辛酸淚」。

這兩本書，氣質完全不一樣，但又很相像。

《紅樓夢》和《鹿鼎記》，一開始都是在講開心的事、有趣的事、快活的事。一個老是聚會、遊園、過節、喝酒、行令，一個老是整蠱、惡搞、泡妞、賭錢、耍滑頭。

可是，當這些開心慢慢積疊起來、當這些歡笑聲慢慢堆疊起來，不知道為什麼就變沉重了，開始蕭條起來、蒼涼起來、沉鬱起來，透出一股巨大的無奈和悲傷。

《紅樓夢》到了第七十六回，全書過大半的地方，終於「異兆發悲音」了。冷清的家族夜宴上，人們發現以往快樂、豁達的賈母「落下淚來」，一股悲涼終於無可阻擋的襲來了。

同樣的，《鹿鼎記》到了第三十四回，全書過大半的地方，也終於借天地會好漢的口，唱出了「寒濤東卷，萬事付空煙」了。

在大江上的淒涼風雨中，就像賈府人忽然發現賈母哭了一樣，韋小寶也忽然發現，平時意氣風發的師父陳近南居然「意興蕭索」了，居然「兩鬢斑白、神色憔悴」了，而且「老是想到要死」了。

這時，一種巨大的無奈感忽然吞沒了你，它充塞天地，每個人都無處藏身。之前一切的歡笑、一切的惡搞，都在加劇著這種悲涼。

之前那些歡笑著、意氣風發的人，不管怎麼「地振高岡，門朝大海」、怎麼「烈火烹油，鮮花著錦」，最後都飛鳥各投林，白茫茫一片大地真乾淨。

好書總是那麼相似。沒有人教曹雪芹這樣寫，也沒有人教金庸這樣寫，但他們就是這樣寫了。所以說，偉大的作品，往往都是複調的。而且往往都是短暫的喜劇，永恆的悲劇。

2 推翻愛情

金庸本人的情路實在不算太平順，但他在寫愛情上卻是第一流。有人說他寫女人比男人好、寫愛情比友情好，前一句我覺得還可以商榷，後一句我舉雙手贊同。

看看《倚天屠龍記》就知道，金庸自己說：這本書的重點不是愛情，而是男人間的親情和友情。然而他實在太會寫愛情了，想不喧賓奪主都難。和「親情」、「友情」相比，書中的愛情明顯深刻得多，也搶眼得多。

在趙敏、紀曉芙、殷素素、黛綺絲等精采紛呈的愛情表演面前，「親情」和「友情」顯得單薄寡淡。你看書上寫謝遜的所謂喪子之痛，我少有的感到金庸居然詞拙技窮了，只用一句「謝遜仰天大嘯，兩頰旁淚珠滾滾而下」含混應付過去，完全是現在多數流行小說的水準。

當然，大師畢竟是大師，金庸在「謝遜喪子」的環節上馬失前蹄，但很快在同一本書的另一個悲劇——「杜百當喪子」上找補了回來。這個小故事只有對原著相當熟悉的讀者才會知道，淡淡幾筆勾勒，卻寫得讓人痛徹心扉，感興趣的可以找書來讀，那才是真的喪子之痛。

但最讓人意想不到的是，愛情——這項金庸本來特別拿手、特別精采的絕技，最後漸漸被他放棄了，就好像令狐冲放棄了劍、胡一刀放棄了刀。到了最後一部書《鹿鼎記》，他已完全不再表現愛情、歌頌愛情了，甚至轉而嘲弄愛情、解構愛情。

一個作家，放棄了自己最擅長的母題，這是怎麼回事？

起初，金庸也許並不打算當一個寫情的聖手。剛寫武俠小說時，他的愛情觀還逃不出上一個時代俠義小說的藩籬，無非是「兒女情長，英雄氣短」八個字。

在這個套路裡，英雄人物是必須胸懷家國天下的，是要書劍江山、志在四方的。平日來一點卿卿我我的事情，是點綴、是增色，但絕不可以把愛情當作人生的頭等大事來經營。

他起手的兩部書《書劍恩仇錄》、《碧血劍》，裡面的愛情也算熱熱鬧鬧、五光十色，但和小說的主線沒什麼關係，就像是菜肴裡的味精，多一撮也是吃，少一撮也是吃。

這些小說裡的英雄主角不管多麼兒女情長，一旦遇到大事，愛情統統讓路。陳家洛甚至連女朋友也可以送人——他一心想說服乾隆皇帝廢滿興漢，乾隆提出條件：我喜歡你女朋友。陳家洛一咬牙、一跺腳就答應了。

金庸贊成陳家洛這種搞法嗎？大概也不贊成。但金庸看不到出路，除了讓陳家洛把女朋友交出去，他不知道該怎麼寫，那時候的他在「江山美人」的老套裡還轉不出來。

這就是金庸第一階段對愛情的認識：英雄身負偉大光榮的使命而來，一路上談談情、說說愛，但都不過是人生點綴，就像窗臺上的盆景。他們固然可以「盈盈紅燭三生約」，但轉頭馬上要「霍霍青霜萬里行」，唯恐讓愛情影響了政治正確。

到了第三部書《射鵰英雄傳》，金庸變了。雖然「鐵血丹心」的路子依舊，但不同的是，金庸決定騰出一隻手，深入發掘愛情這個偉大的文學母題。

《射鵰英雄傳》是一部真正的愛情傳奇。郭靖和黃蓉的愛情故事，是小說的主線，也是整部書最精采、最耀眼的東西。

為什麼這部書如此深入人心？不光是東邪西毒、南帝北丐的宏大江湖設定，儘管那確實讓男孩們興奮，也不光是大漠草原、北國風光的壯闊背景，最能打動我們的東西之一恰恰是郭靖和黃蓉的愛情。

對比金庸之前的小說，你拿掉袁承志和溫青青、袁承志和九難的愛情故事，《碧血劍》還是《碧血劍》。但你拿掉郭靖和黃蓉的愛情故事試試？《射鵰英雄傳》會完全被抽掉筋骨，根本不成其為一本書。

自此以後，金庸開始脫胎換骨，進行著更大膽狂放的嘗試：我能不能寫一種英雄，把愛情當作人生的最高追求？

我能不能拋開過去的政治正確，讓俠義小說圍繞愛情展開，把之前的書劍江山、民族大義、家國恩仇都降格成為點綴？

你看《神鵰俠侶》，愛情在這本書裡就不只是點綴，也不只是主線，而是一種信仰、一種宗教，是人生的終極追求。標誌性的宣言就是那一句「問世間，情是何物，直教生死相許」。

《神鵰俠侶》有很多毛病和缺陷，但這個嘗試是了不起的，愛情在金庸小說裡的濃度和高度都由此達到了顛峰。

接下來，金庸嘗試寫了各種各樣的情痴主角。在愛情這門宗教裡，他筆下的信徒隊伍不斷發展壯大。等到段譽同學出現，中國武俠小說史上出現了在愛情面前姿態最低的主角。別人在愛情的聖殿下最多是拜倒，段譽則是乾脆撲倒。人家讓他「磕首千遍，供我驅策」，他也甘之如飴，咚咚磕頭。

在心儀的女神面前，他可以不要尊嚴、不要面子，別人打了他爹，姑娘拍手叫好「好一招夜叉探海」，換了郭靖是不能忍的，段譽卻可以不大有所謂。

從《射鵰英雄傳》到《天龍八部》，在這一階段的金庸小說裡，愛情是極度美好的，是不能褻瀆和嘲笑的，是可以當成人生目標的。愛情的成功往往就是人生的成功，英雄美女們可以放棄一切去追求愛情，我們覺得順理成章，金庸也寫得順理成章。

金庸還逐漸完成了自己的愛情百科全書。單戀、虐戀、畸戀、忠貞、背叛、不倫……人間愛情的各種範式、各種滋味，他幾乎都寫了個遍。

而當我們還沉浸在他的情愛王國中，沉湎於「無人不冤、有情皆孽」的世界不能自拔的時候，金庸卻玩了一齣「曲終人不見」，退出了愛情的陣地。他悄然開始了另一次轉變。

或許是他覺得，愛情這東西在自己的小說裡橫衝直撞得太久了，他決定管束一下它，不讓它橫行無忌，好騰出空間來給一些別的東西，為小說賦予一些新的意義。

在倒數第二部書《笑傲江湖》裡，愛情遇到了一個難以戰勝的敵人——自由。

匈牙利詩人裴多菲（Pet fi Sándor）曾經有一首小詩，在中國影響深遠，那就是：

生命誠可貴，愛情價更高。
若為自由故，二者皆可拋。

而這恰恰就是《笑傲江湖》的主題之一。要愛情，就必須加入魔教；要自由，就必須犧牲愛情。面對這道選擇題，令狐冲選擇了後者。

她（任盈盈）如真要我加盟日月神教，我原非順她之意不可……可是要我學這些人的樣（奴顏諂媚，喪失自由），豈不是枉自為人？

愛情在金庸小說裡的濃度降低，不僅僅展現在俠客的人生選擇上，也展現在小說的主題和主線上。《笑傲江湖》裡的愛情故事，誠然很重要、很精采，但小說的主題卻不是愛情，而是自由；小說的主線不是令狐冲爭愛情，而是爭自由。

這樣的轉變金庸還嫌不過癮，到了最後一部書《鹿鼎記》，他乾脆來了一個大反轉：愛情被請出了局。

在《鹿鼎記》裡，愛情變得可有可無、稀薄得很，非要摳出來秤重量，占比可能不到全書的百分之五。韋小寶有七個老婆，誰對韋小寶算是愛情？似乎一個都不可靠。雙兒貌似像一點，但她對韋小寶比較多是忠誠，還談不上愛情；小郡主和曾柔大概像一點，但也很難說。

韋小寶在乎姑娘愛他嗎？也不在乎。他從不重視心靈上的占有，只要把人家娶到了就開心滿足了。他的心上人翻臉要謀害他，他似乎也不悲慟、不難過，只是怒罵幾句：「辣塊媽媽，小娘皮要謀殺親夫。」

甚至於在這本書裡，愛情還變成了被解構、被嘲笑的東西。在《鹿鼎記》的江湖上，不信愛情的人是輕盈、如魚得水的，追求愛情的人是沉重、步履維艱的。誰要是一心一意追求愛情，誰就鐵定吃癟。

全書中愛得最痴的一個人，叫作「美刀王」胡逸之，因為愛上陳圓圓，甘願跑到人家裡做低等下人，一做就是多年。讀者覺得他很痴情，可是金庸卻把他解構了，安排一幫英雄好漢來笑話他。沒有了痴，只剩下痴漢；沒有了情，只剩下癔症。這是「情聖」金庸最後留給我們的世界。

對於很多憧憬完美愛情的人來說，《鹿鼎記》會讓他們失望，但也許它更像我們的真實世界。比如阿珂一開始喜歡鄭克塽，後來無奈跟了韋小寶，最後她也覺得自己的選擇還不錯，並且暗自慶幸。這也不叫什麼勢利，它就是生活。

金庸最後所寫的，正是生活的本來面目，那就是愛情往往不是孤立、抽象存在的，它經常伴隨著許多比較、權衡、來回拉鋸、瑣碎的細節。愛情在生活中的占比也不可能太高，不會像《神鵰俠侶》那樣超過百分之八十，沒那麼多你跳我也跳的生死絕戀，每天更常發生的都是韋小寶和阿珂的故事。

總之，金庸創造了一個愛情的宗教，又親手破滅了它。他的十五部作品連在一起，畫出了一個圓拱形的「愛情濃度拋物線」，中間極盛，兩頭很低，始於點綴，終於虛無。

一個作家，樹立豐碑不易，親手推倒自己樹的豐碑更難。從楊過的「情為何物，生死相許」，到韋小寶的「辣塊媽媽，謀殺親夫」，金庸放下了愛情，也等於放下了自己最擅長的重劍，而以草木竹石為劍，去追尋至境。愛情變得平淡了，作家更加偉大了。平淡難寫，所以我們更敬佩金庸。真愛難尋，所以我們也更嚮往愛情。

3 宮裡的刺客

《鹿鼎記》裡有個現象非常有意思，就是紫禁城裡經常鬧刺客，似乎動不動就有人跑去行刺。整本書上，經常看見這樣的話：

侍衛領班……賠笑道：「啟稟殿下，宮裡今晚鬧刺客……」

「鬧刺客」，這個「鬧」字用得好，說明很常見，仿佛是鬧花燈、鬧元宵一樣，大家見怪不怪了。今天天地會打進來，明天沐王府打進來，後天神龍教打進來，天天都有可能「鬧」刺客，給人感覺是刺客多得很。

但假如仔細分析一下《鹿鼎記》裡的那些刺客事件，又會有一點不同的發現，似乎情況不是想像的這麼簡單。

粗略統計了一下，在《鹿鼎記》裡，皇宮及各處王府一共鬧了大大小小十一波刺客。一個羅列出來的話，分別是：鰲拜行刺事件、刺客攻打康親王府事件、沐王府入宮行刺事件、刺客殺死四名太監事件、董金魁太監殺人並暗放刺客事件、慈寧宮綠衣宮女刺客事件、慈寧宮瘦頭陀刺客事件、少林寺獨臂尼行刺事件、平西王府刺客事件、「神拳無敵」歸辛樹行刺事件、多隆遇刺事件。

猛一瞧，確實是世道不太平，形勢嚴峻，反賊極多，大家都要穿著盔甲上班。但細細一看你會發現，十一起刺客事件裡，真正完完全全是外敵前來攻打、來搞破壞的其實只有四起，就是天地會攻打康親王府事件、沐王府入宮行刺事件、獨臂尼行刺事件、歸辛樹行刺事件。換句話說，只有這四起是真的壞分子來行刺。

並且這四起事件其實也各有隱情。沐王府來行刺，為的是栽贓給吳三桂，而乘亂在裡面殺侍衛的乃是太后，是自己人在瞎搞。歸辛樹來行刺，帶路的卻是宮裡的大臣韋小寶，指點刺客去打太妃鑾轎的也是韋小寶，也是自己人在瞎搞。

另外七起刺客事件，要麼是虛報的，要麼是瞎編的，沒有一個真正是外敵作亂。刺客是演的，抓刺客的也是演的，全是戲。

比如第一起所謂鰲拜行刺，官方說法是「鰲拜這廝犯上作亂」，想殺皇上。然則實情不用多解釋了，連看過幾集清宮劇的小朋友都知道，並非是鰲拜要刺皇上，而是皇上要收拾鰲拜。等於是皇帝當導演，強行要求鰲拜演刺客。

又比如「刺客襲殺四名太監事件」。表面上是這樣的：

四名侍衛走進屋來，向韋小寶道：「桂公公，外邊又有刺客，害死了四位公公。」

韋小寶道：「……你們這就去稟報多總管罷！」

……

實際上卻是韋小寶和侍衛們合夥謀害了四個太監，分了他們身上的銀子，然後大喊抓刺客。這一次是韋小寶當導演，眾侍衛當演員，強行要求四個倒楣太監演遇害者。

整部《鹿鼎記》裡，數來數去就沒幾個刺客是真的。比如：

張康年悠悠醒轉……顫聲道：「怎……怎……那些刺客……已經走了？」

侍衛張康年真以為有刺客，卻不知那刺客是韋小寶謊報的，純屬虛構。

又比如：

一名侍衛道：「施老六和熊老二殉職身亡，這批刺客當真兇惡之至。」

其實這「兇惡之至」的刺客是太后，是自己人在瞎搞。

還比如：

多隆又道：「……韋蒙兄弟趕走刺客……」

對於這個「刺客」，多隆深信不疑，卻不知道這刺客根本就不存在，是韋小寶背後捅了他一刀，甩鍋嫁禍給莫須有的刺客。

一個清宮裡，你也謊報「刺客」，我也謊報「刺客」，所以刺客就顯得特別多。所有人都加入了謊報刺客的隊伍中，就連康熙、太后、侍衛副總管韋小寶都加入了說謊的隊伍，都編造過「有刺客」。人人都編造刺客蒙蔽他人，而人人也都被他人蒙蔽著，最後誰也搞不清楚到底有多少假刺客、多少真刺客。

就好像電影《讓子彈飛》裡，縣長和黃老爺說：你們他媽的天天扮成麻匪來打我們，我們也天天扮成麻匪來打你們，大家都扮麻匪，互相打來打去，搞得老百姓真以為天天鬧麻匪。

為什麼《鹿鼎記》裡大家都不約而同要編造那麼多刺客？第一乃是為了甩鍋。幹了見不得人的事，便都甩給刺客。康熙要幹掉鰲拜，就誣賴鰲拜是刺客。韋小寶幹掉了太后的人，也統統甩鍋給外來的刺客。一旦有責任要推諉，有醜事要遮掩，便需要有背黑鍋的刺客。

第二乃是為了表現忠心。把刺客形容得越多、越厲害，形勢越是嚴峻險惡，就越能顯得自己崗位重要、工作任務艱巨，也才能展現自己一心為主、視死如歸、赤膽忠心。

所以你會發現，《鹿鼎記》裡人人都愛拚命誇張刺客的數量和武功，誇大形勢的嚴峻，幾已成為一種習慣和本能。侍衛總管多隆為了拍康親王的馬屁，張口就來：「王爺箭不虛發，親手射死了二十多名亂黨。」事實是王爺只射死了兩名刺客，多隆一開口，就把刺客數量誇張了十倍。

又比如韋小寶在宮裡保衛太后，說要來一千一萬名刺客。且看韋小寶的演技：

韋小寶從侍衛中搶過一把刀來，高高舉起，大聲道：「今日是咱們盡忠報國，為皇太后、皇太妃拚命的時候，管他來一千一萬刺客，大夥兒也要保護太后聖駕！」

書上說，那一刻韋小寶「威風凜凜，指揮若定，忠心耿耿，視死如歸」，其實他自己比誰都清楚，一共就只來了三名刺客，還都迷路了。他卻開口便說要來「一千一萬刺客」，把刺客誇張了三百倍、三千倍。

那一刻，他果然顯得特別赤膽忠心。轎子裡的太后、太妃聽了，一定很感動：小寶果然是個忠臣！

這樣我們便能得出結論了。首先，《鹿鼎記》裡的刺客、壞分子有沒有？確實有，幹壞事、搞破壞之心不死。其次，刺客有沒有那麼多？其實也遠遠沒有那麼多。

在書上，也有個真的很忠心的單純人，一心一意防刺客、抓刺客。比如有一個普通侍衛，也不知道是叫施老六還是熊老二的，便是這樣一個人。

那日晚上，聽見宮裡鬧刺客，他提刀奮勇追殺。先是堵住了一個女刺客，正要與之堅決搏鬥，忽然對方說：「我是太后！」此公一聽，當場驚呆住手，結果是太后雙掌齊出，砰的擊在他胸口，將這位兄臺打飛出去，落得個筋斷骨折、氣若遊絲。

按理說他該吸取教訓了吧？該躺在地上好好反省了吧？可是沒多久，他喘息之中，忽然發現宮裡的桂公公正在旁邊救刺客！

哪怕他腦筋稍微聰明一點點，也知道此刻該閉嘴裝死，千萬別吭聲。但他忠心不已，偏偏要拚盡殘餘力氣，說：「桂……桂公公，這女子是反賊……刺客，救……救她不得……」

結果是桂公公韋小寶「提起匕首，嗤的一刀，插入他胸口」。可憐這位老兄，連姓施還是姓熊都不確定，名字都沒留下來。

估計桂公公想的是：兄弟，我還用得著你提醒誰是刺客？你就是個臨演，非要那麼入戲，對著我們導演組指指點點，不戳你戳誰？

4 康親王送禮

送禮，是華人為人處世的一大必修技。人不論尊卑，都要送禮。而在《鹿鼎記》裡面，就寫了各種清代官場和職場上的送禮，很精采，很值得學習。這裡來聊一下其中很妙的一場。

這一場，送禮的人是康親王，受禮的是韋小寶。乍一看你大概以為弄反了，一個親王怎麼給一個死太監送禮？其實真的沒弄反。韋小寶，換句話說也就是桂公公，乃是當時冉冉升起的政治新星，皇帝面前的新晉大紅人，是能和康熙互道羊駝（按：羊駝俗稱草泥馬，引申為不雅字眼）的交情。皇帝可是剛剛和他一起殺了鰲拜的。試想：老大要害人，不找別人，專門找桂公公一起害，這是何等親密無間的關係？

所以康親王審時度勢，就打算給桂公公送禮，拉攏一下關係。

這個禮好送嗎？答案是：好送又不好送。為什麼好送呢？因為當時韋小寶還剛紅起來、剛富起來，才出道，心氣和眼窩尚淺，尾巴還沒翹上天。你這個時候送他點什麼，他都更容易看得上。在書上，康親王叫韋小寶一聲兄弟，他就很受寵若驚。不像後來大紅人當得久了、厲害慣了，吳三桂的兒子給他見面禮，一出手就是四百兩金子，韋小寶也只當是儲值了個電話卡。

但為什麼說這個禮又不好送呢？這是康親王送禮的目的使然。他不是為了花錢辦事，而是要增進感情，要和韋小寶把關係變親切、變熱絡，這個禮要送得潤物無聲、春風化雨，要送得親熱，不能光是給錢。有時候一給錢，味道反而不對了。

康親王不愧是金庸小說裡一個極會交朋友之人。送禮之前，他做的第一件事就是：觀察。須知觀察總是沒錯的，看看對方喜歡什麼，是手串（按：佛珠）黨還是普洱黨，還是殘餘的藏獒黨勢力，再來投其所好。每一個上級、每一個大老的興趣都不同，有的愛運動、有的愛靜止，有的愛篆刻、有的愛攝影，有的愛望星空、有的愛看風水，看清楚了再送，可以避免弄巧成拙。

書中說，康親王和韋小寶在花園中對酌，「問起韋小寶的嗜好」，注意，這就是觀察加探問了。王爺可不會隨便問你的嗜好，問必有因。

可是韋小寶這貨很滑頭，他怎麼回答的呢？是「我也沒什麼喜歡的」。自己不說，王爺你看著辦。王爺在觀察他，他也在觀察王爺，在互相都不了解的情況下，韋小寶可以說很謹慎、很狡詐。就好像一個壞實習生，剛進單位跟了一個壞老師，出差到聲色場所，兩人都繃著，互相觀察，誰也不先動。

眼看桂公公不主動接招，康親王觀察不出來，怎麼辦？於是他開始憑藉經驗來推測。書上說，他尋思：「老年人愛錢，中年、少年人好色，太監可就不會好色了。這小太監喜歡什麼，倒難猜得很。」

他很快有了第一個方案：寶刀寶劍。康親王心想韋小寶會一些武功，倘若送寶刀寶劍，小男孩一定喜歡。可轉瞬間他又在心裡迅速否定了這個方案：「在宮中說不定惹出禍來，倒得擔上好大干係。」

他此念極對，這就叫考慮周全。送禮，要充分考慮到各種風險，不要把自己陷進去。尤其有一點很關鍵，不要只顧對方喜歡，還要考慮到對方的老闆是不是喜歡。比如你送上司的孩子電視遊樂器，孩子是喜歡了，可是上司的老婆很可能就不喜歡了，覺得影響孩子念書，你這豈不是花錢買不自在？

同理，給韋小寶遞刀子，他是喜歡了，可是他的老闆康熙多半就不喜歡了。帶著寶刀寶劍在宮裡亂晃，這是想幹嗎？想殺朕？你給我手下人遞刀子，什麼意思？親王當得不過癮了，想當更大的？所以此事萬萬不可。

接著康親王很快又有了主意，說道：「桂公公，咱們一見如故。我廄中養得有幾匹好馬，請你去挑選幾匹。」

送馬，這是一個好主意。首先是值錢、分量夠，年輕人也喜歡。果不其然，下文就說，「韋小寶大喜」，正中了他心坎。

其次，這幾匹馬一送，大家就有了共同話題，以後見面都有的聊：那幾匹馬怎麼樣呀？哪匹跑得快？哪匹坐著穩啊？如此一來，雙方關係的黏性就加強了。這就比送錢強。送了錢，你總不能去問人家花得怎麼樣吧？

第三點特別要說的是，送馬，在政治上完全正確。大清在馬上得天下，特別鼓勵和提倡族人不忘本，多熟悉騎射。康親王作為親王，給韋小寶賜馬，本質固然是送禮拉攏，但往好了說卻也是寓意深長，是勉勵、是鼓勵，是讓這位小朋友諳熟弓馬、銘記歷史，深切體會祖宗白山黑水創業艱難，不忘大清立國之本。這是不是政治非常正確，到哪裡都能說得過去？

最後，還有一個細節頗耐人尋味。送馬之時，康親王出了一個小失誤，說錯了一句話。他吩咐馬夫，牽幾匹最好的小馬出來。韋小寶立刻就不太高興，笑道：「王爺，我身材不高，便愛騎大馬。」

明著雖笑，心裡卻暗啐：你當老子是只能騎小馬的小朋友嗎？康親王多機靈，馬上就反應過來了，一邊「拍腿笑道：是我糊塗，是我糊塗」，一邊迅速採取措施彌補。

如何彌補呢？倘若換了是你我，肯定便說：快快換幾匹大馬！似乎已經算是相當妥當了。可人家康親王不一樣，既然是彌補失誤，那就要增加分量，足額彌補。他立刻吩咐：「牽我那匹玉花驄出來！」乾脆就把自己的坐騎送給了韋小寶。

這就是建立關係的水準。要彌補，那就要加倍；做人情，就把人情做足。而且在這裡面還有一個講究，如果康親王一上來就給韋小寶送自己的座駕，會有點突兀。畢竟大家初次見面，康親王是大長官，級別高，韋小寶是下級，級別低，直接就送自己騎的馬，顯得過於親熱了一點，巴結示好的味道也太濃了，自折了身價，有失大哥身分。

但如果變成大哥說錯了話，拍著大腿向兄弟致歉，把座駕順手給了兄弟，那就很自然了。假如我們再想深一點，再陰謀論幾分，說不定這是康親王故意的，是一種很高超的心理控制技巧——先讓韋小寶小小失望一下、不悅一回，再轉頭來賠不是，並給對方超出預期的補償。這樣一來對方的快感便會翻倍。

比如《水滸傳》裡，柴進隆重請林冲去家裡做客，叫上酒。結果家人先端出一壺酒、一斗白米、十貫錢，送給林冲。這樣寒酸的東西拿出來，林冲肯定頗為失望，於是柴進當場就罵：咄！打發叫花子呢？這可是著名的林冲教頭，快好酒好肉，殺羊款待！

這心理上的一落一起，林冲會得到加倍的愉悅。柴進還可以打著「賠罪」的因由，更自然的和林冲親密接觸、拉拉扯扯。

有的男生看到這裡便大喜：原來還有這些招，我也用到女孩子身上去，讓她的心情一起一落。其實這也是想多了，再好的招，也需要人家配合才行。倘若人家不喜歡你的話，連愛好也不會告訴你，告訴你愛好就等於給你機會。人家明明喜歡口紅得要死、喜歡吃小龍蝦得要死、喜歡旅遊得要死，但對你，多半也只會從頭到尾像韋小寶開始時一樣：

「我也沒什麼喜歡的。呵呵。」

5 誇人要誇到位

歐陽鋒道：「這位是桃花島黃島主，武功天下第一，藝業並世無雙。」

——《射鵰英雄傳》

歐陽鋒是個很會說話的人。上文這一句話，是他對大金國的趙王完顏洪烈說的，是在向王爺介紹黃藥師。

在一個很有身分的人面前介紹朋友，一定要介紹到位，不然對方不會重視，朋友也會不高興。這個很考驗說話的水準。

瞧人歐陽鋒多會抬舉人：武功天下第一、藝業並世無雙。其實黃藥師的武功很夠嗆是天下第一，至少歐陽鋒自己就不輸於他。這就叫作誇人誇得到位。大老闆完顏洪烈聽到，立刻肅然起敬，不敢怠慢，黃藥師自己大概也很滿意。

再來看一個例子，韋小寶。此君剛出社會混的時候，你要在朋友面前抬舉他，該怎麼抬舉呢？你看人茅十八說的就是：「這位小朋友叫作『小白龍』，水上功夫，最是了得。」

韋小寶當時一文不名、無拳無勇，半點武功和勢力都沒有。茅十八卻給他生譖了個外號「小白龍」，還編造他水性好。何以要說是水性好？因為韋小寶不會武功，行家一看就知道，不好誇大。而編造水性好就更不容易被戳穿，總不能大家都去河裡泡一下吧？

以上這還只能叫作吹噓，不能叫作誇人。吹噓是違背事實的，而誇人是大致上要遵循基本事實的。

等到後來，韋小寶在宮裡做事，接近了康熙，開始發跡了，終於有值得誇的地方了，這時該如何當眾誇他？

康親王就舉重若輕，當眾這樣奉承韋小寶：「你是皇上身邊之人」、「只怕皇上一天也少不得你」。

這兩句話便極其高明，用語平淡，看似不是誇，其實卻把韋小寶最厲害的地方給誇了。這才叫到位了。

你看了可能覺得：這很容易嘛，不就是拚命表揚，給人臉上猛貼金就是了嘛。注意，可不是這麼簡單的。誇人能一語中的、準確到位，也是需要本事的，是很考驗眼界和洞察力的，你必須自己也吃過、見過才行，方能迅速捕捉到對方最值得誇獎之處，絕不能捨本逐末，被貧窮或者是低等限制了想像力。

康親王說韋小寶「是皇上身邊之人」，是皇上一天也離不開的人，這就是內行，一句話便捕捉到了韋小寶的最大價值和分量。因為韋小寶最猛的地方，不在於頭銜、職位，而正是在於和皇帝走得近、哥倆好。

再聽聽幾乎與此同時，書上一個底層太監怎麼誇韋小寶的，對比感受一下：

桂公公今天一升，明兒就和張總管、王總管他們平起平坐，可真了不起！

是不是就顯得特別蠢笨、不會看狀況？他以為自己已經用力的給桂公公臉上貼金了，卻不知道人家桂公公臉上本來就是白金、是鑽石。你這麼強行貼在別人臉上，人家不好伸手撕，也不好否認，只能尬極而笑。其實人家桂公公能希罕和什麼張總管、王總管平起平坐？桂公公和皇上是可以互相罵「你大爺」的交情，你讓張總管、王總管也罵皇上一句試試？

誇人卻誇不到位，是很尷尬的事。這種事情歷史上都經常有的，各行各業都不鮮見。比如詩人中的李白和杜甫。杜甫其實是誠意滿滿，滿用力的誇李白：

李侯有佳句，往往似陰鏗（按：南北朝文學家）。

可是李白不一定買帳的，搞不好會很尷尬，心想陰鏗是誰，李白自己的文學偶像，可是屈原、司馬相如、謝朓啊。其實連司馬相如他都不大買帳。

當然，杜甫也不能說有錯，只是被歷史限制了想像力而已。在當時，他完全沒意識到自己和李兄的歷史地位會有多高。

所以說，闖蕩江湖，不但不能亂罵人，而且還不能亂誇人。倘若你對別人的行業、狀況、志趣不了解，那麼最好管住嘴巴不要亂誇，只握個手，誠摯的傻笑就好，少去強行給人貼金。

反過來，如果想要讓別人又尷尬、又憋屈（按：委屈），又氣、又無話可說，最好的辦法就是：用力誇他最微不足道甚至提都不想提的事。

比如：

「這位是桃花島黃島主，曾經和全真七子都戰過平手的……。」

「這位是神鵰大俠楊過，曾經是趙志敬真人座下的及門高弟……。」

「這位便是有名的孫行者（按：孫悟空別名），年紀輕輕就在天宮御馬監做過主管的……啊！猴哥，你幹嗎用棒子打我？啊！啊！」

6 補鍋匠陸高軒

陸高軒是神龍教中的人物，負責公關工作。神龍教這家公司很有意思，如今商界也很常見的，它的主要業務已經空心化了，似乎不採藥也不賣藥了，困守一島，唯一剩下的就是公關。你或許以為做公關沒意思，前途有限，不如做產品和做市場。這便錯了。越是嚴酷和複雜的市場環境，公關工作就越不能放鬆。

舉一正一反兩個例子說明：正面例子是郭靖。正因為有了得力的公關總監黃蓉，為他經營公眾形象，大大幫助「郭大俠」揚名天下，連郭家的紅馬和雙鵰都成了群眾喜聞樂見的吉祥物。反面例子是星宿派。這家公司不可謂不重視公關，總裁親自掌管公關，全體成員群策群力做公關，但由於沒有一位好的公關總監策畫統籌，內容設計和技巧創新都很不足，每次做正面公關總是產生負面效果，企業的公眾形象越來越不堪。

所以，在江湖上公關工作不是重要，而是至關重要。

下一個問題就來了：武俠世界裡，公關工作的最大挑戰是什麼？或有人說：最大挑戰是市場信不信、用戶信不信。這還不夠深刻。事實上最大的挑戰不是用戶信不信，而是自己信不信。道理很簡單，如果自己都無法勤學、多思、篤信，又怎麼談得上深入淺出、培育市場、引導用戶？以金庸小說裡的三位公關人才為例進行說明。第一位是勤學、多思、篤信的典型，乃是南海鱷神。

南海鱷神是四大惡人這個團隊的「喇叭」和發言人，忠於團隊、至死不渝，很大程度上為「四大惡人」扭轉了公眾形象。讀者們逐漸的喜愛上了他，如果沒有這位好發言人，「四大惡人」的團隊形象和人氣要差一大截。

在《天龍八部》裡，我們關於四大惡人的背景知識，大多來自南海鱷神的大嘴巴普及，包括四人的名稱、綽號、宗旨、性格等，金庸都是借南海鱷神的口說出來的。他是個稱職的發言人，不但在四大惡人團隊裡話最多、嗓門最大，而且發言風格直率誠懇，幾乎有問必答，甚至問一答三，絕不來閃爍其詞或無可奉告這一套。

事實上四大惡人更偏重主業——做壞事，並不太重視公關工作，南海鱷神在團隊裡只排名第三就是明證。但難能可貴的是，鱷神始終尊敬和擁護段老大，做公關工作出彩而不出位（按：出色但不超越本分），口口聲聲「老大的話總是不錯的」、「他武功還是比我強得多」。

最終南海鱷神被老大殺了，死在自己團隊同事手裡，這充分說明公關工作是多麼難做。

第二位公關人才，是從「篤信」到「不信」的思想動搖典型，乃是李岩。

李岩是《碧血劍》裡闖王李自成團隊的公關總監。應該說，在起義軍事業的前期，他是有功勞的，特別是制訂了那一句著名的行銷口號：「吃他娘，穿他娘，開了大門迎闖王，闖王來時不納糧。」

不要小看這一句口號，它為起義軍贏得了海量粉絲，吸納了一大批忠誠的種子用戶。可惜到了後期，李岩的思想滑坡（按：比喻人墮落）了，他的創業熱情開始消退，漸漸開始質疑公司的價值觀，對團隊的信仰開始動搖。

《碧血劍》中說，起義軍進北京後，他僅僅因為看到戰士們犯了一點錯誤，比如借住了幾間民房、借用了市民一些錢米，和一些姑娘大嫂產生了強迫性戀愛關係等等，他就想不開了，「悲憤不已、只有浩嘆」，說了不少牢騷怪話，甚至「氣得說不出話來，臉色發白，騰的一聲，重重坐在椅中」，用類似的舉動宣洩自己的不滿情緒。最後李自成當機立斷，把李岩清除出團隊，把他和他的思想一起掃進了垃圾堆。

李岩總監的深刻教訓是，人的思想不會永遠先進，領先市場一年容易，領先三年、五年就很難。對於你自己宣揚的產品價值和團隊理念，不但要信，而且要始終相信、堅持相信、永遠相信。像李岩這樣先是相信，然後又忽然不信了的，還不如從一開始就不信，免得搞得自己很難過，也搞得大家都很難過。

第三位公關總監，是心裡從來都不信的「補鍋匠」典型，乃是神龍教的陸高軒老夫子。如果說李岩是從「信」到「不信」，那麼陸高軒就是一直都不信，但又一直都裝作很信的典型犬儒（按：出自犬儒主義〔Cynicism〕，指對社會採取不信任的態度）。

對於神龍教團隊的事業，他從來談不上什麼信仰，也談不上什麼忠誠，不過是為了保住自己的位子，揣度著教主的心思，拚命的把「文章做得四平八穩」，搞那些縫縫補補的工作。

比如韋小寶胡說有一篇唐代碣文，預言洪教主要仙福永享、壽與天齊。陸高軒明明知道是假的，不但不戳穿謊言，反而順水推舟，就勢偽造了一篇碣文來拍教主的馬屁，豈非縫縫補補、欺上瞞下的典型？

後來神龍教裡一夥頭目造反，和洪教主鬥得兩敗俱傷。在幾個造反派裡，也是陸高軒最先跳出來答應妥協、搞調和，當「補鍋匠」，讓神龍教這艘到處漏水的大船繼續開下去。

陸高軒同志補來補去，最後越補越漏，自己也沒落到好處，反而洪教主看見他就有氣，某日終於忍無可忍，「一把抓住了陸高軒，喝道：『都是你這反教叛徒從中搗鬼！』」然後重重一掌，打得他「雙目突出，氣絕而死」。

陸高軒的劣跡，最值得批判和反思。說到底他不是一個戰士，只是一個神龍教事業的同路人。等到洪教主自己都混到無路可走了，你這個同路人又能走去哪？要知道，市場大潮滾滾，公司此起彼落，一個有前途的團隊最不缺的就是補鍋匠。陸高軒最好的選擇是停止補來補去，別人說鍋上有洞，陸高軒堅決說：哪裡有洞？明明可以煮飯。倘若漏了呢？那就是你的米不行。

7 一群冰糖葫蘆小販的集體死亡

這是《鹿鼎記》裡的一個很小、很小的小故事：

話說康熙年間的某一天，北京熱鬧的天橋左近，突然發生了一件很離奇的事，有幾個賣冰糖葫蘆的突然被查辦了。

現場的情形是，二十多個差役忽然「蜂擁而來」，兩名捕快帶頭，手拖鐵鍊，把附近所有賣冰糖葫蘆的統統抓去，糖葫蘆也都沒收了。整個查辦的過程效率極高，快如閃電、雷厲風行，但又十分蹊蹺。群眾都表示很詫異：

「這年頭兒，連賣冰糖葫蘆也犯了天條啦。」

而那些賣糖葫蘆的人，恐怕也是滿腦子懵懂和不解：我怎麼賣個糖葫蘆都犯法啦？所有人都感覺莫名其妙，是可以理解的。這件事在他們看來確實是各種費解。首先，賣糖葫蘆怎麼會犯法呢？衙門怎麼突然沒事幹，忽然想到打擊一把糖葫蘆了？

按照常理，天橋上那些手藝人和做小買賣的，打擊誰都不奇怪，大家都可以理解，唯獨打擊糖葫蘆讓人費解。

比如打擊一下賣藝的，因為他們耍刀弄槍，還收一大幫徒弟，搞不好滋生黑道幫派，製造不安定因素。又如打擊一下說書賣唱的，這些人口無遮攔、只圖痛快，整天胡言亂語，散布虛假歷史故事和荒謬觀念，影響力又大，有事沒事打擊這麼一下，眾人也理解。

可是賣冰糖葫蘆，招誰惹誰了呢？眾百姓甚至以為，賣冰糖葫蘆是最無害、最與世無爭的，別的買賣都做不下去了冰糖葫蘆都還能賣呢。你要說是食品安全問題吧，隔壁還有賣毛雞蛋（按：雞蛋因故未孵化完成，內有尚未成熟即已死亡的小雞）的呢；你要說無照經營吧，天橋左近哪個有照？可是別家也不見被打擊。

並且從社會層面來說，冰糖葫蘆非但不影響安定，反而有利於安定。大夥買幾串冰糖葫蘆，吃在嘴裡甜甜的，哈哈一樂，心情就好了，不順心的事兒也想開了、不鬧事了，豈不是對社會安定有利嗎？

所以書上說，附近百姓想破了頭也想不出所以然。平時他們是最擅長陰謀論、最能胡扯瞎掰的，但這次硬是被難倒了——冰糖葫蘆招誰惹誰了？

那麼，這次抓捕賣糖葫蘆的究竟是怎麼一回事呢？其實來由是這樣的：

某一日，宮裡的假太后要殺韋小寶，將其擒住了。韋小寶情急之下，為圖保命，胡說八道，臨場編了一套說辭來嚇唬太后，自稱有一親信，伴隨在五臺山老皇爺身邊，隨時監護自己在宮中的安全。一旦自己出事，老皇爺便會得知訊息，迅速處置太后。

這其實是一套非常幼稚和粗糙的說辭。假太后半信半疑，喝問韋小寶平時怎麼和那名親信接頭聯絡。韋小寶被逼得急了，就胡謅了一句：

每隔兩個月，奴才到天橋去找一個賣……賣冰糖葫蘆的漢子。

韋小寶要給這個線人編一個職業，情急之中不知道編什麼好，結巴了一下，順口說了一個「冰糖葫蘆」。於是，就發生了天橋打擊冰糖葫蘆的事件：

太后……將天橋一帶所有賣冰糖葫蘆的小販都抓了，自然不分青紅皂白，盡數砍了。

真是災從天降，賣糖葫蘆的可謂倒了血楣。倘若韋小寶當時說「天橋賣藝的」，那就是要把式的倒了楣；如果他說「天橋說書的」，那就是郭德綱（按：中國知名相聲演員）的祖師爺們倒了楣。但他偏偏說出來的是冰糖葫蘆。

何其可憐，何其可嘆。那些賣糖葫蘆的，他們平時固然有無數憂慮，也許擔心過收入不高、衣食無著，擔心孩子吃不飽，但他們大概從來沒有擔心過安全問題。他們做過最壞的人生打算，但怕從來也沒想到過惹上是非橫死，身首異處。

假太后一念之間，因為一個很隨機的原因，一個人們眼裡最安全的職業就變成了最高風險的職業，一個最人畜無害的細分垂直領域，就變成了最倒楣的領域。猜想那段時間，本來賣糖葫蘆的都在瘋狂轉行，家裡的沙果子（按：類似蘋果的水果）、糖漿都要趕快挖坑埋掉。如果你揭發誰是賣糖葫蘆的，對方一定和你拚命：你才是賣糖葫蘆的，你全家都是賣糖葫蘆的。

連帶效應之下，天橋上恐怕做近似生意的都要轉型，賣冰糖的、賣雞毛換糖（按：以紅糖、草紙等低廉物品，換取雞毛等居家廢棄物獲取薄利）的、賣葫蘆絲（按：少數民族的簧管樂器）的怕都不敢做生意了，生怕也跟著陷進去。孩子們也都不敢吹葫蘆絲了，家長會一把打掉：小王八蛋你還要不要命？

而且，任憑天橋百姓想破了腦袋，也絕對猜不透這起大血案的原委。因為你從下往上整理思緒，無論如何想，都只能按常理去猜，是不是因為證照啊、是不是因為衛生啊，等等。可是《鹿鼎記》裡，那個世界的很多事情，人家上面動議的時候是不按常理的、是隨機的、是不能預測的。清廷之中，足夠傷害小小糖葫蘆販子的強大存在太多了，誰吐個茶葉渣都可能把你埋了。

再說深一步，天橋左近的人其實有兩種死亡的可能：一種叫常規死，就是你做的事本來就是有風險的、是要打擊的，區別只是早打擊、晚打擊而已；另一種是隨機死，按常理不會收拾你，但誰知道呢。

可能是誰的一念之間，或者是一個什麼偶發事件，誰的一句話、一次誤解，都會把倒楣的糖葫蘆販子們瞄進了準星。韋小寶這邊扇動翅膀，那邊天橋上掀起風暴，一堆賣糖葫蘆的就掛了。先把你收拾了，末了自然有人解釋官方原因——糖葫蘆太甜了讓孩子長蛀牙，又或者是，根本不解釋原因。

時間永是流逝，街市總會太平，人們終究是需要糖葫蘆的，孩子的嘴裡終需要點廉價的甜味，大夥的日子還是得過。所以一段時間過後，賣糖葫蘆的又會探頭探腦的出來，重新走上天橋，包括差役自己也會買糖葫蘆吃。

一切都會和打擊之前一樣，天橋上又恢復了熙熙攘攘，只不過新一代的小販會跑得更快一點，一看苗頭不對，扔了草棍子就溜。而「糖葫蘆招誰惹誰」了，則會成為永遠的謎團。

8 金庸會議學

金庸江湖裡的俠客，大致是一夥粗人，打架的多，講理的少，不愛開會。他們決定事情一般靠拳頭。我們經常看到這樣的情節：一群俠客遇到了爭端，哪怕文縐縐的商量半天，到最後還是靠打架解決問題，總會有某個人惱將起來，掣出刀子：「多說無益，咱們兵刃上見真章罷！」

但神奇的是，即便是會議文化如此不成熟、會議形式如此粗疏的草莽江湖，居然也遵循一條開會鐵律——會議的重要性和與會人數成反比。換句話說就是，開會的人越多，會議越不重要。

不妨看看金庸小說裡那幾場真正震動天下、扭轉乾坤的會議，無一例外都是小會。而那些所謂的「群雄大會」、「武林大會」，不管再怎麼鑼鼓喧天、鞭炮齊鳴，也幾乎無一例外都成了過場乃至鬧劇。

比如《天龍八部》裡，最重要的一場會議是什麼？是少林寺裡的一場「藏經閣小會」，參加的是蕭遠山父子、慕容博父子和鳩摩智，共五大高手，再加上一個列席旁聽的掃地僧，與會者一共不過六人。

他們的議題又是什麼？乃是遼國、吐蕃、西夏、大理、大燕五家瓜分大宋。真可謂天下興亡大事，歷史轉折關口，全在幾個大腕的一念之間。

在這次小會上，幸虧蕭峰獨持異議，外加掃地僧同志及時現身，喧賓奪主，阻止了這個瓜分大宋的「慕尼黑協定」，否則天下不久便要大亂，眼見要幾國交兵、狼煙四起、生靈塗炭了。

又比如《倚天屠龍記》，有關鍵轉折性作用的一次會議，就是張無忌的「病房小會」，明教八名首腦擁立張無忌做教主。這也是一次標準的小會，會議地點是張無忌的病房，與會人員加上張無忌也不過九個，再加上一個端茶倒水的小昭也不過十個人。

開會的過程非常簡單：光明左使楊逍先透露消息，五散人之一的彭瑩玉正式提議，張無忌依禮謙讓，眾頭領一力勸進，最後大家鼓掌通過，時間不過小半個時辰。

人數雖少，時間雖短，但這次「病房小會」的意義之大，怎麼說都不過分，武林格局可謂從此大變，明教由此中興，後來興兵滅元，終有天下，可說都是從這一次小會而來。

相比上述這些小會，再回頭看看那些貌似熱鬧的「武林大會」、「英雄大會」，你就會發現它們其實遠沒有看起來那麼重要。

在張無忌就任明教教主的幾天時間裡，明教一共開了兩個會，一個是先前的「病房小會」，一個是幾天後的「光明頂大會」。若從形式上說，最終確認張無忌教主地位的應該是在大會上，他和教眾約法三章，答應暫攝教主之位。要論規模，當然也是大會遠勝小會，「光明頂上燒起熊熊大火」、「教眾歡聲雷動」、「宰殺牛羊，和眾人歃血為盟」。但相信沒有人會覺得大會比小會重要。所謂「約法三章」，不過乃是新教主頒布施政方針、展現俠骨仁風的儀式而已。

江湖上更有一些轟轟烈烈的大會，實則有頭無尾，不知所云。比如《神鵰俠侶》裡的大勝關英雄大會，說是為了選舉武林盟主，領導群雄抵抗蒙元。主持者遍邀天下豪傑，堪稱盛事。然而會議開成什麼樣呢？我們只記得陸家莊的肉山酒海、各方勢力的狠打亂鬥，最後淅瀝糊塗選了個小龍女當盟主，有名無實、不了了之、再無下文。連小龍女怕都不記得自己當過這麼個盟主了。

又如《天龍八部》裡的聚賢莊大會、少林寺大會，盡數淪為不知所云的愚戰惡鬥。在少林寺大會上，群雄們興高采烈、呼朋喚友、點評英雄，自以為參與了一場武林盛事，可知道真正重要的小會正在藏經閣裡祕密上演？可知道自己的命運早已形如砝碼，被幾大高手在天平上撥弄嗎？

金庸小說裡，開會最多的莫過《鹿鼎記》，也將古代「小會辦大事、大會不辦事」的特徵展現得最明顯。除鰲拜、撤三藩、平邊患，這等大事拍板，全在小玄子和小桂子的碰頭小會上。等最後再發諸朝臣討論時，看似熱火朝天，實則大家不過是抱著康熙和韋小寶編好的劇本背書。

金庸江湖裡最幽默和無聊的一場大會，就是所謂的「殺龜大會」，天下反清復明的英雄好漢群聚河間府，商討剷除吳三桂的大計。

會議規模隆重，「黑壓壓的坐滿了人」，明朝宗室、雲南沐家、臺灣鄭家、武林豪強等各方勢力雲集，有的明朝遺老、遺少還穿著故國衣冠，極壯聲勢。會務工作也是相當齊全，「牛肉、麵餅、酒水，流水價送將上來，群豪歡聲大作，大吃大喝」。

可是這麼重要的大會，產生了什麼成果呢？主要成果有兩個：一是出了一本《殺吳三桂方案集》，內容五花八門，有的說要凌辱吳三桂幾代祖宗，直接換掉他家族基因，讓他未生先死；有的說要殺吳三桂全家，留他獨活，讓他孤單傷心一世而死；有的說要將陳圓圓抓來送到窯子裡，讓吳三桂真正做活烏龜，鬱悶憋屈死。真是不怕做不到，就怕想不到。

二是搞了一個《殺吳三桂小組人員名單》，成立了十八家聯合的殺龜同盟，選了鄭克塽等十八個「盟主」，以及顧炎武、陳近南兩個「總軍師」，可謂是為殺龜提供了強而有力的組織保障。

然後呢？然後就沒有然後了。我們翻完《鹿鼎記》全書，此後二十三回、五十多萬字裡，這些方案一條也沒執行，這些組織一點也沒發揮作用，直到最後鄭克塽反而一刀殺了陳近南，我們才反應過來：好個無厘頭的「殺龜大會」，最後「龜」沒殺成，盟主殺起總軍師來倒是很利落。

或有人問：難道「殺龜大會」就一無是處嗎？不然，好處還是有的，那就是組織者還算是寬宏大量、好說話，居然並不勉強大家與會和表態。

原著上說，會場的一側角落裡「疏疏落落的站著七、八十人」，他們「既不願做盟主，也不願奉人號令」。會議召集人們「明白這些武林高人的脾性、習性，也不勉強」。

虧了這一個「也不勉強」。如果會議召集人馮難敵先生抽出刀子說：今天「殺龜大會」上誰不表態，誰就是縮頭烏龜，我們就先把他殺了。那該多恐怖啊。

9 如何快速識別草包鄭克塽

要識別一個男人是草包，有時候滿不容易的。如果這人來頭很大、衣冠楚楚，很符合你對完美男人的想像，這時候要迅速識別出他是不是草包，當真有難度。

非要說的話，這裡面有一點竅門。比如在《鹿鼎記》裡就有一個這樣的草包——臺灣鄭家的二公子鄭克塽。姑且以他為例，看看怎麼一分鐘識別一個草包。

當然本文所指的是小說裡的鄭克塽，不是歷史上的。那些懂得察言觀色的人，比如獨臂神尼九難，只用幾句話就快速鑑定出鄭克塽是草包了。

且說這一天，九難、韋小寶等人在河間府遇到了鄭克塽，當時他「垂頭喪氣」、「甚是氣惱」。

堂堂一個王爺的兒子，有什麼事居然會垂頭喪氣、十分氣惱？是部隊打敗仗了，還是反清復明的大勢不利了？都不是，金庸很快公布了答案，原來是他父親派他來當代表開「殺龜大會」，到得河北，卻沒遇到接待的人，他就又憤怒，又沮喪：

父王命我前來主持大會，料想……必定派人在此恭候迎迓，哪知……哼！

下了高速公路，出了收費站，居然沒有車隊迎接和粉絲送花，他就「垂頭喪氣」、「甚是氣惱」了。這就是識別草包的第一點：看一個男人為什麼事情生氣、為什麼事情沮喪，可以看出他的斤兩。

如果鄭克塽是個歌手、演員，對方接待得一團糟影響了工作，為這類事情氣惱一下，倒還是可以理解。因為這本身就是工作的一部分。可是你鄭克塽不一樣，你所要幹的是大事，是反清復明。從臺灣出差來河間府，千里迢迢，路途中這段時間裡可以發生的事情太多了，哪裡有那麼容易接上頭的？

他居然幻想一到了就有人接站，「恭候迎迓」，不然就發脾氣。發脾氣也罷了，居然還「垂頭喪氣」。對比一下陳近南，人家因為什麼事垂頭喪氣？鄭克塽又因為什麼事垂頭喪氣？

當時獨臂神尼九難也在場。她大概一眼就看出：這個鄭公子，對自己肩上的這份事業的風險和挑戰，完全沒有一點點意識，對反清復明大業的艱難毫無認知。

有趣的是，沒過多久，雙方幸運的順利接上了頭。對方上門來請，邀鄭克塽去吃飯。鄭克塽頓時「大喜」，「急忙出去」，而且「興匆匆的」。幾分鐘之前還在「垂頭喪氣」、「甚是氣惱」，現在多了一頓酒席，立刻就「大喜」、「興匆匆」的了。所以說男人的大怒和大喜都不要太廉價，讓人一眼就看穿了。

更有趣的還在後面。第二天一早，鄭克塽開始拙劣表演了：

次日一早，鄭克塽向九難、阿珂、韋小寶三人大講筵席中的情形。

作者淡淡一筆，一個急不可耐要吹牛的樣子躍然紙上。這裡又可以看出一個規律：草包總有自我暴露的衝動。

他對著旁人大講了一些什麼呢？來看一句原文：

說道……對他好生相敬，請他坐了首席，不住頌揚鄭氏在臺灣獨豎義旗，抗拒滿清。

這就是他早上滔滔不絕「大講」的內容。三個關鍵字：「好生相敬」、「坐了首席」、「不住頌揚」。這就是他最看重的東西，也是他對一次宴會唯一的記憶和印象。

注意，這個時候，鄭克塽和獨臂神尼、阿珂、韋小寶其實並不熟，彼此不了解。這是識別草包的又一標準：一個男人，如果只會滔滔不絕的吹噓別人對他的重視程度、接待規格，草包的機率就很高了。而如果他是對剛認識不久的陌生人吹噓這些，那草包的機率可以直接乘以三。

另外，書上的一些話也很值得玩味。比如鄭克塽說，人家在酒席上褒揚自己，說的都是「不住頌揚鄭氏在臺灣獨豎義旗，抗拒滿清」。

金庸遣詞用句是非常講究的。旁人不住誇獎的都是「鄭氏」，尊重的也是「鄭氏」，換句話說，不是你鄭克塽。人家對你「好生相敬」，請你「坐了首席」，都是看在鄭氏的面子上，這其中一多半又是看在你爺爺鄭成功的面子上。

誇獎你的公司、誇獎你的背景，不等於誇獎你本人。如果鄭克塽是一個稍微有點上進心的人，是不會只滿足於這樣的誇獎的。有集體榮譽感沒什麼不好，但一個常見的事實卻是：往往越是平庸的人，越喜歡炫耀公司、炫耀背景，畢竟自己實在沒什麼好炫耀。

接下來的對話更有趣。獨臂神尼忍不住問鄭克塽，有哪些人前來赴會。這一問有兩層含義：第一，我不耐煩聽你吹噓那些有的沒的了，給我說點重要的；第二，我試試你的能力和斤兩。獨臂神尼的真實身分，乃是明朝的公主。她此時內心裡其實是以一個主子的氣魄和口吻來問的。你理解成一場面試都可以。而鄭克塽的回答簡直讓人翻白眼。他道：

來的人已經很多，這幾天陸續還有得來……

鬧了半天，他就記住了一個——人很多。好比你作為產業裡龍頭企業的代表，去主持一場重大的產業戰略會議，各方大老都到了，結果一場會開下來、一頓飯吃下來，你一個人都沒記住，就只記住一個：

人很多。

獨臂神尼又細問與會英豪的姓名。這是明顯的追問，測試的意味更濃了。她大概實在不信鄭公子真的這麼蠢。鄭克塽的回答再次讓人無語欲醉：

一起吃酒的有好幾百人，為頭的幾十人一個個來向我父王敬酒，他們自報了門派姓名，一時之間，可也記不起那許多。

於是書上說：神尼就不言語了。不用再言語了。她下的結論是：「這位鄭公子沒什麼才幹。」一草包一枚，已是確定。

神尼阿姨畢竟是有眼力的，幾句話就可以識別出男人的真實材料。可是旁邊阿珂卻識別不出。鄭克塽吹噓的那些話，她聽得津津有味，還打心眼裡覺得：好強、好厲害、好有趣！

俗話說，懷才就像懷孕，時間長了才能知道；但是草包卻像臨盆，一眼就可以分辨出來。一個男人很草包，是會迅速暴露的，尤其草包又話多的那種，幾乎沒有辦法可以遮掩。唯獨只有一個例外——草包識別不出草包。

10 少林寺的心態

金庸小說裡，少林寺這個門派有一點是滿讓人佩服的。這裡的人有個特點：心態好。

綜觀金庸的十幾部小說，少林派的普通僧眾有一個優點：不大容易被旁人的片言隻語觸怒，也不大容易感覺被集體冒犯。

他們幾乎從沒說過這樣的話：你看不起小僧我，就是看不起我大少林，看不起我們達摩祖師……反正我印象裡是極少有。他們一般不太容易這麼想。自然，首先是很少有人會看不起少林，看不起達摩祖師。再者，達摩祖師也不希罕你看得起。

少林派門口，其實日常鬧事的人極多，因為名頭大，樹大招風，三不五時總有人來叫陣。金庸好幾部書裡都說到，每個月跑到少林來討教的武人數不勝數，真心請教的有，不服氣來踢館的有，存心鬧點事情、扔幾塊磚頭博出名的也有。至於遠遠躲著說幾句風涼話的，什麼「少林徒有虛名，不過如此」之類的可想而知就更多了，大廟嘛，哪天不被罵？

少林派的人似乎對這些都很習慣，既無精力也無興趣管，平時該念經的念經、該練武的練武，絕不會一有幾個人上門叫陣，馬上全寺千百和尚義憤填膺、奔相走告、同仇敵愾，覺得我少林又受辱了，非要舉寺反擊、揚我寺威不可。

因為出名已經出習慣了，也就自信了。這是個好心態。

相比之下，五嶽劍派出名晚，門下弟子就更敏感一些。令狐冲在山洞裡偶爾看到一句不知何年何月的老帖子，說五嶽劍派徒有虛名、招數可以盡破等，就「勃然大怒」，忍不住大罵「無恥鼠輩，大膽狂妄」，拿劍去砍山。

除此之外，少林弟子們還有一點心態好的，就是對本門弟子和別派弟子之間的衝突，也比較看得開。

少林弟子本來數量就多，成分也很複雜。其中有正式僧、有編外僧、有臨時工，還有數量眾多的俗家弟子。不僅如此，俗家弟子們還開辦各種各樣的產業、實體，有大量雇員，籠統的說都算是少林名下。

這麼多的徒子徒孫行走江湖，每天難免會和人有摩擦。然而少林派的人心態好，有同門和人衝突了，結個小梁子、發生點小摩擦之類，他們不會一秒認定這是針對我大少林，是有人見不得我少林好，然後又是千百和尚義憤填膺、奔相走告、同仇敵愾，覺得我少林又受辱了。

你看皇宮裡有個假太后，慫恿別人用武當派武功去打海公公的少林派武功，少林眾僧也不關心、也不知道，就算知道了也不會滿寺嚷嚷：哎呀呀可了不得了，皇宮裡發生辱少林事件，咱們少林功夫被武當功夫欺侮了，武當派又惡毒針對咱們。

還有陳友諒、壽南山……這些都是少林俗家弟子，和人打架吃了虧，少林僧們也沒覺得這是個大事，是針對我大少林。

比如壽南山，一個《倚天屠龍記》裡的角色，和張無忌打架輸了，還被張無忌脅迫去燒火做飯、掃屋洗地，廣大僧眾會覺得自己也被一起侮辱了，然後經也不念了、木魚也不敲了，千百人闔寺來罵：看不起壽南山就是看不起達摩祖師？肯定不會。

你和人結梁子，首先是你們兩個個體的事，是兩個成年人之間的事。再上升一點，也不過是你們團體的事、產業的事。再往上一百層，才好說得上是門派的事、是佛教的事。

只有發生什麼事了少林派弟子們才有心要管呢？都是真正事關重大、人命關天的大事。比如都大錦龍門鏢局滿門被殺，又比如什麼俗家弟子辛國梁、易國梓等被殺，門派才管，普通僧人們才義憤填膺一回。

最後，說到少林派的普通僧人們心態好，還有一點：就算和人吵架，也不會老想著掏家底（按：指掀自己的底牌），把什麼土特產、風景名勝、風味小吃之類給人看，以自證本寺歷史悠久、寺大物博。

基本沒見個別小角色無意「侮辱」了少林，僧人們就千百人全夥而出，把七十二絕技也做成卡片發出去，給人見識、見識；歷代高僧的語錄心得也發出去給人見識、見識；寺裡的著名景點也給人見識、見識；還有寺裡香積廚的伙食，什麼花卷、饅頭、米飯、蒸糕也發給人見識、見識，希望讓對方肅然起敬。否則對方恐怕一看都傻了：我們到底是招惹了少林寺，還是招惹了松鶴樓（按：中國知名餐廳）大飯店？

什麼樣的人才會老想掏出祖宗底細和土特產給人見識、見識呢？金庸寫了，就是慕容家這樣的，居然隨身揣著傳國璽、家譜什麼的一大套，走到哪兒都帶著，上廁所都不方便。一和蕭峰家齟齬起來，慕容博就喊：兒啊快拿出來，讀讀咱們的譜牒，叫這幫沒歷史的契丹人看咱們爺爺的爺爺叫什麼，有多麼厲害，讓他們見識、見識！

11 總舵主來了

不時有人問：總說金庸寫小說的水準高，高在哪裡？我怎麼都看不出來？這個話題一言難盡。本文就來剖析他小說中的一處小情節，看看他的水準高在哪裡。我們也可以跟著學學怎麼寫故事。這一段情節，是《鹿鼎記》裡的一個小故事，大意叫作「總舵主來了」。所謂的總舵主就是陳近南。

金庸寫小說寫到《鹿鼎記》的時候，技巧已經爐火純青，就好像武學高手，已經練到從心所欲、無不如意的境界了。

這段小情節是這樣的：

有一天，天地會青木堂正在議事，在場的有韋小寶及一眾青木堂成員，包括關夫子、李力世等人。突然風波陡起，「忽聽得遠處蹄聲隱隱，有一大群人騎馬奔來」。

金庸首先就讓你心裡一驚。試想下，一群反賊正在開會，商量怎麼顛覆康熙王朝，突然聽到馬蹄聲，而且是「一大群人」，你還不立刻一驚？

果然，天地會的人都「同時站起」，李力世低聲問：「韃子官兵？」這一句問話，是金庸有意安排他說的，主要就是進一步迷惑你、帶節奏、造氛圍，進一步加強你的緊張情緒。

接著，作者順勢寫了一堆眾人如何布置應戰的畫面，發暗號的、吹口哨的、調度防衛的、安排保護客人的，運筆如風，氣氛如欲窒息，仿佛一場和韃子的大戰就要上演。眼看氛圍造得差不多了，金庸突然來了一個大反轉：

忽有一人疾衝進廳，大聲道：「總舵主駕到！」關安基和李力世齊聲道：「什麼？」

原來不是什麼官兵來了，是自家的大老闆來了。注意這一句「什麼」，也是作者幫你問的，你剛剛遭遇一個大轉折，差點被甩出去，當然要問一句：「什麼？」

來人解釋說，當真是總舵主來了。關夫子和李力世這才放心，轉驚為喜。你作為讀者，這時也才放心，鬆了口氣。

接著，金庸開始大力鋪陳，描寫大家如何興奮，對總舵主的到來如何期待，簡直是天王巨星要來的架勢。但見眾人興沖沖、手忙腳亂的安排迎接，兩、三百兄弟都排列好隊形等候，總之各種渲染。

一分鐘之前，氣氛還是「驚」，如山雨欲來，現在突然變成「喜」，活像要過年，你的心情也跟著故事一上一下起伏。沒錯，金庸就是在玩你。

此時，所有讀者的注意力都開始集中在這個總舵主身上，人人難免好奇：這位總舵主會是個什麼樣的人物，讓群雄如此隆重迎接，而且人人興奮異常？

如果只是寫天地會自己人很想見總舵主，那還渲染不出陳近南的聲勢和位望。於是金庸便安排了一個客人——正在此處養傷的江湖閒漢茅十八出場，他聽到消息，非要人用擔架抬他出來，欲拜見陳近南：

兩名大漢抬著擔架，抬了茅十八出來……道：「久仰陳總舵主大名，當真如雷貫耳，今日得能拜見，就算……就算即刻便死，那……那也是不枉了。」

他說話仍是有氣沒力，但臉泛紅光，極是高興。

何等期待，何等憧憬，「臉泛紅光」，仰慕崇拜之情躍然紙上。這個茅十八正是金庸安排的臨時演員，就是負責在這一輪劇情裡炒氣氛、帶節奏的，好讓你深刻體會什麼叫「為人不識陳近南，就稱英雄也枉然」。

勢頭已經造足，你的情緒又被撩得高高的了，對陳近南無比期待，也無比好奇了。如果是個二流小說家，這時肯定就要寫一個英俊無敵的總舵主長嘯一聲推門而入，如何帥氣、如何威武、如何神目如電了。

可是金庸接下來怎麼寫的呢？

有幾騎馬終於奔將過來，裡面哪個是陳近南？哪個都不是！只聽其中一個人說：

「總舵主在前面相候，請李大哥、關夫子幾位過去……」

等了半天，人家總舵主根本不來現場，只點名讓幾個頭目去見，彙報工作。這真是高手畫龍，只露半爪。想見陳近南？沒那麼容易！你還不夠格！

現場人等頓時一片唉聲嘆氣：

茅十八好生失望，問道：「陳總舵主不來了嗎？」

對他這句問話，沒一人回答得出，各人見不到總舵主，個個垂頭喪氣。

試想下，就好像一個分公司裡，傳說集團大老闆要來視察，環境整理好了、橫幅掛起來了、臨時演員都排練幾遍了、表演的兒童妝都化好了，大家正望眼欲穿，忽然說老闆不來了，改成讓幾個負責人去彙報一下就好。

金庸又把你甩飛一次，把現場的群雄也甩飛一次。剛才的氛圍還是「興奮」，現在突然一秒之間就又變成了沮喪。

再往下看，金庸還在不斷的用劇情撩撥你、玩耍你。

過了良久，有一人騎馬馳來傳令，點了十三個人的名字，要他們前去會見總舵主。那十三人大喜，飛身上馬，向前疾奔。

這是寫茅十八、韋小寶等又被晾到了一邊，剛剛燃起的希望又變成了失望。繼而：

群豪見這情勢，總舵主多半是不會來了，但還是抱著萬一希望，站在大門外相候，有的站得久了，便坐了下來。

這是繼續渲染廣大崇拜者等待偶像的心情，而且故意說「總舵主多半是不會來了」，讓你洩氣。

作為這一段故事的頭號臨演，茅十八繼續帶節奏。眾人均勸他放棄別等了，或者到屋子裡去等，他死活不幹。你看他的精采臺詞：

韋小寶嘿了一聲，心中卻道：「哼，他媽的，好大架子，有什麼希罕？老子才不想見呢。」

「不！我還是在這裡等著。陳總舵主大駕光臨，在下不在門外相候，那……那可太也不恭敬了。唉，也不知我茅十八這一生一世，有沒福分見他老人家一面。」

韋小寶說的正是一些讀者的心裡話，那麼大架子，好了不起嗎？金庸只是安排韋小寶替你說了出來。但另一方面，你內心深處是不是對這個神龍見首不見尾的陳總舵主更多了一點好奇，且又多了一點期待？

緊接著，峰迴路轉、柳暗花明，報信的人又來了，宣布：

「總舵主相請茅十八茅爺、韋小寶韋爺兩位，勞駕前去相會。」

茅十八一聲歡呼，從擔架中跳起身來，但「哎唷」一聲，又跌在擔架之中，叫道：「快去，快去！」

這是最佳臨演茅十八的第三波賣力演出。至於沒被點到名的其他人，不消說必定是滿臉失望，下次繼續努力了。

韋小寶、茅十八出發去見大明星了。一路上，金庸不厭其煩、特別細緻的寫著天地會在沿途的種種維安布置：

一路之上都有三三兩兩的漢子，或坐或行，巡視把守。為首的使者伸出中指、無名指、小指三根手指往地下一指，把守二人點點頭，也伸手做個暗號。韋小寶見這些人所發暗號各各不同，也不知是何用意。又行了十二、三里，來到一座莊院之前。

這一路，防備何等周密、安排何等細緻、暗號何等專業，更使總舵主顯得莫測高深。

終於來到院子裡了，總舵主這下總該出來了吧？按照二流小說家的寫法，他應該威嚴的坐在太師椅上，仰天長笑，說歡迎歡迎了吧？可金庸仍然不。到了大廳，又生一變——人家先把茅十八抬了進去，卻攔住了韋小寶：

「韋爺請到這裡喝杯茶，總舵主想先和茅爺談談。」

請你先在外面坐下，給你四碟點心、一碗茶。等著吧你。都到這時候了，金庸仍然要玩你一把。韋小寶在喝茶，於是作為讀者的你也只好憋著火，陪著韋小寶在外面喝茶。

終於，等韋小寶足足喝乾了一碗茶、吃了點心，才有人出來招呼：「總舵主有請韋爺！」我們大家也才終於長吁一口氣，跟著韋小寶走進了房間，那個千呼萬喚、期待已久的房間。韋小寶看見了什麼呢？

金庸此時反倒給出了相當簡單的一句話：

房中一個文士打扮的中年書生站起身來，笑容滿臉，說道：「請進來！」

之前層層反轉、層層渲染、層層鋪墊，把這一次見面寫得雲山霧罩、高深莫測。可是等真正寫到了正主，反而雲淡風輕、簡簡單單，就是一個書生說：請進來。無數人翹首以盼、望眼欲穿的，一路上哨崗密布、嚴密守衛著的，就是這樣一個滿臉笑容的書生。

儘管他似乎貌不驚人，但到了這時候，你還敢有半點小看這個書生嗎？絕對不會了。

這一段故事，只是《鹿鼎記》中很小的一個情節，故事也很簡單，但卻一波三折、起伏跌宕，每一個角色都有分工，輪流造節奏、帶氛圍，讓你的心情也跟著起起伏伏，一切都在作者掌控之中。這就是一流小說家的調度功夫。

因此還是那句話，對於高手之作，大家往往只會說好，卻未必知道好在哪裡。有的人還會輕視：很平常嘛！沒什麼文采嘛！都沒有那種很美、很炫酷的句子！

就好像韋小寶，在大廳等陳近南的時候，吃了一塊點心，頓時很不屑：這個陳總舵主沒什麼了不起嘛！這點心，還不如老子揚州麗春院的！

12 建寧公主的一句臺詞

金庸寫小說高明在哪兒？上文說了一處，此文再來講一處，僅舉一句臺詞作為例子。

《鹿鼎記》裡，有一次韋小寶帶著七個老婆，在通吃島上埋葬、祭拜師父陳近南。失去了恩師慈父，韋小寶著實傷心，見黃土蓋住了師父的身子，「忍不住又放聲大哭」。其他幾個夫人也一齊跪下，在墳前行禮。此時，金庸忽然寫了一句建寧公主。她和韋小寶及別的夫人反應都不一樣，而是這樣的：

（公主）當下委委屈屈的也跪了下去，心中祝告：

「反賊啊反賊，我公主殿下拜了你這一拜，你沒福消受，到了陰世，只怕要多吃苦頭。」

這一句話，是神來之筆，能見出金庸寫小說的深厚功力。

有人會說這句話很普通啊，看不出有什麼了不起。實則這句話有三個妙處，第一個妙處便是消解過度的悲傷。

書寫到這裡，過於悲傷了，忠肝義膽的陳近南被黃土掩埋，韋小寶像失去了父親一樣放聲大哭，小說的情緒已跌到谷底。

金庸是不會放任小說這樣一悲到底的。他要寫的是《鹿鼎記》，不是《悲慘世界》（*Les Misérables*）。所以他派出公主，在墳前搞笑一把，把濃重的悲傷稍稍消解一些，把這種肅穆和壓抑略微解構一下。所以說這是神來之筆，能看出一位大師把控小說的嫻熟本領。

除了這一點，更重要的是第二個妙處——凸顯公主的個性和立場。

在小說裡，每個人都是獨一無二，有自己的個性、視角和立場的。他們說話、做事，都只能從自己的立場出發。能做到這一點才是好小說。

從韋小寶的眼中看師父陳近南，是豪傑、是偉人、是父親，但那只是你韋小寶的立場和視角。在公主眼裡，他就是個反賊。

同樣的，在韋小寶甚至我們大多數讀者眼裡，都覺得陳近南比公主傑出、偉岸。可是在建寧公主眼裡，肯定覺得自己比陳近南這個草民高貴一百倍。讓她去跪拜陳近南，她自然會有點想法，多半內心不甘不願。

一個不高明的作者，寫起書來就會導致「主角吃掉配角」，讓主角的立場掩蓋配角的立場。比如祭拜陳近南，倘若金庸也隨手一筆：七個夫人也都一起拜下去哭，那就是韋小寶「吃掉」了公主，主角的立場吃掉了配角的。

可是金庸在墳前的一大堆人物中，居然沒有忘記公主的獨特身分、個別心思，專門給了公主一句「反賊呀反賊」的臺詞。

她拜陳近南的心情，和老公不一樣，「委委屈屈」，心裡暗怨：反賊啊反賊，我公主殿下倒了血楣居然來拜你……這十分合情合理。並且作者還巧妙的利用陳近南這個已經死去的人物，襯托了公主這樣一個活著的人物，讓後者借機發揮，人物形象更加鮮明。

只有大師，才能胸中同時裝得下這麼多人物，照顧到書中每個人的不同立場，傾聽他們的聲音，關懷每個人的細微心事，甚至讓他們互相借力、互相幫襯。所謂「韓信將兵，多多益善」，作者寫書也是一樣的，高手寫人物才能多多益善。

有時候，人物龐雜到了一定程度，就算是大師也會出現照顧不到、駕馭不了的局面。例如《水滸傳》，好漢一大堆，作者就吃力了，你會發現許多好漢上了梁山後就失掉了面目、沒了性格。其實不是沒了性格，是作者照顧不到了。他只能顧及宋江、吳用等少數幾個人，其他一些配角只能被主角「吃掉」。

比如「一丈青」扈三娘，後來許多行為簡直讓人覺得不可理喻、不合常理。她全家老小都被梁山殺得精光，卻一秒投降梁山，還覺得宋江「義氣深重」，沒心沒肺跟著梁山混。

殺你老母的人，你怎會覺得他「義氣深重」？也太過不合常理。問題當然不在扈三娘，而在作者。這除了緣於作者自身的理念、價值觀有局限，另一大原因就是他已經力不能及，照顧不到扈三娘的立場和視角了。

注意，我絕不是說金庸的水準就比《水滸傳》作者高明。《水滸傳》寫的年代早、人物多，受的限制也多，出現紕漏很正常，並非代表水準拙劣或名不副實。

我們看現在一些小說和電視劇，總覺得裡面人物的行為「怪怪的」，做事不可理喻、沒心沒肺，其實原因也往往就在這裡——配角的立場總被主角吃掉，主角的立場又被導演、作者的意志吃掉。所以裡面的人物走著走著就打起來了、走著走著就愛上了，莫名其妙就仇恨人、莫名其妙就原諒人，甚至莫名其妙就自殺了。

之前講了，金庸這句話有三個妙處，第三個妙處大概是：它提醒了我們，公主就是公主，作為草民陳近南，你反對她，她絕不會覺得你「義氣深重」，安心叩拜，只會視你為反賊。這是不可能妥協的。除非，你能幫她做公主，幫她世世代代做公主，她才會覺得：陳公公義氣深重，是個大好人，來，給我摸摸頭。

13 退休之難

在金庸的江湖上，有一件事是特別奢侈的，那就是退休。與此相比，其餘難事都不叫難。練成絕世武功未必最難，稱霸武林也未必最難，金山銀山、三妻四妾之類的世俗追求更不是什麼難事，難的是好好的正經八百退個休。

在金庸江湖裡，各路大老、巨擘有過種種退休的辦法，但都各有各的難處，往往退得爛尾或者屁胡了。總結起來一共有三種困境。

第一種是任我行式的退休。他的退休怎麼弄爛尾了呢？一句話概括就是：你說要退休，二老闆不信。

任我行是日月神教的教主，教中的二老闆是東方不敗。老任早就多次流露出退意，大概少不了人前人後的喊累、表示不想幹了。

對於東方兄弟，他也是一力栽培，提拔到僅次於自己光明左使的位子上，還把本教壓箱底的神功《葵花寶典》都提前傳與。這本已夠有誠意了，釋放的信號也夠強烈了，就差當眾宣布東方不敗是接班人了。

可是架不住人家二老闆不信，始終覺得大哥這是在猜疑、試探、測驗他的忠誠度，就等著看他尾巴何時翹起來。而且任大小姐一天天長大，聰明伶俐、英氣早露，再成長個幾年，鬼知道教主會不會傳位給閨女？讓我當接班人，安撫我的吧？耍傻小子的吧？

結果東方不敗狗急跳牆，把心一橫，提前幫老大退休了，把人家關到西湖底下的黑牢裡頤養天年去。這就屬於你要退休，二老闆不信，直接提前暴力幫你退休了。這不行。

第二種，乃是張三豐式的退休。這一場退休也是屁胡了的。之前說了任我行的退休是二老闆不信，而張三豐的退休是二老闆太相信、太入戲了，結果也得出事。

張三豐退休倒確實是真退，掌門的位子給了大徒弟宋遠橋，自己躲進小樓成一統，潛心鑽研太極拳去了。本來是很好的一個交接過程。

且說宋遠橋這個人，也是長期極力打造一副恬淡謙沖的人設，在當儲君的漫長日子裡，他都是隱忍的、克制的。其實他比英國的查爾斯王子（Charles, Prince of Wales）還命苦，師父活到一百多歲還精神矍鑠，眼看要活活把自己熬死。可是宋遠橋也從沒有表露什麼，老老實實的等。

可能是因為等得太久，老張這一交權，宋遠橋大概就膨脹了、入戲太深了。放眼一望，師父最喜歡的老五已經死了，最強的老二沒有後代，也不愛爭權。幾個小師弟更不會來爭，他們的武功都是自己親自教的。全公司沒了競爭者，他隱隱以為武當派從此姓宋了。

於是他就專擅跋扈起來，恐怕是各類事情也不彙報了、機要也不送了，這都罷了，最過分的是大肆吹捧和縱容兒子，搞得宋青書像武當小皇帝一般，比第二代師叔們的威風還大。

老張這可就看不下去了。人家老張沒有兒子，一向最疼愛的老五也死了，你卻拚命捧自己兒子，如何受得了？結果老張走到前臺，一掌拍死小皇帝，直接廢黜了宋遠橋。叫你入戲，叫你吹噓兒子。

這就是明明已經退休，結果又沒忍住，站出來把接班人給收拾了，這也不好。

之前說的兩種退休都搞砸了。還有第三種退休，是張無忌這樣的，叫作「簡訊退休」，都不給二老闆反應時間，發條簡訊就退休了，連正常的培養和交接都沒有，也是坑人。

張無忌是如何退休的呢？就是心血來潮，修書一封，寫了百十個字，突然把位子傳給了楊逍，自己屁股一拍跑了，和女朋友畫眉毛去了，並且去向不明，是不是出國了都不知道。這可不得了，畢竟權力交接這種大事還是需要過渡的，過渡時間太長固然不好，可是太突然了也不行。

張無忌是明教教主，統領百萬大軍，抗元事業正如火如荼的時候，你卻發條簡訊就跑了，還真的是完全的裸退（按：指退休後不再擔任任何職務），也不垂個簾、當個精神偶像什麼的，說走就走，楊逍一點心理準備都沒有。

正因為張無忌離開得太突然，來不及過渡和鋪墊，楊逍倉促上臺，面臨的局面是高層乏人支持，唱反調的倒是不少。地方上的銷售經理像朱元璋之流也都紛紛起來造反。楊逍立刻就坍了臺，明教一團亂，最後姓了朱。你說張無忌坑人不坑人呢？

這屬於退休沒退好，讓別人把你的接班人給擠對（按：逼迫屈服）、取代了。這也不行。

所以說江湖上想好好退個休極難。你退得太像了，讓二老闆太入戲，那不行；退得太不像了，二老闆不信，狗急跳牆，那也不行；退得太慢了，別人等得太久以致精神扭曲，那不行；退得太快了，別人來不及過渡和準備，倉促接班，結果匡當一下掉坑裡，公司也亂了，那也不行。

所謂人生如攀登，上山考驗人，下山也考驗人。要從權力的頂峰下來，下得平平穩穩、踏踏實實，上上下下都情緒穩定，真的不容易。

金庸小說裡大部分人充其量都只能叫退隱，不叫退休。比如風清揚，貌似退下來躲到華山後洞了，但那只是退隱，不叫退休，你老風手上還有權嗎你也敢叫退休？還有玄慈、一燈大師、無崖子那樣，都是搞了個爛攤子，收拾不了了捂著臉退的，也不能叫好好退了休。

最好的退休，是張無忌能握著楊逍的手，當眾說一聲「你很好，比我好」，楊逍則眼含熱淚說老長官常回來看看，朱元璋、常遇春等則表態說誓死擁護楊逍同志，這才是好的退休。

14 壞人越來越少，江湖越來越壞

金庸寫到最後一部書《鹿鼎記》，其實壞人是越來越少的。我的意思不是總數變少了，而是壞人的比例越來越少。

他早期、中期的作品裡往往一半是好人，一半是壞人，主要人物裡壞人要占百分之四、五十，大家分成兩個陣營對壘，打生打死，你咒我先人，我滾你奶奶。

《書劍恩仇錄》裡，紅花會的英雄們是好人，朝廷的鷹犬爪牙們自然就是壞人；《雪山飛狐》裡，胡一刀、苗人鳳一夥是好人，天龍門、寶樹那一夥就是壞人；《射鵰英雄傳》裡，郭靖、洪七公一夥是好人，歐陽鋒和完顏洪烈、沙通天、彭連虎一夥是壞人。

這些壞人都是經過認證的壞人，都有不容分辯的罪名，大的罪名像「賣國求榮」、「認賊作父」，如裘千仞、楊康；像「濫殺無辜」、「草菅人命」，如李莫愁、鳳天南；小一點的罪名則像「見利忘義」、「為虎作倀」，如田歸農、劉元鶴。總而言之，他們的壞都是確定的，洗不掉、抹不去，永遠釘在金庸的壞人恥辱柱上。

可是金庸寫了十五年武俠小說後，寫到最後一部書《鹿鼎記》，你忽然發現一個現象，就是壞人忽然沒了。那種經過作者認證、不容辯駁的壞人很少有了。江湖中大家固然照樣打生打死，照樣你咒我先人，我滾你奶奶，可是你往往說不上來哪一邊、哪一個陣營的人是壞人。

《鹿鼎記》裡，清廷和天地會就打生打死。天地會的群雄固然是「好漢」，但清廷裡大多數人你說得上是壞人嗎？康親王是壞人嗎？多隆是壞人嗎？似乎也不是。

韋小寶的結義哥哥索額圖，是個大官，貪了好多錢，按理說這是典型的貪贓枉法，應該是不容置疑的壞人，可是你讀著書卻並不感覺索額圖是什麼壞人。兵部尚書明珠，尸位素餐，只會拍馬屁，按理說也是壞人，但是你書讀下來也不感覺他是壞人。

《鹿鼎記》裡每一個陣營裡的人，無論是清廷的人、臺灣鄭家的人、雲南沐王府的人，還是黑暗面吳三桂平西王府的人、神龍教的人，大都給你感覺不能說是什麼「壞人」。神龍教是邪教，本來滿壞的，但是裡面大多數人如胖頭陀、陸高軒等都不好單純說是壞人。吳三桂是大漢奸，是板上釘釘的壞人，但他手下的人絕大多數也談不上是什麼壞人。

這些五花八門的角色，有的站在了主角的同一陣營，有的站在了主角的對立面，和韋小寶唱反調，但大都不過是因為各自的身分、角色、際遇不同而已，不過都是屁股決定腦袋，為主子打一份工、盡一份力、謀一個出頭，從康親王到陸高軒莫不如此。

書中僅有幾個絕對意義上的大壞人，被金庸認證了的，如吳之榮、風際中等等，剩下的都是灰色的人。金庸之前的書，像《射鵰英雄傳》，你一眼望去感覺是黑白分明的，對比度很高，賞心悅目。可是到《鹿鼎記》，你一眼望去都是灰色的，和我們現實社會中的情況越來越趨近，熙熙攘攘的都是灰色的人，有人深灰，有人淺灰，有人五十度灰而已。

但是一件弔詭的事也發生了，那就是壞人越來越少，江湖卻越來越壞。

《鹿鼎記》的江湖和以前《射鵰英雄傳》、《神鵰俠侶》的完全不一樣。以前的江湖上壞人橫行，但給你的感覺是行俠仗義有希望，英雄好漢大有可為，理想主義的東西很行得通。哪怕是敵軍包圍了襄陽城，明明知道這座城守不住了，但你不會覺得窒息、絕望，反正這一波的英雄沒了，回頭下一波英雄再拿著屠龍刀、倚天劍驅逐韃虜恢復中華就是。

可是《鹿鼎記》的江湖完全不一樣，讓你感覺沉悶、窒息，像是一潭絕望的死水，什麼事都幹不成，理想主義的東西放在這個江湖上特別可笑。

這個江湖上最大的英雄陳近南，也是最最俠義的代表，忙碌了半輩子，事事受掣肘，一無所獲，最終淅瀝糊塗的死掉。你注意他的死，過去的金庸江湖上的大俠是戰死的，而陳近南在《鹿鼎記》裡不是戰死，而是溺死的，當然這個「溺死」是一種比喻的說法，他是被這個沉悶的江湖溺死的，他根本就沒有空氣。

這是怎麼回事呢？不是說壞人少了嗎，怎麼江湖卻壞了呢？答案之一就是人雖然不是壞人，但大家卻都不由自主的在幹壞事、幹蠢事、幹無意義的事，使得整個江湖都在整體往下敗壞。

天地會和沐王府，兩邊按理說都是好漢。可是他們在幹什麼蠢事呢？在做名分之爭。他們在激烈的爭論「擁唐」還是「擁桂」，也就是說，等到將來一旦反清復明成功了，是該立唐王朱聿鍵的後人做皇帝，還是該立桂王朱由榔的後人做皇帝，雙方為此大打出手。兩邊都認為這個問題至關重要，名不正則言不順，非要講清楚不行。

天地會內部，按理說絕大多數也是好人，可是許多「好人」做出來的事讓人愛不起來，顯得是非不分、腦子糊塗、人云亦云。

天地會宏化堂有一個首領叫舒化龍，起初聽到謠言說韋小寶叛師，殺了總舵主，立刻帶人來圍攻韋小寶，要殺他全家。等到顧炎武出來分辯，說韋小寶沒有叛師，留在朝廷裡乃是長期潛伏，是「身在曹營心在漢」，立刻就又衝動了，「噗」的當場戳瞎自己眼睛，說是瞎了狗眼。

這些人不但糊塗，還搞道德綁架。就是這個舒化龍，戳瞎了自己左眼，留下右眼，說是要留著這只獨眼，好見證韋小寶將來如何做驚天動地的大事，倘若不做，就來挖韋小寶的眼睛抵帳。你想想這種道德綁架誰受得了？

天地會其他的兄弟有頭腦嗎？一樣沒有，還處處被滑頭們誆騙。韋小寶大肆貪汙受賄、日進斗金，卻對天地會兄弟們說這是在反清復明，說咱們越是敗壞清朝的吏治，清朝就越不得人心。天地會的兄弟們深以為然，都覺得韋香主在下一盤大棋。就這麼好騙。

再看書上的絕頂高手，「神拳無敵」歸辛樹夫婦是壞人嗎？也不算是。他們反而還都有一點急公好義的念頭，想為國家做好事。

可是這兩個人資訊閉塞，滿腦袋糨糊，完全分不清楚到底誰在為國、誰在誤國。起先他們被吳三桂誆騙，說廣東的吳六奇是大漢奸，就風風火火的跑去殺了吳六奇，割了人家腦袋。結果後來又聽人說殺錯人了，吳六奇是大英雄，於是痛悔不已，又風風火火跑到清宮裡去殺康熙，不幸陷入包圍，被宮廷衛士活活堆死。

統觀《鹿鼎記》這樣的江湖，絕大多數人都不是「壞人」，但因為無知、執念、盲從、慣性、短視以及潛規則的綁架，終於成了平庸之壞、平庸之惡。而這無數的平庸之惡千絲萬縷的交織起來，就形成了一張大網，把所有人網在裡面，成為牢籠。整個《鹿鼎記》的江湖裡，理想幻滅、理性難行、俠義為墟、英雄溺斃、瓦釜雷鳴、黃鐘毀棄。金庸寫到這裡因此擱筆，他覺得沒有辦法寫下去了，他無法救贖這樣的江湖，就像張無忌最後的動作，手一顫，一支筆掉在桌上。

15

俠客消亡年

一

金庸的最後一部書，是《鹿鼎記》。在這部書裡，有一回特別重要，極為特殊，讀金庸小說的應該特別注意這一回，就是第三十四回。

《鹿鼎記》全書共五十回，這一回出現在全書大約三分之二處，回目詞叫作「一紙興亡看覆鹿，千年灰劫付冥鴻」。《鹿鼎記》全書的回目詞，都是金庸從先祖查慎行的《敬業堂詩集》裡摘選來的，本回的這兩句當然也不例外，都是查慎行的詩句。

這一回的大致情節，是韋小寶從雲南出使回來，行至柳江，和師父陳近南、天地會英雄吳六奇等相會，又遇上了大風雨。

眾英雄在柳江上冒雨泛舟而歌，很有詩意，可以說是整部書五十回中最有詩意的一回。群雄泛舟的那一幕，天上風雨大作，江中白浪洶湧，一艘小船載著眾多豪傑，外加一個膽小如鼠、隨時嚷嚷怕被淹死的韋小寶，生角和丑角鬧哄哄一堂，好笑之餘，又有豪情蓋天，氣勢如虹。

看原文：

此時風勢已頗不小，布帆吃飽了風，小船箭也似的向江心駛去。江中浪頭大起，小船忽高忽低，江水直濺入艙來。

明明是一艘小船，卻「箭也似駛去」，極有氣勢。

看船上眾人的表演，韋小寶和天地會英雄的鮮明對比：

韋小寶枉自外號叫作「小白龍」，卻不識水性，他年紀是小的，這時臉色也已嚇得雪白……吳六奇笑道：「韋兄弟，我也不識水性。」韋小寶大奇道：「你不會游水？……那你怎麼叫船駛到江心來？」吳六奇笑道：「天下的事情，越是可怕，我越是要去碰它一碰。最多是大浪打翻船，大家都做柳江中的水鬼，那也沒什麼大不了……馬大哥，咱們話說在前，待會若是翻船，你得先救韋兄弟，第二個再來救我。」馬超興笑道：「好，一言為定。」

韋小寶的膽怯，正襯出吳六奇、馬超興的豪邁灑脫，視生死如同兒戲。這些都是好情節、好文字。

然而所謂的壯志豪情，不是這一回的真調子，只是個幌子，是金庸故意設的幌子，就好像

「烈火烹油、鮮花著錦」也不是《紅樓夢》的真調子一樣。這一回的真調子，是壓抑、悲愴、大勢已去、壯志難酬。

這一回裡，吳六奇在江上唱了一首曲子——《桃花扇》中的《古輪台・走江邊》：

走江邊，滿腔憤恨向誰言？老淚風吹，孤城一片，望救目穿，使盡殘兵血戰。跳出重圍，故國悲戀，誰知歌罷剩空筵。長江一線，吳頭楚尾路三千，盡歸別姓，雨翻雲變。寒濤東卷，萬事付空煙。精魂顯，《大招》聲逐海天遠。

這才是這一回的真調子，是《鹿鼎記》第三十四回的真調子。「寒濤東卷，萬事付空煙」，是吳六奇的結局、是陳近南的結局、是天地會事業的結局、是《鹿鼎記》的結局。

二

這一回裡，處處是讖。首先便是韋小寶出口皆讖。

柳江中的船上，大致就是兩方人在說話，一方是天地會群雄，一方是韋小寶。

天地會群雄如陳近南、吳六奇、林興珠、馬超興等，都是生角，形象正面、白馬銀槍，他們逸興遄飛，舉手投足都是英雄之氣。而韋小寶一人是丑角，滑稽搞笑、膽小怕死，一直胡言亂語、插科打諢、大驚小怪。然而真相卻是，群雄說的話，盡是幌子。韋小寶說的話，才是真言。比如天象要變，大風大雨將至，第一個說出來的就是韋小寶。他說：「那邊盡是黑雲，只怕大雨就來了。」

韋小寶是對環境、對未來最憂心忡忡的人，也是全場對「黑雲」、「大雨」最敏銳的人。好一個「那邊盡是黑雲」，不但是，而且「盡是」，再聯想天地會群雄後來的命運，豈非「盡是黑雲」？

吳六奇藝高膽大，提議把船駛到江心，到大風大雨中暢飲說話。韋小寶卻怕死，一再說：「這艘小船吃不起風，要是翻了，豈不糟糕？」韋小寶這話當然是不夠體面，英雄好漢豈能怕船翻了？

然而最後究竟是誰對了呢？天地會的船不是翻了嗎？吳六奇最後不是身首異處了嗎？反清復明的大業最後不正是「吃不起風」，終於傾覆了嗎？

再看韋小寶說的那些話：「乖乖不得了！」、「啊喲，不好了！」、「什麼戲不好唱，卻唱這倒楣戲？」、「你要沉江，小弟恕不奉陪」，可謂句句應驗。吳六奇最終蒙冤橫死，而韋小寶安然得脫，也正應了「你要沉江，小弟恕不奉陪」。

除了韋小寶的「讖」，這一回裡還有陳近南的「老」。

他是大英雄，江湖上聲望卓著，所謂「為人不識陳近南，就稱英雄也枉然」，什麼時候憔悴過？但這一回裡，大英雄陳近南忽然現出了老態，就像一位明星倉促間忘了染髮，露出了白頭來。韋小寶猛地發現，過去那個英姿颯爽的師父蒼老了，「兩鬢斑白，神色甚是憔悴」。

當時，師徒二人久別重逢，在船艙裡進行了一番私密談話。風雨飄搖中，金庸讓陳近南打開了內心、放下了包袱，摘下了他頭上大俠士、大英雄的沉重冠冕，露出了他內心的不堪重負和千瘡百孔。

用書上的話說，就是「神情鬱鬱」、「滿懷心事」、「意興蕭索」。他對自己為之奮鬥的事業失去了信心，已然不看好反清復明的前途，對韋小寶說出了一句話：

唉！大業艱難，也不過做到如何便如何罷了。

陳近南居然在徒弟面前說出這樣的話來，可見不是大業艱難，簡直是大業無望。韋小寶句句是讖，而陳近南也句句是讖，尤其是說出了一個「死」字：

陳近南走到窗邊，抬頭望天，輕輕說道：「小寶，我聽到這消息之後，就算立即死了，心裡也歡喜得緊。」韋小寶心想：「往日見到師父，他總是精神十足，為什麼這一次老是想到要死？」

金庸讓陳近南忽然說出了「死」字，生怕你忽略了它，又讓韋小寶提醒你一遍。這是提前埋下了陳近南的結局，也是讓陳近南自己提前預言了自己的命運。

那麼，陳近南為什麼意興蕭索？是什麼讓他覺得大業艱難？書上他有一段話，給出了部分答案：

小寶，你師父畢生奔波，為的就是圖謀興復明室，眼見日子一天天的過去，百姓對前朝漸漸淡忘，韃子小皇帝施政又很妥善，興復大業越來越渺茫。

這段話裡已經講了幾點原因：一是日子一天天過去，二是百姓對前朝漸漸淡忘，三是韃子小皇帝施政又很妥善。總之就是，時機錯過、民眾無法爭取、敵方沒有破綻，這三樣，哪一項是陳近南可以徒手改變的？

此外，在這一回裡還說了第四點原因：己方陣營日趨腐朽和昏聵。臺灣鄭氏的首腦人物缺乏才能和眼光，如韋小寶所說，掌權者太妃是「什麼也不懂」，繼承者二公子則是「糊塗沒用，又怕死」、「他媽的混帳王八蛋」。一個什麼也不懂的加上一個混帳王八蛋，合力掌控了大局，陳近南拔劍四顧，焉能不意興蕭索？反清復明大業焉能不艱難？真如李白所謂，「欲渡黃河冰塞川，將登太行雪滿山」！

三

在金庸精心設計的這一回裡，陳近南的蕭索還不只代表他個人，也不只代表天地會。他的屬性是「俠」，是《鹿鼎記》裡最大的一名俠客，也是最後一位俠客。同時他也是金庸筆下最後登場的，一位傳統意義上的俠客。

他武功高強、為人端正，仁義禮智信兼備，是一切「俠」的美好品質集大成者。而金庸偏偏在這一章裡寫他意興蕭索、窮途末路，寫他的事業走入絕境。陳近南的窮途末路，正宣告了「俠」的窮途末路。

事實上，在這一章裡共有三位俠客的告別。除了陳近南、吳六奇，還有一位白衣尼。她也是在這一章留下字條、不知所終的。這一章是俠客的集體謝幕，堪稱俠客之終章。

金庸何以對「俠」的前途如此不抱希望？之前陳近南已經說出了部分原因，時代滾滾向前，民眾無法爭取，在這樣的現實面前，俠已經無可能為。

而這一章的後半部分還寫了兩個情節，更耐人尋味：一個是南懷仁操演新式大炮，並且借康熙之口，介紹了湯若望研究新式天文曆法，編制《大清時憲曆》的軼事。另一個是韋小寶率領水師炮轟神龍島。在大炮面前，神龍教被打得瓦解冰消，毫無還手之力。

金庸提醒我們，歷史已漸漸邁入近代，現代文明已到了門口，俠客更加尷尬、更加無力了。要退場，就退得徹底。在寫陳近南這最後一尊「俠」的聖像崩塌的時候，金庸眼中當有淚光，但筆下絕無容情。

他把俠的虛弱暴露給你看，少有的披露了他的蒼老和衰瑟。之前所有的俠，都絕無蒼老感，亦絕無衰敗感。郭靖、楊過留給我們的都是壯年鼎盛形象。袁士霄、謝煙客、苗人鳳們固然不會衰邁，哪怕張三豐、周伯通等百歲老人也從不曾當真衰邁。即便如風清揚般意興蕭索，也不過隱居遁世爾，只要老人家願意，偶爾神光一現，伸個小指頭，照樣能改變格局，撥弄天下。

可是到了陳近南，卻真真實實讓他蕭瑟給你看、無力給你看了，好比少年衰朽美人遲暮，青絲褪去、頭皮凸顯、老年斑冒出、身形佝僂、步履蹣跚。

格外傷人的，是他渾身帶著一種落伍感和過時感，他的事業被時代拋離，他恪守的教條與眼下的世界格格不入。

他像是一個守衛著古老墓園的衛兵，這園子早已經被人淡忘和拋棄了，他荷戟彷徨，無語的值守著，只等著自己有一天倒下，成為這座墓園的最後一個永眠之人，然後和那無數上古英靈一起，被野草和荊棘吞噬，被歷史的巨輪輾過，只殘餘巨大的車轍。

金庸甚至都沒有給陳近南一個體面光彩的死亡。

從前的一切大俠，幾乎都有一個配得上自己分量的體面死亡。蕭峰之死，六軍辟易，英雄揮淚；洪七公和歐陽鋒之死，在華山之巔縱聲長笑；覺遠大師圓寂於野地，卻也不乏寧靜莊嚴；丁典毒發斃於荒園，但為愛而死，甘之如飴。

唯獨一個陳近南，這個最後的俠客，偏偏讓他糊裡糊塗的死於宵小之手。

哪怕死於施琅之手、死於馮錫範之手、死於戰陣、死於法場，也都算得上一代大俠的歸宿。但他卻是被鄭克塽這種爛人背後一刀，就此了帳，不值不當，不明不白。

金庸就是不讓你死得輝煌，他要打消你對「俠」的一切殘留的幻想，告訴你，人被歷史碾壓的時候就是這樣不值不當、無聲無息、沒有尊嚴。

金庸自己，也走過了一個漫長的心路歷程。

此時的他，心情狀態也是和之前寫武俠時不一樣的。金庸起初寫武俠、寫百花錯拳、寫胡家刀法、寫東邪西毒，寫嘉木立、美竹露、奇石顯，寫得興致勃勃，像一個孩子，在光怪陸離的世界裡遊戲。

編劇史航說過一段話：《神鵰俠侶》結尾，黃藥師布下二十八宿大陣，天下英雄熱熱鬧鬧會戰襄陽，但凡像個人樣的都聚在一起，那一刻，是金庸作為作者最幸福的時光，是他跟這個世界的蜜月。的確是這樣。

那一刻金庸還相信人定勝天的東西，相信「俠」有改變格局的偉力。後面就不是了，而是風驟緊，縹緲峰頭雲亂。他筆下漸漸多起來的是人性無解，是和歷史之輪猝然碰撞時的無力，降龍掌也好，凝血神抓也罷，通通都無力。

終於時間進入一九六九年，他寫《鹿鼎記》，他已無法相信「俠」真能解決什麼現實問題了，他大概已得出結論：「俠」不能救贖世人，而自得其樂的顛狂世人也根本不需要「俠」的救贖。「俠」其實連自己也救贖不了。金庸佇立在浪漫主義小徑的盡頭，前方沒路，也再不可能返回身，重新去寫那些熱鬧的、樂天的東西，重新去擺一個二十八宿大陣。他只能卸劍、解甲，眼含熱淚，擁抱陳近南，和「俠」拱手揖別。

於是，在恰到好處的《鹿鼎記》第三十四回，一場大風大雨裡，金庸安排了陳近南蕭索的身影，以及一曲《古輪台》，作為俠的謝幕。

過去的一切俠客，阿青、慕容龍城、無崖子、蕭峰、虛竹、洪七公、黃藥師、陽頂天、張無忌、令狐冲……這一切俠客的身影，最後都重疊化為陳近南的影子，與我們莊嚴的告別。

國家圖書館出版品預行編目(CIP)資料

六神磊磊讀金庸：金庸文學：沒明說的戀愛學、成功學與處世智慧／六神磊磊著. -- 初版. -- 臺北市：任性出版有限公司，2022.7
592 面；17×23 公分. --（drill；16）
ISBN 978-626-95960-0-3（平裝）

1. CST：金庸　2. CST：武俠小說　3. CST：文學評論

857.9　　111004602

drill 16

六神磊磊讀金庸

金庸文學：沒明說的戀愛學、成功學與處世智慧

作　　者／六神磊磊
責任編輯／宋方儀
校對編輯／陳竑悳
美術編輯／林彥君
副總編輯／顏惠君
總 編 輯／吳依瑋
發 行 人／徐仲秋
會計助理／李秀娟
會　　計／許鳳雪
版權經理／郝麗珍
行銷企劃／徐千晴
業務助理／李秀蕙
業務專員／馬絮盈、留婉茹
業務經理／林裕安
總 經 理／陳絜吾

出 版 者／任性出版有限公司
營運統籌／大是文化有限公司
臺北市 100 衡陽路 7 號 8 樓
編輯部電話：（02）23757911
購書相關資訊請洽：（02）23757911 分機 122
24 小時讀者服務傳真：（02）23756999
讀者服務E-mail：haom@ms28.hinet.net
郵政劃撥帳號／19983366　戶名／大是文化有限公司

法律顧問／永然聯合法律事務所
香港發行／豐達出版發行有限公司 Rich Publishing & Distribution Ltd
地址：香港柴灣永泰道 70 號柴灣工業城第 2 期 1805 室
Unit 1805, Ph. 2, Chai Wan Ind City, 70 Wing Tai Rd, Chai Wan, Hong Kong
電話：21726513　傳真：21724355
E-mail：cary@subseasy.com.hk

封面設計／王信中
內頁排版／顏麟驊
印　　刷／緯峰印刷股份有限公司

出版日期／2022 年 7 月初版
定　　價／新臺幣 599 元（缺頁或裝訂錯誤的書，請寄回更換）
I S B N／978-626-95960-0-3
電子書 ISBN／9786269596010（PDF）
9786269580491（EPUB）